U0613579

THE COLLECTED
WORKS
OF LUXUN

ESSAYS

鲁迅文集

上 杂文

鲁迅 著　黄乔生 编

河北人民出版社
石家庄

图书在版编目（CIP）数据

鲁迅文集. 杂文. 上 / 鲁迅著；黄乔生编. -- 石
家庄：河北人民出版社，2019. 11
ISBN 978-7-202-14287-5

Ⅰ. ①鲁… Ⅱ. ①鲁… ②黄… Ⅲ. ①鲁迅著作－选
集②鲁迅杂文－杂文集 Ⅳ. ① I210. 2

中国版本图书馆CIP数据核字（2019）第 209883 号

鲁迅摄于1911年

今年秋天，在上海的日報上有一點可以算是關于文學的小小的辯論，就是為了一般的青年，應否去看《莊子》與《文選》，以作文學上的修養之助。不過這類的辯論，照例是不會有結果的，往復幾回之後，有一面一定拉出"動機論"來，不是說反對者，別有用心，便是"別有用心"；客氣一點，也就"彼亦一是非，此亦一是非"，而問題是"嗚呼哀哉"了。

但我因此又想到"選本"的勢力。孔子究竟刪過"詩"沒有，我不能確說，但看他先"風"後"雅"而末"頌"，排得這麼齊齊楚楚，澌倘至少總不會是樂師的手腳，是中國現存的最古的詩選。由周至漢，社會情形太不同了，中間又受了"楚辭"的影響，晉宋文人如二陸束皙陶潛之流，雖然也做四言詩以支持場面，其實都不過是每句有去一字的五言詩，《王者之迹熄而詩亡》了。不過選者總是層出不窮的，至今

《选本》手稿

目录　Contents

壹

·论说

论说说明事理、阐发见解、宣示主张。在鲁迅杂文中，论说文数量最多，是鲁迅杂文的重镇，最能体现鲁迅文字的战斗力。本章收录鲁迅1918年至1936年发表的论说93篇，选自鲁迅自编文集和集外文，大体上以出版和发表时间为序。

我之节烈观

"世道浇漓，人心日下，国将不国"这一类话，本是中国历来的叹声。不过时代不同，则所谓"日下"的事情，也有迁变：从前指的是甲事，现在叹的或是乙事。除了"进呈御览"的东西不敢妄说外，其余的文章议论里，一向就带这口吻。因为如此叹息，不但针砭世人，还可以从"日下"之中，除去自己。所以君子固然相对慨叹，连杀人放火嫖妓骗钱以及一切鬼混的人，也都乘作恶余暇，摇着头说道，"他们人心日下了。"

世风人心这件事，不但鼓吹坏事，可以"日下"；即使未曾鼓吹，只是旁观，只是赏玩，只是叹息，也可以叫他"日下"。所以近一年来，居然也有几个不肯徒托空言的人，叹息一番之后，还要想法子来挽救。第一个是康有为[1]，指手画脚的说"虚君共和"才好，陈独秀[2]便斥他不兴；其次是一班灵学派[3]的人，不知何以起了极古奥的思想，要请"孟圣矣乎"的鬼来画策；陈百年[4]钱玄同[5]刘半农[6]又道他胡说。

1-1

1　康有为（1858—1927）：原名祖诒，字广厦，广东南海人，政治家、思想家、教育家。

2　陈独秀（1879—1942）：原名庆同，字仲甫，号实庵，安徽怀宁（今安庆）人，革命家、政治家、思想家，新文化运动主要发起者和领导者。

3　灵学派：1917年10年，俞复、陆费逵等人在上海组织灵学会，1918年1月刊行《灵学丛志》，提倡迷信与复古。

4　陈百年：陈大齐（1886—1983），字百年，浙江海盐人，心理学家。

5　钱玄同（1887—1939）：原名钱夏，字德潜，号疑古、逸谷，浙江吴兴（今湖州）人，思想家、文字学家。

6　刘半农（1891—1934）：原名寿彭，后名复，初字半侬，后改字半农，江苏江阴人，语言学家、教育家。

　　这几篇驳论，都是《新青年》[1]里最可寒心的文章。时候已是二十世纪了；人类眼前，早已闪出曙光。假如《新青年》里，有一篇和别人辩地球方圆的文字，读者见了，怕一定要发怔。然而现今所辩，正和说地体不方相差无几。将时代和事实，对照起来，怎能不教人寒心而且害怕？

　　近来虚君共和是不提了，灵学似乎还在那里捣鬼，此时却又有一群人，不能满足；仍然摇头说道，"人心日下"了。于是又想出一种挽救的方法；他们叫作"表彰节烈"！

　　这类妙法，自从君政复古时代[2]以来，上上下下，已经提倡多年；此刻不过是竖起旗帜的时候。文章议论里，也照例时常出现，都嚷道"表彰节烈"！要不说这件事，也不能将自己提拔，出于"人心日下"之中。

　　节烈这两个字，从前也算是男子的美德，所以有过"节士"，"烈士"的名称。然而现在的"表彰节烈"，却是专指女子，并无男子在内。据时下道德家的意见，来定界说，大约节是丈夫死了，决不再嫁，也不私奔，丈夫死得愈早，家里愈穷，他便节得愈好。烈可是有两种：一种是无论已嫁未嫁，只要丈夫死了，他也跟着自尽；一种是有强暴来污辱他的时候，设法自戕，或者抗拒被杀，都无不可。这也是死得愈惨愈苦，他便烈得愈好，倘若不及抵御，竟受了污辱，然后自戕，便免不了议论。万一幸而遇着宽厚的道德家，有时也可以略迹原情，许他一个烈字。可是文人学士，已经不甚愿意替他作传；就令勉强动笔，临了也不免加上几个"惜夫惜夫"了。

1　《新青年》：陈独秀在上海创办的革命杂志，1915年9月15日创刊，原名《青年杂志》，第二卷起改称《新青年》。该杂志发起新文化运动，宣传倡导民主、科学和新文学。

2　君政复古时代：1915年刘师培、杨度等六人成立政治团体筹安会，支持袁世凯恢复帝制。刘师培在1916年《中国学报》第一、二期发表《君政复古论》。

　　总而言之：女子死了丈夫，便守着，或者死掉；遇了强暴，便死掉；将这类人物，称赞一通，世道人心便好，中国便得救了。大意只是如此。

　　康有为借重皇帝的虚名，灵学家全靠着鬼话。这表彰节烈，却是全权都在人民，大有渐进自力之意了。然而我仍有几个疑问，须得提出。还要据我的意见，给他解答。我又认定这节烈救世说，是多数国民的意思；主张的人，只是喉舌。虽然是他发声，却和四支五官神经内脏，都有关系。所以我这疑问和解答，便是提出于这群多数国民之前。

　　首先的疑问是：不节烈（中国称不守节作"失节"，不烈却并无成语，所以只能合称他"不节烈"）的女子如何害了国家？照现在的情形，"国将不国"，自不消说：丧尽良心的事故，层出不穷；刀兵盗贼水旱饥荒，又接连而起。但此等现象，只是不讲新道德新学问的缘故，行为思想，全钞旧帐；所以种种黑暗，竟和古代的乱世仿佛，况且政界军界学界商界等等里面，全是男人，并无不节烈的女子夹杂在内。也未必是有权力的男子，因为受了他们蛊惑，这才丧了良心，放手作恶。至于水旱饥荒，便是专拜龙神，迎大王，滥伐森林，不修水利的祸祟，没有新知识的结果；更与女子无关。只有刀兵盗贼，往往造出许多不节烈的妇女。但也是兵盗在先，不节烈在后，并非因为他们不节烈了，才将刀兵盗贼招来。

　　其次的疑问是：何以救世的责任，全在女子？照着旧派说起来，女子是"阴类"，是主内的，是男子的附属品。然则治世救国，正须责成阳类，全仗外子，偏劳主体。决不能将一个绝大题目，都阁在阴类肩上。倘依新说，则男女平等，义务略同。纵令该担责任，也只得分担。其余的一半男子，都该各尽义务。不特须除去强暴，还应发挥他自己的美德。不能专靠惩劝女子，便算尽了天职。

　　其次的疑问是：表彰之后，有何效果？据节烈为本，将所有活着的女子，分类起来，大约不外三种：一种是已经守节，应该表彰的人（烈者非死不可，所以除出）；一种是不节烈的人；一种是尚未出嫁，或丈夫还在，又未遇见强暴，节烈与否未可知的人。第一种已经很好，正蒙表彰，不必说了。第二种已经不好，中国从来不许忏悔，女子做事一错，补过无及，只好任其羞杀，也不值得说了。最要紧的，只在第三种，现在一经感化，他们便都打定主意道："倘若将来丈夫死了，决不再嫁；遇着强暴，赶紧自裁！"试问如此立意，与中国男子做主的世道人心，有何关系？这个缘故，已在上文说明。更有附带的疑问是：节烈的人，既经表彰，自是品格最高。但圣贤虽人人可学，此事却有所不能。假如第三种的人，虽然立志极高，万一丈夫长寿，天下太平，他便只好饮恨吞声，做一世次等的人物。

　　以上是单依旧日的常识，略加研究，便已发见了许多矛盾。若略带二十世纪气息，便又有两层：

　　一问节烈是否道德？道德这事，必须普遍，人人应做，人人能行，又于自他两利，才有存在的价值。现在所谓节烈，不特除开男子，绝不相干；就是女子，也不能全体都遇着这名誉的机会。所以决不能认为道德，当作法式。上回《新青年》登出的《贞操论》[1]里，已经说过理由。不过贞是丈夫还在，节是男子已死的区别，道理却可类推。只

1　《贞操论》：日本女作家与谢野晶子（1878—1942）的文章，载《新青年》四卷五号（周作人译）。文章列举了在贞操问题上种种相互矛盾的观点与态度，指出男女在贞操上的不平等现象，认为贞操不应该作为一种道德标准。

有烈的一件事，尤为奇怪，还须略加研究。

照上文的节烈分类法看来，烈的第一种，其实也只是守节，不过生死不同。因为道德家分类，根据全在死活，所以归入烈类。性质全异的，便是第二种。这类人不过一个弱者（现在的情形，女子还是弱者），突然遇着男性的暴徒，父兄丈夫力不能救，左邻右舍也不帮忙，于是他就死了；或者竟受了辱，仍然死了；或者终于没有死。久而久之，父兄丈夫邻舍，夹着文人学士以及道德家，便渐渐聚集，既不羞自己怯弱无能，也不提暴徒如何惩办，只是七口八嘴，议论他死了没有？受污没有？死了如何好，活着如何不好。于是造出了许多光荣的烈女，和许多被人口诛笔伐的不烈女。只要平心一想，便觉不像人间应有的事情，何况说是道德。

二问多妻主义的男子，有无表彰节烈的资格？替以前的道德家说话，一定是理应表彰。因为凡是男子，便有点与众不同，社会上只配有他的意思。一面又靠着阴阳内外的古典，在女子面前逞能。然而一到现在，人类的眼里，不免见到光明，晓得阴阳内外之说，荒谬绝伦；就令如此，也证不出阳比阴尊贵，外比内崇高的道理。况且社会国家，又非单是男子造成。所以只好相信真理，说是一律平等。然既平等，男女便都有一律应守的契约。男子决不能将自己不守的事，向女子特别要求。若是买卖欺骗贡献的婚姻，则要求生时的贞操，尚且毫无理由。何况多妻主义的男子，来表彰女子的节烈。

以上，疑问和解答都完了。理由如此支离，何以直到现今，居然还能存在？要对付这问题，须先看节烈这事，何以发生，何以通行，何以不生改革的缘故。

古代的社会，女子多当作男人的物品。或杀或吃，都无不可；男人死后，和他喜欢的宝贝，日用的兵器，一同殉葬，更无不可。后来殉葬的风气，渐渐改了，守节便也渐渐发生。但大抵因为寡妇是鬼妻，亡魂跟着，所以无人敢娶，并非要他不事二夫。这样风俗，现在的蛮人社会里还有。中国太古的情形，现在已无从详考。但看周末虽有殉葬，并非专用女人，嫁否也任便，并无什么裁制，便可知道脱离了这宗习俗，为日已久。由汉至唐也并没有鼓吹节烈。直到宋朝，那一班"业儒"[1]的才说出"饿死事小失节事大"的话，看见历史上"重适"[2]两个字，便大惊小怪起来。出于真心，还是故意，现在却无从推测。其时也正是"人心日下，国将不国"的时候，全国士民，多不像样。或者"业儒"的人，想借女人守节的话，来鞭策男子，也不一定。但旁敲侧击，方法本嫌鬼祟，其意也太难分明，后来因此多了几个节妇，虽未可知，然而吏民将卒，却仍然无所感动。于是"开化最早，道德第一"的中国终于归了"长生天气力里大福荫护助里"[3]的什么"薛禅皇帝，完泽笃皇帝，曲律皇帝"[4]了。此后皇帝换过了几家，守节思想倒反发达。皇帝要臣子尽忠，男人便愈要女人守节。到了清朝，儒者真是愈加利害。看见唐人文章里有公主改嫁的话，也不免勃然大怒道，"这是什么事！你竟不为尊者讳，这还了得！"假使这唐人还活着，一定要斥革功名，"以正人心而端风俗"了。

国民将到被征服的地位，守节盛了；烈女也从此着重。因为女子既是男子所有，自己死了，不该嫁人，自己活着，自然更不许被夺。

1　"业儒"：以儒学为业。

2　"重适"：再嫁。

3　元朝圣旨开头多为"长生天力里，大福荫护助里"这两句蒙古语白话，即"奉天承运，皇帝诏曰"的意思。

4　薛禅：元世祖忽必烈的蒙古汗号。完泽笃：元成宗铁穆耳的蒙古汗号。曲律：元武宗海山的蒙古汗号。

然而自己是被征服的国民，没有力量保护，没有勇气反抗了，只好别
出心裁，鼓吹女人自杀。或者妻女极多的阔人，婢妾成行的富翁，乱
离时候，照顾不到，一遇"逆兵"（或是"天兵"），就无法可想。只得
救了自己，请别人都做烈女；变成烈女，"逆兵"便不要了。他便待事
定以后，慢慢回来，称赞几句。好在男子再娶，又是天经地义，别讨
女人，便都完事。因此世上遂有了"双烈合传""七姬墓志"[1]，甚而
至于钱谦益[2]的集中，也布满了"赵节妇""钱烈女"的传记和歌颂。

　　只有自己不顾别人的民情，又是女应守节男子却可多妻的社会，
造出如此畸形道德，而且日见精密苛酷，本也毫不足怪。但主张的是
男子，上当的是女子。女子本身，何以毫无异言呢？原来"妇者服
也"，理应服事于人。教育固可不必，连开口也都犯法。他的精神，也
同他体质一样，成了畸形。所以对于这畸形道德，实在无甚意见。就
令有了异议，也没有发表的机会。做几首"闺中望月""园里看花"的
诗，尚且怕男子骂他怀春，何况竟敢破坏这"天地间的正气"？只有
说部[3]书上，记载过几个女人，因为境遇上不愿守节，据做书的人说：
可是他再嫁以后，便被前夫的鬼捉去，落了地狱；或者世人个个唾
骂，做了乞丐，也竟求乞无门，终于惨苦不堪而死了！

　　如此情形，女子便非"服也"不可。然而男子一面，何以也不主
张真理，只是一味敷衍呢？汉朝以后，言论的机关，都被"业儒"的垄
断了。宋元以来，尤其利害。我们几乎看不见一部非业儒的书，听不

1　"七姬墓志"："七姬"指元末张士诚的女婿潘元绍的七位小妾。朱元璋的部将徐达围攻据守的苏州，潘料不能敌，逼迫七位小妾悬梁自尽，将她们合葬后自己却降了朱元璋，之后命人作墓志《七姬权厝志》来宣扬此事。

2　钱谦益（1582—1664）：明末东林党领袖之一，清军兵临南京城下，其妻柳如是劝他一同投水殉国，钱以"水太冷，不能下"为由拒绝，后开城降清。

3　说部：指古代小说、笔记、杂著一类书籍。

到一句非士人的话。除了和尚道士，奉旨可以说话的以外，其余"异端"的声音，决不能出他卧房一步。况且世人大抵受了"儒者柔也"的影响；不述而作，最为犯忌。即使有人见到，也不肯用性命来换真理。即如失节一事，岂不知道必须男女两性，才能实现。他却专责女性；至于破人节操的男子，以及造成不烈的暴徒，便都含糊过去。男子究竟较女性难惹，惩罚也比表彰为难。其间虽有过几个男人，实觉于心不安，说些室女[1]不应守志殉死的平和话，可是社会不听；再说下去，便要不容，与失节的女人一样看待。他便也只好变了"柔也"，不再开口了。所以节烈这事，到现在不生变革。

（此时，我应声明：现在鼓吹节烈派的里面，我颇有知道的人。敢说确有好人在内，居心也好。可是救世的方法是不对，要向西走了北了。但也不能因为他是好人，便竟能从正西直走到北。所以我又愿他回转身来。）

其次还有疑问：

节烈难么？答道，很难。男子都知道极难，所以要表彰他。社会的公意，向来以为贞淫与否，全在女性。男子虽然诱惑了女人，却不负责任。譬如甲男引诱乙女，乙女不允，便是贞节，死了，便是烈；甲男并无恶名，社会可算淳古。倘若乙女允了，便是失节；甲男也无恶名，可是世风被乙女败坏了！别的事情，也是如此。所以历史上亡国败家的原因，每每归咎女子。糊糊涂涂的代担全体的罪恶，已经三千多年了。男子既然不负责任，又不能自己反省，自然放心诱惑；文人著作，反将他传为美谈。所以女子身旁，几乎布满了危险。除却

---

1 室女：未婚女子。

他自己的父兄丈夫以外，便都带点诱惑的鬼气。所以我说很难。

节烈苦么？答道，很苦。男子都知道很苦，所以要表彰他。凡人都想活；烈是必死，不必说了。节妇还要活着。精神上的惨苦，也姑且弗论。单是生活一层，已是大宗的痛楚。假使女子生计已能独立，社会也知道互助，一人还可勉强生存。不幸中国情形，却正相反。所以有钱尚可，贫人便只能饿死。直到饿死以后，间或得了旌表，还要写入志书。所以各府各县志书传记类的末尾，也总有几卷"烈女"。一行一人，或是一行两人，赵钱孙李，可是从来无人翻读。就是一生崇拜节烈的道德大家，若问他贵县志书里烈女门的前十名是谁？也怕不能说出。其实他是生前死后，竟与社会漠不相关的。所以我说很苦。

照这样说，不节烈便不苦么？答道，也很苦。社会公意，不节烈的女人，既然是下品；他在这社会里，是容不住的。社会上多数古人模模糊糊传下来的道理，实在无理可讲；能用历史和数目的力量，挤死不合意的人。这一类无主名无意识的杀人团里，古来不晓得死了多少人物；节烈的女子，也就死在这里。不过他死后间有一回表彰，写入志书。不节烈的人，便生前也要受随便什么人的唾骂，无主名的虐待。所以我说也很苦。

女子自己愿意节烈么？答道，不愿。人类总有一种理想，一种希望。虽然高下不同，必须有个意义。自他两利固好，至少也得有益本身。节烈很难很苦，既不利人，又不利己。说是本人愿意，实在不合人情。所以假如遇着少年女人，诚心祝赞他将来节烈，一定发怒；或者还要受他父兄丈夫的尊拳。然而仍旧牢不可破，便是被这历史和数目的力量挤着。可是无论何人，都怕这节烈。怕他竟钉到自己和亲骨肉的身上。所以我说不愿。

　　我依据以上的事实和理由，要断定节烈这事是：极难，极苦，不愿身受，然而不利自他，无益社会国家，于人生将来又毫无意义的行为，现在已经失了存在的生命和价值。

　　临了还有一层疑问：

　　节烈这事，现代既然失了存在的生命和价值；节烈的女人，岂非白苦一番么？可以答他说：还有哀悼的价值。他们是可怜人；不幸上了历史和数目的无意识的圈套，做了无主名的牺牲。可以开一个追悼大会。

　　我们追悼了过去的人，还要发愿：要自己和别人，都纯洁聪明勇猛向上。要除去虚伪的脸谱。要除去世上害己害人的昏迷和强暴。

　　我们追悼了过去的人，还要发愿：要除去于人生毫无意义的苦痛。要除去制造并赏玩别人苦痛的昏迷和强暴。

　　我们还要发愿：要人类都受正当的幸福。

一九一八年七月

本篇最初发表于一九一八年八月北京《新青年》月刊第五卷第二号，署名唐俟。后收入杂文集《坟》。

我们现在怎样做父亲

　　我作这一篇文的本意，其实是想研究怎样改革家庭；又因为中国亲权重，父权更重，所以尤想对于从来认为神圣不可侵犯的父子问题，发表一点意见。总而言之：只是革命要革到老子身上罢了。但何以大模大样，用了这九个字的题目呢？这有两个理由：

　　第一，中国的"圣人之徒"，最恨人动摇他的两样东西。一样不必说，也与我辈绝不相干；一样便是他的伦常，我辈却不免偶然发几句议论，所以株连牵扯，很得了许多"铲伦常""禽兽行"之类的恶名。他们以为父对于子，有绝对的权力和威严；若是老子说话，当然无所不可，儿子有话，却在未说之前早已错了。但祖父子孙，本来各各都只是生命的桥梁的一级，决不是固定不易的。现在的子，便是将来的父，也便是将来的祖。我知道我辈和读者，若不是现任之父，也一定是候补之父，而且也都有做祖宗的希望，所差只在一个时间。为想省却许多麻烦起见，我们便该无须客气，尽可先行占住了上风，摆出父亲的尊严，谈谈我们和我们子女的事；不但将来着手实行，可以减少困难，在中国也顺理成章，免得"圣人之徒"听了害怕，总算是一举两得之至的事了。所以说，"我们怎样做父亲。"

　　第二，对于家庭问题，我在《新青年》的《随感录》（二五，四十，四九）中，曾经略略说及，总括大意，便只是从我们起，解放了后来的人。论到解放子女，本是极平常的事，当然不必有什么讨论。但中国的老年，中了旧习惯旧思想的毒太深了，决定悟不过来。譬如早晨听到乌鸦叫，少年毫不介意，迷信的老人，却总须颓唐半天。虽然很可怜，然而也无法可救。没有法，便只能先从觉醒的人开手，各自解放了自己的孩子。自己背着因袭的重担，肩住了黑暗的闸门，放他们到宽阔光明的地方去；此后幸福的度日，合理的做人。

　　还有，我曾经说，自己并非创作者，便在上海报纸的《新教训》里，挨了一顿骂。但我辈评论事情，总须先评论了自己，不要冒充，才能像一篇说话，对得起自己和别人。我自己知道，不特并非创作者，并且也不是真理的发见者。凡有所说所写，只是就平日见闻的事理里面，取了一点心以为然的道理；至于终极究竟的事，却不能知。便是对于数年以后的学说的进步和变迁，也说不出会到如何地步，单相信比现在总该还有进步还有变迁罢了。所以说，"我们现在怎样做父亲。"

　　我现在心以为然的道理，极其简单。便是依据生物界的现象，一，要保存生命；二，要延续这生命；三，要发展这生命（就是进化）。生物都这样做，父亲也就是这样做。

　　生命的价值和生命价值的高下，现在可以不论。单照常识判断，便知道既是生物，第一要紧的自然是生命。因为生物之所以为生物，全在有这生命，否则失了生物的意义。生物为保存生命起见，具有种种本能，最显著的是食欲。因有食欲才摄取食品，因有食品才发生温热，保存了生命。但生物的个体，总免不了老衰和死亡，为继续生命起见，又有一种本能，便是性欲。因性欲才有性交，因有性交才发生苗裔，继续了生命。所以食欲是保存自己，保存现在生命的事；性欲是保存后裔，保存永久生命的事。饮食并非罪恶，并非不净；性交也就并非罪恶，并非不净。饮食的结果，养活了自己，对于自己没有恩；性交的结果，生出子女，对于子女当然也算不了恩。——前前后后，都向生命的长途走去，仅有先后的不同，分不出谁受谁的恩典。

可惜的是中国的旧见解，竟与这道理完全相反。夫妇是"人伦之中"，却说是"人伦之始"；性交是常事，却以为不净；生育也是常事，却以为天大的大功。人人对于婚姻，大抵先夹带着不净的思想。亲戚朋友有许多戏谑，自己也有许多羞涩，直到生了孩子，还是躲躲闪闪，怕敢声明；独有对于孩子，却威严十足。这种行径，简直可以说是和偷了钱发迹的财主，不相上下了。我并不是说，——如他们攻击者所意想的，——人类的性交也应如别种动物，随便举行；或如无耻流氓，专做些下流举动，自鸣得意。是说，此后觉醒的人，应该先洗净了东方固有的不净思想，再纯洁明白一些，了解夫妇是伴侣，是共同劳动者，又是新生命创造者的意义。所生的子女，固然是受领新生命的人，但他也不永久占领，将来还要交付子女，像他们的父母一般。只是前前后后，都做一个过付的经手人罢了。

生命何以必需继续呢？就是因为要发展，要进化。个体既然免不了死亡，进化又毫无止境，所以只能延续着，在这进化的路上走。走这路须有一种内的努力，有如单细胞动物有内的努力，积久才会繁复，无脊椎动物有内的努力，积久才会发生脊椎。所以后起的生命，总比以前的更有意义，更近完全，因此也更有价值，更可宝贵；前者的生命，应该牺牲于他。

但可惜的是中国的旧见解，又恰恰与这道理完全相反。本位应在幼者，却反在长者；置重应在将来，却反在过去。前者做了更前者的牺牲，自己无力生存，却苛责后者又来专做他的牺牲，毁灭了一切发展本身的能力。我也不是说，——如他们攻击者所意想的，——孙子理应终日痛打他的祖父，女儿必须时时咒骂他的亲娘。是说，此后觉醒的人，应该先洗净了东方古传的谬误思想，对于子女，义务思想须加多，而权利思想却大可切实核减，以准备改作幼者本位的道德。况且幼者受了权利，也并非永久占有，将来还要对于他们的幼者，仍尽义务。只是前前后后，都做一切过付的经手人罢了。

"父子间没有什么恩"这一个断语，实是招致"圣人之徒"面红耳赤的一大原因。他们的误点，便在长者本位与利己思想，权利思想很重，义务思想和责任心却很轻。以为父子关系，只须"父兮生我"[1]一件事，幼者的全部，便应为长者所有。尤其堕落的，是因此责望报偿，以为幼者的全部，理该做长者的牺牲。殊不知自然界的安排，却件件与这要求反对，我们从古以来，逆天行事，于是人的能力，十分萎缩，社会的进步，也就跟着停顿。我们虽不能说停顿便要灭亡，但较之进步，总是停顿与灭亡的路相近。

自然界的安排，虽不免也有缺点，但结合长幼的方法，却并无错误。他并不用"恩"，却给与生物以一种天性，我们称他为"爱"。动物界中除了生子数目太多——爱不周到的如鱼类之外，总是挚爱他的幼子，不但绝无利益心情，甚或至于牺牲了自己，让他的将来的生命，去上那发展的长途。

人类也不外此，欧美家庭，大抵以幼者弱者为本位，便是最合于这生物学的真理的办法。便在中国，只要心思纯白，未曾经过"圣人之徒"作践的人，也都自然而然的能发现这一种天性。例如一个村妇哺乳婴儿的时候，决不想到自己正在施恩；一个农夫娶妻的时候，也

1 "父兮生我"：出自《诗经·小雅·蓼莪》："父兮生我，母兮鞠我。"

决不以为将要放债。只是有了子女，即天然相爱，愿他生存；更进一步的，便还要愿他比自己更好，就是进化。这离绝了交换关系利害关系的爱，便是人伦的索子，便是所谓"纲"。倘如旧说，抹杀了"爱"，一味说"恩"，又因此责望报偿，那便不但败坏了父子间的道德，而且也大反于做父母的实际的真情，播下乖剌[1]的种子。有人做了乐府，说是"劝孝"，大意是什么"儿子上学堂，母亲在家磨杏仁，预备回来给他喝，你还不孝么"之类，自以为"拼命卫道"。殊不知富翁的杏酪和穷人的豆浆，在爱情上价值同等，而其价值却正在父母当时并无求报的心思；否则变成买卖行为，虽然喝了杏酪，也不异"人乳喂猪"[2]，无非要猪肉肥美，在人伦道德上，丝毫没有价值了。

　　所以我现在心以为然的，便只是"爱"。

　　无论何国何人，大都承认"爱己"是一件应当的事。这便是保存生命的要义，也就是继续生命的根基。因为将来的运命，早在现在决定，故父母的缺点，便是子孙灭亡的伏线，生命的危机。易卜生[3]做的《群鬼》（有潘家洵[4]君译本，载在《新潮》[5]一卷五号）虽然重在男女问题，但我们也可以看出遗传的可怕。欧士华本是要生活，能创作的人，因为父亲的不检，先天得了病毒，中途不能做人了。他又很爱母亲，不忍劳他服侍，便藏着吗啡，想待发作时候，由使女瑞琴帮他吃下，毒杀了自己；可是瑞琴走了。他于是只好托他母亲了。

1　乖剌：违背常情；乖戾。

2　"人乳喂猪"：典出《世说新语·汰侈》："武帝（司马炎）尝降王武子家，武子供馔……烝豚肥美，异于常味。帝怪而问之，答曰：'以人乳饮豚。'"

3　易卜生（H. Ibsen, 1828—1906）：挪威戏剧家、诗人。《群鬼》是其出版于1881年的剧作，后文的欧士华、瑞琴均为剧中人物。

4　潘家洵（1896—1989）：江苏苏州人，翻译家，当时为北京大学西语系学生。

5　《新潮》：北京大学新潮社主办的月刊，1919年1月创刊。

欧　"母亲，现在应该你帮我的忙了。"

阿夫人　"我吗？"

欧　"谁能及得上你。"

阿夫人　"我！你的母亲！"

欧　"正为那个。"

阿夫人　"我，生你的人！"

欧　"我不曾教你生我。并且给我的是一种什么日子？我不要　　　他！你拿回去罢！"

这一段描写，实在是我们做父亲的人应该震惊戒惧佩服的；决不能昧了良心，说儿子理应受罪。这种事情，中国也很多，只要在医院做事，便能时时看见先天梅毒性病儿的惨状；而且傲然的送来的，又大抵是他的父母。但可怕的遗传，并不只是梅毒；另外许多精神上体质上的缺点，也可以传之子孙，而且久而久之，连社会都蒙着影响。我们且不高谈人群，单为子女说，便可以说凡是不爱己的人，实在欠缺做父亲的资格。就令硬做了父亲，也不过如古代的草寇称王一般，万万算不了正统。将来学问发达，社会改造时，他们侥幸留下的苗裔，恐怕总不免要受善种学[1]（Eugenics）者的处置。

倘若现在父母并没有将什么精神上体质上的缺点交给子女，又不遇意外的事，子女便当然健康，总算已经达到了继续生命的目的。但父母的责任还没有完，因为生命虽然继续了，却是停顿不得，所以还须教这新生命去发展。凡动物较高等的，对于幼雏，除了养育保护以外，往往还教他们生存上必需的本领。例如飞禽便教飞翔，鸷兽便教搏击。人类更高几等，便也有愿意子孙更进一层的天性。这也是爱，

我们现在怎样做父亲

1　善种学：即优生学。

上文所说的是对于现在，这是对于将来。只要思想未遭锢蔽的人，谁也喜欢子女比自己更强，更健康，更聪明高尚，——更幸福；就是超越了自己，超越了过去。超越便须改变，所以子孙对于祖先的事，应该改变，"三年无改于父之道可谓孝矣"[1]，当然是曲说，是退婴[2]的病根。假使古代的单细胞动物，也遵着这教训，那便永远不敢分裂繁复，世界上再也不会有人类了。

幸而这一类教训，虽然害过许多人，却还未能完全扫尽了一切人的天性。没有读过"圣贤书"的人，还能将这天性在名教的斧钺底下，时时流露，时时萌蘖；这便是中国人虽然凋落萎缩，却未灭绝的原因。

所以觉醒的人，此后应将这天性的爱，更加扩张，更加醇化；用无我的爱，自己牺牲于后起新人。开宗第一，便是理解。往昔的欧人对于孩子的误解，是以为成人的预备；中国人的误解，是以为缩小的成人。直到近来，经过许多学者的研究，才知道孩子的世界，与成人截然不同；倘不先行理解，一味蛮做，便大碍于孩子的发达。所以一切设施，都应该以孩子为本位，日本近来，觉悟的也很不少；对于儿童的设施，研究儿童的事业，都非常兴盛了。第二，便是指导。时势既有改变，生活也必须进化；所以后起的人物，一定尤异于前，决不能用同一模型，无理嵌定。长者须是指导者协商者，却不该是命令者。不但不该责幼者供奉自己；而且还须用全副精神，专为他们自己，养成他们有耐劳作的体力，纯洁高尚的道德，广博自由能容纳新潮流的精神，也就是能在世界新潮流中游泳，不被淹没的力量。第三，便是解放。子女是即我非我的人，但既已分立，也便是人类中的

1　出自《论语·学而》。

2　退婴：像婴儿一样柔弱无争。

人。因为即我，所以更应该尽教育的义务，交给他们自立的能力；因为非我，所以也应同时解放，全部为他们自己所有，成一个独立的人。

这样，便是父母对于子女，应该健全的产生，尽力的教育，完全的解放。

但有人会怕，仿佛父母从此以后，一无所有，无聊之极了。这种空虚的恐怖和无聊的感想，也即从谬误的旧思想发生；倘明白了生物学的真理，自然便会消灭。但要做解放子女的父母，也应预备一种能力。便是自己虽然已经带着过去的色采，却不失独立的本领和精神，有广博的趣味，高尚的娱乐。要幸福么？连你的将来的生命都幸福了。要"返老还童"，要"老复丁"[1]么？子女便是"复丁"，都已独立而且更好了。这才是完了长者的任务，得了人生的慰安。倘若思想本领，样样照旧，专以"勃谿"[2]为业，行辈自豪，那便自然免不了空虚无聊的苦痛。

或者又怕，解放之后，父子间要疏隔了。欧美的家庭，专制不及中国，早已大家知道；往者虽有人比之禽兽，现在却连"卫道"的圣徒，也曾替他们辩护，说并无"逆子叛弟"了。因此可知：惟其解放，所以相亲；惟其没有"拘挛"[3]子弟的父兄，所以也没有反抗"拘挛"的"逆子叛弟"。若威逼利诱，便无论如何，决不能有"万年有道之长"。例便如我中国，汉有举孝[4]，唐有孝悌力田科[5]，清末也还有孝廉

1　"老复丁"：年老而复壮盛。
2　"勃谿（xī）"：婆媳争吵，亦作"勃豀"。出自《庄子·外物》："室无空虚，则妇姑勃豀。"
3　"拘挛"：拘禁，关押。
4　举孝：即举孝廉。孝廉，即孝子廉吏，是汉朝的选官制度察举制的主要科目。
5　孝悌力田科：唐代科举名目之一，由地方官向朝廷推荐有"孝悌"德行和努力耕作的人，被选中者可授官或给予赏赐。

方正[1]，都能换到官做。父恩谕之于先，皇恩施之于后，然而割股的人物，究属寥寥。足可证明中国的旧学说旧手段，实在从古以来，并无良效，无非使坏人增长些虚伪，好人无端的多受些人我都无利益的苦痛罢了。

独有"爱"是真的。路粹[2]引孔融[3]说，"父之于子，当有何亲？论其本意，实为情欲发耳。子之于母，亦复奚为，譬如寄物瓶中，出则离矣。"（汉末的孔府上，很出过几个有特色的奇人，不像现在这般冷落，这话也许确是北海先生[4]所说；只是攻击他的偏是路粹和曹操，教人发笑罢了。）虽然也是一种对于旧说的打击，但实于事理不合。因为父母生了子女，同时又有天性的爱，这爱又很深广很长久，不会即离。现在世界没有大同，相爱还有差等，子女对于父母，也便最爱，最关切，不会即离。所以疏隔一层，不劳多虑。至于一种例外的人，或者非爱所能钩连。但若爱力尚且不能钩连，那便任凭什么"恩威，名分，天经，地义"之类，更是钩连不住。

或者又怕，解放之后，长者要吃苦了。这事可分两层：第一，中国的社会，虽说"道德好"，实际却太缺乏相爱相助的心思。便是"孝""烈"这类道德，也都是旁人毫不负责，一味收拾幼者弱者的方法。在这样社会中，不独老者难于生活，即解放的幼者，也难于生活。第二，中国的男女，大抵未老先衰，甚至不到二十岁，早已老态可掬，待到真实衰老，便更须别人扶持。所以我说，解放子女的父母，应该

1　孝廉方正：清朝特设的科举名目，由地方官荐举孝、廉、方正的人，经礼部考试，授以知县等官。

2　路粹（？—214）：字文蔚，陈留郡临漳县（今河北临漳）人，东汉末年文士，奉曹操之命上奏攻击孔融。

3　孔融（153—208）：字文举，鲁国（今山东曲阜）人，东汉末年文学家，"建安七子"之一。

4　北海先生：即孔融，其曾任北海相。

先有一番预备；而对于如此社会，尤应该改造，使他能适于合理的生活。许多人预备着，改造着，久而久之，自然可望实现了。单就别国的往时而言，斯宾塞[1]未曾结婚，不闻他侘傺[2]无聊；瓦特[3]早没有了子女，也居然"寿终正寝"，何况在将来，更何况有儿女的人呢？

或者又怕，解放之后，子女要吃苦了。这事也有两层，全如上文所说，不过一是因为老而无能，一是因为少不更事罢了。因此觉醒的人，愈觉有改造社会的任务。中国相传的成法，谬误很多：一种是锢闭，以为可以与社会隔离，不受影响。一种是教给他恶本领，以为如此才能在社会中生活。用这类方法的长者，虽然也含有继续生命的好意，但比照事理，却决定谬误。此外还有一种，是传授些周旋方法，教他们顺应社会。这与数年前讲"实用主义"的人，因为市上有假洋钱，便要在学校里遍教学生看洋钱的法子之类，同一错误。社会虽然不能不偶然顺应，但决不是正当办法。因为社会不良，恶现象便很多，势不能一一顺应；倘都顺应了，又违反了合理的生活，倒走了进化的路。所以根本方法，只有改良社会。

就实际上说，中国旧理想的家族关系父子关系之类，其实早已崩溃。这也非"于今为烈"，正是"在昔已然"。历来都竭力表彰"五世同堂"，便足见实际上同居的为难；拚命的劝孝，也足见事实上孝子的缺少。而其原因，便全在一意提倡虚伪道德，蔑视了真的人情。我们试一翻大族的家谱，便知道始迁祖宗，大抵是单身迁居，成家立业；一到聚族而居，家谱出版，却已在零落的中途了。况在将来，迷

1　斯宾塞（H. Spencer, 1820—1903）：英国哲学家、社会学家。

2　侘傺：失意的样子。

3　瓦特（J. Watt, 1736—1819）：英国发明家，以改良蒸汽机而闻名。

信破了，便没有哭竹[1]，卧冰[2]；医学发达了，也不必尝秽[3]，割股[4]。又因为经济关系，结婚不得不迟，生育因此也迟，或者子女才能自存，父母已经衰老，不及依赖他们供养，事实上也就是父母反尽了义务。世界潮流逼拶[5]着，这样做的可以生存，不然的便都衰落；无非觉醒者多，加些人力，便危机可望较少就是了。

但既如上言，中国家庭，实际久已崩溃，并不如"圣人之徒"纸上的空谈，则何至今依然如故，一无进步呢？这事很容易解答。第一，崩溃者自崩溃，纠缠者自纠缠，设立者又自设立；毫无戒心，也不想到改革，所以如故。第二，以前的家庭中间，本来常有勃谿，到了新名词流行之后，便都改称"革命"，然而其实也仍是讨嫖钱至于相骂，要赌本至于相打之类，与觉醒者的改革，截然两途。这一类自称"革命"的勃谿子弟，纯属旧式，待到自己有了子女，也决不解放；或者毫不管理，或者反要寻出《孝经》[6]，勒令诵读，想他们"学于古训"，都做牺牲。这只能全归旧道德旧习惯旧方法负责，生物学的真理决不能妄任其咎。

既如上言，生物为要进化，应该继续生命，那便"不孝有三无后为大"，三妻四妾，也极合理了。这事也很容易解答。人类因为无后，

1　哭竹：指"二十四孝"中的"哭竹生笋"。三国时期吴国人孟宗的母亲生病想吃竹笋，冬天没有竹笋，孟宗扶竹而哭，感动了竹子，于是即刻长出了竹笋。

2　卧冰：指"二十四孝"中的"卧冰求鲤"。晋朝人王祥的继母要吃鲜鱼，天寒冰冻，无处购买，王祥在河上脱衣卧冰，冰被暖化了，跃出两条鲤鱼。

3　尝秽：指"二十四孝"中的"尝粪忧心"。南朝齐人庾黔娄的父亲病重，他亲尝父亲的粪便，根据味道分辨病情轻重。

4　割股：割下自己的大腿肉来治疗父母的疾病，是封建社会所认为的孝行。

5　逼拶（zā）：逼迫。

6　《孝经》：中国古代儒家伦理著作，成书于秦汉之际，是儒家十三经之一。

绝了将来的生命，虽然不幸，但若用不正当的方法手段，苟延生命而害及人群，便该比一人无后，尤其"不孝"。因为现在的社会，一夫一妻制最为合理，而多妻主义，实能使人群堕落。堕落近于退化，与继续生命的目的，恰恰完全相反。无后只是灭绝了自己，退化状态的有后，便会毁到他人，人类总有些为他人牺牲自己的精神，而况生物自发生以来，交互关联，一人的血统，大抵总与他人有多少关系，不会完全灭绝。所以生物学的真理，决非多妻主义的护符。

总而言之，觉醒的父母，完全应该是义务的，利他的，牺牲的，很不易做；而在中国尤不易做。中国觉醒的人，为想随顺长者解放幼者，便须一面清结旧账，一面开辟新路。就是开首所说的"自己背着因袭的重担，肩住了黑暗的闸门，放他们到宽阔光明的地方去；此后幸福的度日，合理的做人。"这是一件极伟大的要紧的事，也是一件极困苦艰难的事。

但世间又有一类长者，不但不肯解放子女，并且不准子女解放他们自己的子女；就是并要孙子曾孙都做无谓的牺牲。这也是一个问题；而我是愿意平和的人，所以对于这问题，现在不能解答。

一九一九年十月

本篇原载一九一九年十一月一日《新青年》第六卷第六号。
后收入杂文集《坟》。

我们现在怎样做父亲

论雷峰塔的倒掉

　　听说，杭州西湖上的雷峰塔倒掉了，听说而已，我没有亲见。但我却见过未倒的雷峰塔，破破烂烂的映掩于湖光山色之间，落山的太阳照着这些四近的地方，就是"雷峰夕照"，西湖十景之一。"雷峰夕照"的真景我也见过，并不见佳，我以为。

　　然而一切西湖胜迹的名目之中，我知道得最早的却是这雷峰塔。我的祖母曾经常常对我说，白蛇娘娘就被压在这塔底下。有个叫作许仙的人救了两条蛇，一青一白，后来白蛇便化作女人来报恩，嫁给许仙了；青蛇化作丫鬟，也跟着。一个和尚，法海禅师，得道的禅师，看见许仙脸上有妖气，——凡讨妖怪做老婆的人，脸上就有妖气的，但只有非凡的人才看得出，——便将他藏在金山寺的法座后，白蛇娘娘来寻夫，于是就"水满金山"。我的祖母讲起来还要有趣得多，大约是出于一部弹词叫作《义妖传》[1]里的，但我没有看过这部书，所以也不知道"许仙""法海"究竟是否这样写。总而言之，白蛇娘娘终于中了法海的计策，被装在一个小小的钵盂里了。钵盂埋在地里，上面还造起一座镇压的塔来，这就是雷峰塔。此后似乎事情还很多，如"白状元祭塔"之类，但我现在都忘记了。

　　那时我惟一的希望，就在这雷峰塔的倒掉。后来我长大了，到杭

1 《义妖传》：清代嘉庆、道光年间苏州人陈遇乾根据乾隆年间刻本《白蛇传》改编的长篇弹词。

州，看见这破破烂烂的塔，心里就不舒服。后来我看看书，说杭州人又叫这塔作保叔塔，其实应该写作"保俶塔"，是钱王的儿子造的。[1]那么，里面当然没有白蛇娘娘了，然而我心里仍然不舒服，仍然希望他倒掉。

现在，他居然倒掉了，则普天之下的人民，其欣喜为何如？

这是有事实可证的。试到吴越的山间海滨，探听民意去。凡有田夫野老，蚕妇村氓，除了几个脑髓里有点贵恙的之外，可有谁不为白娘娘抱不平，不怪法海太多事的？

和尚本应该只管自己念经，白蛇自迷许仙，许仙自娶妖怪，和别人有什么相干呢？他偏要放下经卷，横来招是搬非，大约是怀着嫉妒罢，——那简直是一定的。

听说，后来玉皇大帝也就怪法海多事，以至荼毒生灵，想要拿办他了。他逃来逃去，终于逃在蟹壳里避祸，不敢再出来，到现在还如此。我对于玉皇大帝所做的事，腹诽的非常多，独于这一件却很满意，因为"水满金山"一案，的确应该由法海负责；他实在办得很不错。只可惜我那时没有打听这话的出处，或者不在《义妖传》中，却是民间的传说罢。

秋高稻熟时节，吴越间所多的是螃蟹，煮到通红之后，无论取那一只，揭开背壳来，里面就有黄，有膏；倘是雌的，就有石榴子一般鲜红的子。先将这些吃完，即一定露出一个圆锥形的薄膜，再用小刀小心地沿着锥底切下，取出，翻转，使里面向外，只要不破，便变成一

1　保俶塔并非雷峰塔，此处是作者误识。北宋开宝元年（968），吴越国王钱俶被赵匡胤召到汴梁，其舅吴延爽为祝福钱俶进京平安，特在西湖宝石山建塔，称为保俶塔。雷峰塔则是由吴越国王钱俶为祈求国泰民安而于北宋太平兴国二年（977）建造的。

个罗汉模样的东西，有头脸，身子，是坐着的，我们那里的小孩子都称他"蟹和尚"，就是躲在里面避难的法海。

当初，白蛇娘娘压在塔底下，法海禅师躲在蟹壳里。现在却只有这位老禅师独自静坐了，非到螃蟹断种的那一天为止出不来。莫非他造塔的时候，竟没有想到塔是终究要倒的么？

活该。

一九二四年十月二十八日

附记：

这篇东西，是一九二四年十月二十八日做的。今天孙伏园[1]来，我便将草稿给他看。他说，雷峰塔并非就是保俶塔。那么，大约是我记错了的了，然而我却确乎早知道雷峰塔下并无白娘娘。现在既经前记者先生指点，知道这一节并非得于所看之书，则当时何以知之，也是莫名其妙矣。特此声明，并且更正。十一月三日。

本篇最初发表于1924年11月17日北京《语丝》周刊第一期。
后收入杂文集《坟》。

1　孙伏园（1894—1966）：原名福源，字养泉，浙江绍兴人，散文家、副刊编辑，1924年11月与鲁迅等人发起成立语丝社，出版《语丝》周刊。

论照相之类

一 材料之类

我幼小时候，在S城，——所谓幼小时候者，是三十年前，但从进步神速的英才看来，就是一世纪；所谓S城者，我不说他的真名字，何以不说之故，也不说。总之，是在S城，常常旁听大大小小男男女女谈论洋鬼子挖眼睛。曾有一个女人，原在洋鬼子家里佣工，后来出来了，据说她所以出来的原因，就因为亲见一坛盐渍的眼睛，小鲫鱼似的一层一层积叠着，快要和坛沿齐平了。她为远避危险起见，所以赶紧走。

S城有一种习惯，就是凡是小康之家，到冬天一定用盐来腌一缸白菜，以供一年之需，其用意是否和四川的榨菜相同，我不知道。但洋鬼子之腌眼睛，则用意当然别有所在，惟独方法却大受了S城腌白菜法的影响，相传中国对外富于同化力，这也就是一个证据罢。然而状如小鲫鱼者何？答曰：此确为S城人之眼睛也。S城庙宇中常有一种菩萨，号曰眼光娘娘。有眼病的，可以去求祷；愈，则用布或绸做眼睛一对，挂神龛上或左右，以答神庥[1]。所以只要看所挂眼睛的多少，就知道这菩萨的灵不灵。而所挂的眼睛，则正是两头尖尖，如小鲫鱼，要寻一对和洋鬼子生理图上所画似的圆球形者，决不可得。黄帝岐伯[2]尚[3]矣；

1 庥：庇荫，保护。

2 黄帝岐伯：指《黄帝内经》，成书于秦汉时期，相传为黄帝所作，是中国最早的医学典籍。

3 尚：久远。

王莽诛翟义[1]党，分解肢体，令医生们察看，曾否绘图不可知，纵使绘过，现在已佚，徒令"古已有之"而已。宋的《析骨分经》[2]，相传也据目验，《说郛》[3]中有之，我曾看过它，多是胡说，大约是假的。否则，目验尚且如此胡涂，则S城人之将眼睛理想化为小鲫鱼，实也无足深怪了。

　　然而洋鬼子是吃腌眼睛来代腌菜的么？是不然，据说是应用的。一，用于电线，这是根据别一个乡下人的话，如何用法，他没有谈，但云用于电线罢了；至于电线的用意，他却说过，就是每年加添铁丝，将来鬼兵到时，使中国人无处逃走。二，用于照相，则道理分明，不必多赘，因为我们只要和别人对立，他的瞳子里一定有我的一个小照相的。

　　而且洋鬼子又挖心肝，那用意，也是应用。我曾旁听过一位念佛的老太太说明理由：他们挖了去，熬成油，点了灯，向地下各处去照去。人心总是贪财的，所以照到埋着宝贝的地方，火头便弯下去了。他们当即掘开来，取了宝贝去，所以洋鬼子都这样的有钱。

　　道学先生之所谓"万物皆备于我"的事，其实是全国，至少是S城的"目不识丁"的人们都知道，所以人为"万物之灵"。所以月经精液可以延年，毛发爪甲可以补血，大小便可以医许多病，臂膊上的肉可以养亲。然而这并非本论的范围，现在姑且不说。况且S城人极重体面，有许多事不许说；否则，就要用阴谋来惩治的。

二　形式之类

　　要之，照相似乎是妖术。咸丰年间，或一省里，还有因为能照

1　翟义（？—7）：字文仲，西汉上蔡人，王莽篡位时起兵讨伐，后被王莽击败，灭三族。

2　《析骨分经》：明代宁一玉著，见清代陶珽编纂的《续说郛》第三十卷。作者误记为宋人所著。

3　《说郛（fú）》：元末明初学者陶宗仪所编大型丛书，共100卷，多选录汉魏至宋元的各种笔记汇集而成。

相而家产被乡下人捣毁的事情。但当我幼小的时候，——即三十年前，S城却已有照相馆了，大家也不甚疑惧。虽然当闹"义和拳民"时，——即二十五年前，或一省里，还以罐头牛肉当作洋鬼子所杀的中国孩子的肉看。然而这是例外，万事万物，总不免有例外的。

要之，S城早有照相馆了，这是我每一经过，总须流连赏玩的地方，但一年中也不过经过四五回。大小长短不同颜色不同的玻璃瓶，又光滑又有刺的仙人掌，在我都是珍奇的物事；还有挂在壁上的框子里的照片：曾大人，李大人，左中堂，鲍军门[1]。一个族中的好心的长辈，曾经借此来教育我，说这许多都是当今的大官，平"长毛"的功臣，你应该学学他们。我那时也很愿意学，然而想，也须赶快仍复有"长毛"。

但是，S城人却似乎不甚爱照相，因为精神要被照去的，所以运气正好的时候，尤不宜照，而精神则一名"威光"：我当时所知道的只有这一点。直到近年来，才又听到世上有因为怕失了元气而永不洗澡的名士，元气大约就是威光罢，那么，我所知道的就更多了：中国人的精神一名威光即元气，是照得去，洗得下的。

然而虽然不多，那时却又确有光顾照相的人们，我也不明白是什么人物，或者运气不好之徒，或者是新党罢。只是半身像是大抵避忌的，因为像腰斩。自然，清朝是已经废去腰斩的了，但我们还能在戏文上看见包爷爷的铡包勉[2]，一刀两段，何等可怕，则即使是国粹乎，而亦不欲人之加诸我也，诚然也以不照为宜。所以他们所照的多是全身，旁边一张大茶几，上有帽架，茶碗，水烟袋，花盆，几下一个痰盂，以表明这人的气管枝中有许多痰，总须陆续吐出。人呢，或立或

1　曾大人：指曾国藩（1811—1872）；李大人：指李鸿章（1823—1901）；左中堂：指左宗棠（1812—1885）；鲍军门：指鲍超（1828—1886）。四人均是镇压太平天国运动的清军将领。
2　铡包勉：中国传统戏曲内容，讲的是包拯不徇私情，铡杀犯罪的侄子包勉的故事。

坐，或者手执书卷，或者大襟上挂一个很大的时表，我们倘用放大镜一照，至今还可以知道他当时拍照的时辰，而且那时还不会用镁光，所以不必疑心是夜里。

然而名士风流，又何代蔑有呢？雅人早不满于这样千篇一律的呆鸟了，于是也有赤身露体装作晋人的，也有斜领丝绦装作X人的，但不多。较为通行的是先将自己照下两张，服饰态度各不同，然后合照为一张，两个自己即或如宾主，或如主仆，名曰"二我图"。但设若一个自己傲然地坐着，一个自己卑劣可怜地，向了坐着的那一个自己跪着的时候，名色便又两样了："求己图"。这类"图"晒出之后，总须题些诗，或者词如"调寄满庭芳""摸鱼儿"之类，然后在书房里挂起。至于贵人富户，则因为属于呆鸟一类，所以决计想不出如此雅致的花样来，即有特别举动，至多也不过自己坐在中间，膝下排列着他的一百个儿子，一千个孙子和一万个曾孙（下略）照一张"全家福"。

Th. Lipps[1]在他那《伦理学的根本问题》中，说过这样意思的话。就是凡是人主，也容易变成奴隶，因为他一面既承认可做主人，一面就当然承认可做奴隶，所以威力一坠，就死心塌地，俯首帖耳于新主人之前了。那书可惜我不在手头，只记得一个大意，好在中国已经有了译本，虽然是节译，这些话应该存在的罢。用事实来证明这理论的最显著的例是孙皓[2]，治吴时候，如此骄纵酷虐的暴主，一降晋，却是如此卑劣无耻的奴才。中国常语说，临下骄者事上必谄，也就是看穿了这把戏的话。但表现得最透澈的却莫如"求己图"，将来中国如要印《绘图伦理学的根本问题》，这实在是一张极好的插画，就是世界上最伟大的讽刺画家也万万想不到，画不出的。

1　Th. Lipps：李普斯（1851—1914），德国心理学家、哲学家、美学家。
2　孙皓（242—284）：三国时期吴国末代皇帝，264年至280年在位。降西晋后被封为归命侯。

但现在我们所看见的，已没有卑劣可怜地跪着的照相了，不是什么会纪念的一群，即是什么人放大的半个，都很凛凛地。我愿意我之常常将这些当作半张"求己图"看，乃是我的杞忧。

三　无题之类

照相馆选定一个或数个阔人的照相，放大了挂在门口，似乎是北京特有，或近来流行的。我在S城所见的曾大人之流，都不过六寸或八寸，而且挂着的永远是曾大人之流，也不像北京的时时掉换，年年不同。但革命以后，也许撤去了罢，我知道得不真确。

至于近十年北京的事，可是略有所知了，无非其人阔，则其像放大，其人"下野"，则其像不见，比电光自然永久得多。倘若白昼明烛，要在北京城内寻求一张不像那些阔人似的缩小放大挂起挂倒的照相，则据鄙陋所知，实在只有一位梅兰芳[1]君。而该君的麻姑[2]一般的"天女散花""黛玉葬花"像，也确乎比那些缩小放大挂起挂倒的东西标致，即此就足以证明中国人实有审美的眼睛，其一面又放大挺胸凸肚的照相者，盖出于不得已。

我在先只读过《红楼梦》，没有看见"黛玉葬花"的照片的时候，是万料不到黛玉的眼睛如此之凸，嘴唇如此之厚的。我以为她该是一副瘦削的痨病脸，现在才知道她有些福相，也像一个麻姑。然而只要一看那些继起的模仿者们的拟天女照相，都像小孩子穿了新衣服，拘束得怪可怜的苦相，也就会立刻悟出梅兰芳君之所以永久之故了，其眼睛和

1　梅兰芳（1894—1961）：名澜，又名鹤鸣，字畹华，艺名兰芳，出生于北京，祖籍江苏泰州，京剧表演艺术大师。

2　麻姑：民间信仰的女神，又称寿仙娘娘、虚寂冲应真人。

嘴唇，盖出于不得已，即此也就足以证明中国人实有审美的眼睛。

　　印度的诗圣泰戈尔[1]先生光临中国之际，像一大瓶好香水似地很熏上了几位先生们以文气和玄气，然而够到陪坐祝寿的程度的却只有一位梅兰芳君：两国的艺术家的握手。待到这位老诗人改姓换名，化为"竺震旦"，离开了近于他的理想境的这震旦之后，震旦诗贤头上的印度帽也不大看见了，报章上也很少记他的消息，而装饰这近于理想境的震旦者，也仍旧只有那巍然地挂在照相馆玻璃窗里的一张"天女散花图"或"黛玉葬花图"。

　　惟有这一位"艺术家"的艺术，在中国是永久的。

　　我所见的外国名伶美人的照相并不多，男扮女的照相没有见过，别的名人的照相见过几十张。托尔斯泰[2]，伊孛生[3]，罗丹[4]都老了，尼采[5]一脸凶相，勖本华尔[6]一脸苦相，淮尔特[7]穿上他那审美的衣装的时候，已经有点呆相了，而罗曼罗兰[8]似乎带点怪气，戈尔基[9]又简直像一个流氓。虽说都可以看出悲哀和苦斗的痕迹来罢，但总不如天女的"好"得明明白白。假使吴昌硕[10]翁的刻印章也算雕刻家，加以作画的润格如是之贵，则在中国确是一位艺术家了，但他的照相我们看不见。林琴南[11]翁负了那么大的文名，而天下也似乎不甚有热心于"识

1　泰戈尔（R. Tagore, 1861—1941）：印度诗人、哲学家，诺贝尔文学奖获得者。

2　托尔斯泰（L. N. Tolstoy, 1828—1910）：俄国批判现实主义作家、思想家、哲学家。

3　伊孛生：即易卜生。

4　罗丹（A. Rodin, 1840—1917）：法国雕塑艺术家。

5　尼采（F. W. Nietzsche, 1844—1900）：德国哲学家、诗人。

6　勖本华尔（A. Schopenhauer, 1788—1860）：通译叔本华，德国哲学家、作家。

7　淮尔特（O. Wilde, 1854—1900）：通译王尔德，英国作家、诗人、散文家。

8　罗曼罗兰（Romain Rolland, 1866—1944）：即罗曼·罗兰，法国思想家、文学家、音乐评论家。

9　戈尔基（M. Gorky, 1868—1936）：通译高尔基，苏联作家、政论家。

10　吴昌硕（1844—1927）：初名俊，又名俊卿，字昌硕，浙江安吉人，著名国画家、书法家、篆刻家。

11　林琴南：林纾（1852—1924），字琴南，号畏庐，福建闽县（今福州市）人，文学家、翻译家。

荆"¹的人，我虽然曾在一个药房的仿单²上见过他的玉照，但那是代表了他的"如夫人"³函谢丸药的功效，所以印上的，并不因为他的文章。更就用了"引车卖浆者流"的文字来做文章的诸君而言，南亭亭长⁴我佛山人⁵往矣，且从略；近来则虽是奋战忿斗，做了这许多作品的如创造社⁶诸君子，也不过印过很小的一张三人的合照，而且是铜板而已。

我们中国的最伟大最永久的艺术是男人扮女人。

异性大抵相爱。太监只能使别人放心，决没有人爱他，因为他是无性了，——假使我用了这"无"字还不算什么语病。然而也就可见虽然最难放心，但是最可贵的是男人扮女人了，因为从两性看来，都近于异性，男人看见"扮女人"，女人看见"男人扮"，所以这就永远挂在照相馆的玻璃窗里，挂在国民的心中。外国没有这样的完全的艺术家，所以只好任凭那些捏锤凿，调采色，弄墨水的人们跋扈。

我们中国的最伟大最永久，而且最普遍的艺术也就是男人扮女人。

一九二四年十一月十一日

本篇最初发表于一九二五年一月十二日《语丝》周刊第九期。
后收入杂文集《坟》。

1　"识荆"：原为久闻其名而初次见面结识的敬词，今指初次见面或结识。出自李白《与韩荆州书》："生不用封万户侯，但愿一识韩荆州。"

2　仿单：介绍商品的性质、用途、使用法的说明书，多附在商品包装内。

3　"如夫人"：代指妾。

4　南亭亭长：李宝嘉（1867—1906），字伯元，别号南亭亭长，江苏武进人，清代小说家，著有《官场现形记》等。

5　我佛山人：吴趼人（1866—1910），原名宝震，又名沃尧，字趼人，广东佛山人，清代谴责小说家，著有《二十年目睹之怪现状》等。

6　创造社：1921年6月，留学日本的郭沫若、成仿吾、郁达夫等人于东京成立的新文学团体。

再论雷峰塔的倒掉

　　从崇轩[1]先生的通信（二月份《京报副刊》[2]）里，知道他在轮船上听到两个旅客谈话，说是杭州雷峰塔之所以倒掉，是因为乡下人迷信那塔砖放在自己的家中，凡事都必平安，如意，逢凶化吉，于是这个也挖，那个也挖，挖之久久，便倒了。一个旅客并且再三叹息道：西湖十景这可缺了呵！

　　这消息，可又使我有点畅快了，虽然明知道幸灾乐祸，不像一个绅士，但本来不是绅士的，也没有法子来装潢。

　　我们中国的许多人，——我在此特别郑重声明：并不包括四万万同胞全部！——大抵患有一种"十景病"，至少是"八景病"，沉重起来的时候大概在清朝。凡看一部县志，这一县往往有十景或八景，如"远村明月""萧寺清钟""古池好水"之类。而且，"十"字形的病菌，似乎已经侵入血管，流布全身，其势力早不在"！"形惊叹亡国病菌之下了。点心有十样锦，菜有十碗，音乐有十番，阎罗有十殿，药有十全大补，猜拳有全福手福手全[3]，连人的劣迹或罪状，宣布起来也大抵是十条，仿佛犯了九条的时候总不肯歇手。现在西湖十景可缺了

1　崇轩：胡也频（1903—1931），福建福州人，作家。

2　《京报副刊》：北京报纸《京报》的副刊，1924年12月5日创刊，由孙伏园编辑。

3　全福手福手全：旧时酒席上猜拳的一种游戏，双方各伸出五个指头，合成十个指头，也叫"全福寿"。

呵!"凡为天下国家有九经"[1],九经固古已有之,而九景却颇不习见,所以正是对于十景病的一个针砭,至少也可以使患者感到一种不平常,知道自己的可爱的老病,忽而跑掉了十分之一了。

但仍有悲哀在里面。

其实,这一种势所必至的破坏,也还是徒然的。畅快不过是无聊的自欺。雅人和信士和传统大家,定要苦心孤诣巧语花言地再来补足了十景而后已。

无破坏即无新建设,大致是的;但有破坏却未必即有新建设。卢梭[2],斯谛纳尔[3],尼采,托尔斯泰,伊孛生等辈,若用勃兰兑斯[4]的话来说,乃是"轨道破坏者"。其实他们不单是破坏,而且是扫除,是大呼猛进,将碍脚的旧轨道不论整条或碎片,一扫而空,并非想挖一块废铁古砖挟回家去,预备卖给旧货店。中国很少这一类人,即使有之,也会被大众的唾沫淹死。孔丘先生确是伟大,生在巫鬼势力如此旺盛的时代,偏不肯随俗谈鬼神;但可惜太聪明了,"祭如在祭神如神在"[5],只用他修《春秋》的照例手段以两个"如"字略寓"俏皮刻薄"之意,使人一时莫明其妙,看不出他肚皮里的反对来。他肯对子路赌咒,却不肯对鬼神宣战,因为一宣战就不和平,易犯骂人——虽然不过骂鬼——之罪,即不免有《衡论》(见一月份《晨报副镌》[6])作

1　出自《中庸》:"凡为天下国家有九经,曰:修身也,尊贤也,亲亲也,敬大臣也,体群臣也,子庶民也,来百工也,柔远人也,怀诸侯也。"
2　卢梭(Jean-Jacques Rousseau, 1712—1778):法国启蒙思想家、哲学家。
3　斯谛纳尔:德国哲学家卡斯巴尔·施米特(Kaspar Schmidt, 1806—1856)的笔名。
4　勃兰兑斯(Georg Brandes, 1842—1927):丹麦文学评论家、文学史家。
5　出自《论语·八佾》,意思是祭祀祖先就如同祖先真在那里。
6　《晨报副镌》:北京报纸《晨报》的副刊,1916年创刊,1921年10月12日改版独立发行。

家 TY 先生似的好人，会替鬼神来奚落他道：为名乎？骂人不能得名。为利乎？骂人不能得利。想引诱女人乎？又不能将蚩尤的脸子印在文章上。何乐而为之也欤？

孔丘先生是深通世故的老先生，大约除脸子付印问题[1]以外，还有深心，犯不上来做明目张胆的破坏者，所以只是不谈，而决不骂，于是乎俨然成为中国的圣人，道大，无所不包故也。否则，现在供在圣庙里的，也许不姓孔。

不过在戏台上罢了，悲剧将人生的有价值的东西毁灭给人看，喜剧将那无价值的撕破给人看。讥讽又不过是喜剧的变简的一支流。但悲壮滑稽，却都是十景病的仇敌，因为都有破坏性，虽然所破坏的方面各不同。中国如十景病尚存，则不但卢梭他们似的疯子决不产生，并且也决不产生一个悲剧作家或喜剧作家或讽刺诗人。所有的，只是喜剧底人物或非喜剧非悲剧底人物，在互相模造的十景中生存，一面各各带了十景病。

然而十全停滞的生活，世界上是很不多见的事，于是破坏者到了，但并非自己的先觉的破坏者，却是狂暴的强盗，或外来的蛮夷。獯狁[2]早到过中原，五胡来过了，蒙古也来过了；同胞张献忠[3]杀人如草，而满洲兵的一箭，就钻进树丛中死掉了。有人论中国说，倘使没有带着新鲜的血液的野蛮的侵入，真不知自身会腐败到如何！这当然是极刻毒的恶谑，但我们一翻历史，怕不免要有汗流浃背的时候罢。外寇来了，暂一震动，终于请他作主子，在他的刀斧下修补老例；内

1　《衡论》中有"说是想引诱女人吧，他那朱元璋的脸子也没有印在文章上"之句。

2　獯狁：我国古代北方的一个民族，也作猃狁。

3　张献忠（1606—1647）：字秉忠，号敬轩，陕西定边县人，明末农民军领袖，建立大西政权。

寇来了，也暂一震动，终于请他做主子，或者别拜一个主子，在自己的瓦砾中修补老例。再来翻县志，就看见每一次兵燹[1]之后，所添上的是许多烈妇烈女的氏名。看近来的兵祸，怕又要大举表扬节烈了罢。许多男人们都那里去了？

凡这一种寇盗式的破坏，结果只能留下一片瓦砾，与建设无关。

但当太平时候，就是正在修补老例，并无寇盗时候，即国中暂时没有破坏么？也不然的，其时有奴才式的破坏作用常川[2]活动着。

雷峰塔砖的挖去，不过是极近的一条小小的例。龙门的石佛，大半肢体不全，图书馆中的书籍，插图须谨防撕去，凡公物或无主的东西，倘难于移动，能够完全的即很不多。但其毁坏的原因，则非如革除者的志在扫除，也非如寇盗的志在掠夺或单是破坏，仅因目前极小的自利，也肯对于完整的大物暗暗的加一个创伤。人数既多，创伤自然极大，而倒败之后，却难于知道加害的究竟是谁。正如雷峰塔倒掉以后，我们单知道由于乡下人的迷信。共有的塔失去了，乡下人的所得，却不过一块砖，这砖，将来又将为别一自利者所藏，终究至于灭尽。倘在民康物阜时候，因为十景病的发作，新的雷峰塔也会再造的罢。但将来的运命，不也就可以推想而知么？如果乡下人还是这样的乡下人，老例还是这样的老例。

这一种奴才式的破坏，结果也只能留下一片瓦砾，与建设无关。

岂但乡下人之于雷峰塔，日日偷挖中华民国的柱石的奴才们，现在正不知有多少！

1　兵燹（xiǎn）：因战乱而造成的焚毁、破坏。
2　常川：经常，连续不断。

　　瓦砾场上还不足悲，在瓦砾场上修补老例是可悲的。我们要革新的破坏者，因为他内心有理想的光。我们应该知道他和寇盗奴才的分别；应该留心自己堕入后两种。这区别并不烦难，只要观人，省己，凡言动中，思想中，含有借此据为己有的朕兆[1]者是寇盗，含有借此占些目前的小便宜的朕兆者是奴才，无论在前面打着的是怎样鲜明好看的旗子。

一九二五年二月六日

　　本篇最初发表于一九二五年二月二十三日《语丝》周刊第十五期。后收入杂文集《坟》。

1　朕兆：征兆。

看镜有感

　　因为翻衣箱，翻出几面古铜镜子来，大概是民国初年初到北京时候买在那里的，"情随事迁"，全然忘却，宛如见了隔世的东西了。

　　一面圆径不过二寸，很厚重，背面满刻蒲陶，还有跳跃的鼯鼠，沿边是一圈小飞禽。古董店家都称为"海马葡萄镜"。但我的一面并无海马，其实和名称不相当。记得曾见过别一面，是有海马的，但贵极，没有买。这些都是汉代的镜子；后来也有模造或翻沙者，花纹可造粗拙得多了。汉武通大宛安息，以致天马蒲萄，大概当时是视为盛事的，所以便取作什器的装饰。古时，于外来物品，每加海字，如海榴，海红花，海棠之类。海即现在之所谓洋，海马译成今文，当然就是洋马。镜鼻[1]是一个虾蟆，则因为镜如满月，月中有蟾蜍之故，和汉事不相干了。

　　遥想汉人多少闳放，新来的动植物，即毫不拘忌，来充装饰的花纹。唐人也还不算弱，例如汉人的墓前石兽，多是羊，虎，天禄，辟邪[2]，而长安的昭陵上，却刻着带箭的骏马，还有一匹驼鸟，则办法简直前无古人。现今在坟墓上不待言，即平常的绘画，可有人敢用一朵洋花一只洋鸟，即私人的印章，可有人肯用一个草书一个俗字么？许多雅人，连记年月也必是甲子，怕用民国纪元。不知道是没有如此大胆的

1　镜鼻：镜子上面能够穿绳悬挂的突起物。
2　天禄、辟邪均是古代传说中的神兽。

艺术家；还是虽有而民众都加迫害，他于是乎只得萎缩，死掉了？

宋的文艺，现在似的国粹气味就熏人。然而辽金元陆续进来了，这消息很耐寻味。汉唐虽然也有边患，但魄力究竟雄大，人民具有不至于为异族奴隶的自信心，或者竟毫未想到，凡取用外来事物的时候，就如将彼俘来一样，自由驱使，绝不介怀。一到衰弊陵夷[1]之际，神经可就衰弱过敏了，每遇外国东西，便觉得仿佛彼来俘我一样，推拒，惶恐，退缩，逃避，抖成一团，又必想一篇道理来掩饰，而国粹遂成为屠[2]王和屠奴的宝贝。

无论从那里来的，只要是食物，壮健者大抵就无需思索，承认是吃的东西。惟有衰病的，却总常想到害胃，伤身，特有许多禁条，许多避忌；还有一大套比较利害而终于不得要领的理由，例如吃固无妨，而不吃尤稳，食之或当有益，然究以不吃为宜云云之类。但这一类人物总要日见其衰弱的，因为他终日战战兢兢，自己先已失了活气了。

不知道南宋比现今如何，但对外敌，却明明已经称臣，惟独在国内特多繁文缛节以及唠叨的碎话。正如倒霉人物，偏多忌讳一般，豁达闳大之风消歇净尽了。直到后来，都没有什么大变化。我曾在古物陈列所所陈列的古画上看见一颗印文，是几个罗马字母。但那是所谓"我圣祖仁皇帝"[3]的印，是征服了汉族的主人，所以他敢；汉族的奴才是不敢的。便是现在，便是艺术家，可有敢用洋文的印的么？

清顺治中，时宪书[4]上印有"依西洋新法"五个字，痛哭流涕来劾

1　陵夷：衰败，走下坡路。

2　屠：软弱。

3　"我圣祖仁皇帝"：指康熙帝。

4　时宪书：明末徐光启结合西方天文知识主持编纂《崇祯历书》，清初天主教耶稣会传教士汤若望把它加以删改并压缩，顺治帝将其更名为《西洋新法历书》。

洋人汤若望的偏是汉人杨光先[1]。直到康熙初，争胜了，就教他做钦天监[2]正去，则又叩阍以"但知推步之理不知推步之数"辞。不准辞，则又痛哭流涕地来做《不得已》，说道"宁可使中夏无好历法，不可使中夏有西洋人。"然而终于连闰月都算错了，他大约以为好历法专属于西洋人，中夏人自己是学不得，也学不好的。但他竟论了大辟[3]，可是没有杀，放归，死于途中了。汤若望入中国还在明崇祯初，其法终未见用；后来阮元[4]论之曰："明季君臣以大统寖疏，开局修正，既知新法之密，而讫未施行。圣朝定鼎，以其法造时宪书，颁行天下。彼十余年辩论翻译之劳，若以备我朝之采用者，斯亦奇矣！……我国家圣圣相传，用人行政，惟求其是，而不先设成心。即是一端，可以仰见如天之度量矣！"（《畴人传》四十五）

现在流传的古镜们，出自冢中者居多，原是殉葬品。但我也有一面日用镜，薄而且大，规抚汉制，也许是唐代的东西。那证据是：一，镜鼻已多磨损；二，镜面的沙眼都用别的铜来补好了。当时在妆阁中，曾照唐人的额黄和眉绿，现在却监禁在我的衣箱里，它或者大有今昔之感罢。

但铜镜的供用，大约道光咸丰时候还与玻璃镜并行；至于穷乡僻壤，也许至今还用着。我们那里，则除了婚丧仪式之外，全被玻璃镜驱逐了。然而也还有余烈可寻，倘街头遇见一位老翁，肩了长凳似的

1 杨光先（1597—1669）：字长公，安徽歙县人。后文《不得已》完成于康熙四年（1665年），主要汇辑了杨光先不同时期的专文、呈状等，共21篇。
2 钦天监：掌观察天象、推算节气、制定历法的官署。
3 大辟：泛指死刑。
4 阮元（1764—1849）：字伯元，号芸台、雷塘庵主，晚号怡性老人，江苏仪征人，清代政治家、思想家，著有记述中国历代天算家学术活动的传记集《畴人传》。

东西，上面缚着一块猪肝色石和一块青色石，试仁听他的叫喊，就是
"磨镜，磨剪刀！"

宋镜我没有见过好的，什九[1]并无藻饰，只有店号或"正其衣冠"
等类的迂铭词，真是"世风日下"。但是要进步或不退步，总须时时自
出新裁，至少也必取材异域，倘若各种顾忌，各种小心，各种唠叨，这
么做即违了祖宗，那么做又像了夷狄，终生惴惴如在薄冰上，发抖尚且
来不及，怎么会做出好东西来。所以事实上"今不如古"者，正因为有
许多唠叨着"今不如古"的诸位先生们之故。现在情形还如此。倘再
不放开度量，大胆地，无畏地，将新文化尽量地吸收，则杨光先似的向
西洋主人沥陈中夏的精神文明的时候，大概是不劳久待的罢。

但我向来没有遇见过一个排斥玻璃镜子的人。单知道咸丰年间，
汪曰桢[2]先生却在他的大著《湖雅》里攻击过的。他加以比较研究之
后，终于决定还是铜镜好。最不可解的是：他说，照起面貌来，玻璃
镜不如铜镜之准确。莫非那时的玻璃镜当真坏到如此，还是因为他
老先生又带上了国粹眼镜之故呢？我没有见过古玻璃镜。这一点终
于猜不透。

一九二五年二月九日

本篇最初发表于一九二五年三月二日《语丝》周刊第十六期。

后收入杂文集《坟》。

1　什九：十分之九，指绝大多数。

2　汪曰桢（1813—1881）：清代史学家、诗人、数学家。

春末闲谈

北京正是春末，也许我过于性急之故罢，觉着夏意了，于是突然记起故乡的细腰蜂。那时候大约是盛夏，青蝇密集在凉棚索子上，铁黑色的细腰蜂就在桑树间或墙角的蛛网左近往来飞行，有时衔一支小青虫去了，有时拉一个蜘蛛。青虫或蜘蛛先是抵抗着不肯去，但终于乏力，被衔着腾空而去了，坐了飞机似的。

老前辈们开导我，那细腰蜂就是书上所说的果蠃，纯雌无雄，必须捉螟蛉去做继子的。她将小青虫封在窠里，自己在外面日日夜夜敲打着，祝道"像我像我"，经过若干日，——我记不清了，大约七七四十九日罢，——那青虫也就成了细腰蜂了，所以《诗经》里说："螟蛉有子，果蠃负之。"[1]螟蛉就是桑上小青虫。蜘蛛呢？他们没有提。我记得有几个考据家曾经立过异说，以为她其实自能生卵；其捉青虫，乃是填在窠里，给孵化出来的幼蜂做食料的。但我所遇见的前辈们都不采用此说，还道是拉去做女儿。我们为存留天地间的美谈起见，倒不如这样好。当长夏无事，遣暑林阴，瞥见二虫一拉一拒的时候，便如睹慈母教女，满怀好意，而青虫的宛转抗拒，则活像一个不识好歹的毛鸦头。

但究竟是夷人可恶，偏要讲什么科学。科学虽然给我们许多

1 出自《诗经·小雅·小苑》。

惊奇，但也搅坏了我们许多好梦。自从法国的昆虫学大家发勃耳[1]（Fabre）仔细观察之后，给幼蜂做食料的事可就证实了。而且，这细腰蜂不但是普通的凶手，还是一种很残忍的凶手，又是一个学识技术都极高明的解剖学家。她知道青虫的神经构造和作用，用了神奇的毒针，向那运动神经球上只一螫，它便麻痹为不死不活状态，这才在它身上生下蜂卵，封入窠中。青虫因为不死不活，所以不动，但也因为不活不死，所以不烂，直到她的子女孵化出来的时候，这食料还和被捕当日一样的新鲜。

　　三年前，我遇见神经过敏的俄国的E君[2]，有一天他忽然发愁道，不知道将来的科学家，是否不至于发明一种奇妙的药品，将这注射在谁的身上，则这人即甘心永远去做服役和战争的机器了？那时我也就皱眉叹息，装作一齐发愁的模样，以示"所见略同"之至意，殊不知我国的圣君，贤臣，圣贤之徒，却早已有过这一种黄金世界的理想了。不是"唯辟作福，唯辟作威，唯辟玉食"[3]么？不是"君子劳心，小人劳力"[4]么？不是"治于人者食（去声）人，治人者食于人"[5]么？可惜理论虽已卓然，而终于没有发明十全的好方法。要服从作威就须不活，要贡献玉食就须不死；要被治就须不活，要供养治人者又须不死。人类升为万物之灵，自然是可贺的，但没有了细腰蜂的毒针，却很使圣君，贤臣，圣贤，圣贤之徒，以至现在的阔人，学者，教

1　发勃耳：通译法布尔（1823—1915），法国著名昆虫学家、文学家。
2　E君：指俄国诗人爱罗先珂（V. Eroshenko, 1890—1952），他于1921年来华，1922年2月经周作人推荐去北京大学教授世界语，借住在周氏兄弟在北京八道湾的住宅里。
3　出自《尚书·洪范》，"辟"指天子或诸侯。
4　出自《左传》襄公九年。
5　出自《孟子·滕文公上》。

育家觉得棘手。将来未可知，若已往，则治人者虽然尽力施行过各种麻痹术，也还不能十分奏效，与果蠃并驱争先。即以皇帝一伦而言，便难免时常改姓易代，终没有"万年有道之长"；"二十四史"而多至二十四，就是可悲的铁证。现在又似乎有些别开生面了，世上挺生了一种所谓"特殊知识阶级"的留学生，在研究室中研究之结果，说医学不发达是有益于人种改良的，中国妇女的境遇是极其平等的，一切道理都已不错，一切状态都已够好。E君的发愁，或者也不为无因罢，然而俄国是不要紧的，因为他们不像我们中国，有所谓"特别国情"，还有所谓"特殊知识阶级"。

但这种工作，也怕终于像古人那样，不能十分奏效的罢，因为这实在比细腰蜂所做的要难得多。她于青虫，只须不动，所以仅在运动神经球上一螫，即告成功。而我们的工作，却求其能运动，无知觉，该在知觉神经中枢，加以完全的麻醉的。但知觉一失，运动也就随之失却主宰，不能贡献玉食，恭请上自"极峰"下至"特殊知识阶级"的赏收享用了。就现在而言，窃以为除了遗老的圣经贤传法，学者的进研究室主义，文学家和茶摊老板的莫谈国事律，教育家的勿视勿听勿言勿动论之外，委实还没有更好，更完全，更无流弊的方法。便是留学生的特别发见，其实也并未轶出了前贤的范围。

那么，又要"礼失而求诸野"[1]了。夷人，现在因为想去取法，姑且称之为外国，他那里，可有较好的法子么？可惜，也没有。所有者，仍不外乎不准集会，不许开口之类，和我们中华并没有什么很不同。然亦可见至道嘉猷[2]，人同此心，心同此理，固无华夷之限也。猛兽是

---

1 孔子的话，出自《汉书·艺文志》。
2 嘉猷：治国的好规划。出自《尚书·君陈》："尔有嘉谋嘉猷，则入告尔后于内，尔乃顺之于外。"

单独的，牛羊则结队；野牛的大队，就会排角成城以御强敌了，但拉开一匹，定只能牟牟地叫。人民与牛马同流，——此就中国而言，夷人别有分类法云，——治之之道，自然应该禁止集合：这方法是对的。其次要防说话。人能说话，已经是祸胎了，而况有时还要做文章。所以苍颉造字，夜有鬼哭。鬼且反对，而况于官？猴子不会说话，猴界即向无风潮，——可是猴界中也没有官，但这又作别论，——确应该虚心取法，反朴归真，则口且不开，文章自灭：这方法也是对的。然而上文也不过就理论而言，至于实效，却依然是难说。最显著的例，是连那么专制的俄国，而尼古拉二世[1]"龙御上宾"[2]之后，罗马诺夫氏竟已"覆宗绝祀"了。要而言之，那大缺点就在虽有二大良法，而还缺其一，便是：无法禁止人们的思想。

　　于是我们的造物主——假如天空真有这样的一位"主子"——就可恨了：一恨其没有永远分清"治者"与"被治者"；二恨其不给治者生一枝细腰蜂那样的毒针；三恨其不将被治者造得即使砍去了藏着的思想中枢的脑袋而还能动作——服役。三者得一，阔人的地位即永久稳固，统御也永久省了气力，而天下于是乎太平。今也不然，所以即使单想高高在上，暂时维持阔气，也还得日施手段，夜费心机，实在不胜其委屈劳神之至……。

　　假使没有了头颅，却还能做服役和战争的机械，世上的情形就何等地醒目呵！这时再不必用什么制帽勋章来表明阔人和窄人了，只要一看头之有无，便知道主奴，官民，上下，贵贱的区别。并且也不至

1　尼古拉二世（Nicholas II, 1868—1918）：俄罗斯帝国末代皇帝，罗曼诺夫（即后文"罗马诺夫氏"）王朝最后一位沙皇。

2　"龙御上宾"：皇帝之死的讳饰语。意为乘龙升天，为天帝之宾。

于再闹什么革命，共和，会议等等的乱子了，单是电报，就要省下许多许多来。古人毕竟聪明，仿佛早想到过这样的东西，《山海经》上就记载着一种名叫"刑天"的怪物。他没有了能想的头，却还活着，"以乳为目，以脐为口"，——这一点想得很周到，否则他怎么看，怎么吃呢，——实在是很值得奉为师法的。假使我们的国民都能这样，阔人又何等安全快乐？但他又"执干戚而舞"，则似乎还是死也不肯安分，和我那专为阔人图便利而设的理想底好国民又不同。陶潜[1]先生又有诗道："刑天舞干戚，猛志固常在。"连这位貌似旷达的老隐士也这么说，可见无头也会仍有猛志，阔人的天下一时总怕难得太平的了。但有了太多的"特殊知识阶级"的国民，也许有特在例外的希望；况且精神文明太高了之后，精神的头就会提前飞去，区区物质的头的有无也算不得什么难问题。

一九二五年四月二十二日

本篇最初发表于一九二五年四月二十日北京《莽原》周刊第一期，署名冥昭。
后收入杂文集《坟》。

1　陶潜：陶渊明（365或372—427），又名潜，字元亮，私谥靖节，世称靖节先生，因曾任彭泽县令而又被称作陶彭泽，浔阳柴桑（今江西九江）人，东晋末至南朝宋初期的诗人、辞赋家。后文诗句出自陶渊明《读山海经十三首·其十》。

灯下漫笔

一

有一时，就是民国二三年时候，北京的几个国家银行[1]的钞票，信用日见其好了，真所谓蒸蒸日上。听说连一向执迷于现银的乡下人，也知道这既便当，又可靠，很乐意收受，行使了。至于稍明事理的人，则不必是"特殊知识阶级"，也早不将沉重累坠的银元装在怀中，来自讨无谓的苦吃。想来，除了多少对于银子有特别嗜好和爱情的人物之外，所有的怕大都是钞票了罢，而且多是本国的。但可惜后来忽然受了一个不小的打击。

就是袁世凯想做皇帝的那一年，蔡松坡[2]先生溜出北京，到云南去起义。这边所受的影响之一，是中国和交通银行的停止兑现。虽然停止兑现，政府勒令商民照旧行用的威力却还有的；商民也自有商民的老本领，不说不要，却道找不出零钱。假如拿几十几百的钞票去买东西，我不知道怎样，但倘使只要买一枝笔，一盒烟卷呢，难道就付给一元钞票么？不但不甘心，也没有这许多票。那么，换铜元，少换几个罢，又都说没有铜元。那么，到亲戚朋友那里借现钱去罢，怎么会有？

1　即中国银行和交通银行。后文的"中交票"即这两家银行发行的钞票。

2　蔡松坡：蔡锷（1882—1916），原名艮寅，字松坡，湖南邵阳人，政治家、军事家。1915年袁世凯称帝，蔡锷潜回云南，与唐继尧等人组织护国军，讨伐袁世凯。

于是降格以求，不讲爱国了，要外国银行的钞票。但外国银行的钞票这时就等于现银，他如果借给你这钞票，也就借给你真的银元了。

我还记得那时我怀中还有三四十元的中交票，可是忽而变了一个穷人，几乎要绝食，很有些恐慌。俄国革命以后的藏着纸卢布的富翁的心情，恐怕也就这样的罢；至多，不过更深更大罢了。我只得探听，钞票可能折价换到现银呢？说是没有行市。幸而终于，暗暗地有了行市了：六折儿。我非常高兴，赶紧去卖了一半。后来又涨到七折了，我更非常高兴，全去换了现银，沉垫垫地坠在怀中，似乎这就是我的性命的斤两。倘在平时，钱铺子如果少给我一个铜元，我是决不答应的。

但我当一包现银塞在怀中，沉垫垫地觉得安心，喜欢的时候，却突然起了另一思想，就是：我们极容易变成奴隶，而且变了之后，还万分喜欢。

假如有一种暴力，"将人不当人"，不但不当人，还不及牛马，不算什么东西；待到人们羡慕牛马，发生"乱离人，不及太平犬"的叹息的时候，然后给与他略等于牛马的价格，有如元朝定律，打死别人的奴隶，赔一头牛，则人们便要心悦诚服，恭颂太平的盛世。为什么呢？因为他虽不算人，究竟已等于牛马了。

我们不必恭读《钦定二十四史》，或者入研究室，审察精神文明的高超。只要一翻孩子所读的《鉴略》[1]，——还嫌烦重，则看《历代纪元编》[2]，就知道"三千余年古国古"的中华，历来所闹的就不过是这一个小玩艺。但在新近编纂的所谓"历史教科书"一流东西里，却不大看得明白了，只仿佛说：咱们向来就很好的。

1 《鉴略》：全名为《四字鉴略》，清代王仕云所著，用四字一句的韵文概述中国通史。
2 《历代纪元编》：清代李兆洛所编历史干支年表，共三卷，上卷纪元总载，中卷纪元甲子表，下卷纪元编韵。

　　但实际上，中国人向来就没有争到过"人"的价格，至多不过是奴隶，到现在还如此，然而下于奴隶的时候，却是数见不鲜的。中国的百姓是中立的，战时连自己也不知道属于那一面，但又属于无论那一面。强盗来了，就属于官，当然该被杀掉；官兵既到，该是自家人了罢，但仍然要被杀掉，仿佛又属于强盗似的。这时候，百姓就希望有一个一定的主子，拿他们去做百姓，——不敢，是拿他们去做牛马，情愿自己寻草吃，只求他决定他们怎样跑。

　　假使真有谁能够替他们决定，定下什么奴隶规则来，自然就"皇恩浩荡"了。可惜的是往往暂时没有谁能定。举其大者，则如五胡十六国的时候，黄巢[1]的时候，五代时候，宋末元末时候，除了老例的服役纳粮以外，都还要受意外的灾殃。张献忠的脾气更古怪了，不服役纳粮的要杀，服役纳粮的也要杀，敌他的要杀，降他的也要杀：将奴隶规则毁得粉碎。这时候，百姓就希望来一个另外的主子，较为顾及他们的奴隶规则的，无论仍旧，或者新颁，总之是有一种规则，使他们可上奴隶的轨道。

　　"时日曷丧，予及汝偕亡！"[2]愤言而已，决心实行的不多见。实际上大概是群盗如麻，纷乱至极之后，就有一个较强，或较聪明，或较狡滑，或是外族的人物出来，较有秩序地收拾了天下。厘定规则：怎样服役，怎样纳粮，怎样磕头，怎样颂圣。而且这规则是不像现在那样朝三暮四的。于是便"万姓胪欢[3]"了；用成语来说，就叫作"天下太平"。

　　任凭你爱排场的学者们怎样铺张，修史时候设些什么"汉族发

1　黄巢（820—884）：曹州冤句（今山东菏泽西南）人，唐末农民起义领袖。

2　出自《尚书·汤誓》，是商汤讨伐夏桀时的誓言。

3　胪欢：歌呼欢腾。出自《汉书·礼乐志》："徧胪欢，腾天歌。"

祥时代""汉族发达时代""汉族中兴时代"的好题目，好意诚然是可感的，但措辞太绕湾子了。有更其直捷了当的说法在这里——

一，想做奴隶而不得的时代；

二，暂时做稳了奴隶的时代。

这一种循环，也就是"先儒"之所谓"一治一乱"；那些作乱人物，从后日的"臣民"看来，是给"主人"清道辟路的，所以说："为圣天子驱除云尔。"[1]

现在入了那一时代，我也不了然。但看国学家的崇奉国粹，文学家的赞叹固有文明，道学家的热心复古，可见于现状都已不满了。然而我们究竟正向着那一条路走呢？百姓是一遇到莫名其妙的战争，稍富的迁进租界，妇孺则避入教堂里去了，因为那些地方都比较的"稳"，暂不至于想做奴隶而不得。总而言之，复古的，避难的，无智愚贤不肖，似乎都已神往于三百年前的太平盛世，就是"暂时做稳了奴隶的时代"了。

但我们也就都像古人一样，永久满足于"古已有之"的时代么？都像复古家一样，不满于现在，就神往于三百年前的太平盛世么？

自然，也不满于现在的，但是，无须反顾，因为前面还有道路在。而创造这中国历史上未曾有过的第三样时代，则是现在的青年的使命！

二

但是赞颂中国固有文明的人们多起来了，加之以外国人。我常常

1　语出《汉书·王莽传赞》："圣王之驱除云尔。"唐代颜师古注云："言驱逐蠲除，以待圣人也。"原意是说秦朝和王莽实际上是分别为刘邦、刘秀清道辟路的。

想，凡有来到中国的，倘能疾首蹙额而憎恶中国，我敢诚意地捧献我的感谢，因为他一定是不愿意吃中国人的肉的！

鹤见祐辅[1]氏在《北京的魅力》中，记一个白人将到中国，预定的暂住时候是一年，但五年之后，还在北京，而且不想回去了。有一天，他们两人一同吃晚饭——

在圆的桃花心木的食桌前坐定，川流不息地献着山海的珍味，谈话就从古董，画，政治这些开头。电灯上罩着支那式的灯罩，淡淡的光洋溢于古物罗列的屋子中。什么无产阶级呀，Proletariat[2]呀那些事，就像不过在什么地方刮风。

我一面陶醉在支那生活的空气中，一面深思着对于外人有着"魅力"的这东西。元人也曾征服支那，而被征服于汉人种的生活美了；满人也征服支那，而被征服于汉人种的生活美了。现在西洋人也一样，嘴里虽然说着Democracy[3]呀，什么什么呀，而却被魅于支那人费六千年而建筑起来的生活的美。一经住过北京，就忘不掉那生活的味道。大风时候的万丈的沙尘，每三月一回的督军们的开战游戏，都不能抹去这支那生活的魅力。

这些话我现在还无力否认他。我们的古圣先贤既给与我们保古守旧的格言，但同时也排好了用子女玉帛所做的奉献于征服者的大宴。中国人的耐劳，中国人的多子，都就是办酒的材料，到现在还为我们

1　鹤见祐辅（1885—1973）：日本作家、政治家。

2　Proletariat：英文"无产阶级"。

3　Democracy：英文"民主"。

的爱国者所自诩的。西洋人初入中国时，被称为蛮夷，自不免个个蹙额，但是，现在则时机已至，到了我们将曾经献于北魏，献于金，献于元，献于清的盛宴，来献给他们的时候了。出则汽车，行则保护：虽遇清道，然而通行自由的；虽或被劫，然而必得赔偿的；孙美瑶掳去他们站在军前，还使官兵不敢开火。[1]何况在华屋中享用盛宴呢？待到享受盛宴的时候，自然也就是赞颂中国固有文明的时候；但是我们的有些乐观的爱国者，也许反而欣然色喜，以为他们将要开始被中国同化了罢。古人曾以女人作苟安的城堡，美其名以自欺曰"和亲"，今人还用子女玉帛为作奴的贽敬，又美其名曰"同化"。所以倘有外国的谁，到了已有赴宴的资格的现在，而还替我们诅咒中国的现状者，这才是真有良心的真可佩服的人！

　　但我们自己是早已布置妥帖了，有贵贱，有大小，有上下。自己被人凌虐，但也可以凌虐别人；自己被人吃，但也可以吃别人。一级一级的制驭着，不能动弹，也不想动弹了。因为倘一动弹，虽或有利，然而也有弊。我们且看古人的良法美意罢——

　　天有十日，人有十等。下所以事上，上所以共神也。

　　故王臣公，公臣大夫，大夫臣士，士臣皂，皂臣舆，舆臣隶，隶臣僚，僚臣仆，仆臣台。[2]（《左传》昭公七年）

　　但是"台"没有臣，不是太苦了么？无须担心的，有比他更卑的

1　指发生于1923年5月的临城劫车案，孙美瑶在津浦铁路临城站劫持列车，掳走中外旅客200余人。

2　王、公、大夫、士、皂（zào）、舆、隶、僚、仆、台是奴隶社会的十个等级，由高到低排列，前四种是统治者，后六种是被奴役者。

妻，更弱的子在。而且其子也很有希望，他日长大，升而为"台"，便又有更卑更弱的妻子，供他驱使了。如此连环，各得其所，有敢非议者，其罪名曰不安分！

虽然那是古事，昭公七年离现在也太辽远了，但"复古家"尽可不必悲观的。太平的景象还在：常有兵燹，常有水旱，可有谁听到大叫唤么？打的打，革的革，可有处士来横议么？对国民如何专横，向外人如何柔媚，不犹是差等的遗风么？中国固有的精神文明，其实并未为共和二字所埋没，只有满人已经退席，和先前稍不同。

因此我们在目前，还可以亲见各式各样的筵宴，有烧烤，有翅席，有便饭，有西餐。但茅檐下也有淡饭，路傍也有残羹，野上也有饿莩；有吃烧烤的身价不赀的阔人，也有饿得垂死的每斤八文的孩子（见《现代评论》[1]二十一期）。所谓中国的文明者，其实不过是安排给阔人享用的人肉的筵宴。所谓中国者，其实不过是安排这人肉的筵宴的厨房。不知道而赞颂者是可恕的，否则，此辈当得永远的诅咒！

外国人中，不知道而赞颂者，是可恕的；占了高位，养尊处优，因此受了蛊惑，昧却灵性而赞叹者，也还可恕的。可是还有两种，其一是以中国人为劣种，只配悉照原来模样，因而故意称赞中国的旧物。其一是愿世间人各不相同以增自己旅行的兴趣，到中国看辫子，到日本看木屐，到高丽看笠子，倘若服饰一样，便索然无味了，因而来反对亚洲的欧化。这些都可憎恶。至于罗素[2]在西湖见轿夫含笑，便赞美中国人，则也许别有意思罢。但是，轿夫如果能对坐轿的人不含笑，中国也早不是现在似的中国了。

1　《现代评论》：综合周刊，1924年12月13日在北京创刊。
2　罗素（Bertrand Russell，1872—1970）：英国哲学家、数学家，1920年曾访问中国。

　　这文明,不但使外国人陶醉,也早使中国一切人们无不陶醉而且至于含笑。因为古代传来而至今还在的许多差别,使人们各各分离,遂不能再感到别人的痛苦;并且因为自己各有奴使别人,吃掉别人的希望,便也就忘却自己同有被奴使被吃掉的将来。于是大小无数的人肉的筵宴,即从有文明以来一直排到现在,人们就在这会场中吃人,被吃,以凶人的愚妄的欢呼,将悲惨的弱者的呼号遮掩,更不消说女人和小儿。

　　这人肉的筵宴现在还排着,有许多人还想一直排下去。扫荡这些食人者,掀掉这筵席,毁坏这厨房,则是现在的青年的使命!

一九二五年四月二十九日

本篇最初分两部分先后发表于一九二五年《莽原》周刊第二期(五月一日)和第五期(五月二十二日)。后收入杂文集《坟》。

论"他妈的！"

无论是谁，只要在中国过活，便总得常听到"他妈的"或其相类的口头禅。我想：这话的分布，大概就跟着中国人足迹之所至罢；使用的遍数，怕也未必比客气的"您好呀"会更少。假使依或人所说，牡丹是中国的"国花"，那么，这就可以算是中国的"国骂"了。

我生长于浙江之东，就是西滢[1]先生之所谓"某籍"。那地方通行的"国骂"却颇简单：专一以"妈"为限，决不牵涉余人。后来稍游各地，才始惊异于国骂之博大而精微：上溯祖宗，旁连姊妹，下递子孙，普及同性，真是"犹河汉而无极也"[2]。而且，不特用于人，也以施之兽。前年，曾见一辆煤车的只轮陷入很深的辙迹里，车夫便愤然跳下，出死力打那拉车的骡子道："你姊姊的！你姊姊的！"

别的国度里怎样，我不知道。单知道诺威人Hamsun[3]有一本小说叫《饥饿》，粗野的口吻是很多的，但我并不见这一类话。Gorky[4]所写的小说中多无赖汉，就我所看过的而言，也没有这骂法。惟独Artzybashev[5]在《工人绥惠略夫》里，却使无抵抗主义者亚拉借夫骂了一句"你妈的"。但其时他已经决计为爱而牺牲了，使我们也失却笑

1　西滢：陈源（1896—1970），字通伯，笔名陈西滢，江苏无锡人，文学评论家、翻译家。

2　出自庄子《逍遥游》。

3　Hamsun：汉姆生（1859—1952），挪威作家。

4　Gorky：高尔基（1868—1936），苏联作家。

5　Artzybashev：阿尔志跋绥夫（1878—1927），苏联作家。

他自相矛盾的勇气。这骂的翻译，在中国原极容易的，别国却似乎为难，德文译本作"我使用过你的妈"，日文译本作"你的妈是我的母狗"。这实在太费解，——由我的眼光看起来。

那么，俄国也有这类骂法的了，但因为究竟没有中国似的精博，所以光荣还得归到这边来。好在这究竟又并非什么大光荣，所以他们大约未必抗议；也不如"赤化"之可怕，中国的阔人，名人，高人，也不至于骇死的。但是，虽在中国，说的也独有所谓"下等人"，例如"车夫"之类，至于有身分的上等人，例如"士大夫"之类，则决不出之于口，更何况笔之于书。"予生也晚"，赶不上周朝，未为大夫，也没有做士，本可以放笔直干的，然而终于改头换面，从"国骂"上削去一个动词和一个名词，又改对称为第三人称者，恐怕还因为到底未曾拉车，因而也就不免"有点贵族气味"之故。那用途，既然只限于一部分，似乎又有些不能算作"国骂"了；但也不然，阔人所赏识的牡丹，下等人又何尝以为"花之富贵者也"？

这"他妈的"的由来以及始于何代，我也不明白。经史上所见骂人的话，无非是"役夫"，"奴"，"死公"；较厉害的，有"老狗"，"貉子"；更厉害，涉及先代的，也不外乎"而母婢也"[1]，"赘阉遗丑"[2]罢了！还没见过什么"妈的"怎样，虽然也许是士大夫讳而不录。但《广弘明集》[3]（七）记北魏邢子才[4]"以为妇人不可保。谓元景[5]曰，'卿何必姓王？' 元景变色。子才曰，'我亦何必姓邢；能保五世耶？'"

---

1 "而母婢也"：原为齐威王辱骂周王室大臣的话，出自《战国策》中的《秦围赵之邯郸》。
2 "赘阉遗丑"：宦官的后人。原为辱骂曹操的话，出自陈琳《为袁绍檄豫州文》。
3 《广弘明集》：唐代僧人道宣所撰佛教文献汇编。
4 邢子才（496—？）：名邵，字子才，北魏河间鄚（今河北任丘）人。
5 元景：即王昕（？—559），字元景，东魏北海剧（今山东东昌）人，邢子才的好友。

则颇有可以推见消息的地方。

晋朝已经是大重门第，重到过度了；华胄世业，子弟便易于得官；即使是一个酒囊饭袋，也还是不失为清品。北方疆土虽失于拓跋氏，士人却更其发狂似的讲究阀阅，区别等第，守护极严。庶民中纵有俊才，也不能和大姓比并。至于大姓，实不过承祖宗余荫，以旧业骄人，空腹高心，当然使人不耐。但士流既然用祖宗做护符，被压迫的庶民自然也就将他们的祖宗当作仇敌。邢子才的话虽然说不定是否出于愤激，但对于躲在门第下的男女，却确是一个致命的重伤。势位声气，本来仅靠了"祖宗"这惟一的护符而存，"祖宗"倘一被毁，便什么都倒败了。这是倚赖"余荫"的必得的果报。

同一的意思，但没有邢子才的文才，而直出于"下等人"之口的，就是："他妈的！"

要攻击高门大族的坚固的旧堡垒，却去瞄准他的血统，在战略上，真可谓奇谲的了。最先发明这一句"他妈的"的人物，确要算一个天才，——然而是一个卑劣的天才。

唐以后，自夸族望的风气渐渐消除；到了金元，已奉夷狄为帝王，自不妨拜屠沽作卿士，"等"的上下本该从此有些难定了，但偏还有人想辛辛苦苦地爬进"上等"去。刘时中[1]的曲子里说："堪笑这没见识街市匹夫，好打那好顽劣。江湖伴侣，旋将表德官名相体呼，声音多厮称，字样不寻俗。听我一个个细数：粜米的唤子良；卖肉的呼仲甫……开张卖饭的呼君宝；磨面登罗底叫德夫：何足云乎？！"（《乐府新编阳春白雪》三）这就是那时的暴发户的丑态。

---

1 刘时中：生卒年不详，洪都（今江西南昌）人，元代散曲家。

　　"下等人"还未暴发之先，自然大抵有许多"他妈的"在嘴上，但一遇机会，偶窃一位，略识几字，便即文雅起来：雅号也有了；身分也高了；家谱也修了，还要寻一个始祖，不是名儒便是名臣。从此化为"上等人"，也如上等前辈一样，言行都很温文尔雅。然而愚民究竟也有聪明的，早已看穿了这鬼把戏，所以又有俗谚，说："口上仁义礼智，心里男盗女娼！"他们是很明白的。

　　于是他们反抗了，曰："他妈的！"

　　但人们不能蔑弃扫荡人我的余泽和旧荫，而硬要去做别人的祖宗，无论如何，总是卑劣的事。有时，也或加暴力于所谓"他妈的"的生命上，但大概是乘机，而不是造运会，所以无论如何，也还是卑劣的事。

　　中国人至今还有无数"等"，还是依赖门第，还是倚仗祖宗。倘不改造，即永远有无声的或有声的"国骂"。就是"他妈的"，围绕在上下和四旁，而且这还须在太平的时候。

　　但偶尔也有例外的用法：或表惊异，或表感服。我曾在家乡看见乡农父子一同午饭，儿子指一碗菜向他父亲说："这不坏，妈的你尝尝看！"那父亲回答道："我不要吃。妈的你吃去罢！"则简直已经醇化为现在时行的"我的亲爱的"的意思了。

一九二五年七月十九日

本篇最初发表于一九二五年七月二十七日《语丝》周刊第三十七期。
后收入杂文集《坟》。

论睁了眼看

虚生[1]先生所做的时事短评中，曾有一个这样的题目：《我们应该有正眼看各方面的勇气》（《猛进》十九期）。诚然，必须敢于正视，这才可望敢想，敢说，敢作，敢当。倘使并正视而不敢，此外还能成什么气候。然而，不幸这一种勇气，是我们中国人最所缺乏的。

但现在我所想到的是别一方面——

中国的文人，对于人生，——至少是对于社会现象，向来就多没有正视的勇气。我们的圣贤，本来早已教人"非礼勿视"的了；而这"礼"又非常之严，不但"正视"，连"平视""斜视"也不许。现在青年的精神未可知，在体质，却大半还是弯腰曲背，低眉顺眼，表示着老牌的老成的子弟，驯良的百姓，——至于说对外却有大力量，乃是近一月来的新说，还不知道究竟是如何。

再回到"正视"问题去：先既不敢，后便不能，再后，就自然不视，不见了。一辆汽车坏了，停在马路上，一群人围着呆看，所得的结果是一团乌油油的东西。然而由本身的矛盾或社会的缺陷所生的苦痛，虽不正视，却要身受的。文人究竟是敏感人物，从他们的作品上看来，有些人确也早已感到不满，可是一到快要显露缺陷的危机一发之际，他们总即刻连说"并无其事"，同时便闭上了眼睛。这闭着的

1　虚生：徐炳昶（1888—1976），字旭生，笔名虚生，河南唐河人，北京大学哲学系教授，《猛进》周刊主编。

眼睛便看见一切圆满,当前的苦痛不过是"天之将降大任于是人也,必先苦其心志,劳其筋骨,饿其体肤,空乏其身,行拂乱其所为。"[1]于是无问题,无缺陷,无不平,也就无解决,无改革,无反抗。因为凡事总要"团圆",正无须我们焦躁;放心喝茶,睡觉大吉。再说费话,就有"不合时宜"之咎,免不了要受大学教授的纠正了。呸!

我并未实验过,但有时候想:倘将一位久蛰洞房的老太爷抛在夏天正午的烈日底下,或将不出闺门的千金小姐拖到旷野的黑夜里,大概只好闭了眼睛,暂续他们残存的旧梦,总算并没有遇到暗或光,虽然已经是绝不相同的现实。中国的文人也一样,万事闭眼睛,聊以自欺,而且欺人,那方法是:瞒和骗。

中国婚姻方法的缺陷,才子佳人小说作家早就感到了,他于是使一个才子在壁上题诗,一个佳人便来和,由倾慕——现在就得称恋爱——而至于有"终身之约"。但约定之后,也就有了难关。我们都知道,"私订终身"在诗和戏曲或小说上尚不失为美谈(自然只以与终于中状元的男人私订为限),实际却不容于天下的,仍然免不了要离异。明末的作家便闭上眼睛,并这一层也加以补救了,说是:才子及第,奉旨成婚。"父母之命媒妁之言"经这大帽子来一压,便成了半个铅钱也不值,问题也一点没有了。假使有之,也只在才子的能否中状元,而决不在婚姻制度的良否。

(近来有人以为新诗人的做诗发表,是在出风头,引异性;且迁怒于报章杂志之滥登。殊不知即使无报,墙壁实"古已有之",早做过发表机关了;据《封神演义》,纣王已曾在女娲庙壁上题诗。那起

1 出自《孟子·告子下》。

源实在非常之早。报章可以不取白话，或排斥小诗，墙壁却拆不完，管不及的；倘一律刷成黑色，也还有破磁可划，粉笔可书，真是穷于应付。做诗不刻木板，去藏之名山，却要随时发表，虽然很有流弊，但大概是难以杜绝的罢。）

《红楼梦》中的小悲剧，是社会上常有的事，作者又是比较的敢于实写的，而那结果也并不坏。无论贾氏家业再振，兰桂齐芳，即宝玉自己，也成了个披大红猩猩毡斗篷的和尚。和尚多矣，但披这样阔斗篷的能有几个，已经是“入圣超凡”无疑了。至于别的人们，则早在册子里一一注定，末路不过是一个归结：是问题的结束，不是问题的开头。读者即小有不安，也终于奈何不得。然而后来或续或改，非借尸还魂，即冥中另配，必令“生旦当场团圆”，才肯放手者，乃是自欺欺人的瘾太大，所以看了小小骗局，还不甘心，定须闭眼胡说一通而后快。赫克尔[1]（E. Haeckel）说过：人和人之差，有时比类人猿和原人之差还远。我们将《红楼梦》的续作者和原作者一比较，就会承认这话大概是确实的。

“作善降祥”[2]的古训，六朝人本已有些怀疑了，他们作墓志，竟会说“积善不报，终自欺人”的话。但后来的昏人，却又瞒起来。元刘信将三岁痴儿抛入醮纸火盆，妄希福祐，是见于《元典章》[3]的；剧本《小张屠焚儿救母》[4]却道是为母延命，命得延，儿亦不死了。一女愿侍痼疾之夫，《醒世恒言》[5]中还说终于一同自杀的；后来改作的却道

1　赫克尔（1834—1919）：通译海克尔，德国博物学家，达尔文进化论的捍卫者和传播者。

2　“作善降祥”：出自《尚书·伊训》：“作善降之百祥，作不善降之百殃。”

3　《元典章》：全称《大元圣政国朝典章》，是元至治二年（1322）以前元朝法令文书的分类汇编。

4　《小张屠焚儿救母》：杂剧，元代无名氏作。

5　《醒世恒言》：明末文学家冯梦龙（1574—1646）纂辑的白话短篇小说集。

是有蛇坠入药罐里，丈夫服后便全愈了。凡有缺陷，一经作者粉饰，后半便大抵改观，使读者落诬妄中，以为世间委实尽够光明，谁有不幸，便是自作，自受。

有时遇到彰明的史实，瞒不下，如关羽岳飞的被杀，便只好别设骗局了。一是前世已造冥因，如岳飞[1]；一是死后使他成神，如关羽。定命不可逃，成神的善报更满人意，所以杀人者不足责，被杀者也不足悲，冥冥中自有安排，使他们各得其所，正不必别人来费力了。

中国人的不敢正视各方面，用瞒和骗，造出奇妙的逃路来，而自以为正路。在这路上，就证明着国民性的怯弱，懒惰，而又巧滑。一天一天的满足着，即一天一天的堕落着，但却又觉得日见其光荣。在事实上，亡国一次，即添加几个殉难的忠臣，后来每不想光复旧物，而只去赞美那几个忠臣；遭劫一次，即造成一群不辱的烈女，事过之后，也每每不思惩凶，自卫，却只顾歌咏那一群烈女。仿佛亡国遭劫的事，反而给中国人发挥"两间正气"的机会，增高价值，即在此一举，应该一任其至，不足忧悲似的。自然，此上也无可为，因为我们已经借死人获得最上的光荣了。沪汉烈士的追悼会[2]中，活的人们在一块很可景仰的高大的木主下互相打骂，也就是和我们的先辈走着同一的路。

文艺是国民精神所发的火光，同时也是引导国民精神的前途的灯火。这是互为因果的，正如麻油从芝麻榨出，但以浸芝麻，就使它更油。倘以油为止，就不必说；否则，当参入别的东西，或水或碱去

---

1 在清代小说《说岳全传》中，岳飞的前世是佛祖身边的金翅大鹏，啄死了女土蝠（秦桧之妻王氏的前世），啄瞎了虬王（秦桧的前世）。

2 沪汉烈士的追悼会：在1925年上海五卅惨案和6月11日汉口群众的反帝斗争被镇压后，6月25日，北京数十万人在天安门召开沪汉烈士追悼会，会场设有一座二丈四尺高的木质灵位，悬挂的挽联上写着"在孔曰成仁在孟曰正命""于礼为国殇于义为鬼雄"，指挥台正中的横幅上写着"天地正气"。

中国人向来因为不敢正视人生，只好瞒和骗，由此也生出瞒和骗的文艺来，由这文艺，更令中国人更深地陷入瞒和骗的大泽中，甚而至于已经自己不觉得。世界日日改变，我们的作家取下假面，真诚地，深入地，大胆地看取人生并且写出他的血和肉来的时候早到了；早就应该有一片崭新的文场，早就应该有几个凶猛的闯将！

　　现在，气象似乎一变，到处听不见歌吟花月的声音了，代之而起的是铁和血的赞颂。然而倘以欺瞒的心，用欺瞒的嘴，则无论说A和O，或Y和Z，一样是虚假的；只可以吓哑了先前鄙薄花月的所谓批评家的嘴，满足地以为中国就要中兴。可怜他在"爱国"的大帽子底下又闭上了眼睛了——或者本来就闭着。

　　没有冲破一切传统思想和手法的闯将，中国是不会有真的新文艺的。

一九二五年七月二十二日

　　本篇最初发表于一九二五年八月三日《语丝》周刊第三十八期。
后收入杂文集《坟》。

论睁了眼看

坚壁清野主义

　　新近，我在中国社会上发现了几样主义。其一，是坚壁清野主义。

　　"坚壁清野"是兵家言，兵家非我的素业，所以这话不是从兵家得来，乃是从别的书上看来，或社会上听来的。听说这回的欧洲战争时最要紧的是壕堑战，那么，虽现在也还使用着这战法——坚壁。至于清野，世界史上就有着有趣的事例：相传十九世纪初拿破仑进攻俄国，到了墨斯科时，俄人便大发挥其清野手段，同时在这地方纵火，将生活所需的东西烧个干净，请拿破仑和他的雄兵猛将在空城里吸西北风。吸不到一个月，他们便退走了。

　　中国虽说是儒教国，年年祭孔；"俎豆之事，则尝闻之矣，军旅之事，丘未之学也。"[1]但上上下下却都使用着这兵法；引导我看出来的是本月的报纸上的一条新闻。据说，教育当局因为公共娱乐场中常常发生有伤风化情事，所以令行各校，禁止女学生往游艺场和公园；并通知女生家属，协同禁止。自然，我并不深知这事是否确实；更未见明令的原文；也不明白教育当局之意，是因为娱乐场中的"有伤风化"情事，即从女生发生，所以不许其去，还是只要女生不去，别人也不发生，抑或即使发生，也就管他妈的了。

　　或者后一种的推测庶几近之。我们的古哲和今贤，虽然满口"正

1　出自《论语·卫灵公》，原文是"孔子对曰：'俎豆之事，则尝闻之矣；军旅之事，未之学也。'"俎豆，古代盛食物的器皿，被用作祭祀时的礼器。

本清源"，"澄清天下"，但大概是有口无心的，"未有己不正，而能正人者"，所以结果是：收起来。第一，是"以己之心，度人之心"，想专以"不见可欲，使民心不乱"。第二，是器宇只有这么大，实在并没有"澄清天下"之才，正如富翁唯一的经济法，只有将钱埋在自己的地下一样。古圣人所教的"慢藏诲盗，冶容诲淫"[1]，就是说子女玉帛的处理方法，是应该坚壁清野的。

其实这种方法，中国早就奉行的了，我所到过的地方，除北京外，一路大抵只看见男人和卖力气的女人，很少见所谓上流妇女。但我先在此声明，我之不满于这种现象者，并非因为预备遍历中国，去窃窥一切太太小姐们；我并没有积下一文川资[2]，就是最确的证据。今年是"流言"鼎盛时代，稍一不慎，《现代评论》上就会弯弯曲曲地登出来的，所以特地先行预告。至于一到名儒，则家里的男女也不给容易见面，霍渭厓[3]的《家训》里，就有那非常麻烦的分隔男女的房子构造图。似乎有志于圣贤者，便是自己的家里也应该看作游艺场和公园；现在究竟是二十世纪，而且有"少负不羁之名，长习自由之说"的教育总长[4]，实在宽大得远了。

北京倒是不大禁锢妇女，走在外面，也不很加侮蔑的地方，但这和我们的古哲和今贤之意相左，或者这种风气，倒是满洲人输入的罢。满洲人曾经做过我们的"圣上"，那习俗也应该遵从的。然而我

1　"慢藏诲盗，冶容诲淫"：出自《周易·系辞上》，意思是收藏财物不谨慎会导致偷盗，女子打扮得妖媚会招致邪淫之事。

2　川资：盘缠，旅费。

3　霍渭厓：霍韬（1487—1540），字渭先，号兀崖，广东南海（今佛山）人，明代道学家。

4　教育总长：指章士钊（1881—1973），字行严，湖南善化（今属长沙）人，时任北洋政府教育总长。"少负不羁之名，长习自由之说"是他在《停办北京女子师范大学呈文》中的自述。

想，现在却也并非排满，如民元之剪辫子，乃是老脾气复发了，只要看旧历过年的放鞭爆，就日见其多。可惜不再出一个魏忠贤[1]来试验试验我们，看可有人去作干儿，并将他配享孔庙。

要风化好，是在解放人性，普及教育，尤其是性教育，这正是教育者所当为之事，"收起来"却是管牢监的禁卒哥哥的专门。况且社会上的事不比牢监那样简单，修了长城，胡人仍然源源而至，深沟高垒，都没有用处的。未有游艺场和公园以前，闺秀不出门，小家女也逛庙会，看祭赛，谁能说"有伤风化"情事，比高门大族为多呢？

总之，社会不改良，"收起来"便无用，以"收起来"为改良社会的手段，是坐了津浦车往奉天。这道理很浅显：壁虽坚固，也会冲倒的。兵匪的"绑急票"，抢妇女，于风化何如？没有知道呢，还是知而不能言，不敢言呢？倒是歌功颂德的！

其实，"坚壁清野"虽然是兵家的一法，但这究竟是退守，不是进攻。或者就因为这一点，适与一般人的退婴主义相称，于是见得志同道合的罢。但在兵事上，是别有所待的，待援军的到来，或敌军的引退；倘单是困守孤城，那结果就只有灭亡，教育上的"坚壁清野"法，所待的是什么呢？照历来的女教来推测，所待的只有一件事：死。

天下太平或还能苟安时候，所谓男子者俨然地教贞顺，说幽娴，"内言不出于阃"[2]，"男女授受不亲"。好！都听你，外事就拜托足下罢。但是天下弄得鼎沸，暴力袭来了，足下将何以见教呢？曰：做烈妇呀！

1　魏忠贤（1568—1627）：字完吾，北直隶肃宁（今河北肃宁）人，明末宦官，一些士大夫曾捧魏忠贤像入孔庙配祀孔子。

2　"内言不出于阃"：出自《礼记·曲礼》。阃，妇女居住的地方。

宋以来，对付妇女的方法，只有这一个，直到现在，还是这一个。

如果这女教当真大行，则我们中国历来多少内乱，多少外患，兵燹频仍，妇女不是死尽了么？不，也有幸免的，也有不死的，易代之际，就和男人一同降伏，做奴才。于是生育子孙，祖宗的香火幸而不断，但到现在还很有带着奴气的人物，大概也就是这个流弊罢。"有利必有弊"，是十口相传，大家都知道的。

但似乎除此之外，儒者，名臣，富翁，武人，阔人以至小百姓，都想不出什么善法来，因此还只得奉这为至宝。更昏庸的，便以为只要意见和这些歧异者，就是土匪了。和官相反的是匪，也正是当然的事。但最近，孙美瑶据守抱犊崮，其实倒是"坚壁"，至于"清野"的通品，则我要推举张献忠。

张献忠在明末的屠戮百姓，是谁也知道，谁也觉得可骇的。譬如他使ABC三枝兵杀完百姓之后，便令AB杀C，又令A杀B，又令A自相杀。为什么呢？是李自成已经入北京，做皇帝了。做皇帝是要百姓的，他就要杀完他的百姓，使他无皇帝可做。正如伤风化是要女生的，现在关起一切女生，也就无风化可伤一般。

连土匪也有坚壁清野主义，中国的妇女实在已没有解放的路；听说现在的乡民，于兵匪也已经辨别不清了。

一九二五年十一月二十二日

本篇最初发表于一九二六年一月一日上海《新女性》月刊创刊号。后收入杂文集《坟》。

坚壁清野主义

寡妇主义

　　范源廉[1]先生是现在许多青年所钦仰的；各人有各人的意思，我当然无从推度那些缘由。但我个人所叹服的，是在他当前清光绪末年，首先发明了"速成师范"。一门学术而可以速成，迂执的先生们也许要觉得离奇罢；殊不知那时中国正闹着"教育荒"，所以这正是一宗急赈的款子。半年以后，从日本留学回来的师资就不在少数了，还带着教育上的各种主义，如军国民主义，尊王攘夷主义之类。在女子教育，则那时候最时行，常常听到嚷着的，是贤母良妻主义。

　　我倒并不一定以为这主义错，愚母恶妻是谁也不希望的。然而现在有几个急进的人们，却以为女子也不专是家庭中物，因而很攻击中国至今还钞了日本旧刊文来教育自己的女子的谬误。人们真容易被听惯的讹传所迷，例如近来有人说：谁是卖国的，谁是只为子孙计的。于是许多人也都这样说。其实如果真能卖国，还该得点更大的利，如果真为子孙计，也还算较有良心；现在的所谓谁者，大抵不过是送国，也何尝想到子孙。这贤母良妻主义也不在例外，急进者虽然引以为病，而事实上又何尝有这么一回事；所有的，不过是"寡妇主义"罢了。

　　这"寡妇"二字，应该用纯粹的中国思想来解释，不能比附欧，美，印度或亚剌伯[2]的；倘要翻成洋文，也决不宜意译或神译，只能音

1　范源廉（1875—1927）：字静生，湖南省湘阴县人，教育家。
2　亚剌伯：即阿拉伯。

译：Kuofuism。

我生以前不知道怎样，我生以后，儒教却已经颇"杂"了："奉母命权作道场"者有之，"神道设教"者有之，佩服《文昌帝君功过格》[1]者又有之，我还记得那《功过格》，是给"谈人闺阃"者以很大的罚。我未出户庭，中国也未有女学校以前不知道怎样，自从我涉足社会，中国也有了女校，却常听到读书人谈论女学生的事，并且照例是坏事。有时实在太谬妄了，但倘若指出它的矛盾，则说的听的都大不悦，仇恨简直是"若杀其父兄"。这种言动，自然也许是合于"儒行"的罢，因为圣道广博，无所不包；或者不过是小节，不要紧的。

我曾经也略略猜想过这些谣诼的由来：反改革的老先生，色情狂气味的幻想家，制造流言的名人，连常识也没有或别有作用的新闻访事和记者，被学生赶走的校长和教员，谋做校长的教育家，跟着一犬而群吠的邑犬……。但近来却又发见了一种另外的，是："寡妇"或"拟寡妇"的校长及舍监。

这里所谓"寡妇"，是指和丈夫死别的；所谓"拟寡妇"，是指和丈夫生离以及不得已而抱独身主义的。

中国的女性出而在社会上服务，是最近才有的，但家族制度未曾改革，家务依然纷繁，一经结婚，即难于兼做别的事。于是社会上的事业，在中国，则大抵还只有教育，尤其是女子教育，便多半落在上文所说似的独身者的掌中。这在先前，是道学先生所占据的，继而以顽固无识等恶名失败，她们即以曾受新教育，曾往国外留学，同是女性等好招牌，起而代之。社会上也因为她们并不与任何男性相关，又

---

1 《文昌帝君功过格》：文昌帝君是中国民间和道教尊奉的掌管功名禄位的神。功过格是一种宣传封建道德、带有浓厚迷信性质的劝善书。

无儿女系累，可以专心于神圣的事业，便漫然加以信托。但从此而青年女子之遭灾，就远在于往日在道学先生治下之上了。

即使是贤母良妻，即使是东方式，对于夫和子女，也不能说可以没有爱情。爱情虽说是天赋的东西，但倘没有相当的刺戟和运用，就不发达。譬如同是手脚，坐着不动的人将自己的和铁匠挑夫的一比较，就非常明白。在女子，是从有了丈夫，有了情人，有了儿女，而后真的爱情才觉醒的；否则，便潜藏着，或者竟会萎落，甚且至于变态。所以托独身者来造贤母良妻，简直是请盲人骑瞎马上道，更何论于能否适合现代的新潮流。自然，特殊的独身的女性，世上也并非没有，如那过去的有名的数学家Sophie Kowalewsky[1]，现在的思想家Ellen Key[2]等；但那是一则欲望转了向，一则思想已经透澈的。然而当学士会院以奖金表彰Kowalewsky的学术上的名誉时，她给朋友的信里却有这样的话："我收到各方面的贺信。运命的奇异的讥刺呀，我从来没有感到过这样的不幸。"

至于因为不得已而过着独身生活者，则无论男女，精神上常不免发生变化，有着执拗猜疑阴险的性质者居多。欧洲中世的教士，日本维新前的御殿女中（女内侍），中国历代的宦官，那冷酷险狠，都超出常人许多倍。别的独身者也一样，生活既不合自然，心状也就大变，觉得世事都无味，人物都可憎，看见有些天真欢乐的人，便生恨恶。尤其是因为压抑性欲之故，所以于别人的性底事件就敏感，多疑；欣羡，因而妒嫉。其实这也是势所必至的事：为社会所逼迫，表面上固不能不装作纯洁，但内心却终于逃不掉本能之力的牵掣，不自主地蠢

1　Sophie Kowalewsky：索菲娅·科瓦列夫斯卡娅（1850—1891），俄国数学家。
2　Ellen Key：爱伦·凯（1849—1926），瑞典作家、妇女运动活动家。

动着缺憾之感的。

　　然而学生是青年，只要不是童养媳或继母治下出身，大抵涉世不深，觉得万事都有光明，思想言行，即与此辈正相反。此辈倘能回忆自己的青年时代，本来就可以了解的。然而天下所多的是愚妇人，那里能想到这些事；始终用了她多年炼就的眼光，观察一切：见一封信，疑心是情书了；闻一声笑，以为是怀春了；只要男人来访，就是情夫；为什么上公园呢，总该是赴密约。被学生反对，专一运用这种策略的时候不待言，虽在平时，也不免如此。加以中国本是流言的出产地方，"正人君子"也常以这些流言作谈资，扩势力，自造的流言尚且奉为至宝，何况是真出于学校当局者之口的呢，自然就更有价值地传布起来了。

　　我以为在古老的国度里，老于世故者和许多青年，在思想言行上，似乎有很远的距离，倘观以一律的眼光，结果即往往谬误。譬如中国有许多坏事，各有专名，在书籍上又偏多关于它的别名和隐语。当我编辑周刊时，所收的文稿中每有直犯这些别名和隐语的；在我，是向来避而不用。但细一查考，作者实茫无所知，因此也坦然写出；其咎却在中国的坏事的别名隐语太多，而我亦太有所知道，疑虑及避忌。看这些青年，仿佛中国的将来还有光明；但再看所谓学士大夫，却又不免令人气塞。他们的文章或者古雅，但内心真是干净者有多少。即以今年的士大夫的文言而论，章士钊呈文[1]中的"荒学逾闲恣为无忌"，"两性衔接之机缄缔构"，"不受检制竟体忘形"，"谨愿者尽丧所守"等……可谓臻嫫嬳[2]之极致了。但其实，被侮辱的青年学生们

1　章士钊呈文：指章士钊的《停办北京女子师范大学呈文》。

2　嫫嬳：褒衶；轻慢。出自《汉书·枚皋传》："(枚皋)为赋颂，好嫚戏，以故得嫫嬳贵幸。"

是不懂的；即使仿佛懂得，也大概不及我读过一些古文者的深切地看透作者的居心。

　　言归正传罢。因为人们因境遇而思想性格能有这样不同，所以在寡妇或拟寡妇所办的学校里，正当的青年是不能生活的。青年应当天真烂漫，非如她们的阴沉，她们却以为中邪了；青年应当有朝气，敢作为，非如她们的萎缩，她们却以为不安本分了：都有罪。只有极和她们相宜，——说得冠冕一点罢，就是极其"婉顺"的，以她们为师法，使眼光呆滞，面肌固定，在学校所化成的阴森的家庭里屏息而行，这才能敷衍到毕业；拜领一张纸，以证明自己在这里被多年陶冶之余，已经失了青春的本来面目，成为精神上的"未字先寡"[1]的人物，自此又要到社会上传布此道去了。

　　虽然是中国，自然也有一些解放之机，虽然是中国妇女，自然也有一些自立的倾向；所可怕的是幸而自立之后，又转而凌虐还未自立的人，正如童养媳一做婆婆，也就像她的恶姑一样毒辣。我并非说凡在教育界的独身女子，一定都得去配一个男人，无非愿意她们能放开思路，再去较为远大地加以思索；一面，则希望留心教育者，想到这事乃是一个女子教育上的大问题，而有所挽救，因为我知道凡有教育学家，是决不肯说教育是没有效验的。大约中国此后这种独身者还要逐渐增加，倘使没有善法补救，则寡妇主义教育的声势，也就要逐渐浩大，许多女子，都要在那冷酷险狠的陶冶之下，失其活泼的青春，无法复活了。全国受过教育的女子，无论已嫁未嫁，有夫无夫，个个心如古井，脸若严霜，自然倒也怪好看的罢，但究竟也太不像真要人

1　"未字先寡"：在未许婚时心情就已同寡妇一样。旧时女子许婚叫"字"。

模样地生活下去了；为他帖身的使女，亲生的女儿着想，倒是还在其次的事。

　　我是不研究教育的，但这种危害，今年却因为或一机会，深切地感到了，所以就趁《妇女周刊》征文的机会，将我的所感说出。

一九二五年十一月二十三日

　　本篇最初发表于一九二五年十二月二十日《京报》副刊《妇女周刊》周年纪念特号。后收入杂文集《坟》。

论"费厄泼赖"应该缓行

一　解题

　　《语丝》[1]五七期上语堂[2]先生曾经讲起"费厄泼赖"（Fair play[3]），以为此种精神在中国最不易得，我们只好努力鼓励；又谓不"打落水狗"，即足以补充"费厄泼赖"的意义。我不懂英文，因此也不明这字的函义究竟怎样，如果不"打落水狗"也即这种精神之一体，则我却很想有所议论。但题目上不直书"打落水狗"者，乃为回避触目起见，即并不一定要在头上强装"义角"之意。总而言之，不过说是"落水狗"未始不可打，或者简直应该打而已。

二　论"落水狗"有三种，大都在可打之列

　　今之论者，常将"打死老虎"与"打落水狗"相提并论，以为都近于卑怯。我以为"打死老虎"者，装怯作勇，颇含滑稽，虽然不免有卑怯之嫌，却怯得令人可爱。至于"打落水狗"，则并不如此简单，当看狗之怎样，以及如何落水而定。考落水原因，大概可有三种：

1　《语丝》：1924年11月在北京创刊的文学周刊，主要撰稿人有鲁迅、周作人、林语堂等。
2　林语堂（1895—1976）：原名和乐，福建龙溪（今漳州）人，作家、翻译家、语言学家。
3　Fair play：公平比赛，公平对待。

（1）狗自己失足落水者，（2）别人打落者，（3）亲自打落者。倘遇前二种，便即附和去打，自然过于无聊，或者竟近于卑怯；但若与狗奋战，亲手打其落水，则虽用竹竿又在水中从而痛打之，似乎也非已甚，不得与前二者同论。

听说刚勇的拳师，决不再打那已经倒地的敌手，这实足使我们奉为楷模。但我以为尚须附加一事，即敌手也须是刚勇的斗士，一败之后，或自愧自悔而不再来，或尚须堂皇地来相报复，那当然都无不可。而于狗，却不能引此为例，与对等的敌手齐观，因为无论它怎样狂嗥，其实并不解什么"道义"；况且狗是能浮水的，一定仍要爬到岸上，倘不注意，它先就耸身一摇，将水点洒得人们一身一脸，于是夹着尾巴逃走了。但后来性情还是如此。老实人将它的落水认作受洗，以为必已忏悔，不再出而咬人，实在是大错而特错的事。

总之，倘是咬人之狗，我觉得都在可打之列，无论它在岸上或在水中。

三　论叭儿狗尤非打落水里，又从而打之不可

叭儿狗一名哈吧狗，南方却称为西洋狗了，但是，听说倒是中国的特产，在万国赛狗会里常常得到金奖牌，《大不列颠百科全书》的狗照相上，就很有几匹是咱们中国的叭儿狗。这也是一种国光。但是，狗和猫不是仇敌么？它却虽然是狗，又很像猫，折中，公允，调和，平正之状可掬，悠悠然摆出别个无不偏激，惟独自己得了"中庸之道"似的脸来。因此也就为阔人，太监，太太，小姐们所钟爱，种子绵绵不绝。它的事业，只是以伶俐的皮毛获得贵人豢养，或者中外的娘儿

们上街的时候，脖子上拴了细链子跟在脚后跟。

　　这些就应该先行打它落水，又从而打之；如果它自坠入水，其实也不妨又从而打之，但若是自己过于要好，自然不打亦可，然而也不必为之叹息。叭儿狗如可宽容，别的狗也大可不必打了，因为它们虽然非常势利，但究竟还有些像狼，带着野性，不至于如此骑墙。

　　以上是顺便说及的话，似乎和本题没有大关系。

四　论不"打落水狗"是误人子弟的

　　总之，落水狗的是否该打，第一是在看它爬上岸了之后的态度。

　　狗性总不大会改变的，假使一万年之后，或者也许要和现在不同，但我现在要说的是现在。如果以为落水之后，十分可怜，则害人的动物，可怜者正多，便是霍乱病菌，虽然生殖得快，那性格却何等地老实。然而医生是决不肯放过它的。

　　现在的官僚和土绅士或洋绅士，只要不合自意的，便说是赤化，是共产；民国元年以前稍不同，先是说康党，后是说革党[1]，甚至于到官里去告密，一面固然在保全自己的尊荣，但也未始没有那时所谓"以人血染红顶子"之意。可是革命终于起来了，一群臭架子的绅士们，便立刻皇皇然若丧家之狗，将小辫子盘在头顶上。革命党也一派新气，——绅士们先前所深恶痛绝的新气，"文明"得可以；说是"咸与维新"了，我们是不打落水狗的，听凭它们爬上来罢。于是它们爬上来了，伏到民国二年下半年，二次革命[2]的时候，就突出来帮着袁世

1　康党：指参加和赞成康有为等发起戊戌变法的维新派人士。革党：指参加和赞成反清革命的人。
2　二次革命：孙中山等国民党人于1913年发动的反对袁世凯的武装革命，又称"讨袁之役"。

凯咬死了许多革命人，中国又一天一天沉入黑暗里，一直到现在，遗老不必说，连遗少也还是那么多。这就因为先烈的好心，对于鬼蜮的慈悲，使它们繁殖起来，而此后的明白青年，为反抗黑暗计，也就要花费更多更多的气力和生命。

秋瑾[1]女士，就是死于告密的，革命后暂时称为"女侠"，现在是不大听见有人提起了。革命一起，她的故乡就到了一个都督，——等于现在之所谓督军，——也是她的同志：王金发[2]。他捉住了杀害她的谋主，调集了告密的案卷，要为她报仇。然而终于将那谋主释放了，据说是因为已经成了民国，大家不应该再修旧怨罢。但等到二次革命失败后，王金发却被袁世凯的走狗枪决了，与有力的是他所释放的杀过秋瑾的谋主。

这人现在也已"寿终正寝"了，但在那里继续跋扈出没着的也还是这一流人，所以秋瑾的故乡也还是那样的故乡，年复一年，丝毫没有长进。从这一点看起来，生长在可为中国模范的名城[3]里的杨荫榆[4]女士和陈西滢先生，真是洪福齐天。

五　论塌台人物不当与"落水狗"相提并论

"犯而不校"[5]是恕道，"以眼还眼以牙还牙"是直道。中国最多的

1　秋瑾（1875—1907）：浙江绍兴人，初名闺瑾，字璇卿，东渡日本后改名瑾，字竞雄，自号"鉴湖女侠"，革命家。

2　王金发（1883—1915）：字季高，浙江绍兴人，毕生从事反清斗争，曾任绍兴军政分府都督等职。

3　模范的名城：指无锡。陈西滢在《现代评论》发表的《闲话》中说"无锡是中国的模范县"。

4　杨荫榆（1884—1938）：江苏无锡人，时任北京女子师范大学校长。

5　"犯而不校"：受到别人的触犯或无礼也不计较。出自《论语·泰伯》。

却是枉道：不打落水狗，反被狗咬了。但是，这其实是老实人自己讨苦吃。

俗语说："忠厚是无用的别名"，也许太刻薄一点罢，但仔细想来，却也觉得并非唆人作恶之谈，乃是归纳了许多苦楚的经历之后的警句。譬如不打落水狗说，其成因大概有二：一是无力打；二是比例[1]错。前者且勿论；后者的大错就又有二：一是误将塌台人物和落水狗齐观，二是不辨塌台人物又有好有坏，于是视同一律，结果反成为纵恶。即以现在而论，因为政局的不安定，真是此起彼伏如转轮，坏人靠着冰山，恣行无忌，一旦失足，忽而乞怜，而曾经亲见，或亲受其噬啮的老实人，乃忽以"落水狗"视之，不但不打，甚至于还有哀矜之意，自以为公理已伸，侠义这时正在我这里。殊不知它何尝真是落水，巢窟是早已造好的了，食料是早经储足的了，并且都在租界里。虽然有时似乎受伤，其实并不，至多不过是假装跛脚，聊以引起人们的恻隐之心，可以从容避匿罢了。他日复来，仍旧先咬老实人开手，"投石下井"，无所不为，寻起原因来，一部分就正因为老实人不"打落水狗"之故。所以，要是说得苛刻一点，也就是自家掘坑自家埋，怨天尤人，全是错误的。

六　论现在还不能一味"费厄"

仁人们或者要问：那么，我们竟不要"费厄泼赖"么？我可以立刻回答：当然是要的，然而尚早。这就是"请君入瓮"法。虽然仁

1　比例：比照、援例。

人们未必肯用，但我还可以言之成理。土绅士或洋绅士们不是常常说，中国自有特别国情，外国的平等自由等等，不能适用么？我以为这"费厄泼赖"也是其一。否则，他对你不"费厄"，你却对他去"费厄"，结果总是自己吃亏，不但要"费厄"而不可得，并且连要不"费厄"而亦不可得。所以要"费厄"，最好是首先看清对手，倘是些不配承受"费厄"的，大可以老实不客气；待到它也"费厄"了，然后再与它讲"费厄"不迟。

　　这似乎很有主张二重道德之嫌，但是也出于不得已，因为倘不如此，中国将不能有较好的路。中国现在有许多二重道德，主与奴，男与女，都有不同的道德，还没有划一。要是对"落水狗"和"落水人"独独一视同仁，实在未免太偏，太早，正如绅士们之所谓自由平等并非不好，在中国却微嫌太早一样。所以倘有人要普遍施行"费厄泼赖"精神，我以为至少须俟所谓"落水狗"者带有人气之后。但现在自然也非绝不可行，就是，有如上文所说：要看清对手。而且还要有等差，即"费厄"必视对手之如何而施，无论其怎样落水，为人也则帮之，为狗也则不管之，为坏狗也则打之。一言以蔽之："党同伐异"而已矣。

　　满心"婆理"而满口"公理"的绅士们的名言暂且置之不论不议之列，即使真心人所大叫的公理，在现今的中国，也还不能救助好人，甚至于反而保护坏人。因为当坏人得志，虐待好人的时候，即使有人大叫公理，他决不听从，叫喊仅止于叫喊，好人仍然受苦。然而偶有一时，好人或稍稍蹶起，则坏人本该落水了，可是，真心的公理论者又"勿报复"呀，"仁恕"呀，"勿以恶抗恶"呀……的大嚷起来。这一次却发生实效，并非空嚷了：好人正以为然，而坏人于是得救。但

　　他得救之后，无非以为占了便宜，何尝改悔；并且因为是早已营就三窟，又善于钻谋的，所以不多时，也就依然声势赫奕，作恶又如先前一样。这时候，公理论者自然又要大叫，但这回他却不听你了。

　　但是，"疾恶太严"，"操之过急"，汉的清流[1]和明的东林[2]，却正以这一点倾败，论者也常常这样责备他们。殊不知那一面，何尝不"疾善如仇"呢？人们却不说一句话。假使此后光明和黑暗还不能作彻底的战斗，老实人误将纵恶当作宽容，一味姑息下去，则现在似的混沌状态，是可以无穷无尽的。

七　论"即以其人之道还治其人之身"

　　中国人或信中医或信西医，现在较大的城市中往往并有两种医，使他们各得其所。我以为这确是极好的事。倘能推而广之，怨声一定还要少得多，或者天下竟可以臻于郅治[3]。例如民国的通礼是鞠躬，但若有人以为不对的，就独使他磕头。民国的法律是没有笞刑的，倘有人以为肉刑好，则这人犯罪时就特别打屁股。碗筷饭菜，是为今人而设的，有愿为燧人氏[4]以前之民者，就请他吃生肉；再造几千间茅屋，将在大宅子里仰慕尧舜的高士都拉出来，给住在那里面；反对物质文明的，自然更应该不使他衔冤坐汽车。这样一办，真所谓"求仁得仁又何怨"，我们的耳根也就可以清净许多罢。

1　清流：指东汉末年联合批评朝政、揭露宦官集团罪行的太学生郭泰、贾彪和大臣李膺、陈蕃等人。

2　东林：指东林党，明末以江南士大夫为主的官僚阶级政治集团。

3　郅治：大治。

4　燧人氏：姓风，名允婼，燧明国（今河南商丘）人，约生活在公元前4000年，华夏先祖，被《尚书大传》称为"三皇"之首，有钻木取火的传说。

但可惜大家总不肯这样办，偏要以己律人，所以天下就多事。"费厄泼赖"尤其有流弊，甚至于可以变成弱点，反给恶势力占便宜。例如刘百昭[1]殴曳女师大学生，《现代评论》上连屁也不放，一到女师大恢复，陈西滢鼓动女大学生占据校舍时，却道"要是她们不肯走便怎样呢？你们总不好意思用强力把她们的东西搬走了罢？"殴而且拉，而且搬，是有刘百昭的先例的，何以这一回独独"不好意思"？这就因为给他嗅到了女师大这一面有些"费厄"气味之故。但这"费厄"却又变成弱点，反而给人利用了来替章士钊的"遗泽"保镖。

八　结末

或者要疑我上文所言，会激起新旧，或什么两派之争，使恶感更深，或相持更烈罢。但我敢断言，反改革者对于改革者的毒害，向来就并未放松过，手段的厉害也已经无以复加了。只有改革者却还在睡梦里，总是吃亏，因而中国也总是没有改革，自此以后，是应该改换些态度和方法的。

一九二五年十二月二十九日

本篇最初发表于一九二六年一月十日《莽原》半月刊第一期。
后收入杂文集《坟》。

1　刘百昭（1893—？）：字可亭，湖南人，时任北洋政府教育部专门教育司司长。

估《学衡》

　　我在二月四日的《晨报副刊》上看见式芬先生的杂感[1]，很诧异天下竟有这样拘迂的老先生，竟不知世故到这地步，还来同《学衡》[2]诸公谈学理。夫所谓《学衡》者，据我看来，实不过聚在"聚宝之门"[3]左近的几个假古董所放的假毫光；虽然自称为"衡"，而本身的称星尚且未曾钉好，更何论于他所衡的轻重的是非。所以，决用不着较准，只要估一估就明白了。

　　《弁言》[4]说，"籀绎[5]之作必趋雅音以崇文"，"籀绎"如此，述作可知。夫文者，即使不能"载道"，却也应该"达意"，而不幸诸公虽然张皇[6]国学，笔下却未免欠亨，不能自了，何以"衡"人。这实在是一个大缺点。看罢，诸公怎么说：

　　《弁言》云，"杂志迻例弁以宣言"，按宣言即布告，而弁者，周人戴在头上的瓜皮小帽一般的帽子，明明是顶上的东西，所以"弁言"就是序，异于"杂志迻例"的宣言，并为一谈，太汗漫了。《评提倡新

1　杂感：周作人的《〈评尝试集〉匡谬》，署名式芬。该文列举了胡先骕《评尝试集》一文中的四个论点，逐一加以批驳。

2　《学衡》：宣传中国旧文化的学术性刊物，1922年1月在南京创刊，主办人多为东南大学教授。

3　"聚宝之门"：聚宝门，南京城门之一，1931年改称中华门。

4　《弁言》及下文的《评提倡新文化者》《中国提倡社会主义之商榷》《国学摭谭》《记白鹿洞谈虎》《渔丈人行》《浙江采集植物游记》均是《学衡》刊载的文章。

5　籀（zhòu）绎：引申，演绎。

6　张皇：夸大；显耀。

文化者》文中说，"或操笔以待。每一新书出版。必为之序。以尽其领袖后进之责。顾亭林[1]曰。人之患在好为人序。其此之谓乎。故语彼等以学问之标准与良知。犹语商贾以道德。娼妓以贞操也。"原来做一篇序"以尽其领袖后进之责"，便有这样的大罪案。然而诸公又何以也"突而弁兮"的"言"了起来呢？照前文推论，那便是我的质问，却正是"语商贾以道德。娼妓以贞操也"了。

《中国提倡社会主义之商榷》中说，"凡理想学说之发生。皆有其历史上之背影。决非悬空虚构。造乌托之邦。作无病之呻者也。"查"英吉之利"的摩耳[2]，并未做Pia of Uto[3]，虽曰之乎者也，欲罢不能，但别寻古典，也非难事，又何必当中加楦[4]呢。于古未闻"睹史之陀"[5]，在今不云"宁古之塔"[6]，奇句如此，真可谓"有病之呻"了。

《国学摭谭》中说，"虽三皇寥廓而无极。五帝搢绅[7]先生难言之。"人而能"寥廓"，已属奇闻，而第二句尤为费解，不知是三皇之事，五帝和搢绅先生皆难言之，抑是五帝之事，搢绅先生也难言之呢？推度情理，当从后说，然而太史公[8]所谓"搢绅先生难言之"者，乃指"百家言黄帝"而并不指五帝，所以翻开《史记》，便是赫然的一篇《五帝本纪》，又何尝"难言之"。难道太史公在汉朝，竟应该算是下等社会

1　顾亭林：即顾炎武（1613—1682），明代南直隶昆山（今江苏昆山）人，思想家。其故居旁有亭林湖，故学者尊其为亭林先生。

2　摩耳（St. T. More, 1478—1535）：通译莫尔，英国思想家、政治家，空想社会主义创始人，著有《乌托邦》。

3　Pia of Uto：作者仿照"乌托之邦"，对"乌托邦"英文Utopia的修改。

4　楦：将物体的中空部分填实或撑大。

5　"睹史之陀"：作者对"睹史陀"的改写。睹史陀，音译自梵语，"知足"的意思。

6　"宁古之塔"：作者对"宁古塔"的改写。宁古塔，清朝东北边疆重镇，位于今黑龙江省海林市长汀镇。

7　搢绅：官吏的代称。

8　太史公：指司马迁，生卒年不详，字子长，西汉夏阳（今陕西韩城）人，史学家、散文家，著有《史记》。

中人么?

《记白鹿洞谈虎》中说,"诸父老能健谈。谈多称虎。当其摹示抉噬之状。闻者鲜不色变。退而记之。亦资诙噱[1]之类也。"姑不论其"能""健""谈""称",床上安床,"抉噬之状",终于未记,而"变色"的事,但"资诙噱",也可谓太远于事情[2]。倘使但"资诙噱",则先前的闻而色变者,简直是呆子了。记又云,"伥者。新鬼而膏虎牙者也。"刚做新鬼,便"膏虎牙",实在可悯。那么,虎不但食人,而且也食鬼了。这是古来未知的新发见[3]。

《渔丈人行》的起首道:"楚王无道杀伍奢[4]。覆巢之下无完家。"这"无完家"虽比"无完卵"新奇,但未免颇有语病。假如"家"就是鸟巢,那便犯了复,而且"之下"二字没有着落,倘说是人家,则掉下来的鸟巢未免太沉重了。除了大鹏金翅鸟(出《说岳全传》[5]),断没有这样的大巢,能够压破彼等的房子。倘说是因为押韵,不得不然,那我敢说:这是"挂脚韵"[6]。押韵至于如此,则翻开《诗韵合璧》[7]的"六麻"来,写道"无完蛇""无完瓜""无完叉",都无所不可的。

还有《浙江采集植物游记》,连题目都不通了。采集有所务,并非漫游,所以古人作记,务与游不并举,地与游才相连。匡庐峨眉,山也,则曰纪游,采硫访碑,务也,则曰日记。虽说采集时候,也兼游览,但这应该包举在主要的事务里,一列举便不"古"了。例如这记

---

1 诙噱:戏谑大笑。

2 事情:事物的情理。

3 见:同"现"。

4 伍奢(?—前522):伍子胥(前559—前484)的父亲,春秋后期楚国大夫,被楚平王杀害。

5 《说岳全传》:清代钱彩(生卒年不详)编次、金丰(生卒年不详)增订的长篇英雄传奇小说,共20卷80回。

6 "挂脚韵":指不顾诗句意思,生硬地同用同字凑韵。

7 《诗韵合璧》:清代汤文璐所编韵书,作者生卒年及生平不详。

中也说起吃饭睡觉的事，而题目不可作《浙江采集植物游食眠记》。

以上不过随手拾来的事，毛举起来，更要费笔费墨费时费力，犯不上，中止了。因此诸公的说理，便没有指正的必要，文且未亨，理将安托，穷乡僻壤的中学生的成绩，恐怕也不至于此的了。

总之，诸公掊击新文化而张皇旧学问，倘不自相矛盾，倒也不失其为一种主张。可惜的是于旧学并无门径，并主张也还不配。倘使字句未通的人也算是国粹的知己，则国粹更要惭惶煞人！"衡"了一顿，仅仅"衡"出了自己的铢两来，于新文化无伤，于国粹也差得远。

我所佩服诸公的只有一点，是这种东西也居然会有发表的勇气。

本篇最初发表于一九二二年二月九日《晨报副刊》，署名风声。

后收入杂文集《热风》。

十四年的"读经"

自从章士钊主张读经以来，论坛上又很出现了一些论议，如谓经不必尊，读经乃是开倒车之类。我以为这都是多事的，因为民国十四年的"读经"，也如民国前四年，四年，或将来的二十四年一样，主张者的意思，大抵并不如反对者所想像的那么一回事。

尊孔，崇儒，专经，复古，由来已经很久了。皇帝和大臣们，向来总要取其一端，或者"以孝治天下"，或者"以忠诏天下"，而且又"以贞节励天下"。但是，二十四史不现在么？其中有多少孝子，忠臣，节妇和烈女？自然，或者是多到历史上装不下去了；那么，去翻专夸本地人物的府县志书去。我可以说，可惜男的孝子和忠臣也不多的，只有节烈的妇女的名册却大抵有一大卷以至几卷。孔子之徒的经，真不知读到那里去了；倒是不识字的妇女们能实践。还有，欧战时候的参战，我们不是常常自负的么？但可曾用《论语》感化过德国兵，用《易经》咒翻了潜水艇呢？儒者们引为劳绩的，倒是那大抵目不识丁的华工！

所以要中国好，或者倒不如不识字罢，一识字，就有近乎读经的病根了。"瞰亡往拜"[1]"出疆载质"[2]的最巧玩艺儿，经上都有，我读熟过的。只有几个胡涂透顶的笨牛，真会诚心诚意地来主张读经。而且

1　"瞰亡往拜"：看到对方不在家时前去拜访。出自《孟子·滕文公下》："阳货瞰孔子之亡也，而馈孔子蒸豚；孔子亦瞰其亡也，而往拜之。"

2　"出疆载质"：出国时带着初次见面的礼品。后指出卖民族利益，投靠外国。出自《孟子·滕文公下》："孔子三月无君，则皇皇如也。出疆必载质。"

这样的脚色，也不消和他们讨论。他们虽说什么经，什么古，实在不过是空嚷嚷。问他们经可是要读到像颜回[1]，子思[2]，孟轲[3]，朱熹[4]，秦桧[5]（他是状元），王守仁[6]，徐世昌[7]，曹锟[8]；古可是要复到像清（即所谓"本朝"），元，金，唐，汉，禹汤文武周公，无怀氏，葛天氏[9]？他们其实都没有定见。他们也知不清颜回以至曹锟为人怎样，"本朝"[10]以至葛天氏情形如何；不过像苍蝇们失掉了垃圾堆，自不免嗡嗡地叫。况且既然是诚心诚意主张读经的笨牛，则决无钻营，取巧，献媚的手段可知，一定不会阔气；他的主张，自然也决不会发生什么效力的。

至于现在的能以他的主张，引起若干议论的，则大概是阔人。阔人决不是笨牛，否则，他早已伏处牖下，老死田间了。现在岂不是正值"人心不古"的时候么？则其所以得阔之道，居然可知。他们的主张，其实并非那些笨牛一般的真主张，是所谓别有用意；反对者们以为他真相信读经可以救国，真是"谬以千里"了！

我总相信现在的阔人都是聪明人；反过来说，就是倘使老实，必不能阔是也。至于所挂的招牌是佛学，是孔道，那倒没有什么关系。总而言之，是读经已经读过了，很悟到一点玩意儿，这种玩意儿，是孔二[11]先

---

1 颜回（前521—前481）：曹姓，颜氏，名回，字子渊，春秋时期鲁国（今山东兖州）人，孔子的弟子。

2 子思（前483—前402）：孔伋，字子思，孔子之子孔鲤的儿子。

3 孟轲：即孟子（约前372—前289），姬姓，孟氏，名轲，字子舆，战国时期邹国（今山东邹城）人，儒家学派代表人物之一。

4 朱熹（1130—1200）：字元晦，又字仲晦，出生于南宋南剑州尤溪（今福建尤溪），理学家，儒学集大成者。

5 秦桧（1090—1155）：字会之，生于南宋黄州，籍贯江宁（今江苏南京），宰相、奸臣。

6 王守仁（1472—1529）：字伯安，别号阳明，浙江余姚人，明代思想家、哲学家。

7 徐世昌（1855—1939）：字卜五，天津人，光绪年间进士，曾任翰林院编修，1918年被选为民国大总统。

8 曹锟（1862—1938）：字仲珊，天津人，直系军阀首领，1923年靠贿选成为民国大总统。

9 无怀氏、葛天氏均是中国传说中上古时期的帝王。

10 "本朝"：民国成立后，一些清朝遗老仍称清朝为"本朝"。

11 孔二：指孔子（前551—前479），子姓，孔氏，名丘，字仲尼，春秋末期鲁国陬邑（今山东曲阜）人，教育家、思想家，儒家学派创始人。

生的先生老聃[1]的大著作里就有的，此后的书本子里还随时可得。所以他们都比不识字的节妇，烈女，华工聪明；甚而至于比真要读经的笨牛还聪明。何也？曰："学而优则仕"故也。倘若"学"而不"优"，则以笨牛没世，其读经的主张，也不为世间所知。

　　孔子岂不是"圣之时者也"么，而况"之徒"呢？现在是主张"读经"的时候了。武则天[2]做皇帝，谁敢说"男尊女卑"？多数主义[3]虽然现称过激派，如果在列宁[4]治下，则共产之合于葛天氏，一定可以考据出来的。但幸而现在英国和日本的力量还不弱，所以，主张亲俄者，是被卢布换去了良心。

　　我看不见读经之徒的良心怎样，但我觉得他们大抵是聪明人，而这聪明，就是从读经和古文得来的。我们这曾经文明过而后来奉迎过蒙古人满洲人大驾了的国度里，古书实在太多，倘不是笨牛，读一点就可以知道，怎样敷衍，偷生，献媚，弄权，自私，然而能够假借大义，窃取美名。再进一步，并可以悟出中国人是健忘的，无论怎样言行不符，名实不副，前后矛盾，撒诳造谣，蝇营狗苟，都不要紧，经过若干时候，自然被忘得干干净净；只要留下一点卫道模样的文字，将来仍不失为"正人君子"。况且即使将来没有"正人君子"之称，于目下的实利又何损哉？

　　这一类的主张读经者，是明知道读经不足以救国的，也不希望人们都读成他自己那样的；但是，耍些把戏，将人们作笨牛看则有之，"读经"不过是这一回耍把戏偶尔用到的工具。抗议的诸公倘若不明乎此，还要正经老实地来评道理，谈利害，那我可不再客气，也要将你们归入诚心诚意主张读经的笨牛类里去了。

1　老聃：指老子，生卒年不详，姓李，名耳，字聃，春秋末期楚国苦县人，思想家，道家学派创始人。

2　武则天（624—705）：自名武曌，唐代并州文水（今山西文水）人，690年自立为帝，改国号为周。

3　多数主义：即布尔什维主义，是列宁创建的俄国无产阶级政党布尔什维克（意为多数派）拥护的思想体系。

4　列宁（Lenin，1870—1924）：原名弗拉基米尔·伊里奇·乌里扬诺夫（Vladimir Ilyich Ulyanov），马克思主义者，无产阶级革命家、政治家、理论家、思想家，苏俄和苏联的主要缔造者、十月革命主要领导人。

以这样文不对题的话来解释"俨乎其然"的主张，我自己也知道有不恭之嫌，然而我又自信我的话，因为我也是从"读经"得来的。我几乎读过十三经。

衰老的国度大概就免不了这类现象。这正如人体一样，年事老了，废料愈积愈多，组织间又沉积下矿质，使组织变硬，易就于灭亡。一面，则原是养卫人体的游走细胞（Wanderzelle）渐次变性，只顾自己，只要组织间有小洞，它便钻，蚕食各组织，使组织耗损，易就于灭亡。俄国有名的医学者梅契尼珂夫[1]（Elias Metschnikov）特地给他别立了一个名目：大嚼细胞（Fresserzelle）。据说，必须扑灭了这些，人体才免于老衰；要扑灭这些，则须每日服用一种酸性剂。他自己就实行着。

古国的灭亡，就因为大部分的组织被太多的古习惯教养得硬化了，不再能够转移，来适应新环境。若干分子又被太多的坏经验教养得聪明了，于是变性，知道在硬化的社会里，不妨妄行。单是妄行的是可与论议的，故意妄行的却无须再与谈理。惟一的疗救，是在另开药方：酸性剂，或者简直是强酸剂。

不提防临末又提到了一个俄国人，怕又有人要疑心我收到卢布了罢。我现在郑重声明：我没有收过一张纸卢布。因为俄国还未赤化之前，他已经死掉了，是生了别的急病，和他那正在实验的药的有效与否这问题无干。

十一月十八日

本篇最初发表于一九二五年十一月二十七日《猛进》周刊第三十九期。后收入杂文集《华盖集》。

1　梅契尼珂夫（1845—1916）：俄国生物学家，免疫学的创始人之一。

学界的三魂

　　从《京报副刊》上知道有一种叫《国魂》¹的期刊，曾有一篇文章说章士钊固然不好，然而反对章士钊的"学匪"们也应该打倒。我不知道大意是否真如我所记得？但这也没有什么关系，因为不过引起我想到一个题目，和那原文是不相干的。意思是，中国旧说，本以为人有三魂六魄，或云七魄；国魂也该这样。而这三魂之中，似乎一是"官魂"，一是"匪魂"，还有一个是什么呢？也许是"民魂"罢，我不很能够决定。又因为我的见闻很偏隘，所以未敢悉指中国全社会，只好缩而小之曰"学界"。

　　中国人的官瘾实在深，汉重孝廉而有埋儿²刻木³，宋重理学⁴而有高帽破靴，清重帖括⁵而有"且夫""然则"。总而言之：那魂灵就在做

1　《国魂》：国家主义派所办的一种期刊，1925年10月在北京创刊。国家主义派，又称"醒狮派"，该政治派别的产生是中国传统文化演变和西方文明东渐联合作用的结果，其理论核心在于"国性"，即"国家的人格化"，或者说是"国家的文化价值"。

2　埋儿：指"二十四孝"中的"埋儿奉母"。晋朝人郭巨家庭贫困，他的母亲经常省下自己的食物喂孙子，郭巨为了让母亲吃饱，便打算埋掉儿子。他掘坑三尺多，发现一罐黄金，上面写着"天赐孝子郭巨，官不得取，民不得夺"。

3　刻木：指"二十四孝"中的"刻木事亲"。东汉时期的丁兰自幼父母双亡，他思念父母的养育之恩，便用木头刻成双亲雕像，把木像当作父母那样孝敬。他的妻子用针刺木像的手指，竟流出了血。木像见丁兰后眼中垂泪，丁兰询得其情后休掉了妻子。

4　理学：又名道学，是两宋时期产生的主要哲学流派，以程颢、程颐、朱熹等人为代表。当时理学家的穿着往往与常人不同，如程颐便"常服茧袍，高帽檐劣半寸，系绦"。

5　帖括：唐代科举中明经科以帖经试士，把经文贴去若干字，令应试者对答。考生因帖经难记，便将经文总括编成歌诀，称"帖括"。后泛指科举应试文章，这里指八股文。

官，——行官势，摆官腔，打官话。顶着一个皇帝做傀儡，得罪了官就是得罪了皇帝，于是那些人就得了雅号曰"匪徒"。学界的打官话是始于去年，凡反对章士钊的都得了"土匪"，"学匪"，"学棍"的称号，但仍然不知道从谁的口中说出，所以还不外乎一种"流言"。

但这也足见去年学界之糟了，竟破天荒的有了学匪。以大点的国事来比罢，太平盛世，是没有匪的；待到群盗如毛时，看旧史，一定是外戚，宦官，奸臣，小人当国，即使大打一通官话，那结果也还是"呜呼哀哉"。当这"呜呼哀哉"之前，小民便大抵相率而为盗，所以我相信源增[1]先生的话："表面上看只是些土匪与强盗，其实是农民革命军。"（《国民新报副刊》四三）那么，社会不是改进了么？并不，我虽然也是被谥为"土匪"之一，却并不想为老前辈们饰非掩过。农民是不来夺取政权的，源增先生又道："任三五热心家将皇帝推倒，自己过皇帝瘾去。"但这时候，匪便被称为帝，除遗老外，文人学者却都来恭维，又称反对他的为匪了。

所以中国的国魂里大概总有这两种魂：官魂和匪魂。这也并非硬要将我辈的魂挤进国魂里去，贪图与教授名流的魂为伍，只因为事实仿佛是这样。社会诸色人等，爱看《双官诰》[2]，也爱看《四杰村》[3]，望偏安巴蜀的刘玄德[4]成功，也愿意打家劫舍的宋公明[5]得法；至少，是受了官的恩惠时候则艳羡官僚，受了官的剥削时候便同情匪类。但这也是人情之常；倘使连这一点反抗心都没有，岂不

---

1 源增：谷源增，生卒年不详，山东文登人，时为北京大学法文系学生。

2 《双官诰》：京剧，原为明代杨善之所著传奇《双官诰》。

3 《四杰村》：京剧，故事出自清代无名氏著小说《绿牡丹》。

4 刘玄德：即刘备（161—223），字玄德，东汉末年幽州涿县（今河北涿州）人，三国时期蜀汉开国皇帝，谥号昭烈帝。小说《三国演义》将他作为主要人物之一。

5 宋公明：即宋江（约1074—1122），山东郓城人，北宋农民起义领袖。小说《水浒传》将他作为主要人物之一。

就成为万劫不复的奴才了？

　　然而国情不同，国魂也就两样。记得在日本留学时候，有些同学问我在中国最有大利的买卖是什么，我答道："造反。"他们便大骇怪。在万世一系的国度里，那时听到皇帝可以一脚踢落，就如我们听说父母可以一棒打杀一般。为一部分士女所心悦诚服的李景林[1]先生，可就深知此意了，要是报纸上所传非虚。今天的《京报》即载着他对某外交官的谈话道："予预计于旧历正月间，当能与君在天津晤谈；若天津攻击竟至失败，则拟俟三四月间卷土重来，若再失败，则暂投土匪，徐养兵力，以待时机"云。但他所希望的不是做皇帝，那大概是因为中华民国之故罢。

　　所谓学界，是一种发生较新的阶级，本该可以有将旧魂灵略加湔洗之望了，但听到"学官"的官话，和"学匪"的新名，则似乎还走着旧道路。那末，当然也得打倒。这来打倒他的是"民魂"，是国魂的第三种。先前不很发扬，所以一闹之后，终不自取政权，而只"任三五热心家将皇帝推倒，自己过皇帝瘾去"了。

　　惟有民魂是值得宝贵的，惟有他发扬起来，中国才有真进步。但是，当此连学界也倒走旧路的时候，怎能轻易地发挥得出来呢？在乌烟瘴气之中，有官之所谓"匪"和民之所谓匪；有官之所谓"民"和民之所谓民；有官以为"匪"而其实是真的国民，有官以为"民"而其实是衙役和马弁[2]。所以貌似"民魂"的，有时仍不免为"官魂"，这是鉴别魂灵者所应该十分注意的。

　　话又说远了，回到本题去。去年，自从章士钊提了"整顿学风"的招牌，上了教育总长的大任之后，学界里就官气弥漫，顺我者

1　李景林（1885—1931）：字芳宸、芳苓，号广古川，河北枣强人，奉系军阀。

2　马弁：古代男子戴的一种帽子，旧时称低级武官为马弁，后指当官的（尤指骑马时）身边带的随从。

"通"，逆我者"匪"，官腔官话的余气，至今还没有完。但学界却也幸而因此分清了颜色；只是代表官魂的还不是章士钊，因为上头还有"减膳"执政[1]在，他至多不过做了一个官魄；现在是在天津"徐养兵力，以待时机"了。我不看《甲寅》[2]，不知道说些什么话：官话呢，匪话呢，民话呢，衙役马弁话呢？……

一月二十四日

本篇最初发表于一九二六年二月一日《语丝》周刊第六十四期。
后收入杂文集《华盖集续编》。

本文发表时篇末有作者《附记》如下：

今天到东城去教书，在新潮社看见陈源教授的信，在北京大学门口看见《现代评论》，那《闲话》里正议论着章士钊的《甲寅》，说"也渐渐的有了生气了。可见做时事文章的人官实在是做不得的，……自然有些'土匪'不妨同时做官僚，……"这么一来，我上文的"逆我者'匪'"，"官腔官话的余气"云云，就又有了"放冷箭"的嫌疑了。现在特地声明：我原先是不过就一般而言，如果陈教授觉得痛了，那是中了流弹。要我在"至今还没有完"之后，加一句"如陈源等辈就是"，自然也可以。至于"顺我者'通'"的通字，却是此刻所改的，那根据就在章士钊之曾称陈源为"通品"。别人的褒奖，本不应拿来讥笑本人，然而陈源现就用着"土匪"的字样。有一回的《闲话》（《现代评论》五十）道："我们中国的批评家实在太宏博了。他们……

1　"减膳"执政：指段祺瑞（1865—1936），字芝泉，安徽合肥人，皖系军阀首领，时任中华民国临时政府临时执政（国家元首）。章士钊在向段祺瑞递交的辞呈中写道："万一钧座因而减膳……钊有百身。亦何能赎。"
2　《甲寅》：章士钊主办的保守主义刊物。

在地上找寻窃贼，以致整大本的剽窃，他们倒往往视而不见。要举个例么？还是不说吧，我实在不敢再开罪'思想界的权威'。"按照他这回的慷慨激昂例，如果要免于"卑劣"且有"半分人气"，是早应该说明谁是土匪，积案怎样，谁是剽窃，证据如何的。现在倘有记得那括弧中的"思想界的权威"六字，即曾见于《民报副刊》广告上的我的姓名之上，就知道这位陈源教授的"人气"有几多。

从此，我就以别人所说的"东吉祥派"、"正人君子"、"通品"等字样，加于陈源之上了，这回是用了一个"通"字；我要"以眼还眼以牙还牙"，或者以半牙，以两牙还一牙，因为我是人，难于上帝似的铢两悉称。如果我没有做，那是我的无力，并非我大度，宽恕了加害于我的敌人。还有，有些下贱东西，每以秽物掷人，以为人必不屑较，一计较，倒是你自己失了人格。我可要照样的掷过去，要是他掷来。但对于没有这样举动的人，我却不肯先动手；而且也以文字为限，"捏造事实"和"散布'流言'"的鬼蜮的长技，自信至今还不屑为。在马弁们的眼里虽然是"土匪"，然而"盗亦有道"的。记起一件别的事来了。前几天九校"索薪"的时候，我也当作一个代表，因此很会见了几个前"公理维持会"，"女大后援会"中人。幸而他们倒并不将我捆送三贝子花园或运入深山，"投畀豺虎"，也没有实行"割席"，将板凳锯开。终于"学官""学匪"，都化为"学丐"，同聚一堂，大讨其欠账，——自然是讨不来。记得有一个洋鬼子说过：中国先是官国，后来是土匪国，将来是乞丐国。单就学界而论，似乎很有点上这轨道了。想来一定有些人要后悔，去年竟抱了"有奶不是娘"主义，来反对章士钊罢。

一月二十五日东壁灯下写

谈皇帝

　　中国人的对付鬼神，凶恶的是奉承，如瘟神和火神之类，老实一点的就要欺侮，例如对于土地或灶君。待遇皇帝也有类似的意思。君民本是同一民族，乱世时"成则为王败则为贼"，平常是一个照例做皇帝，许多个照例做平民；两者之间，思想本没有什么大差别。所以皇帝和大臣有"愚民政策"，百姓们也自有其"愚君政策"。

　　往昔的我家，曾有一个老仆妇，告诉过我她所知道，而且相信的对付皇帝的方法。她说——

　　　　皇帝是很可怕的。他坐在龙位上，一不高兴，就要杀人；不容易对付的。所以吃的东西也不能随便给他吃，倘是不容易办到的，他吃了又要，一时办不到；——譬如他冬天想到瓜，秋天要吃桃子，办不到，他就生气，杀人了。现在是一年到头给他吃波菜，一要就有，毫不为难。但是倘说是波菜，他又要生气的，因为这是便宜货，所以大家对他就不称为波菜，另外起一个名字，叫作"红嘴绿鹦哥"。

　　在我的故乡，是通年有波菜的，根很红，正如鹦哥的嘴一样。

　　这样的连愚妇人看来，也是呆不可言的皇帝，似乎大可以不要了。然而并不，她以为要有的，而且应该听凭他作威作福。至于用处，仿佛在靠他来镇压比自己更强梁的别人，所以随便杀人，正是非备不可的要件。然而倘使自己遇到，且须侍奉呢？可又觉得有些危险了，因此只好又将他练成傻子，终年耐心地专吃着"红嘴绿鹦哥"。

其实利用了他的名位，"挟天子以令诸侯"的，和我那老仆妇的意思和方法都相同，不过一则又要他弱，一则又要他愚。儒家的靠了"圣君"来行道也就是这玩意，因为要"靠"，所以要他威重，位高；因为要便于操纵，所以又要他颇老实，听话。

皇帝一自觉自己的无上威权，这就难办了。既然"普天之下，莫非皇土"，他就胡闹起来，还说是"自我得之，自我失之，我又何恨"[1]哩！于是圣人之徒也只好请他吃"红嘴绿鹦哥"了，这就是所谓"天"。据说天子的行事，是都应该体帖天意，不能胡闹的；而这"天意"也者，又偏只有儒者们知道着。

这样，就决定了：要做皇帝就非请教他们不可。

然而不安分的皇帝又胡闹起来了。你对他说"天"么，他却道，"我生不有命在天？！"[2]岂但不仰体上天之意而已，还逆天，背天，"射天"，简直将国家闹完，使靠天吃饭的圣贤君子们，哭不得，也笑不得。

于是乎他们只好去著书立说，将他骂一通，豫计百年之后，即身殁之后，大行于时，自以为这就了不得。

但那些书上，至多就止记着"愚民政策"和"愚君政策"全都不成功。

二月十七日

本篇最初发表于一九二六年三月九日《国民新报副刊》。

后收入杂文集《华盖集续编》。

1　梁武帝萧衍的话，出自《梁书·邵陵王纶传》，原文为"自我得之，自我失之，亦复何恨"。

2　商纣王的话，出自《尚书·西伯戡黎》。

流氓的变迁

　　孔墨都不满于现状，要加以改革，但那第一步，是在说动人主，而那用以压服人主的家伙，则都是"天"。

　　孔子之徒为儒，墨子[1]之徒为侠。"儒者，柔也"，当然不会危险的。惟侠老实，所以墨者的末流，至于以"死"为终极的目的。到后来，真老实的逐渐死完，止留下取巧的侠，汉的大侠，就已和公侯权贵相馈赠，以备危急时来作护符之用了。

　　司马迁说："儒以文乱法，而侠以武犯禁"[2]，"乱"之和"犯"，决不是"叛"，不过闹点小乱子而已，而况有权贵如"五侯"[3]者在。

　　"侠"字渐消，强盗起了，但也是侠之流，他们的旗帜是"替天行道"。他们所反对的是奸臣，不是天子，他们所打劫的是平民，不是将相。李逵劫法场时，抡起板斧来排头砍去，而所砍的是看客。一部《水浒》，说得很分明：因为不反对天子，所以大军一到，便受招安，替国家打别的强盗——不"替天行道"的强盗去了。终于是奴才。

　　满洲入关，中国渐被压服了，连有"侠气"的人，也不敢再起盗心，不敢指斥奸臣，不敢直接为天子效力，于是跟一个好官员或钦差

1　墨子：名翟，生卒年不详，战国初期人，墨家学派的创始人，其弟子多尚武。

2　此句为《史记·游侠列传序》中引用的韩非子的话。

3　"五侯"：指西汉外戚王谭、王逢时、王根、王立、王商五兄弟。汉成帝河平二年（前27），他们五人同时封侯，当时人称"五侯"。

大臣，给他保镳，替他捕盗，一部《施公案》[1]，也说得很分明，还有《彭公案》[2]，《七侠五义》[3]之流，至今没有穷尽。他们出身清白，连先前也并无坏处，虽在钦差之下，究居平民之上，对一方面固然必须听命，对别方面还是大可逞雄，安全之度增多了，奴性也跟着加足。

然而为盗要被官兵所打，捕盗也要被强盗所打，要十分安全的侠客，是觉得都不妥当的，于是有流氓。和尚喝酒他来打，男女通奸他来捉，私娼私贩他来凌辱，为的是维持风化；乡下人不懂租界章程他来欺侮，为的是看不起无知；剪发女人他来嘲骂，社会改革者他来憎恶，为的是宝爱秩序。但后面是传统的靠山，对手又都非浩荡的强敌，他就在其间横行过去。现在的小说，还没有写出这一种典型的书，惟《九尾龟》[4]中的章秋谷，以为他给妓女吃苦，是因为她要敲人们竹杠，所以给以惩罚之类的叙述，约略近之。

由现状再降下去，大概这一流人将成为文艺书中的主角了，我在等候"革命文学家"张资平[5]"氏"的近作。

本篇最初发表于一九三〇年一月一日上海《萌芽月刊》第一卷第一期。
后收入杂文集《三闲集》。

1 《施公案》：清代民间通俗公案小说，未著撰人，约成书于乾隆、嘉庆年间，讲述了康熙年间清官施仕纶（小说中为施仕伦）在黄天霸等江湖侠士辅佐下铲除贪官污吏、破案捕盗的故事。

2 《彭公案》：清末长篇公案小说，贪梦道人（本名杨挹殿，生卒年不详，福建人）著，全书共341回，讲述了彭公在江湖豪侠的帮助下，惩治贪官恶霸、绿林草寇的故事。

3 《七侠五义》：近代学者俞樾（1821—1907）根据清代石玉昆（生卒年不详）所著的《三侠五义》改编的武侠小说，1889年重印。小说前半部主要写包拯审案的故事，后半部主要写江湖侠客的活动。

4 《九尾龟》：晚清艳情小说，张春帆（1872—1935）著，主要描写妓院情况与嫖妓生活。

5 张资平（1893—1959）：广东梅县人，作家，1921年与郭沫若、郁达夫等成立文学团体创造社。

古书与白话

　　记得提倡白话那时，受了许多谣诼诬谤，而白话终于没有跌倒的时候，就有些人改口说：然而不读古书，白话是做不好的。我们自然应该曲谅这些保古家的苦心，但也不能不悯笑他们这祖传的成法。凡有读过一点古书的人都有这一种老手段：新起的思想，就是"异端"，必须歼灭的，待到它奋斗之后，自己站住了，这才寻出它原来与"圣教同源"；外来的事物，都要"用夷变夏"，必须排除的，但待到这"夷"入主中夏，却考订出来了，原来连这"夷"也还是黄帝的子孙。这岂非出人意料之外的事呢？无论什么，在我们的"古"里竟无不包函了！

　　用老手段的自然不会长进，到现在仍是说非"读破几百卷书者"[1]即做不出好白话文，于是硬拉吴稚晖[2]先生为例。可是竟又会有"肉麻当有趣"，述说得津津有味的，天下事真是千奇百怪。其实吴先生的"用讲话体为文"，即"其貌"也何尝与"黄口小儿所作若同"。不是"纵笔所之，辄万数千言"么？其中自然有古典，为"黄口小儿"所不知，尤有新典，为"束发小生"[3]所不晓。清光绪末，我初到日本东

1　章士钊在《甲寅》第一卷第二十七号（1926年1月16日）发表的《再答稚晖先生》中写道："先生近用讲话体为文。纵笔所之。辄万数千言。其貌与黄口小儿所作若同。而其神则非读破几百卷书者。不能道得只字。"

2　吴稚晖（1865—1953）：名敬恒，字稚晖，江苏武进人，教育家。他大力推动汉语的通俗化、简易化、普及化。

3　"束发小生"：章士钊轻蔑青年学生的话。

京时，这位吴稚晖先生已在和公使蔡钧[1]大战[2]了，其战史就有这么长，则见闻之多，自然非现在的"黄口小儿"所能企。所以他的遣辞用典，有许多地方是惟独熟于大小故事的人物才能够了然，从青年看来，第一是惊异于那文辞的滂沛。这或者就是名流学者们所认为长处的罢，但是，那生命却不在于此。甚至于竟和名流学者们所拉拢恭维的相反，而在自己并不故意显出长处，也无法灭去名流学者们的所谓长处；只将所说所写，作为改革道中的桥梁，或者竟并不想到作为改革道中的桥梁。

愈是无聊赖，没出息的脚色，愈想长寿，想不朽，愈喜欢多照自己的照相，愈要占据别人的心，愈善于摆臭架子。但是，似乎"下意识"里，究竟也觉得自己之无聊的罢，便只好将还未朽尽的"古"一口咬住，希图做着肠子里的寄生虫，一同传世；或者在白话文之类里找出一点古气，反过来替古董增加宠荣。如果"不朽之大业"不过这样，那未免太可怜了罢。而且，到了二九二五年，"黄口小儿"们还要看什么《甲寅》之流，也未免过于可惨罢，即使它"自从孤桐[3]先生下台之后，……也渐渐的有了生气了"。

菲薄古书者，惟读过古书者最有力，这是的确的。因为他洞知弊病，能"以子之矛攻子之盾"，正如要说明吸雅片[4]的弊害，大概惟吸过雅片者最为深知，最为痛切一般。但即使"束发小生"，也何至于说，要做戒绝雅片的文章，也得先吸尽几百两雅片才好呢。

1　蔡钧：生卒年不详，字和甫，浙江仁和人，曾任清政府驻日本公使。

2　1902年，吴稚晖请求驻日公使蔡钧保送9名自费的中国学生入成城学校（日本陆军士官学校的预备学校），蔡钧拒绝。吴稚晖带领学生赴使馆与蔡均争论，相持一周之久。

3　孤桐：章士钊的笔名。

4　雅片：同"鸦片"。

　　古文已经死掉了；白话文还是改革道上的桥梁，因为人类还在进化。便是文章，也未必独有万古不磨的典则。虽然据说美国的某处已经禁讲进化论了[1]，但在实际上，恐怕也终于没有效的。

一月二十五日

　　　　本篇最初发表于一九二六年二月二日《国民新报副刊》。
　　　　后收入杂文集《华盖集续编》。

1　章士钊在《甲寅》第一卷第十七号（1925年11月7日）发表《再疏解辁义》中，借评述1925年7月美国田芮西州（即田纳西州）小学教员师科布因教授进化论被起诉的事情，来为他的倒退言论辩护。

略论中国人的脸

大约人们一遇到不大看惯的东西，总不免以为他古怪。我还记得初看见西洋人的时候，就觉得他脸太白，头发太黄，眼珠太淡，鼻梁太高。虽然不能明明白白地说出理由来，但总而言之：相貌不应该如此。至于对于中国人的脸，是毫无异议；即使有好丑之别，然而都不错的。

我们的古人，倒似乎并不放松自己中国人的相貌。周的孟轲就用眸子来判胸中的正不正[1]，汉朝还有《相人》[2]二十四卷。后来闹这玩艺儿的尤其多；分起来，可以说有两派罢：一是从脸上看出他的智愚贤不肖；一是从脸上看出他过去，现在和将来的荣枯。于是天下纷纷，从此多事，许多人就都战战兢兢地研究自己的脸。我想，镜子的发明，恐怕这些人和小姐们是大有功劳的。不过近来前一派已经不大有人讲究，在北京上海这些地方捣鬼的都只是后一派了。

我一向只留心西洋人。留心的结果，又觉得他们的皮肤未免太粗；毫毛有白色的，也不好。皮上常有红点，即因为颜色太白之故，倒不如我们之黄。尤其不好的是红鼻子，有时简直像是将要熔化的蜡烛油，仿佛就要滴下来，使人看得栗栗危惧，也不及黄色人种的较为隐晦，也见得较为安全。总而言之：相貌还是不应该如此的。

---

1 出自《孟子·离娄上》："胸中正，则眸子了焉；胸中不正，则眸子眊焉。"

2 《相人》：谈相术的书。

后来，我看见西洋人所画的中国人，才知道他们对于我们的相貌也很不敬。那似乎是《天方夜谈》[1]或者《安兑生童话》[2]中的插画，现在不很记得清楚了。头上戴着拖花翎的红缨帽，一条辫子在空中飞扬，朝靴的粉底非常之厚。但这些都是满洲人连累我们的。独有两眼歪斜，张嘴露齿，却是我们自己本来的相貌。不过我那时想，其实并不尽然，外国人特地要奚落我们，所以格外形容得过度了。

但此后对于中国一部分人们的相貌，我也逐渐感到一种不满，就是他们每看见不常见的事件或华丽的女人，听到有些醉心的说话的时候，下巴总要慢慢挂下，将嘴张了开来。这实在不大雅观；仿佛精神上缺少着一样什么机件。据研究人体的学者们说，一头附着在上颚骨上，那一头附着在下颚骨上的"咬筋"，力量是非常之大的。我们幼小时候想吃核桃，必须放在门缝里将它的壳夹碎。但在成人，只要牙齿好，那咬筋一收缩，便能咬碎一个核桃。有着这么大的力量的筋，有时竟不能收住一个并不沉重的自己的下巴，虽然正在看得出神的时候，倒也情有可原，但我总以为究竟不是十分体面的事。

日本的长谷川如是闲[3]是善于做讽刺文字的。去年我见过他的一本随笔集，叫作《猫·狗·人》；其中有一篇就说到中国人的脸。大意是初见中国人，即令人感到较之日本人或西洋人，脸上总欠缺着一点什么。久而久之，看惯了，便觉得这样已经尽够，并不缺少东西；倒是看得西洋人之流的脸上，多余着一点什么。这多余着的东西，他就给它一个不大高妙的名目：兽性。中国人的脸上没有这个，是人，

---

1 《天方夜谈》：古代阿拉伯民间故事集，又名《天方夜谭》《一千零一夜》。

2 《安兑生童话》：即《安徒生童话》。安徒生（H. C. Andersen, 1805—1875），丹麦作家。

3 长谷川如是闲（1875—1969）：日本学者、社会评论家。

则加上多余的东西，即成了下列的算式：

人＋兽性＝西洋人

他借了称赞中国人，贬斥西洋人，来讥刺日本人的目的，这样就达到了，自然不必再说这兽性的不见于中国人的脸上，是本来没有的呢，还是现在已经消除。如果是后来消除的，那么，是渐渐净尽而只剩了人性的呢，还是不过渐渐成了驯顺。野牛成为家牛，野猪成为猪，狼成为狗，野性是消失了，但只足使牧人喜欢，于本身并无好处。人不过是人，不再夹杂着别的东西，当然再好没有了。倘不得已，我以为还不如带些兽性，如果合于下列的算式倒是不很有趣的：

人＋家畜性＝某一种人

中国人的脸上真可有兽性的记号的疑案，暂且中止讨论罢。我只要说近来却在中国人所理想的古今人的脸上，看见了两种多余。一到广州，我觉得比我所从来的厦门丰富得多的，是电影，而且大半是"国片"，有古装的，有时装的。因为电影是"艺术"，所以电影艺术家便将这两种多余加上去了。

古装的电影也可以说是好看，那好看不下于看戏；至少，决不至于有大锣大鼓将人的耳朵震聋。在"银幕"上，则有身穿不知何时何代的衣服的人物，缓慢地动作；脸正如古人一般死，因为要显得活，便只好加上些旧式戏子的昏庸。

时装人物的脸，只要见过清朝光绪年间上海的吴友如[1]的《画报》[2]的，便会觉得神态非常相像。《画报》所画的大抵不是流氓拆梢，便是妓女吃醋，所以脸相都狡猾。这精神似乎至今不变，国产影片中的人物，虽是作者以为善人杰士者，眉宇间也总带些上海洋场式的狡猾。可见不如此，是连善人杰士也做不成的。

听说，国产影片之所以多，是因为华侨欢迎，能够获利，每一新片到，老的便带了孩子去指点给他们看道："看哪，我们的祖国的人们是这样的。"在广州似乎也受欢迎，日夜四场，我常见看客坐得满满。

广州现在也如上海一样，正在这样地修养他们的趣味。可惜电影一开演，电灯一定熄灭，我不能看见人们的下巴。

四月六日

本篇最初发表于一九二七年十一月二十五日北京《莽原》半月刊第二卷第二十一、二十二期合刊。后收入杂文集《而已集》。

1　吴友如（？—1893）：名嘉猷，字友如，江苏元和（今吴县）人，清末画家。
2　《画报》：指由吴友如担任主绘的《点石斋画报》，1884年创办。

庆祝沪宁克复[1]的那一边

在广州，我觉得纪念和庆祝的盛典似乎特别多。这是当革命的进行和胜利中，一定要有的现象。沪宁的克复，在看见电报的那天，我已经一个人私自高兴过两回了。这"别人出力我高兴"的报应之一，是搜索枯肠，硬做文章的苦差使。其实，我于做这等事，是不大合宜的，因为动起笔来，总是离题有千里之远。即如现在，何尝不想写得切题一些呢，然而还是胡思乱想，像样点的好意思总像断线风筝似的收不回来。忽然想到昨天在黄埔看见的几个来投学生军的青年，才知道在前线上拚命的原来是这样的人；自己在讲堂上胡说了几句便骗得听众拍手，真是应该羞愧。忽而想到十六年前也曾克复过南京，还给捐躯的战士立了一块碑[2]，民国二年后，便被张勋毁掉了，今年顷又可以重立。忽而又想到香港《循环日报》上所载李守常[3]在北京被捕的消息，他的圆圆的脸和中国式的下垂的黑胡子便浮在眼前，不知道他现在怎么样。

黑暗的区域里，反革命者的工作也正在默默地进行，虽然留在后方的是呻吟，但也有一部分人们高兴。后方的呻吟与高兴固然大不相

1　沪宁克复：指1927年3月22日上海工人第三次武装起义成功占领上海，1927年3月24日北伐军占领南京。

2　1911年12月，革命军攻克南京，立"粤军阵亡将士纪念碑"，1913年9月张勋攻占南京后被毁。

3　李守常：即李大钊（1889—1927），字守常，河北乐亭人。他是中国共产主义的先驱，伟大的马克思主义者、杰出的无产阶级革命家、中国共产党的主要创始人之一。他于1927年4月6日被捕，4月28日就义。

同，然而无裨于事是一样的。最后的胜利，不在高兴的人们的多少，而在永远进击的人们的多少，记得一种期刊上，曾经引有列宁的话：

> 第一要事是，不要因胜利而使脑筋昏乱，自高自满；第二要事是，要巩固我们的胜利，使他长久是属于我们的；第三要事是，准备消灭敌人，因为现在敌人只是被征服了，而距消灭的程度还远得很。

俄国究竟是革命的世家，列宁究竟是革命的老手，不是深知道历来革命成败的原因，自己又积有许多经验，是说不出来的。先前，中国革命者的屡屡挫折，我以为就因为忽略了这一点。小有胜利，便陶醉在凯歌中，肌肉松懈，忘却进击了，于是敌人便又乘隙而起。

前年，我作了一篇短文，主张"落水狗"还是非打不可，就有老实人以为苛酷，太欠大度和宽容；况且我以此施之人，人又以报诸我，报施将永无了结的时候。但是，外国我不知，在中国，历来的胜利者，有谁不苛酷的呢。取近例，则如清初的几个皇帝，民国二年后的袁世凯，对于异己者何尝不赶尽杀绝。只是他嘴上却说着什么大度和宽容，还有什么慈悲和仁厚；也并不像列宁似的简单明了，列宁究竟是俄国人，怎么想便怎么说，比我们中国人直爽得多了。但便是中国，在事实上，到现在为止，凡有大度，宽容，慈悲，仁厚等等美名，也大抵是名实并用者失败，只用其名者成功的。然而竟瞒过了一群大傻子，还会相信他。

庆祝和革命没有什么相干，至多不过是一种点缀。庆祝，讴歌，陶醉着革命的人们多，好自然是好的，但有时也会使革命精神转成浮滑。革命的势力一扩大，革命的人们一定会多起来。统一以后，我恐怕研究系也要讲革命。去年年底，《现代评论》，不就变了论调了么？和"三一八惨案"[1]时候的议论一比照，我真疑心他们都得了一种仙丹，忽然脱胎换骨。我对于佛教先有一种偏见，以为坚苦的小乘教倒是佛教，待到饮酒食肉的阔人富翁，只要吃一餐素，便可以称为居士，算作信徒，虽然美其名曰大乘，流播也更广远，然而这教却因为容易信奉，因而变为浮滑，或者竟等于零了。革命也如此的，坚苦的进击者向前进行，遗下广大的已经革命的地方，使我们可以放心歌呼，也显出革命者的色彩，其实是和革命毫不相干。这样的人们一多，革命的精神反而会从浮滑，稀薄，以至于消亡，再下去是复旧。

广东是革命的策源地，因此也先成为革命的后方，因此也先有上面所说的危机。

当盛大的庆典的这一天，我敢以这些杂乱无章的话献给在广州的革命民众，我深望不至于因这几句出轨的话而扫兴，因为将来可以补救的日子还很多。倘使因此扫兴了，那就是革命精神已经浮滑的证据。

四月十日

本篇最初发表于一九二七年五月五日广州《国民新闻》副刊《新出路》第十一号。后收入杂文集《集外集拾遗补编》。

---

1 "三一八惨案"：1926年3月12日，冯玉祥的国民军与奉系军阀作战期间，日本军舰掩护奉军军舰驶进天津大沽口，炮击国民军。国民军坚决还击，将日舰驱逐出大沽口。日本联合英美等八国于16日向段祺瑞政府发出最后通牒，提出撤除大沽口国防设施的无理要求。3月18日，北京群众5000余人在天安门集会抗议，要求拒绝八国通牒。段祺瑞执政府下令开枪，当场打死47人，伤200余人。

庆祝沪宁克复的那一边

辩"文人无行"

看今年的文字，已将文人的喜欢舐自己的嘴唇以至造谣卖友的行为，都包括在"文人无行"这一句成语里了。但向来的习惯，函义是没有这么广泛的，搔发舐唇（但自然须是自己的唇），还不至于算在"文人无行"之中，造谣卖友，却已出于"文人无行"之外，因为这已经是卑劣阴险，近于古人之所谓"人头畜鸣"[1]了。但这句成语，现在是不合用的，科学早经证明，人类以外的动物，倒并不这样子。

轻薄，浮躁，酗酒，嫖妓而至于闹事，偷香而至于害人，这是古来之所谓"文人无行"。然而那无行的文人，是自己要负责任的，所食的果子，是"一生潦倒"。他不会说自己的嫖妓，是因为爱国心切，借此消遣些被人所压的雄心；引诱女人之后，闹出乱子来了，也不说这是女人先来诱他的，因为她本来是婊子。他们的最了不得的辩解，不过要求对于文人，应该特别宽恕罢了。

现在的所谓文人，却没有这么没出息。时代前进，人们也聪明起来了。倘使他做过编辑，则一受别人指摘，他就会说这指摘者先前曾来投稿，不给登载，现在在报私仇；其甚者还至于明明暗暗，指示出这人是什么党派，什么帮口，要他的性命。

这种卑劣阴险的来源，其实却并不在"文人无行"，而还在于

1　"人头畜鸣"：出自《史记·秦始皇本记》引班固语："（胡亥）诛斯、去疾，任用赵高，痛哉言乎！人头畜鸣。"

"文人无文"。近十年来，文学家的头衔，已成为名利双收的支票了，好名渔利之徒，就也有些要从这里下手。而且确也很有几个成功：开店铺者有之，造洋房者有之。不过手淫小说易于痨伤，"管他娘"词也难以发达，那就只好运用策略，施行诡计，陷害了敌人或者连并无干系的人，来提高他自己的"文学上的价值"。连年的水灾又给与了他们教训，他们以为只要决堤淹灭了五谷，草根树皮的价值就会飞涨起来了。

现在的市场上，实在也已经出现着这样的东西。

将这样的"作家"，归入"文人无行"一类里，是受了骗的。他们不过是在"文人"这一面旗子的掩护之下，建立着害人肥己的事业的一群"商人与贼"的混血儿而已。

本篇最初发表于一九三三年八月一日《文学》月刊第一卷第二号。
后收入杂文集《集外集拾遗补编》。

"硬译"与"文学的阶级性"

一

听说《新月》[1]月刊团体里的人们在说，现在销路好起来了。这大概是真的，以我似的交际极少的人，也在两个年青朋友的手里见过第二卷第六七号的合本。顺便一翻，是争"言论自由"的文字和小说居多。近尾巴处，则有梁实秋[2]先生的一篇《论鲁迅先生的"硬译"》，以为"近于死译"。而"死译之风也断不可长"，就引了我的三段译文，以及在《文艺与批评》[3]的后记里所说："但因为译者的能力不够，和中国文本来的缺点，译完一看，晦涩，甚而至于难解之处也真多；倘将仍句[4]拆下来呢，又失了原来的语气。在我，是除了还是这样的硬译之外，只有束手这一条路了，所余的惟一的希望，只在读者还肯硬着头皮看下去而已"这些话，细心地在字旁加上圆圈，还在"硬译"两字旁边加上套圈，于是"严正"地下了"批评"道："我们'硬着头皮看下去'了，但是无所得。'硬译'和'死译'有什么分别呢？"

新月社的声明中，虽说并无什么组织，在论文里，也似乎痛恶无

---

1 《新月》：新月社主办的月刊，1928年3月10日创办于上海，徐志摩、罗隆基、胡适、梁实秋等任编辑。

2 梁实秋（1903—1987）：原名治华，字实秋，出生于北京，散文家、翻译家。

3 《文艺与批评》：鲁迅翻译的苏联文艺批评家卢那察尔斯基的论文集，1929年10月于上海水沫书店出版。

4 仍句：指长句子中包含的短句。

产阶级式的"组织","集团"这些话，但其实是有组织的，至少，关于政治的论文，这一本里都互相"照应"；关于文艺，则这一篇是登在上面的同一批评家所作的《文学是有阶级性的吗？》[1]的余波。在那一篇里有一段说："……但是不幸得很，没有一本这类的书能被我看懂。……最使我感得困难的是文字，……简直读起来比天书还难。……现在还没有一个中国人，用中国人所能看得懂的文字，写一篇文章告诉我们无产文学的理论究竟是怎么一回事。"字旁也有圈圈，怕排印麻烦，恕不照画了。总之，梁先生自认是一切中国人的代表，这些书既为自己所不懂，也就是为一切中国人所不懂，应该在中国断绝其生命，于是出示曰"此风断不可长"云。

别的"天书"译著者的意见我不能代表，从我个人来看，则事情是不会这样简单的。第一，梁先生自以为"硬着头皮看下去"了，但究竟硬了没有，是否能够，还是一个问题。以硬自居了，而实则其软如棉，正是新月社的一种特色。第二，梁先生虽自来代表一切中国人了，但究竟是否全国中的最优秀者，也是一个问题。这问题从《文学是有阶级性的吗？》这篇文章里，便可以解释。Proletary[2]这字不必译音，大可译义，是有理可说的。但这位批评家却道："其实翻翻字典，这个字的涵义并不见得体面，据《韦白斯特大字典》[3]，Proletary的意思就是：A citizen of the lowest class who served the state not with property, but only by having children.……普罗列塔利亚[4]是国家里只会

1　《文学是有阶级性的吗？》：梁实秋在1929年9月《新月》第二卷第六、七号合刊发表的文章。

2　Proletary：英文，意为无产者。

3　《韦白斯特大字典》：美国人诺·韦白斯特（1758—1843）编辑的一部大型英语辞典，1828年初版。

4　普罗列塔利亚：英文proletariat的音译，意为无产阶级。

生孩子的阶级！（至少在罗马时代是如此）"其实正无须来争这"体面"，大约略有常识者，总不至于以现在为罗马时代，将现在的无产者都看作罗马人的。这正如将Chemie[1]译作"舍密学"，读者必不和埃及的"炼金术"混同，对于"梁"先生所作的文章，也决不会去考查语源，误解为"独木小桥"竟会动笔一样。连"翻翻字典"（《韦白斯特大字典》！）也还是"无所得"，一切中国人未必全是如此的罢。

二

但于我最觉得有兴味的，是上节所引的梁先生的文字里，有两处都用着一个"我们"，颇有些"多数"和"集团"气味了。自然，作者虽然单独执笔，气类则决不只一人，用"我们"来说话，是不错的，也令人看起来较有力量，又不至于一人双肩负责。然而，当"思想不能统一"时，"言论应该自由"时，正如梁先生的批评资本制度一般，也有一种"弊病"。就是，既有"我们"便有我们以外的"他们"，于是新月社的"我们"虽以为我的"死译之风断不可长"了，却另有读了并不"无所得"的读者存在，而我的"硬译"，就还在"他们"之间生存，和"死译"还有一些区别。

我也就是新月社的"他们"之一，因为我的译作和梁先生所需的条件，是全都不一样的。

那一篇《论硬译》的开头论误译胜于死译说："一部书断断不会完全曲译……部分的曲译即使是错误，究竟也还给你一个错误，这个

1　Chemie：德文，意为化学。

115

错误也许真是害人无穷的，而你读的时候究竟还落个爽快。"末两句大可以加上夹圈，但我却从来不干这样的勾当。我的译作，本不在博读者的"爽快"，却往往给以不舒服，甚而至于使人气闷，憎恶，愤恨。读了会"落个爽快"的东西，自有新月社的人们的译著在：徐志摩[1]先生的诗，沈从文[2]，凌叔华[3]先生的小说，陈西滢（即陈源）先生的闲话，梁实秋先生的批评，潘光旦[4]先生的优生学，还有白璧德[5]先生的人文主义。

所以，梁先生后文说："要看这样的书，就如同看地图一般，要伸着手指来寻找句法的线索位置"这些话，在我也就觉得是废话，虽说犹如不说了。是的，由我说来，要看"这样的书"就如同看地图一样，要伸着手指来找寻"句法的线索位置"的。看地图虽然没有看《杨妃出浴图》或《岁寒三友图》那么"爽快"，甚而至于还须伸着手指（其实这恐怕梁先生自己如此罢了，看惯地图的人，是只用眼睛就可以的），但地图并不是死图；所以"硬译"即使有同一之劳，照例子也就和"死译"有了些"什么区别"。识得 ABCD 者自以为新学家，仍旧和化学方程式无关，会打算盘的自以为数学家，看起笔算的演草来还是无所得。现在的世间，原不是一为学者，便与一切事都会有缘的。

然而梁先生有实例在，举了我三段的译文，虽然明知道"也许因为没有上下文的缘故，意思不能十分明了"。在《文学是有阶级性的吗？》这篇文章中，也用了类似手段，举出两首译诗来，总评道："也

1　徐志摩（1897—1931）：原名章垿，字槱森，浙江海宁人，诗人、散文家。

2　沈从文（1902—1988）：原名岳焕，字崇文，湖南凤凰人，作家。

3　凌叔华（1900—1990）：出生于北京，作家，陈源的妻子。

4　潘光旦（1899—1967）：原名光亶，字仲昂，江苏宝山（今属上海）人，社会学家、优生学家、民族学家。

5　白璧德（1865—1933）：美国文学批评家，新人文主义美学创始人之一。

许伟大的无产文学还没有出现，那么我愿意等着，等着，等着。"这些方法，诚然是很"爽快"的，但我可以就在这一本《新月》月刊里的创作——是创作呀！——《搬家》第八页上，举出一段文字来——

"小鸡有耳朵没有？"

"我没有见过小鸡长耳朵的。"

"它怎样听见我叫它呢？"她想到前天四婆告诉她的耳朵是管听东西，眼是管看东西的。

"这个蛋是白鸡黑鸡？"枝儿见四婆没答她，站起来摸着蛋子又问。

"现在看不出来，等孵出小鸡才知道。"

"婉儿姊说小鸡会变大鸡，这些小鸡也会变大鸡么？"

"好好的喂它就会长大了，像这个鸡买来时还没有这样大吧？"

也够了，"文字"是懂得的，也无须伸出手指来寻线索，但我不"等着"了，以为就这一段看，是既不"爽快"，而且和不创作的很少区别的。

临末，梁先生还有一个诘问："中国文和外国文是不同的，……翻译之难即在这个地方。假如两种文中的文法句法词法完全一样，那么翻译还成为一件工作吗？……我们不妨把句法变换一下，以使读者能懂为第一要义，因为'硬着头皮'不是一件愉快的事，并且'硬译'也不见得能保存'原来的精悍的语气'。假如'硬译'而还能保存'原来的精悍的语气'，那真是一件奇迹，还能说中国文是有'缺点'吗？"我倒不见得如此之愚，要寻求和中国文相同的外国文，或者希望"两种文中的文法句法词法完全一样"。我但以为文法繁复的国语，较易于翻译外国文，语系相近的，也较易于翻译，而且也是一种工作。

荷兰翻德国，俄国翻波兰，能说这和并不工作没有什么区别么？日本语和欧美很"不同"，但他们逐渐添加了新句法，比起古文来，更宜于翻译而不失原来的精悍的语气，开初自然是须"找寻句法的线索位置"，很给了一些人不"愉快"的，但经找寻和习惯，现在已经同化，成为己有了。中国的文法，比日本的古文还要不完备，然而也曾有些变迁，例如《史》[1]《汉》[2]不同于《书经》[3]，现在的白话文又不同于《史》《汉》；有添造，例如唐译佛经，元译上谕，当时很有些"文法句法词法"是生造的，一经习用，便不必伸出手指，就懂得了。现在又来了"外国文"，许多句子，即也须新造，——说得坏点，就是硬造。据我的经验，这样译来，较之化为几句，更能保存原来的精悍的语气，但因为有待于新造，所以原先的中国文是有缺点的。有什么"奇迹"，干什么"吗"呢？但有待于"伸出手指"，"硬着头皮"，于有些人自然"不是一件愉快的事"。不过我是本不想将"爽快"或"愉快"来献给那些诸公的，只要还有若干的读者能够有所得，梁实秋先生"们"的苦乐以及无所得，实在"于我如浮云"。

但梁先生又有本不必求助于无产文学理论，而仍然很不了了的地方，例如他说，"鲁迅先生前些年翻译的文学，例如厨川白村[4]的《苦闷的象征》，还不是令人看不懂的东西，但是最近翻译的书似乎改变风格

1　《史》：即《史记》，西汉史学家司马迁撰写的纪传体史书，中国第一部纪传体通史，记载上至上古传说中的黄帝时代，下至汉武帝太初四年共3000多年的历史。

2　《汉》：指《汉书》，东汉史学家班固编撰，中国第一部纪传体断代史，主要记述了上起汉高祖元年（前206），下至新朝王莽地皇四年（23）共230年的史事。

3　《书经》：即《尚书》，中国第一部上古历史文件和部分追述古代事迹著作的汇编，保存了商周特别是西周初期的一些重要史料。

4　厨川白村（1880—1923）：日本文学评论家。《苦闷的象征》是他的文艺评论集，1924于日本东京改造社出版。

了。"只要有些常识的人就知道："中国文和外国文是不同的"，但同是一种外国文，因为作者各人的做法，而"风格"和"句法的线索位置"也可以很不同。句子可繁可简，名词可常可专，决不会一种外国文，易解的程度就都一式。我的译《苦闷的象征》，也和现在一样，是按板规逐句，甚而至于逐字译的，然而梁实秋先生居然以为还能看懂者，乃是原文原是易解的缘故，也因为梁实秋先生是中国新的批评家了的缘故，也因为其中硬造的句法，是比较地看惯了的缘故。若在三家村里，专读《古文观止》[1]的学者们，看起来又何尝不比"天书"还难呢。

三

但是，这回的"比天书还难"的无产文学理论的译本们，却给了梁先生不小的影响。看不懂了，会有影响，虽然好像滑稽，然而是真的，这位批评家在《文学是有阶级性的吗？》里说："我现在批评所谓无产文学理论，也只能根据我所能了解的一点材料而已。"这就是说：因此而对于这理论的知识，极不完全了。

但对于这罪过，我们（包含一切"天书"译者在内，故曰"们"）也只能负一部分的责任，一部分是要作者自己的胡涂或懒惰来负的。"什么卢那卡尔斯基[2]，蒲力汗诺夫[3]"的书我不知道，若夫"婆格达诺

1　《古文观止》：清人吴楚材、吴调侯于康熙三十三年（1694）选定的古代散文选本，全书12卷，收东周至明代文章222篇。吴楚材（1655—1719），名乘权，字子舆，号楚材，浙江山阴州山（今绍兴）人。吴调侯为吴楚材之侄，生卒年不详。

2　卢那卡尔斯基（A. V. Lunacharsky, 1875—1933）：通译卢那察尔斯基，苏联社会活动家、文学理论家、哲学家。

3　蒲力汗诺夫（G. V. Plekhanov, 1856—1918）：通译普列汉诺夫，俄国马克思主义理论家、工人运动活动家、文艺理论家、美学家。

夫¹之类"的三篇论文和托罗兹基²的半部《文学与革命》,则确有英文译本的了。英国没有"鲁迅先生",译文定该非常易解。梁先生对于伟大的无产文学的产生,曾经显示其"等着,等着,等着"的耐心和勇气,这回对于理论,何不也等一下子,寻来看了再说呢。不知其有而不求曰胡涂,知其有而不求曰懒惰,如果单是默坐,这样也许是"爽快"的,然而开起口来,却很容易咽进冷气去了。

例如就是那篇《文学是有阶级性的吗?》的高文,结论是并无阶级性。要抹杀阶级性,我以为最干净的是吴稚晖先生的"什么马克斯牛克斯"以及什么先生的"世界上并没有阶级这东西"的学说。那么,就万喙息响,天下太平。但梁先生却中了一些"什么马克斯"毒了,先承认了现在许多地方是资产制度,在这制度之下则有无产者。不过这"无产者本来并没有阶级的自觉。是几个过于富同情心而又态度褊激的领袖把这个阶级观念传授了给他们",要促起他们的联合,激发他们争斗的欲念。不错,但我以为传授者应该并非由于同情,却因了改造世界的思想。况且"本无其物"的东西,是无从自觉,无从激发的,会自觉,能激发,足见那是原有的东西。原有的东西,就遮掩不久,即如格里莱阿³说地体运动,达尔文说生物进化,当初何尝不或者几被宗教家烧死,或者大受保守者攻击呢,然而现在人们对于两说,并不为奇者,就因为地体终于在运动,生物确也在进化的缘故。承认其有而要掩饰为无,非有绝技是不行的。

---

1 婆格达诺夫(A. A. Bogdanov, 1873—1928):通译波格丹诺夫,苏联哲学家、社会学家、作家。后面"三篇论文"指《无产阶级诗歌》《无产阶级艺术的批评》《宗教、艺术与马克斯主义》。

2 托罗兹基(L. Trotsky, 1879—1940):通译托洛茨基,苏联无产阶级革命家。

3 格里莱阿(Galileo, 1564—1642):通译伽利略,意大利数学家、物理学家、天文学家。

　　但梁先生自有消除斗争的办法，以为如卢梭所说："资产是文明的基础"，"所以攻击资产制度，即是反抗文明"，"一个无产者假如他是有出息的，只消辛辛苦苦诚诚实实的工作一生，多少必定可以得到相当的资产。这才是正当的生活斗争的手段。"我想，卢梭去今虽已百五十年，但当不至于以为过去未来的文明，都以资产为基础。（但倘说以经济关系为基础，那自然是对的。）希腊印度，都有文明，而繁盛时俱非在资产社会，他大概是知道的；倘不知道，那也是他的错误。至于无产者应该"辛辛苦苦"爬上有产阶级去的"正当"的方法，则是中国有钱的老太爷高兴时候，教导穷工人的古训，在实际上，现今正在"辛辛苦苦诚诚实实"想爬上一级去的"无产者"也还多。然而这是还没有人"把这个阶级观念传授了给他们"的时候。一经传授，他们可就不肯一个一个的来爬了，诚如梁先生所说，"他们是一个阶级了，他们要有组织了，他们是一个集团了，于是他们便不循常轨的一跃而夺取政权财权，一跃而为统治阶级。"但可还有想"辛辛苦苦诚诚实实工作一生，多少必定可以得到相当的资产"的"无产者"呢？自然还有的。然而他要算是"尚未发财的有产者"了。梁先生的忠告，将为无产者所呕吐了，将只好和老太爷去互相赞赏而已了。

　　那么，此后如何呢？梁先生以为是不足虑的。因为"这种革命的现象不能是永久的，经过自然进化之后，优胜劣败的定律又要证明了，还是聪明才力过人的人占优越的地位，无产者仍是无产者"。但无产阶级大概也知道"反文明的势力早晚要被文明的势力所征服"，所以"要建立所谓'无产阶级文化'，……这里面包括文艺学术"。

　　自此以后，这才入了文艺批评的本题。

四

　　梁先生首先以为无产者文学理论的错误，是"在把阶级的束缚加在文学上面"，因为一个资本家和一个劳动者，有不同的地方，但还有相同的地方，"他们的人性（这两字原本有套圈）并没有两样"，例如都有喜怒哀乐，都有恋爱（但所"说的是恋爱的本身，不是恋爱的方式"），"文学就是表现这最基本的人性的艺术"。这些话是矛盾而空虚的。既然文明以资产为基础，穷人以竭力爬上去为"有出息"，那么，爬上是人生的要谛，富翁乃人类的至尊，文学也只要表现资产阶级就够了，又何必如此"过于富同情心"，一并包括"劣败"的无产者？况且"人性"的"本身"，又怎样表现的呢？譬如原质[1]或杂质的化学底性质，有化合力，物理学底性质有硬度，要显示这力和度数，是须用两种物质来表现的，倘说要不用物质而显示化合力和硬度的单单"本身"，无此妙法；但一用物质，这现象即又因物质而不同。文学不借人，也无以表示"性"，一用人，而且还在阶级社会里，即断不能免掉所属的阶级性，无需加以"束缚"，实乃出于必然。自然，"喜怒哀乐，人之情也"，然而穷人决无开交易所折本的懊恼，煤油大王那会知道北京检煤渣老婆子身受的酸辛，饥区的灾民，大约总不去种兰花，像阔人的太爷一样，贾府上的焦大，也不爱林妹妹的。"汽笛呀！""列宁呀！"固然并不就是无产文学，然而"一切东西呀！""一切人呀！""可喜的事来了，人喜了呀！"也不是表现"人性"的"本身"的文学。倘以表现最普通的人性的文学为至高，则表现最普遍的

「硬译」与「文学的阶级性」

1　原质：元素。

动物性——营养，呼吸，运动，生殖——的文学，或者除去"运动"，表现生物性的文学，必当更在其上。倘说，因为我们是人，所以以表现人性为限，那么，无产者就因为是无产阶级，所以要做无产文学。

其次，梁先生说作者的阶级，和作品无关。托尔斯泰出身贵族，而同情于贫民，然而并不主张阶级斗争；马克斯[1]并非无产阶级中的人物；终身穷苦的约翰孙[2]博士，志行吐属，过于贵族。所以估量文学，当看作品本身，不能连累到作者的阶级和身分。这些例子，也全不足以证明文学的无阶级性的。托尔斯泰正因为出身贵族，旧性荡涤不尽，所以只同情于贫民而不主张阶级斗争。马克斯原先诚非无产阶级中的人物，但也并无文学作品，我们不能悬拟他如果动笔，所表现的一定是不用方式的恋爱本身。至于约翰孙博士终身穷苦，而志行吐属，过于王侯者，我却实在不明白那缘故，因为我不知道英国文学和他的传记。也许，他原想"辛辛苦苦诚诚实实的工作一生，多少必定可以得到相当的资产"，然后再爬上贵族阶级去，不料终于"劣败"，连相当的资产也积不起来，所以只落得摆空架子"爽快"了罢。

其次，梁先生说，"好的作品永远是少数人的专利品，大多数永远是蠢，永远是和文学无缘"，但鉴赏力之有无却和阶级无干，因为"鉴赏文学也是天生的一种福气"，就是，虽在无产阶级里，也会有这"天生的一种福气"的人。由我推论起来，则只要有这一种"福气"的人，虽穷得不能受教育，至于一字不识，也可以赏鉴《新月》月刊，来作"人性"和文艺"本身"原无阶级性的证据。但梁先生

1　马克斯：即卡尔·马克思（Karl Marx, 1818—1883），马克思主义的创始人之一，国际共产主义运动的开创者。

2　约翰孙（S. Johnson, 1709—1784）：通译约翰逊，英国18世纪重要的批评家和诗人。

也知道天生这一种福气的无产者一定不多，所以另定一种东西（文艺？）来给他们看，"例如什么通俗的戏剧，电影，侦探小说之类"，因为"一般劳工劳农需要娱乐，也许需要少量的艺术的娱乐"的缘故。这样看来，好像文学确因阶级而不同了，但这是因鉴赏力之高低而定的，这种力量的修养和经济无关，乃是上帝之所赐——"福气"。所以文学家要自由创造，既不该为皇室贵族所雇用，也不该受无产阶级所威胁，去做讴功颂德的文章。这是不错的，但在我们所见的无产文学理论中，也并未见过有谁说或一阶级的文学家，不该受皇室贵族的雇用，却该受无产阶级的威胁，去做讴功颂德的文章，不过说，文学有阶级性，在阶级社会中，文学家虽自以为"自由"，自以为超了阶级，而无意识底地，也终受本阶级的阶级意识所支配，那些创作，并非别阶级的文化罢了。例如梁先生的这篇文章，原意是在取消文学上的阶级性，张扬真理的。但以资产为文明的祖宗，指穷人为劣败的渣滓，只要一瞥，就知道是资产家的斗争的"武器"，——不，"文章"了。无产文学理论家以主张"全人类""超阶级"的文学理论为帮助有产阶级的东西，这里就给了一个极分明的例证。至于成仿吾[1]先生似的"他们一定胜利的，所以我们去指导安慰他们去"，说出"去了"之后，便来"打发"自己们以外的"他们"那样的无产文学家，那不消说，是也和梁先生一样地对于无产文学的理论，未免有"以意为之"的错误的。

又其次，梁先生最痛恨的是无产文学理论家以文艺为斗争的武器，就是当作宣传品。他"不反对任何人利用文学来达到另外的目

1　成仿吾（1897—1984）：原名灏，湖南新化人，笔名石厚生、芳坞、澄实，文学家、翻译家。

的”，但“不能承认宣传式的文字便是文学”。我以为这是自扰之谈。据我所看过的那些理论，都不过说凡文艺必有所宣传，并没有谁主张只要宣传式的文字便是文学。诚然，前年以来，中国确曾有许多诗歌小说，填进口号和标语去，自以为就是无产文学。但那是因为内容和形式，都没有无产气，不用口号和标语，便无从表示其“新兴”的缘故，实际上也并非无产文学。今年，有名的“无产文学底批评家”钱杏邨[1]先生在《拓荒者》上还在引卢那卡尔斯基的话，以为他推重大众能解的文学，足见用口号标语之未可厚非，来给那些“革命文学”辩护。但我觉得那也和梁实秋先生一样，是有意的或无意的曲解。卢那卡尔斯基所谓大众能解的东西，当是指托尔斯泰做了分给农民的小本子那样的文体，工农一看便会了然的语法，歌调，诙谐。只要看台明·培特尼[2]（Demian Bednii）曾因诗歌得到赤旗章，而他的诗中并不用标语和口号，便可明白了。

最后，梁先生要看货色。这不错的，是最切实的办法；但抄两首译诗算是在示众，是不对的。《新月》上就曾有《论翻译之难》，何况所译的文是诗。就我所见的而论，卢那卡尔斯基的《被解放的堂·吉诃德》，法兑耶夫[3]的《溃灭》，格拉特珂夫[4]的《水门汀》，在中国这十一年中，就并无可以和这些相比的作品。这是指“新月社”一流的蒙资产文明的余荫，而且衷心在拥护它的作家而言。于号称无产作家的作品中，我也举不出相当的成绩。但钱杏邨先生也曾辩护，说

1　钱杏邨（1900—1977）：原名钱德富，又名钱德赋，笔名阿英、钱谦吾、张若英等，安徽芜湖人，作家、文学理论家，1927与蒋光慈等成立文学团体太阳社，提倡无产阶级革命文学。

2　台明·培特尼（Demyan Bedny，1883—1945）：通译杰米扬·别德内，苏联诗人、寓言作家。

3　法兑耶夫（A. A. Fadeyev，1901—1956）：通译法捷耶夫，苏联小说家、剧作家。

4　格拉特珂夫（F. V. Gladkov，1883—1958）：苏联作家，其小说《水门汀》今译为《水泥》。

新兴阶级，于文学的本领当然幼稚而单纯，向他们立刻要求好作品，是"布尔乔亚"[1]的恶意。这话为农工而说，是极不错的。这样的无理要求，恰如使他们冻饿了好久，倒怪他们为什么没有富翁那么肥胖一样。但中国的作者，现在却实在并无刚刚放下锄斧柄子的人，大多数都是进过学校的智识者，有些还是早已有名的文人，莫非克服了自己的小资产阶级意识之后，就连先前的文学本领也随着消失了么？不会的。俄国的老作家亚历舍·托尔斯泰[2]和威垒赛耶夫[3]，普理希文[4]，至今都还有好作品。中国的有口号而无随同的实证者，我想，那病根并不在"以文艺为阶级斗争的武器"，而在"借阶级斗争为文艺的武器"，在"无产者文学"这旗帜之下，聚集了不少的忽翻筋斗的人，试看去年的新书广告，几乎没有一本不是革命文学，批评家又但将辩护当作"清算"，就是，请文学坐在"阶级斗争"的掩护之下，于是文学自己倒不必着力，因而于文学和斗争两方面都少关系了。

但中国目前的一时现象，当然毫不足作无产文学之新兴的反证的。梁先生也知道，所以他临末让步说，"假如无产阶级革命家一定要把他的宣传文学唤做无产文学，那总算是一种新兴文学，总算是文学国土里的新收获，用不着高呼打倒资产的文学来争夺文学的领域，因为文学的领域太大了，新的东西总有它的位置的。"但这好像"中日亲善，同存共荣"之说，从羽毛未丰的无产者看来，是一种欺骗。愿意这样的"无产文学者"，现在恐怕实在也有的罢，不过这是梁先生

1　"布尔乔亚"：法语bourgeoisie的音译，意为资产阶级。

2　亚历舍·托尔斯泰（Aleksey Tolstoy, 1883—1945）：通译阿历克赛·托尔斯泰，苏联作家。

3　威垒赛耶夫（В. В. Вересаев, 1867—1945）：通译魏列萨耶夫，苏联作家、文学评论家。

4　普理希文（М. М. Prishvin, 1873—1954）：通译普里什文，苏联作家。

所谓"有出息"的要爬上资产阶级去的"无产者"一流，他的作品是穷秀才未中状元时候的牢骚，从开手到爬上以及以后，都决不是无产文学。无产者文学是为了以自己们之力，来解放本阶级并及一切阶级而斗争的一翼，所要的是全般，不是一角的地位。就拿文艺批评界来比方罢，假如在"人性"的"艺术之宫"（这须从成仿吾先生处租来暂用）里，向南面摆两把虎皮交椅，请梁实秋钱杏邨两位先生并排坐下，一个右执"新月"，一个左执"太阳"，那情形可真是"劳资"媲美了。

五

到这里，又可以谈到我的"硬译"去了。

推想起来，这是很应该跟着发生的问题：无产文学既然重在宣传，宣传必须多数能懂，那么，你这些"硬译"而难懂的理论"天书"，究竟为什么而译的呢？不是等于不译么？

我的回答，是：为了我自己，和几个以无产文学批评家自居的人，和一部分不图"爽快"，不怕艰难，多少要明白一些这理论的读者。

从前年以来，对于我个人的攻击是多极了，每一种刊物上，大抵总要看见"鲁迅"的名字，而作者的口吻，则粗粗一看，大抵好象革命文学家。但我看了几篇，竟逐渐觉得废话太多了。解剖刀既不中腠理，子弹所击之处，也不是致命伤。例如我所属的阶级罢，就至今还未判定，忽说小资产阶级，忽说"布尔乔亚"，有时还升为"封建余孽"，而且又等于猩猩（见《创造月刊》上的"东京通信"）；有一回则骂到牙齿的颜色。在这样的社会里，有封建余孽出风头，是十分可能的，但封建余孽就是猩猩，却在任何"唯物史观"上都没有说明，也找不出牙齿色黄，即有害于无产阶级革命的论据。我于是想，可供参考的这样的理论，是太少了，所以大家有些胡涂。对于敌人，解剖，咬嚼，现在是在所不免的，不过有一本解剖学，有一本烹饪法，依法办理，则构造味道，总还可以较为清楚，有味。人往往以神话中的 Prometheus[1] 比革命者，以为窃火给人，虽遭天帝之虐待不悔，其博大坚忍正相同。但我从别国里窃得火来，本意却在煮自己的肉的，以为倘能味道较好，庶几在咬嚼者那一面也得到较多的好处，我也不枉费了身躯：出发点全是个人主义，并且还夹杂着小市民性的奢华，以及慢慢地摸出解剖刀来，反而刺进解剖者的心脏里去的"报复"。梁先生说"他们要报复！"其实岂只"他们"，这样的人在"封建余孽"中也很有的。然而，我也愿意于社会上有些用处，看客所见的结果仍是火和光。这样，首先开手的就是《文艺政策》[2]，因为其中含有各派的议论。

郑伯奇[3]先生现在是开书铺，印Hauptmann[4]和Gregory[5]夫人的剧本了，那时他还是革命文学家，便在所编的《文艺生活》[6]上，笑我的翻译这书，是不甘没落，而可惜被别人着了先鞭。翻一本书便会浮起，做革命文学家真太容易了，我并不这样想。有一种小报，则说我的译《艺术论》是"投降"。是的，投降的事，为世上所常有。但其时成仿吾元帅早已爬出日本的温泉，住进巴黎的旅馆了，在这里又向谁去输诚呢。今年，说法又两样了，在《拓荒者》和《现代小说》上，都说是

1　Prometheus：即古希腊神话中盗火的普罗米修斯。

2　《文艺政策》：鲁迅于1928年翻译的关于苏联文艺政策的文件汇集。

3　郑伯奇（1895—1979）：陕西长安人，作家，创造社成员。当时他在上海开设文献书房。

4　Hauptmann：霍普特曼（1862—1946），德国剧作家。

5　Gregory：格列高里（1852—1932），爱尔兰剧作家。

6　《文艺生活》：创造社后期的文艺周刊，郑伯奇编辑，1928年12月创刊于上海，共出4期。

"方向转换"。我看见日本的有些杂志中，曾将这四字加在先前的新感觉派片冈铁兵[1]上，算是一个好名词。其实，这些纷纭之谈，也还是只看名目，连想也不肯想的老病。译一本关于无产文学的书，是不足以证明方向的，倘有曲译，倒反足以为害。我的译书，就也要献给这些速断的无产文学批评家，因为他们是有不贪"爽快"，耐苦来研究这些理论的义务的。

但我自信并无故意的曲译，打着我所不佩服的批评家的伤处了的时候我就一笑，打着我的伤处了的时候我就忍疼，却决不肯有所增减，这也是始终"硬译"的一个原因。自然，世间总会有较好的翻译者，能够译成既不曲，也不"硬"或"死"的文章的，那时我的译本当然就被淘汰，我就只要来填这从"无有"到"较好"的空间罢了。

然而世间纸张还多，每一文社的人数却少，志大力薄，写不完所有的纸张，于是一社中的职司克敌助友，扫荡异类的批评家，看见别人来涂写纸张了，便喟然兴叹，不胜其摇头顿足之苦。上海的《申报》上，至于称社会科学的翻译者为"阿狗阿猫"，其愤愤有如此。在"中国新兴文学的地位，早为读者所共知"的蒋光Z[2]先生，曾往日本东京养病，看见藏原惟人[3]，谈到日本有许多翻译太坏，简直比原文还难读……他就笑了起来，说："……那中国的翻译界更要莫名其妙了，近来中国有许多书籍都是译自日文的，如果日本人将欧洲人那一国的作品带点错误和删改，从日文译到中国去，试问这作品岂不是要变了一半相貌么？……"（见《拓荒者》）也就是深不满于翻译，尤其是重

1　片冈铁兵（1894—1944）：日本作家，1924年与横光利一、川端康成等作家开创新感觉派。
2　蒋光Z：指蒋光慈。蒋光慈（1901—1931），安徽霍邱人，左翼作家，"太阳社"创始人之一。
3　藏原惟人（1902—1991）：日本文艺评论家、翻译家、社会活动家。

译的表示。不过梁先生还举出书名和坏处，蒋先生却只嫣然一笑，扫荡无余，真是普遍得远了。藏原惟人是从俄文直接译过许多文艺理论和小说的，于我个人就极有裨益。我希望中国也有一两个这样的诚实的俄文翻译者，陆续译出好书来，不仅自骂一声"混蛋"就算尽了革命文学家的责任。

　　然而现在呢，这些东西，梁实秋先生是不译的，称人为"阿狗阿猫"的伟人也不译，学过俄文的蒋先生原是最为适宜的了，可惜养病之后，只出了一本《一周间》，而日本则早已有了两种的译本。中国曾经大谈达尔文，大谈尼采，到欧战时候，则大骂了他们一通，但达尔文的著作的译本，至今只有一种，尼采的则只有半部，学英德文的学者及文豪都不暇顾及，或不屑顾及，拉倒了。所以暂时之间，恐怕还只好任人笑骂，仍从日文来重译，或者取一本原文，比照了日译本来直译罢。我还想这样做，并且希望更多有这样做的人，来填一填彻底的高谈中的空虚，因为我们不能像蒋先生那样的"好笑起来"，也不该如梁先生的"等着，等着，等着"了。

六

　　我在开头曾有"以硬自居了，而实则其软如棉，正是新月社的一种特色"这些话，到这里还应该简短地补充几句，就作为本篇的收场。

　　《新月》一出世，就主张"严正态度"，但于骂人者则骂之，讥人者则讥之。这并不错，正是"即以其人之道，还治其人之身"，虽然也是一种"报复"，而非为了自己。到二卷六七号合本的广告上，还说"我们都保持'容忍'的态度（除了'不容忍'的态度是我们所不能容忍以外），我们都喜欢稳健的合乎理性的学说"。上两句也不错，"以眼还眼，以牙还牙"，和开初仍然一贯。然而从这条大路走下去，一定要遇到"以暴力抗暴力"，这和新月社诸君所喜欢的"稳健"也不能相容了。

这一回，新月社的"自由言论"遭了压迫，照老办法，是必须对于压迫者，也加以压迫的，但《新月》上所显现的反应，却是一篇《告压迫言论自由者》，先引对方的党义，次引外国的法律，终引东西史例，以见凡压迫自由者，往往臻于灭亡：是一番替对方设想的警告。

所以，新月社的"严正态度"，"以眼还眼"法，归根结蒂，是专施之力量相类，或力量较小的人的，倘给有力者打肿了眼，就要破例，只举手掩住自己的脸，叫一声"小心你自己的眼睛！"

本篇最初发表于一九三〇年三月上海《萌芽月刊》第一卷第三期。
后收入杂文集《二心集》。

「硬译」与「文学的阶级性」

习惯与改革

体质和精神都已硬化了的人民，对于极小的一点改革，也无不加以阻挠，表面上好像恐怕于自己不便，其实是恐怕于自己不利，但所设的口实，却往往见得极其公正而且堂皇。

今年的禁用阴历，原也是琐碎的，无关大体的事，但商家当然叫苦连天了。不特此也，连上海的无业游民，公司雇员，竟也常常慨然长叹，或者说这很不便于农家的耕种，或者说这很不便于海船的候潮。他们居然因此念起久不相干的乡下的农夫，海上的舟子来。这真像煞有些博爱。

一到阴历的十二月二十三，爆竹就到处毕毕剥剥。我问一家的店伙："今年仍可以过旧历年，明年一准过新历年么？"那回答是："明年又是明年，要明年再看了。"他并不信明年非过阳历年不可。但日历上，却诚然删掉了阴历，只存节气。然而一面在报章上，则出现了《一百二十年阴阳合历》的广告。好，他们连曾孙玄孙时代的阴历，也已经给准备妥当了，一百二十年！

梁实秋先生们虽然很讨厌多数，但多数的力量是伟大的，要紧的，有志于改革者倘不深知民众的心，设法利导，改进，则无论怎样的高文宏议，浪漫古典，都和他们无干，仅止于几个人在书房中互相叹赏，得些自己满足。假如竟有"好人政府"，出令改革乎，不多久，就早被他们拉回旧道上去了。

真实的革命者，自有独到的见解，例如乌略诺夫[1]先生，他是将"风俗"和"习惯"，都包括在"文化"之内的，并且以为改革这些，很为困难。我想，但倘不将这些改革，则这革命即等于无成，如沙上建塔，顷刻倒坏。中国最初的排满革命，所以易得响应者，因为口号是"光复旧物"，就是"复古"，易于取得保守的人民同意的缘故。但到后来，竟没有历史上定例的开国之初的盛世，只枉然失了一条辫子，就很为大家所不满了。

以后较新的改革，就著著失败，改革一两，反动十斤，例如上述的一年日历上不准注阴历，却来了阴阳合历一百二十年。

这种合历，欢迎的人们一定是很多的，因为这是风俗和习惯所拥护，所以也有风俗和习惯的后援。别的事也如此，倘不深入民众的大层中，于他们的风俗习惯，加以研究，解剖，分别好坏，立存废的标准，而于存于废，都慎选施行的方法，则无论怎样的改革，都将为习惯的岩石所压碎，或者只在表面上浮游一些时。

现在已不是在书斋中，捧书本高谈宗教，法律，文艺，美术……等等的时候了，即使要谈论这些，也必须先知道习惯和风俗，而且有正视这些的黑暗面的勇猛和毅力。因为倘不看清，就无从改革。仅大叫未来的光明，其实是欺骗怠慢的自己和怠慢的听众的。

　　　　　　本篇最初发表于一九三〇年三月一日《萌芽月刊》第一卷第三期。
　　　　　　后收入杂文集《二心集》。

1　乌略诺夫：通译乌里扬诺夫，列宁的姓。

做古文和做好人的秘诀
——夜记之五

　　从去年以来一年半之间，凡有对于我们的所谓批评文字中，最使我觉得气闷的滑稽的，是常燕生[1]先生在一种月刊叫作《长夜》的上面，摆出公正脸孔，说我的作品至少还有十年生命的话。记得前几年，《狂飙》停刊时，同时这位常燕生先生也曾有文章发表，大意说《狂飙》攻击鲁迅，现在书店不愿出版了，安知（！）不是鲁迅运动了书店老板，加以迫害？于是接着大大地颂扬北洋军阀度量之宽宏。我还有些记性，所以在这回的公正脸孔上，仍然隐隐看见刺着那一篇锻炼文字；一面又想起陈源教授的批评法：先举一些美点，以显示其公平，然而接着是许多大罪状——由公平的衡量而得的大罪状。将功折罪，归根结蒂，终于是"学匪"，理应枭首挂在"正人君子"的旗下示众。所以我的经验是：毁或无妨，誉倒可怕，有时候是极其"汲汲乎殆哉"[2]的。更何况这位常燕生先生满身五色旗气味，即令真心许我以作品的不灭，在我也好像宣统皇帝忽然龙心大悦，钦许我死后谥为"文忠"一般。于满肚气闷中的滑稽之余，仍只好诚惶诚恐，特别脱帽鞠躬，敬谢不敏之至了。

　　但在同是《长夜》的另一本上，有一篇刘大杰[3]先生的文章——这

1　常燕生（1898—1947）：名乃德，字燕生，山西榆次人，诗人，曾参加狂飙社。

2　"汲汲乎殆哉"：出自《孟子·万章上》："天下殆哉，岌岌乎！"

3　刘大杰（1904—1977）：湖南岳阳人，文学史家，时为《长夜》主要撰稿人之一。

些文章，似乎《中国的文艺论战》上都未收载——我却很感激的读毕了，这或者就因为正如作者所说，和我素不相知，并无私人恩怨，夹杂其间的缘故。然而尤使我觉得有益的，是作者替我设法，以为在这样四面围剿之中，不如放下刀笔，暂且出洋；并且给我忠告，说是在一个人的生活史上留下几张白纸，也并无什么紧要。在仅仅一个人的生活史上，有了几张白纸，或者全本都是白纸，或者竟全本涂成黑纸，地球也决不会因此炸裂，我是早知道的。这回意外地所得的益处，是三十年来，若有所悟，而还是说不出简明扼要的纲领的做古文和做好人的方法，因此恍然抓住了謦头了。

其口诀曰：要做古文，做好人，必须做了一通，仍旧等于一张的白纸。

从前教我们作文的先生，并不传授什么《马氏文通》[1]，《文章作法》[2]之流，一天到晚，只是读，做，读，做；做得不好，又读，又做。他却决不说坏处在那里，作文要怎样。一条暗胡同，一任你自己去摸索，走得通与否，大家听天由命。但偶然之间，也会不知怎么一来——真是"偶然之间"而且"不知怎么一来"，——卷子上的文章，居然被涂改的少下去，留下的，而且有密圈的处所多起来了。于是学生满心欢喜，就照这样——真是自己也莫名其妙，不过是"照这样"——做下去，年深月久之后，先生就不再删改你的文章了，只在篇末批些"有书有笔，不蔓不枝"之类，到这时候，即可以算作"通"。——自然，请高等批评家梁实秋先生来说，恐怕是不通的，但

---

1 《马氏文通》：马建忠著，1898年出版，原名《文通》，是中国关于汉语语法的第一部系统性著作。马建忠（1845—1900），别名乾，学名斯才，字眉叔，江苏丹徒（今属镇江）人，清末学者、外交家。

2 《文章作法》：夏丏尊、刘薰宇为指导学生写作实践合编的作文法专著，1926年出版。夏丏尊（1886—1946），名铸，字勉旃，后改字丏尊，号闷庵，浙江绍兴上虞人，文学家、语文学家、出版家、翻译家。刘薰宇（1896—1967），贵州贵阳人，出版家、教育家。

我是就世俗一般而言，所以也姑且从俗。

这一类文章，立意当然要清楚的，什么意见，倒在其次。譬如说，做《工欲善其事，必先利其器论》罢，从正面说，发挥"其器不利，则工事不善"固可，即从反面说，偏以为"工以技为先，技不纯，则器虽利，而事亦不善"也无不可。就是关于皇帝的事，说"天皇圣明，臣罪当诛"固可，即说皇帝不好，一刀杀掉也无不可的，因为我们的孟夫子有言在先，"闻诛独夫纣矣，未闻弑君也"[1]，现在我们圣人之徒，也正是这一个意思儿。但总之，要从头到底，一层一层说下去，弄得明明白白，还是天皇圣明呢，还是一刀杀掉，或者如果都不赞成，那也可以临末声明："虽穷淫虐之威，而究有君臣之分，君子不为已甚，窃以为放诸四裔[2]可矣"的。这样的做法，大概先生也未必不以为然，因为"中庸"也是我们古圣贤的教训。

然而，以上是清朝末年的话，如果在清朝初年，倘有什么人去一告密，那可会"灭族"也说不定的，连主张"放诸四裔"也不行，这时他不和你来谈什么孟子孔子了。现在革命方才成功，情形大概也和清朝开国之初相仿。（不完）

这是"夜记"之五的小半篇。"夜记"这东西，是我于一九二七年起，想将偶然的感想，在灯下记出，留为一集的，那年就发表了两篇。到得上海，有感于屠戮之凶，又做了一篇半，题为《虐杀》，先讲些日本幕府的磔杀耶教徒，俄国皇帝的酷待革命党之类的事。但不久就遇到了大骂人道主义的风潮，我也就借此偷懒，不再写下去，现在连稿

---

1 出自《孟子·梁惠王下》，原文为"闻诛一夫纣矣，未闻弑君也"。
2 放诸四裔：放逐到四方边远地区。

子也不见了。

　　到得前年，柔石[1]要到一个书店去做杂志的编辑，来托我做点随随便便，看起来不大头痛的文章。这一夜我就又想到做"夜记"，立了这样的题目。大意是想说，中国的作文和做人，都要古已有之，但不可直钞整篇，而须东拉西扯，补缀得看不出缝，这才算是上上大吉。所以做了一大通，还是等于没有做，而批评者则谓之好文章或好人。社会上的一切，什么也没有进步的病根就在此。当夜没有做完，睡觉去了。第二天柔石来访，将写下来的给他看，他皱皱眉头，以为说得太噜苏[2]一点，且怕过占了篇幅。于是我就约他另译一篇短文，将这放下了。

　　现在去柔石的遇害，已经一年有余了，偶然从乱纸里检出这稿子来，真不胜其悲痛。我想将全文补完，而终于做不到，刚要下笔，又立刻想到别的事情上去了。所谓"人琴俱亡"者，大约也就是这模样的罢。现在只将这半篇附录在这里，以作柔石的记念。

　　　　　　　　　　　　　　　　一九三二年四月二十六日之夜，记。

　　　　　　　　本篇收入杂文集《二心集》，之前未发表过。

做古文和做好人的秘诀

1　柔石（1902—1931）：赵平福，后改名平复，浙江宁海人，笔名柔石、金桥等，作家，"左联"成员。1931年1月17日，柔石被国民党军警逮捕，2月7日被秘密杀害。

2　噜苏：吴地方言，即"啰嗦"之意。

论"第三种人"

这三年来，关于文艺上的论争是沉寂的，除了在指挥刀的保护之下，挂着"左翼"的招牌，在马克斯主义里发见了文艺自由论，列宁主义里找到了杀尽共匪说的论客的"理论"之外，几乎没有人能够开口，然而，倘是"为文艺而文艺"的文艺，却还有"自由"的，因为他决没有收了卢布的嫌疑。但在"第三种人"，就是"死抱住文学不放的人"，又不免有一种苦痛的豫感：左翼文坛要说他是"资产阶级的走狗"。

代表了这一种"第三种人"来鸣不平的，是《现代》杂志第三和第六期上的苏汶[1]先生的文章（我在这里先应该声明：我为便利起见，暂且用了"代表"，"第三种人"这些字眼，虽然明知道苏汶先生的"作家之群"，是也如拒绝"或者"，"多少"，"影响"这一类不十分决定的字眼一样，不要固定的名称的，因为名称一固定，也就不自由了）。他以为左翼的批评家，动不动就说作家是"资产阶级的走狗"，甚至于将中立者认为非中立，而一非中立，便有认为"资产阶级的走狗"的可能，号称"左翼作家"者既然"左而不作"，"第三种人"又要作而不敢，于是文坛上便没有东西了。然而文艺据说至少有一部分是超出于阶级斗争之外的，为将来的，就是"第三种人"所抱住的真的，

---

1 苏汶（1907—1964）：戴克崇，笔名苏汶、杜衡等，作家、文艺理论家。他在《现代》第一卷第三期（1932年7月）发表了《关于"文新"与胡秋原的文艺论辩》一文，自称"第三种人"，认为当时许多作家（即他所说的"作家之群"）之所以"搁笔"，是因为"左联"批评家的"凶暴"和"左联""霸占"了文坛的缘故；并在文中对人民的革命斗争进行歪曲和诽谤。

永久的文艺。——但可惜，被左翼理论家弄得不敢作了，因为作家在未作之前，就有了被骂的豫感。

我相信这种豫感是会有的，而以“第三种人”自命的作家，也愈加容易有。我也相信作者所说，现在很有懂得理论，而感情难变的作家。然而感情不变，则懂得理论的度数，就不免和感情已变或略变者有些不同，而看法也就因此两样。苏汶先生的看法，由我看来，是并不正确的。

自然，自从有了左翼文坛以来，理论家曾经犯过错误，作家之中，也不但如苏汶先生所说，有“左而不作”的，并且还有由左而右，甚至于化为民族主义文学的小卒，书坊的老板，敌党的探子的，然而这些讨厌左翼文坛了的文学家所遗下的左翼文坛，却依然存在，不但存在，还在发展，克服自己的坏处，向文艺这神圣之地进军。苏汶先生问过：克服了三年，还没有克服好么？回答是：是的，还要克服下去，三十年也说不定。然而一面克服着，一面进军着，不会做待到克服完成，然后行进那样的傻事的。但是，苏汶先生说过“笑话”：左翼作家在从资本家取得稿费；现在我来说一句真话，是左翼作家还在受封建的资本主义的社会的法律的压迫，禁锢，杀戮。所以左翼刊物，全被摧残，现在非常寥寥，即偶有发表，批评作品的也绝少，而偶有批评作品的，也并未动不动便指作家为“资产阶级的走狗”，而且不要“同路人”。左翼作家并不是从天上掉下来的神兵，或国外杀进来的仇敌，他不但要那同走几步的“同路人”，还要招致那站在路旁看看的看客也一同前进的。

但现在要问：左翼文坛现在因为受着压迫，不能发表很多的批评，倘一旦有了发表的可能，不至于动不动就指“第三种人”为“资产阶级的走狗”么？我想，倘若左翼批评家没有宣誓不说，又只从坏处着想，那是有这可能的，也可以想得比这还要坏。不过我以为这种豫测，实在和想到地球也许有破裂之一日，而先行自杀一样，大可以不必的。

然而苏汶先生的"第三种人"，却据说是为了这未来的恐怖而"搁笔"了。未曾身历，仅仅因为心造的幻影而搁笔，"死抱住文学不放"的作者的拥抱力，又何其弱呢？两个爱人，有因为豫防将来的社会上的斥责而不敢拥抱的么？

其实，这"第三种人"的"搁笔"，原因并不在左翼批评的严酷。真实原因的所在，是在做不成这样的"第三种人"，做不成这样的人，也就没有了第三种笔，搁与不搁，还谈不到。

生在有阶级的社会里而要做超阶级的作家，生在战斗的时代而要离开战斗而独立，生在现在而要做给与将来的作品，这样的人，实在也是一个心造的幻影，在现实世界上是没有的。要做这样的人，恰如用自己的手拔着头发，要离开地球一样，他离不开，焦躁着，然而并非因为有人摇了摇头，使他不敢拔了的缘故。

所以虽是"第三种人"，却还是一定超不出阶级的，苏汶先生就先在豫料阶级的批评了，作品里又岂能摆脱阶级的利害；也一定离不开战斗的，苏汶先生就先以"第三种人"之名提出抗争了，虽然"抗争"之名又为作者所不愿受；而且也跳不过现在的，他在创作超阶级的，为将来的作品之前，先就留心于左翼的批判了。

这确是一种苦境。但这苦境，是因为幻影不能成为实有而来的。即使没有左翼文坛作梗，也不会有这"第三种人"，何况作品。但苏汶先生却又心造了一个横暴的左翼文坛的幻影，将"第三种人"的幻影不能出现，以至将来的文艺不能发生的罪孽，都推给它了。

左翼作家诚然是不高超的，连环图画，唱本，然而也不到苏汶先生所断定那样的没出息。左翼也要托尔斯泰，弗罗培尔[1]。但不要"努力去创造一些属于将来（因为他们现在是不要的）的东西"的托尔斯泰和弗罗培尔。他们两个，都是为现在而写的，将来是现在的将来，于现在有意义，才于将来会有意义。尤其是托尔斯泰，他写些小故事给农民看，也不自命为"第三种人"，当时资产阶级的多少攻击，终于不能使他"搁笔"。左翼虽然诚如苏汶先生所说，不至于蠢到不知道"连环图画是产生不出托尔斯泰，产生不出弗罗培尔来"，但却以为可以产出密开朗该罗[2]，达文希[3]那样伟大的画手。而且我相信，从唱本说书里是可以产生托尔斯泰，弗罗培尔的。现在提起密开朗该罗们的画来，谁也没有非议了，但实际上，那不是宗教的宣传画，《旧约》[4]的连环图画么？而且是为了那时的"现在"的。

　　总括起来说，苏汶先生是主张"第三种人"与其欺骗，与其做冒牌货，倒还不如努力去创作，这是极不错的。

　　"定要有自信的勇气，才会有工作的勇气！"这尤其是对的。

　　然而苏汶先生又说，许多大大小小的"第三种人"们，却又因为豫感了不祥之兆——左翼理论家的批评而"搁笔"了！

　　"怎么办呢"？

十月十日

　　本篇最初发表于一九三二年十一月一日上海《现代》第二卷第一期。后收入杂文集《南腔北调集》。

1　弗罗培尔（G. Flaubert, 1821—1880）：通译福楼拜，法国作家。

2　密开朗该罗（Michelangelo, 1475—1564）：通译米开朗基罗，意大利艺术家。

3　达文希（Leonardo da Vinci1, 452—1519）：通译达·芬奇，意大利艺术家、发明家。

4　《旧约》：基督教对《圣经》前一部分的常用称呼，用希伯来语写成。

"连环图画"辩护

　　我自己曾经有过这样一个小小的经验。有一天，在一处筵席上，我随便的说：用活动电影来教学生，一定比教员的讲义好，将来恐怕要变成这样的。话还没有说完，就埋葬在一阵哄笑里了。

　　自然，这话里，是埋伏着许多问题的，例如，首先第一，是用的是怎样的电影，倘用美国式的发财结婚故事的影片，那当然不行。但在我自己，却的确另外听过采用影片的细菌学讲义，见过全部照相，只有几句说明的植物学书。所以我深信不但生物学，就是历史地理，也可以这样办。

　　然而许多人的随便的哄笑，是一枝白粉笔，它能够将粉涂在对手的鼻子上，使他的话好像小丑的打诨。

　　前几天，我在《现代》上看见苏汶先生的文章，他以中立的文艺论者的立场，将"连环图画"一笔抹杀了。自然，那不过是随便提起的，并非讨论绘画的专门文字，然而在青年艺术学徒的心中，也许是一个重要的问题，所以我再来说几句。

　　我们看惯了绘画史的插图上，没有"连环图画"，名人的作品的展览会上，不是"罗马夕照"，就是"西湖晚凉"，便以为那是一种下等物事，不足以登"大雅之堂"的。但若走进意大利的教皇宫——我没有游历意大利的幸福，所走进的自然只是纸上的教皇宫——去，就能看见凡有伟大的壁画，几乎都是《旧约》，《耶稣传》，《圣者传》的连环图画，艺术史家截取其中的一段，印在书上，题之曰《亚当的创造》[1]，《最后之晚餐》[2]，读者就不觉得这是下等，这在宣传了，然而那原画，却明明是宣传的连环图画。

在东方也一样。印度的阿强陀石窟[3]，经英国人摹印了壁画以后，在艺术史上发光了；中国的《孔子圣迹图》[4]，只要是明版的，也早为收藏家所宝重。这两样，一是佛陀[5]的本生，一是孔子的事迹，明明是连环图画，而且是宣传。

书籍的插画，原意是在装饰书籍，增加读者的兴趣的，但那力量，能补助文字之所不及，所以也是一种宣传画。这种画的幅数极多的时候，即能只靠图像，悟到文字的内容，和文字一分开，也就成了独立的连环图画。最显著的例子是法国的陀莱[6]（Gustave Doré），他是插图版画的名家，最有名的是《神曲》[7]，《失乐园》[8]，《吉诃德先生》[9]，还有《十字军记》[10]的插画，德国都有单印本（前二种在日本也有印本），只靠略解，即可以知道本书的梗概。然而有谁说陀莱不是艺术家呢？

1　《亚当的创造》：米开朗基罗创作的梵蒂冈西斯廷教堂天顶画《创世纪》的一部分。

2　《最后之晚餐》：达·芬奇创作的意大利米兰圣玛利亚感恩教堂的壁画《最后的晚餐》。

3　阿强陀石窟：即古印度佛教艺术遗址阿旃陀石窟，位于印度马哈拉施特拉邦境内，始凿于公元前2世纪，延续到7世纪中叶，现存30窟。

4　《孔子圣迹图》：清代宫廷画家焦秉贞（生卒年不详）所绘，图文并茂地反映了孔子一生的行迹。

5　佛陀：指佛教的创立者释迦牟尼，本名乔达摩·悉达多，古印度释迦族人。

6　陀莱：通译古斯塔夫·多雷（1832—1883），法国版画家、雕刻家和插图作家。

7　《神曲》：意大利诗人但丁（Dante Alighieri，1265—1321）创作的长诗，写于1307年至1321年。

8　《失乐园》：英国政治家、学者约翰·弥尔顿（John Milton，1608—1674）创作的史诗，出版于1667年。

9　《吉诃德先生》：即西班牙作家塞万提斯（Cervantes，1547—1616）创作的长篇小说《堂吉诃德》，于1605年和1615年分两部分出版。

10　《十字军记》：讲述"十字军东征"的连环画。"十字军东征"，指1096年至1291年间，在罗马天主教皇的准许下，西欧封建领主和骑士对地中海东岸他们认为是"异教"的国家发动的宗教战争，前后共有九次。

　　宋人的《唐风图》[1]和《耕织图》[2]，现在还可找到印本和石刻；至于仇英[3]的《飞燕外传图》和《会真记图》，则印本就在文明书局发卖的。凡这些，也都是当时和现在的艺术品。

　　自十九世纪后半以来，版画复兴了，许多作家，往往喜欢刻印一些以几幅画汇成一帖的"连作"（Blattfolge）。这些连作，也有并非一个事件的。现在为青年的艺术学徒计，我想写出几个版画史上已经有了地位的作家和有连续事实的作品在下面：

　　首先应该举出来的是德国的珂勒惠支[4]（Käthe Kollwitz）夫人。她除了为霍普德曼[5]的《织匠》（Die Weber）而刻的六幅版画外，还有三种，有题目，无说明——

　　一，《农民斗争》（Bauernkrieg），金属版七幅；

　　二，《战争》（Der Krieg），木刻七幅；

　　三，《无产者》（Proletariat），木刻三幅。

　　以《士敏土》的版画，为中国所知道的梅斐尔德[6]（Carl Meffert），是一个新进的青年作家，他曾为德译本斐格纳尔[7]的《猎俄皇记》（Die Jagd nach Zaren von Wera Figner）刻过五幅木版图，又有两种连作——

　　一，《你的姊妹》（Deine Schwester），木刻七幅，题诗一幅；

　　二，《养护的门徒》（原名未详），木刻十三幅。

1　《唐风图》：南宋画家马和之绘，取材于《诗经·唐风》，共12幅。
2　《耕织图》：南宋画家楼璹绘，包括耕图21幅、织图24幅。
3　仇英（1498—1552）：字实父，号十洲，江苏太仓人，明代画家。
4　珂勒惠支（1867—1945）：德国版画家、雕塑家。
5　霍普德曼（G. Hauptmann, 1862—1946）：德国剧作家和诗人，1912年诺贝尔文学奖获得者。
6　梅斐尔德（1903—1988）：德国画家。
7　斐格纳尔（1852—1942）：俄国民粹派女革命家。《猎俄皇记》是她的回忆录，记述1881年3月民粹派行刺沙皇亚历山大二世的故事。

　　比国[1]有一个麦绥莱勒[2]（Frans Masereel），是欧洲大战时候，像罗曼罗兰一样，因为非战而逃出过外国的。他的作品最多，都是一本书，只有书名，连小题目也没有。现在德国印出了普及版（Bei Kurt Wolff, München），每本三马克半，容易到手了。我所见过的是这几种——

　　一，《理想》（Die Idee），木刻八十三幅；

　　二，《我的祷告》（Mein Stundenbuch），木刻一百六十五幅；

　　三，《没字的故事》（Geschichte ohne Worte），木刻六十幅；

　　四，《太阳》（Die Sonne），木刻六十三幅；

　　五，《工作》（Das Werk），木刻，幅数失记；

　　六，《一个人的受难》（Die passion eines Menschen），木刻二十五幅。

　　美国作家的作品，我曾见过希该尔[3]木刻的《巴黎公社》（The Paris Commune, A Story in pictures by William Siegel），是纽约的约翰李特社（John Reed Club）出版的。还有一本石版的格罗沛尔[4]（W. Gropper）所画的书，据赵景深[5]教授说，是"马戏的故事"，另译起来，恐怕"信而不顺"，只好将原名照抄在下面——

　　《Alay-Oop》（Life and Love Among the Acrobats.）

　　英国的作家我不大知道，因为那作品定价贵。但曾经有一本小书，只有十五幅木刻和不到二百字的说明，作者是有名的吉宾斯[6]

1　比国：指比利时。

2　麦绥莱勒（1889—1972）：比利时画家，主要在法国工作，以黑白木刻作品闻名。

3　希该尔（1904—2000）：美国画家、杂志出版商。其原名当为William Segal。

4　格罗沛尔（1897—1977）：美国漫画家、版画家。

5　赵景深（1902—1985）：曾名旭初，笔名邹啸，祖籍四川宜宾，生于浙江丽水，中国戏曲研究家、作家。

6　吉宾斯（1889—1958）：爱尔兰木刻家、雕塑家。

（Robert Gibbings），限印五百部，英国绅士是死也不肯重印的，现在恐怕已将绝版，每本要数十元了罢。那书是——

《第七人》（The 7th Man）。

以上，我的意思是总算举出事实，证明了连环图画不但可以成为艺术，并且已经坐在"艺术之宫"的里面了。至于这也和其他的文艺一样，要有好的内容和技术，那是不消说得的。

我并不劝青年的艺术学徒蔑弃大幅的油画或水彩画，但是希望一样看重并且努力于连环图画和书报的插图；自然应该研究欧洲名家的作品，但也更注意于中国旧书上的绣像和画本，以及新的单张的花纸。这些研究和由此而来的创作，自然没有现在的所谓大作家的受着有些人们的照例的叹赏，然而我敢相信：对于这，大众是要看的，大众是感激的！

十月二十五日

本篇最初发表于一九三二年十一月十五日《文学月报》第四号。
后收入杂文集《南腔北调集》。

由中国女人的脚，推定中国人之非中庸，又由此推定孔夫子有胃病

——"学匪"派考古学之一

　　古之儒者不作兴谈女人，但有时总喜欢谈到女人。例如"缠足"罢，从明朝到清朝的带些考据气息的著作中，往往有一篇关于这事起源的迟早的文章。为什么要考究这样下等事呢，现在不说他也罢，总而言之，是可以分为两大派的，一派说起源早，一派说起源迟。说早的一派，看他的语气，是赞成缠足的，事情愈古愈好，所以他一定要考出连孟子的母亲，也是小脚妇人的证据来。说迟的一派却相反，他不大恭维缠足，据说，至早，亦不过起于宋朝的末年。

　　其实，宋末，也可以算得古的了。不过不缠之足，样子却还要古，学者应该"贵古而贱今"，斥缠足者，爱古也。但也有先怀了反对缠足的成见，假造证据的，例如前明才子杨升庵[1]先生，他甚至于替汉朝人做《杂事秘辛》[2]，来证明那时的脚是"底平趾敛"。

　　于是又有人将这用作缠足起源之古的材料，说既然"趾敛"，可见是缠的了。但这是自甘于低能之谈，这里不加评论。

　　照我的意见来说，则以上两大派的话，是都错，也都对的。现在是古董出现的多了，我们不但能看见汉唐的图画，也可以看到晋唐古坟里发掘出来的泥人儿。那些东西上所表现的女人的脚上，有圆头履，有方头履，可见是不缠足的。古人比今人聪明，她决不至于缠小

1　杨升庵：杨慎（1488—1559），字用修，号升庵，四川新都人，明代文学家。

2　《杂事秘辛》：杨慎伪托汉朝人所著的野史，讲述懿德皇后被汉桓帝选入宫及册封之事。

　　脚而穿大鞋子，里面塞些棉花，使自己走得一步一拐。

　　但是，汉朝就确已有一种"利屣"，头是尖尖的，平常大约未必穿罢，舞的时候，却非此不可。不但走着爽利，"潭腿"[1]似的踢开去之际，也不至于为裙子所碍，甚至于踢下裙子来。那时太太们固然也未始不舞，但舞的究以倡女为多，所以倡伎就大抵穿着"利屣"，穿得久了，也免不了要"趾敛"的。然而伎女的装束，是闺秀们的大成至圣先师，这在现在还是如此，常穿利屣，即等于现在之穿高跟皮鞋，可以俨然居炎汉"摩登女郎"之列，于是乎虽是名门淑女，脚尖也就不免尖了起来。先是倡伎尖，后是摩登女郎尖，再后是大家闺秀尖，最后才是"小家碧玉"一齐尖，待到这些"碧玉"们成了祖母时，就入于利屣制度统一脚坛的时代了。

　　当民国初年，"不佞"观光北京的时候，听人说，北京女人看男人是否漂亮（自按：盖即今之所谓"摩登"也）的时候，是从脚起，上看到头的。所以男人的鞋袜，也得留心，脚样更不消说，当然要弄得齐齐整整，这就是天下之所以有"包脚布"的原因。仓颉[2]造字，我们是知道的，谁造这布的呢，却还没有研究出。但至少是"古已有之"，唐朝张鷟[3]作的《朝野佥载》罢，他说武后朝有一位某男士，将脚裹得窄窄的，人们见了都发笑。可见盛唐之世，就已有了这一种玩意儿，不过还不是很极端，或者还没有很普及。然而好像终于普及了。由宋至清，绵绵不绝，民元革命以后，革了与否，我不知道，因为我是专攻考

――――――――

1　"潭腿"：中国武术拳种之一，以腿功见长。

2　仓颉：原姓侯冈，名颉，传说中黄帝时期的造字史官。

3　张鷟（约658—约730）：字文成，道号浮休子，深州陆泽（今河北深县）人，唐代文学家。《朝野佥载》是他撰写的笔记小说集，记隋唐两代朝野遗闻。

"古"学的。

　　然而奇怪得很，不知道怎的（自按：此处似略失学者态度），女士们之对于脚，尖还不够，并且勒令它"小"起来了，最高模范，还竟至于以三寸为度。这么一来，可以不必兼买利屣和方头履两种，从经济的观点来看，是不算坏的，可是从卫生的观点来看，却未免有些"过火"，换一句话，就是"走了极端"了。

　　我中华民族虽然常常的自命为爱"中庸"，行"中庸"的人民，其实是颇不免于过激的。譬如对于敌人罢，有时是压服不够，还要"除恶务尽"，杀掉不够，还要"食肉寝皮"。但有时候，却又谦虚到"侵略者要进来，让他们进来。也许他们会杀了十万中国人。不要紧，中国人有的是，我们再有人上去"。这真教人会猜不出是真痴还是假呆。而女人的脚尤其是一个铁证，不小则已，小则必求其三寸，宁可走不成路，摆摆摇摇。慨自辫子肃清以后，缠足本已一同解放的了，老新党的母亲们，鉴于自己在皮鞋里塞棉花之麻烦，一时也确给她的女儿留了天足。然而我们中华民族是究竟有些"极端"的，不多久，老病复发，有些女士们已在别想花样，用一枝细黑柱子将脚跟支起，叫它离开地球。她到底非要她的脚变把戏不可。由过去以测将来，则四朝（假如仍旧有朝代的话）之后，全国女人的脚趾都和小腿成一直线，是可以有八九成把握的。

　　然则圣人为什么大呼"中庸"呢？曰：这正因为大家并不中庸的缘故。人必有所缺，这才想起他所需。穷教员养不活老婆了，于是觉到女子自食其力说之合理，并且附带地向男女平权论点头；富翁胖到要发哮喘病了，才去打高而富球，从此主张运动的紧要。我们平时，是决不记得自己有一个头，或一个肚子，应该加以优待的，然而一旦头痛肚泻，这才记起了他们，并且大有休息要紧，饮食小心的议论。倘有谁听了这些议论之后，便贸贸然决定这议论者为卫生家，可就失之十丈，差以亿里了。

倒相反，他是不卫生家，议论卫生，正是他向来的不卫生的结果的表现。孔子曰，"不得中行而与之，必也狂狷乎，狂者进取，狷者有所不为也！" [1] 以孔子交游之广，事实上没法子只好寻狂狷相与，这便是他在理想上之所以哼着"中庸，中庸"的原因。

以上的推定假使没有错，那么，我们就可以进而推定孔子晚年，是生了胃病的了。"割不正不食" [2]，这是他老先生的古板规矩，但"食不厌精，脍不厌细"的条令却有些稀奇。他并非百万富翁或能收许多版税的文学家，想不至于这么奢侈的，除了只为卫生，意在容易消化之外，别无解法。况且"不撤姜食"，又简直是省不掉暖胃药了。何必如此独厚于胃，念念不忘呢？曰，以其有胃病之故也。

倘说：坐在家里，不大走动的人们很容易生胃病，孔子周游列国，运动王公，该可以不生病证的了。那就是犯了知今而不知古的错误。盖当时花旗 [3] 白面，尚未输入，土磨麦粉，多含灰沙，所以分量较今面为重；国道尚未修成，泥路甚多凹凸，孔子如果肯走，那是不大要紧的，而不幸他偏有一车两马。胃里袋着沉重的面食，坐在车子里走着七高八低的道路，一颠一顿，一掀一坠，胃就被坠得大起来，消化力随之减少，时时作痛；每餐非吃"生姜"不可了。所以那病的名目，该是"胃扩张"；那时候，则是"晚年"，约在周敬王十年以后。

1　出自《论语·子路》。

2　"割不正不食"与后文的"食不厌精，脍不厌细""不撤姜食"均出自《论语·乡党》。

3　花旗：指美国。

　　以上的推定，虽然简略，却都是"读书得间"的成功。但若急于近功，妄加猜测，即很容易陷于"多疑"的谬误。例如罢，二月十四日《申报》载南京专电云："中执委会令各级党部及人民团体制'忠孝仁爱信义和平'匾额，悬挂礼堂中央，以资启迪。"看了之后，切不可便推定为各要人讥大家为"忘八"；三月一日《大晚报》载新闻云："孙总理夫人宋庆龄女士自归国寓沪后，关于政治方面，不闻不问，惟对社会团体之组织非常热心。据本报记者所得报告，前日有人由邮政局致宋女士之索诈信□（自按：原缺）件，业经本市当局派驻邮局检查处检查员查获，当将索诈信截留，转辗呈报市府。"看了之后，也切不可便推定虽为总理夫人宋女士的信件，也常在邮局被当局派员所检查。

　　盖虽"学匪派考古学"，亦当不离于"学"，而以"考古"为限的。

三月四日夜

　　本篇最初发表于一九三三年三月十六日《论语》第十三期，署名何干。

后收入杂文集《南腔北调集》。

论秦理斋夫人¹事

　　这几年来，报章上常见有因经济的压迫，礼教的制裁而自杀的记事，但为了这些，便来开口或动笔的人是很少的。只有新近秦理斋夫人及其子女一家四口的自杀，却起过不少的回声，后来还出了一个怀着这一段新闻记事的自杀者，更可见其影响之大了。我想，这是因为人数多。单独的自杀，盖已不足以招大家的青睐了。

　　一切回声中，对于这自杀的主谋者——秦夫人，虽然也加以恕辞；但归结却无非是诛伐。因为——评论家说——社会虽然黑暗，但人生的第一责任是生存，倘自杀，便是失职，第二责任是受苦，倘自杀，便是偷安。进步的评论家则说人生是战斗，自杀者就是逃兵，虽死也不足以蔽其罪。这自然也说得下去的，然而未免太笼统。

　　人间有犯罪学者，一派说，由于环境；一派说，由于个人。现在盛行的是后一说，因为倘信前一派，则消灭罪犯，便得改造环境，事情就麻烦，可怕了。而秦夫人自杀的批判者，则是大抵属于后一派。

　　诚然，既然自杀了，这就证明了她是一个弱者。但是，怎么会弱的呢？要紧的是我们须看看她的尊翁的信札，为了要她回去，既耸之以两家的名声，又动之以亡人的乱语。我们还得看看她的令弟的挽

1　秦理斋夫人：指《申报》馆英文译员秦理斋之妻龚尹霞。1934年2月25日秦理斋去世后，秦的父亲要龚尹霞回乡，她因子女在上海读书等原因而拒绝。在受到秦父多次严厉催迫后，她于5月5日和3个子女一同服毒自杀。

联："妻殉夫，子殉母……"不是大有视为千古美谈之意吗？以生长及陶冶在这样的家庭中的人，又怎么能不成为弱者？我们固然未始不可责以奋斗，但黑暗的吞噬之力，往往胜于孤军，况且自杀的批判者未必就是战斗的应援者，当他人奋斗时，挣扎时，败绩时，也许倒是鸦雀无声了。穷乡僻壤或都会中，孤儿寡妇，贫女劳人之顺命而死，或虽然抗命，而终于不得不死者何限，但曾经上谁的口，动谁的心呢？真是"自经于沟渎而莫之知也"[1]！

　　人固然应该生存，但为的是进化；也不妨受苦，但为的是解除将来的一切苦；更应该战斗，但为的是改革。责别人的自杀者，一面责人，一面正也应该向驱人于自杀之途的环境挑战，进攻。倘使对于黑暗的主力，不置一辞，不发一矢，而但向"弱者"唠叨不已，则纵使他如何义形于色，我也不能不说——我真也忍不住了——他其实乃是杀人者的帮凶而已。

五月二十四日

本篇最初发表于一九三四年六月一日《申报·自由谈》，署名公汗。

后收入杂文集《花边文学》。

I-29

1　出自《论语·宪问》。自经，即自缢。

论秦理斋夫人事

又论"第三种人"

　　戴望舒[1]先生远远的从法国给我们一封通信，叙述着法国 A.E.A.R.（革命文艺家协会）得了纪德[2]的参加，在三月二十一日召集大会，猛烈的反抗德国法西斯谛的情形，并且绍介了纪德的演说，发表在六月号的《现代》上。法国的文艺家，这样的仗义执言的举动是常有的：较远，则如左拉[3]为德来孚斯[4]打不平，法朗士[5]当左拉改葬时候的讲演；较近，则有罗曼罗兰的反对战争。但这回更使我感到真切的欢欣，因为问题是当前的问题，而我也正是憎恶法西斯谛的一个。不过戴先生在报告这事实的同时，一并指明了中国左翼作家的"愚蒙"和像军阀一般的横暴，我却还想来说几句话。但希望不要误会，以为意在辩解，希图中国也从所谓"第三种人"得到对于德国的被压迫者一般的声援，——并不是的。中国的焚禁书报，封闭书店，囚杀作者，实在还远在德国的白色恐怖以前，而且也得到过世界的革命的文艺家的抗议了。我现在要说的，不过那通信里的必须指出的几点。

　　那通信叙述过纪德的加入反抗运动之后，说道——

1　戴望舒（1905—1950）：名承，字朝安，浙江杭州人，诗人、翻译家。

2　纪德（A. Gide, 1869—1951）：法国作家，1947年获诺贝尔文学奖。

3　左拉（Émile Zola, 1840—1902）：法国批判现实主义作家。

4　德来孚斯：法国军官，1894年因被诬泄露军事机密而判处终身苦役。左拉和法朗士都为他进行过辩护。

5　法朗士（A. France, 1844—1924）：法国作家、文学评论家、社会活动家。

在法国文坛中，我们可以说纪德是"第三种人"，……自从他在一八九一年……起，一直到现在为止，他始终是一个忠实于他的艺术的人。然而，忠实于自己的艺术的作者，不一定就是资产阶级的"帮闲者"，法国的革命作家没有这种愚蒙的见解（或者不如说是精明的策略），因此，在热烈的欢迎之中，纪德便在群众之间发言了。

这就是说："忠实于自己的艺术的作者"，就是"第三种人"，而中国的革命作家，却"愚蒙"到指这种人为全是"资产阶级的帮闲者"，现在已经由纪德证实，是"不一定"的了。

这里有两个问题应该解答。

第一，是中国的左翼理论家是否真指"忠实于自己的艺术的作者"为全是"资产阶级的帮闲者"？据我所知道，却并不然。左翼理论家无论如何"愚蒙"，还不至于不明白"为艺术的艺术"在发生时，是对于一种社会的成规的革命，但待到新兴的战斗的艺术出现之际，还拿着这老招牌来明明暗暗阻碍他的发展，那就成为反动，且不只是"资产阶级的帮闲者"了。至于"忠实于自己的艺术的作者"，却并未视同一律。因为不问那一阶级的作家，都有一个"自己"，这"自己"，就都是他本阶级的一分子，忠实于他自己的艺术的人，也就是忠实于他本阶级的作者，在资产阶级如此，在无产阶级也如此。这是极显明粗浅的事实，左翼理论家也不会不明白的。但这位——戴先生用"忠实于自己的艺术"来和"为艺术的艺术"掉了一个包，可真显得左翼理论家的"愚蒙"透顶了。

第二，是纪德是否真是中国所谓的"第三种人"？我没有读过纪德的书，对于作品，没有加以批评的资格。但我相信：创作和演说，形式虽然不同，所含的思想是决不会两样的。我可以引出戴先生所绍介的演说里的两段来——

> 有人会对我说："在苏联也是这样的。"那是可能的事；但是目的却是完全两样的，而且，为了要建设一个新社会起见，为了把发言权给与那些一向做着受压迫者，一向没有发言权的人们起见，不得已的矫枉过正也是免不掉的事。

> 我为什么并怎样会在这里赞同我在那边所反对的事呢？那就是因为我在德国的恐怖政策中，见到了最可叹最可憎的过去底再演，在苏联的社会创设中，我却见到一个未来的无限的允约。

这说得清清楚楚，虽是同一手段，而他却因目的之不同而分为赞成或反抗。苏联十月革命后，侧重艺术的"绥拉比翁的兄弟们"[1]这团体，也被称为"同路人"，但他们却并没有这么积极。中国关于"第三种人"的文字，今年已经汇印了一本专书，我们可以查一查，凡自称为"第三种人"的言论，可有丝毫近似这样的意见的么？倘其没有，则我敢决定地说，"不可以说纪德是'第三种人'"。

然而正如我说纪德不像中国的"第三种人"一样，戴望舒先生也觉得中国的左翼作家和法国的大有贤愚之别了。他在参加大会，为德

1　"绥拉比翁的兄弟们"：苏联文学团体，亦译为"谢拉皮翁兄弟"，1921年初成立于彼得格勒，1926年解散。该团体主张"为艺术而艺术"，反对任何倾向性，否定一切功利主义。其名称取自德国浪漫主义作家霍夫曼的同名小说集。

国的左翼艺术家同伸义愤之后，就又想起了中国左翼作家的愚蠢横暴的行为。于是他临末禁不住感慨——

　　我不知道我国对于德国法西斯谛的暴行有没有什么表示。正如我们的军阀一样，我们的文艺者也是勇于内战的。在法国的革命作家们和纪德携手的时候，我们的左翼作家想必还在把所谓"第三种人"当作唯一的敌手吧！

　　这里无须解答，因为事实具在：我们这里也曾经有一点表示，但因为和在法国两样，所以情形也不同；刊物上也久不见什么"把所谓'第三种人'当作唯一的敌手"的文章，不再内战，没有军阀气味了。戴先生的豫料，是落了空的。

　　然而中国的左翼作家，这就和戴先生意中的法国左翼作家一样贤明了么？我以为并不这样，而且也不应该这样的。如果声音还没有全被削除的时候，对于"第三种人"的讨论，还极有从新提起和展开的必要。戴先生看出了法国革命作家们的隐衷，觉得在这危急时，和"第三种人"携手，也许是"精明的策略"。但我以为单靠"策略"，是没有用的，有真切的见解，才有精明的行为，只要看纪德的讲演，就知道他并不超然于政治之外，决不能贸贸然称之为"第三种人"，加以欢迎，是不必别具隐衷的。不过在中国的所谓"第三种人"，却还复杂得很。

　　所谓"第三种人"，原意只是说：站在甲乙对立或相斗之外的人。但在实际上，是不能有的。人体有胖和瘦，在理论上，是该能有不胖不瘦的第三种人的，然而事实上却并没有，一加比较，非近于胖，就近于瘦。文艺上的"第三种人"也一样，即使好像不偏不倚罢，其实是总有些偏向的，平时有意的或无意的遮掩起来，而一遇切要的事故，它便会分明的显现。如纪德，他就显出左向来了；别的人，也能从几句话里，分明的显出。所以在这混杂的一群中，有的能和革命前进，共鸣；有的也能乘机将革命中伤，软化，曲解。左翼理论家是有着加以分析的任务的。

如果这就等于"军阀"的内战，那么，左翼理论家就必须更加继续这内战，而将营垒分清，拔去了从背后射来的毒箭！

六月四日

本篇最初发表于一九三三年七月一日《学习》第一卷第一号。
后收入杂文集《南腔北调集》。

又论「第三种人」

关于翻译

　　今年是"国货年"，除"美麦"[1]外，有些洋气的都要被打倒了。四川虽然正在奉令剪掉路人的长衫，上海的一位慷慨家却因为讨厌洋服而记得了袍子和马褂。翻译也倒了运，得到一个笼统的头衔是"硬译"和"乱译"。但据我所见，这些"批评家"中，一面要求着"好的翻译"者，却一个也没有的。

　　创作对于自己人，的确要比翻译切身，易解，然而一不小心，也容易发生"硬作"，"乱作"的毛病，而这毛病，却比翻译要坏得多。我们的文化落后，无可讳言，创作力当然也不及洋鬼子，作品的比较的薄弱，是势所必至的，而且又不能不时时取法于外国。所以翻译和创作，应该一同提倡，决不可压抑了一面，使创作成为一时的骄子，反因容纵而脆弱起来。我还记得先前有一个排货的年头，国货家贩了外国的牙粉，摇松了两瓶，装作三瓶，贴上商标，算是国货，而购买者却多损失了三分之一；还有一种痱子药水，模样和洋货完全相同，价钱却便宜一半，然而它有一个大缺点，是搽了之后，毫无功效，于是购买者便完全损失了。

　　注意翻译，以作借镜，其实也就是催进和鼓励着创作。但几年以前，就有了攻击"硬译"的"批评家"，搔下他旧疮疤上的末屑，少得

1　"美麦"：1933年5月，国民政府与美国复兴金融公司签订"棉麦借款"合同，借款5000万美元，其中五分之一购买美国小麦，五分之四购买美国棉花。

159

像膏药上的麝香一样，因为少，就自以为是奇珍。而这风气竟传布开来了，许多新起的论者，今年都在开始轻薄着贩来的洋货。比起武人的大买飞机，市民的拚命捐款来，所谓"文人"也者，真是多么昏庸的人物呵。

我要求中国有许多好的翻译家，倘不能，就支持着"硬译"。理由还在中国有许多读者层，有着并不全是骗人的东西，也许总有人会多少吸收一点，比一张空盘较为有益。而且我自己是向来感谢着翻译的，例如关于萧[1]的毁誉和现在正在提起的题材的积极性的问题，在洋货里，是早有了明确的解答的。关于前者，德国的尉特甫格[2]（Karl Wittvogel）在《萧伯纳是丑角》里说过——

> 至于说到萧氏是否有意于无产阶级的革命，这并不是一个重要的问题。十八世纪的法国大哲学家们，也并不希望法国的大革命。虽然如此，然而他们都是引导着必至的社会变更的那种精神崩溃的重要势力。（刘大杰译，《萧伯纳在上海》所载。）

关于后者，则恩格勒[3]在给明那·考茨基[4]（Minna Kautsky，就是现存的考茨基[5]的母亲）的信里，已有极明确的指示，对于现在的中

1 萧：指萧伯纳（1856—1950），全名乔治·伯纳德·萧（George Bernard Shaw），爱尔兰剧作家，1925年获诺贝尔文学奖。
2 尉特甫格（1896—1988）：通译魏特夫，德裔美国历史学家、汉学家。
3 恩格勒：即弗里德里希·恩格斯（Friedrich Engels，1820—1895），德国思想家、哲学家、革命家，马克思主义创始人之一。
4 明那·考茨基（1837—1912）：德国社会民主党人，作家。
5 考茨基：卡尔·考茨基（Karl Kautsky，1854—1938），德国社会民主主义活动家，德国和国际工人运动理论家，第二国际领导人之一。

国，也是很有意义的——

　　还有，在今日似的条件之下，小说是大抵对于布尔乔亚层的读者的，所以，由我看来，只要正直地叙述出现实的相互关系，毁坏了罩在那上面的作伪的幻影，使布尔乔亚世界的乐观主义动摇，使对于现存秩序的永远的支配起疑，则社会主义的倾向的文学，也就十足地尽了它的使命了——即使作者在这时并未提出什么特定的解决，或者有时连作者站在那一边也不很明白。（日本上田进[1]原译，《思想》百三十四号所载。）

　　　　　　　　　　　　　　　　　　　　　　　　八月二日

　　　　本篇最初发表于一九三三年九月一日《现代》第三卷第五期。
　　　　　　　　　　　　　　　　　　　　后收入杂文集《南腔北调集》。

1　上田进（1907—1947）：日本翻译家，曾将多种俄国和苏联文学译为日文。

小品文的危机

仿佛记得一两月之前，曾在一种日报上见到记载着一个人的死去的文章，说他是收集"小摆设"的名人，临末还有依稀的感喟，以为此人一死，"小摆设"的收集者在中国怕要绝迹了。

但可惜我那时不很留心，竟忘记了那日报和那收集家的名字。

现在的新的青年恐怕也大抵不知道什么是"小摆设"了。但如果他出身旧家，先前曾有玩弄翰墨的人，则只要不很破落，未将觉得没用的东西卖给旧货担，就也许还能在尘封的废物之中，寻出一个小小的镜屏，玲珑剔透的石块，竹根刻成的人像，古玉雕出的动物，锈得发绿的铜铸的三脚癞虾蟆：这就是所谓"小摆设"。先前，它们陈列在书房里的时候，是各有其雅号的，譬如那三脚癞虾蟆，应该称为"蟾蜍砚滴"之类，最末的收集家一定都知道，现在呢，可要和它的光荣一同消失了。

那些物品，自然决不是穷人的东西，但也不是达官富翁家的陈设，他们所要的，是珠玉扎成的盆景，五彩绘画的磁瓶。那只是所谓士大夫的"清玩"。在外，至少必须有几十亩膏腴的田地，在家，必须有几间幽雅的书斋；就是流寓上海，也一定得生活较为安闲，在客栈里有一间长包的房子，书桌一顶，烟榻一张，瘾足心闲，摩挲赏鉴。然而这境地，现在却已经被世界的险恶的潮流冲得七颠八倒，像狂涛中的小船似的了。

　　然而就是在所谓"太平盛世"罢，这"小摆设"原也不是什么重要的物品。在方寸的象牙版上刻一篇《兰亭序》[1]，至今还有"艺术品"之称，但倘将这挂在万里长城的墙头，或供在云冈的丈八佛像的足下，它就渺小得看不见了，即使热心者竭力指点，也不过令观者生一种滑稽之感。何况在风沙扑面，狼虎成群的时候，谁还有这许多闲工夫，来赏玩琥珀扇坠，翡翠戒指呢。他们即使要悦目，所要的也是耸立于风沙中的大建筑，要坚固而伟大，不必怎样精；即使要满意，所要的也是匕首和投枪，要锋利而切实，用不着什么雅。

　　美术上的"小摆设"的要求，这幻梦是已经破掉了，那日报上的文章的作者，就直觉的地知道。然而对于文学上的"小摆设"——"小品文"的要求，却正在越加旺盛起来，要求者以为可以靠着低诉或微吟，将粗犷的人心，磨得渐渐的平滑。这就是想别人一心看着《六朝文絜》[2]，而忘记了自己是抱在黄河决口之后，淹得仅仅露出水面的树梢头。

　　但这时却只用得着挣扎和战斗。

　　而小品文的生存，也只仗着挣扎和战斗的。晋朝的清言[3]，早和它的朝代一同消歇了。唐末诗风衰落，而小品放了光辉。但罗隐[4]的

1　《兰亭序》：晋代书法家王羲之（303—361，一说321—379）的书法作品，被誉为"天下第一行书"，又称《兰亭集序》《兰亭宴序》《临河序》《禊序》《禊帖》。

2　《六朝文絜》：清道光年间许梿编选的六朝骈文选集，共12卷。许梿（1787—1862），浙江海宁人，清朝学者、藏书家、书法家、刻书家。

3　清言：又称"清谈"，指魏晋时学者承袭东汉清议风气，就一些玄学问题析理问难，反复辩论的文化现象。

4　罗隐（833—909）：字昭谏，杭州人，晚唐诗人。《谗书》是其自编文集。

《谗书》，几乎全部是抗争和愤激之谈；皮日休[1]和陆龟蒙[2]自以为隐士，别人也称之为隐士，而看他们在《皮子文薮》和《笠泽丛书》中的小品文，并没有忘记天下，正是一榻胡涂的泥塘里的光彩和锋铓。明末的小品虽然比较的颓放，却并非全是吟风弄月，其中有不平，有讽刺，有攻击，有破坏。这种作风，也触着了满洲君臣的心病，费去许多助虐的武将的刀锋，帮闲的文臣的笔锋，直到乾隆年间，这才压制下去了。以后呢，就来了"小摆设"。

"小摆设"当然不会有大发展。到五四运动的时候，才又来了一个展开，散文小品的成功，几乎在小说戏曲和诗歌之上。这之中，自然含着挣扎和战斗，但因为常常取法于英国的随笔（Essay），所以也带一点幽默和雍容；写法也有漂亮和缜密的，这是为了对于旧文学的示威，在表示旧文学之自以为特长者，白话文学也并非做不到。以后的路，本来明明是更分明的挣扎和战斗，因为这原是萌芽于"文学革命"以至"思想革命"的。但现在的趋势，却在特别提倡那和旧文章相合之点，雍容，漂亮，缜密，就是要它成为"小摆设"，供雅人的摩挲，并且想青年摩挲了这"小摆设"，由粗暴而变为风雅了。

然而现在已经更没有书桌；雅片虽然已经公卖，烟具是禁止的，吸起来还是十分不容易。想在战地或灾区里的人们来鉴赏罢——谁都知道是更奇怪的幻梦。这种小品，上海虽正在盛行，茶话酒谈，遍满小报的摊子上，但其实是正如烟花女子，已经不能在弄堂里拉扯她的生意，只好涂脂抹粉，在夜里踅到马路上来了。

1　皮日休（约838—约883）：字袭美，又字逸少，复州竟陵（今湖北天门）人，晚唐文学家。《皮子文薮》是其自编诗文集。

2　陆龟蒙（？—881）：字鲁望，长洲（今苏州）人，晚唐农学家、文学家。《笠泽丛书》是其自编杂文集。

　　小品文就这样的走到了危机。但我所谓危机，也如医学上的所谓"极期"（Krisis）一般，是生死的分歧，能一直得到死亡，也能由此至于恢复。麻醉性的作品，是将与麻醉者和被麻醉者同归于尽的。生存的小品文，必须是匕首，是投枪，能和读者一同杀出一条生存的血路的东西；但自然，它也能给人愉快和休息，然而这并不是"小摆设"，更不是抚慰和麻痹，它给人的愉快和休息是休养，是劳作和战斗之前的准备。

八月二十七日

本篇最初发表于一九三三年十月一日《现代》第三卷第六期。
后收入杂文集《南腔北调集》。

世故三昧

　　人世间真是难处的地方，说一个人"不通世故"，固然不是好话，但说他"深于世故"也不是好话。"世故"似乎也像"革命之不可不革，而亦不可太革"一样，不可不通，而亦不可太通的。

　　然而据我的经验，得到"深于世故"的恶谥者，却还是因为"不通世故"的缘故。

　　现在我假设以这样的话，来劝导青年人——

　　"如果你遇见社会上有不平事，万不可挺身而出，讲公道话，否则，事情倒会移到你头上来，甚至于会被指作反动分子的。如果你遇见有人被冤枉，被诬陷的，即使明知道他是好人，也万不可挺身而出，去给他解释或分辩，否则，你就会被人说是他的亲戚，或得了他的贿赂；倘使那是女人，就要被疑为她的情人的；如果他较有名，那便是党羽。例如我自己罢，给一个毫不相干的女士做了一篇信札集的序，人们就说她是我的小姨；绍介一点科学的文艺理论，人们就说得了苏联的卢布。亲戚和金钱，在目下的中国，关系也真是大，事实给与了教训，人们看惯了，以为人人都脱不了这关系，原也无足深怪的。

　　"然而，有些人其实也并不真相信，只是说着玩玩，有趣有趣的。即使有人为了谣言，弄得凌迟碎剐，像明末的郑鄤[1]那样了，和自己也

1　郑鄤（1594—1639）：字谦止，号峚阳，常州横林人，因批评内阁首辅温体仁，被温诬陷"不孝杖母"而凌迟处死。

并不相干，总不如有趣的紧要。这时你如果去辨正，那就是使大家扫兴，结果还是你自己倒楣。我也有一个经验。那是十多年前，我在教育部里做'官僚'，常听得同事说，某女学校的学生，是可以叫出来嫖的，连机关的地址门牌，也说得明明白白。有一回我偶然走过这条街，一个人对于坏事情，是记性好一点的，我记起来了，便留心着那门牌，但这一号，却是一块小空地，有一口大井，一间很破烂的小屋，是几个山东人住着卖水的地方，决计做不了别用。待到他们又在谈着这事的时候，我便说出我的所见来，而不料大家竟笑容尽敛，不欢而散了，此后不和我谈天者两三月，我事后才悟到打断了他们的兴致，是不应该的。

"所以，你最好是莫问是非曲直，一味附和着大家；但更好是不开口；而在更好之上的是连脸上也不显出心里的是非的模样来……"

这是处世法的精义，只要黄河不流到脚下，炸弹不落在身边，可以保管一世没有挫折的。但我恐怕青年人未必以我的话为然；便是中年，老年人，也许要以为我是在教坏了他们的子弟。呜呼，那么，一片苦心，竟是白费了。

然而倘说中国现在正如唐虞[1]盛世，却又未免是"世故"之谈。耳闻目睹的不算，单是看看报章，也就可以知道社会上有多少不平，人们有多少冤抑。但对于这些事，除了有时或有同业，同乡，同族的人们来说几句呼吁的话之外，利害无关的人的义愤的声音，我们是很少听到的。这很分明，是大家不开口；或者以为和自己不相干；或者连"以为和自己不相干"的意思也全没有。"世故"深到不自觉其"深于世

1 唐虞：中国上古时期部落联盟首领唐尧与虞舜的并称，亦指尧与舜的时代，古人认为那时候是太平盛世。

故”，这才真是“深于世故”的了。这是中国处世法的精义中的精义。

　　而且，对于看了我的劝导青年人的话，心以为非的人物，我还有一下反攻在这里。他是以我为狡猾的。但是，我的话里，一面固然显示着我的狡猾，而且无能，但一面也显示着社会的黑暗。他单责个人，正是最稳妥的办法，倘使兼责社会，可就得站出去战斗了。责人的“深于世故”而避开了“世”不谈，这是更“深于世故”的玩艺，倘若自己不觉得，那就更深更深了，离三昧境盖不远矣。

　　不过凡事一说，即落言筌，不再能得三昧。说“世故三昧”者，即非“世故三昧”。三昧真谛，在行而不言；我现在一说“行而不言”，却又失了真谛，离三昧境盖益远矣。

　　一切善知识，心知其意可也，唵！

十月十三日

本篇最初发表于一九三三年十一月十五日《申报月刊》第二卷第十一号，署名洛文。后收入杂文集《南腔北调集》。

谣言世家

　　双十佳节，有一位文学家大名汤增敫[1]先生的，在《时事新报》上给我们讲光复时候的杭州的故事。他说那时杭州杀掉许多驻防的旗人，辨别的方法，是因为旗人叫"九"为"钩"的，所以要他说"九百九十九"，一露马脚，刀就砍下去了。

　　这固然是颇武勇，也颇有趣的。但是，可惜是谣言。

　　中国人里，杭州人是比较的文弱的人。当钱大王治世[2]的时候，人民被刮得衣裤全无，只用一片瓦掩着下部，然而还要追捐，除被打得麂一般叫之外，并无贰话。不过这出于宋人的笔记，是谣言也说不定的。但宋明的末代皇帝，带着没落的阔人，和暮气一同滔滔的逃到杭州来，却是事实，苟延残喘，要大家有刚决的气魄，难不难。到现在，西子湖边还多是摇摇摆摆的雅人；连流氓也少有浙东似的"白刀子进红刀子出"的打架。自然，倘有军阀做着后盾，那是也会格外的撒泼的，不过当时实在并无敢于杀人的风气，也没有乐于杀人的人们。我们只要看举了老成持重的汤蛰仙先生做都督，就可以知道是不会流血的了。

　　不过战事是有的。革命军围住旗营，开枪打进去，里面也有时打出来。然而围得并不紧，我有一个熟人，白天在外面逛，晚上却自进

旗营睡觉去了。

虽然如此，驻防军也终于被击溃，旗人降服了，房屋被充公是有的，却并没有杀戮。口粮当然取消，各人自寻生计，开初倒还好，后来就遭灾。

怎么会遭灾的呢？就是发生了谣言。

杭州的旗人一向优游于西子湖边，秀气所钟，是聪明的，他们知道没有了粮，只好做生意，于是卖糕的也有，卖小菜的也有。杭州人是客气的，并不歧视，生意也还不坏。然而祖传的谣言起来了，说是旗人所卖的东西，里面都藏着毒药。这一下子就使汉人避之惟恐不远，但倒是怕旗人来毒自己，并不是自己想去害旗人。结果是他们所卖的糕饼小菜，毫无生意，只得在路边出卖那些不能下毒的家具。家具一完，途穷路绝，就一败涂地了。这是杭州驻防旗人的收场。

笑里可以有刀，自称酷爱和平的人民，也会有杀人不见血的武器，那就是造谣言。但一面害人，一面也害己，弄得彼此懵懵懂懂。古时候无须提起了，即在近五十年来，甲午战败，就说是李鸿章害的，因为他儿子是日本的驸马，骂了他小半世；庚子拳变[1]，又说洋鬼子是挖眼睛的，因为造药水，就乱杀了一大通。下毒学说起于辛亥光复之际的杭州，而复活于近来排日的时候。我还记得每有一回谣言，就总有谁被诬为下毒的奸细，给谁平白打死了。

谣言世家的子弟，是以谣言杀人，也以谣言被杀的。

至于用数目来辨别汉满之法，我在杭州倒听说是出于湖北的荆州的，就是要他们数一二三四，数到"六"字，读作上声，便杀却。但杭

---

1 庚子拳变：指义和团运动。

州离荆州太远了，这还是一种谣言也难说。

我有时也不大能够分清那句是谣言，那句是真话了。

十月十三日

本篇最初发表于一九三三年十一月十五日《申报月刊》第二卷第十一号，署名洛文。后收入杂文集《南腔北调集》。

论翻印木刻

麦绥莱勒的连环图画四种出版并不久,日报上已有了种种的批评,这是向来的美术书出版后未能遇到的盛况,可见读书界对于这书,是十分注意的。但议论的要点,和去年已不同:去年还是连环图画是否可算美术的问题,现在却已经到了看懂这些图画的难易了。

出版界的进行可没有评论界的快。其实,麦绥莱勒的木刻的翻印,是还在证明连环图画确可以成为艺术这一点的。现在的社会上,有种种读者层,出版物自然也就有种种,这四种是供给智识者层的图画。然而为什么有许多地方很难懂得呢?我以为是由于经历之不同。同是中国人,倘使曾经见过飞机救国或"下蛋",则在图上看见这东西,即刻就懂,但若历来未尝躬逢这些盛典的人,恐怕只能看作风筝或蜻蜓罢了。

有一种自称"中国文艺年鉴社",而实是匿名者们所编的《中国文艺年鉴》[1]在它的所谓"鸟瞰"中,曾经说我所发表的《连环图画辩护》虽将连环图画的艺术价值告诉了苏汶先生,但"无意中却把要是德国板画那类艺术作品搬到中国来,是否能为一般大众所理解,即是否还成其为大众艺术的问题忽略了过去,而且这种解答是对大众化的正题没有直接意义的"。这真是倘不是能编《中国文艺年鉴》的选家,

---

1 《中国文艺年鉴》:杜衡、施蛰存以"中国文艺年鉴社"名义编选的年鉴,1932年出版。

就不至于说出口来的聪明话，因为我本也"不"在讨论将"德国板画搬到中国来，是否为一般大众所理解"；所辩护的只是连环图画可以成为艺术，使青年艺术学徒不被曲说所迷，敢于创作，并且逐渐产生大众化的作品而已。假使我真如那编者所希望，"有意的"来说德国板画是否就是中国的大众艺术，这可至少也得归入"低能"一类里去了。

　　但是，假使一定要问："要是德国板画那类艺术作品搬到中国来，是否能为一般大众所理解"呢？那么，我也可以回答：假使不是立方派，未来派等等的古怪作品，大概该能够理解一点。所理解的可以比看一本《中国文艺年鉴》多，也不至于比看一本《西湖十景》少。风俗习惯，彼此不同，有些当然是莫明其妙的，但这是人物，这是屋宇，这是树木，却能够懂得，到过上海的，也就懂得画里的电灯，电车，工厂。尤其合式的是所画的是故事，易于讲通，易于记得。古之雅人，曾谓妇人俗子，看画必问这是什么故事，大可笑。中国的雅俗之分就在此：雅人往往说不出他以为好的画的内容来，俗人却非问内容不可。从这一点看，连环图画是宜于俗人的，但我在《连环图画辩护》中，已经证明了它是艺术，伤害了雅人的高超了。

　　然而，虽然只对于智识者，我以为绍介了麦绥莱勒的作品也还是不够的。同是木刻，也有刻法之不同，有思想之不同，有加字的，有无字的，总得翻印好几种，才可以窥见现代外国连环图画的大概。而翻印木刻画，也较易近真，有益于观者。我常常想，最不幸的是在中国的青年艺术学徒了，学外国文学可看原书，学西洋画却总看不到原画。自然，翻板是有的，但是，将一大幅壁画缩成明信片那么大，怎能看出真相？大小是很有关系的，假使我们将象缩小如猪，老虎缩小如鼠，怎么还会令人觉得原先那种气魄呢。木刻却小品居多，所以翻刻起来，还不至于大相远。

但这还仅就绍介给一般智识者的读者层而言，倘为艺术学徒设想，锌板的翻印也还不够。太细的线，锌板上是容易消失的，即使是粗线，也能因强水浸蚀的久暂而不同，少浸太粗，久浸就太细，中国还很少制板适得其宜的名工。要认真，就只好来用玻璃板，我翻印的《士敏土之图》二百五十本，在中国便是首先的试验。施蛰存[1]先生在《大晚报》附刊的《火炬》上说："说不定他是像鲁迅先生印珂罗[2]版本木刻图一样的是私人精印本，属于罕见书之列"，就是在讥笑这一件事。我还亲自听到过一位青年在这"罕见书"边说，写着只印二百五十部，是骗人的，一定印的很多，印多报少，不过想抬高那书价。

他们自己没有做过"私人精印本"的可笑事，这些笑骂是都无足怪的。我只因为想供给艺术学徒以较可靠的木刻翻本，就用原画来制玻璃版，但制这版，是每制一回只能印三百幅的，多印即须另制，假如每制一幅则只印一张或多至三百张，制印费都是三元，印三百以上到六百张即需六元，九百张九元，外加纸张费。倘在大书局，大官厅，即使印一万二千本原也容易办，然而我不过一个"私人"；并非繁销书，而竟来"精印"，那当然不免为财力所限，只好单印一板了。但幸而还好，印本已经将完，可知还有人看见；至于为一般的读者，则早已用锌板复制，插在译本《士敏土》里面了，然而编辑兼批评家却不

1　施蛰存（1905—2003）：原名施德普，字蛰存，浙江杭州人，文学家、翻译家、教育家。

2　珂罗：指珂罗版印刷（collotype printing），即以玻璃板为版基，按原稿层次制成明胶硬化的图文，由明胶硬化的皱纹吸收油墨，未硬化部分通过润湿排斥油墨进行印刷。19世纪由德国人发明，清光绪初年传入中国。

屑道。

人不严肃起来，连指导青年也可以当作开玩笑，但仅印十来幅图，认真地想过几回的人却也有的，不过自己不多说。我这回写了出来，是在向青年艺术学徒说明珂罗板一板只印三百部，是制板上普通的事，并非故意要造"罕见书"，并且希望有更多好事的"私人"，不为不负责任的话所欺，大家都来制造"精印本"。

十一月六日

本篇最初发表于一九三三年十一月二十五日《涛声》第二卷第四十六期，署名旅隼。后收入杂文集《南腔北调集》。

捣鬼心传

　　中国人又很有些喜欢奇形怪状,鬼鬼祟祟的脾气,爱看古树发光比大麦开花的多,其实大麦开花他向来也没有看见过。于是怪胎畸形,就成为报章的好资料,替代了生物学的常识的位置了。最近在广告上所见的,有像所谓两头蛇似的两头四手的胎儿,还有从小肚上生出一只脚来的三脚汉子。固然,人有怪胎,也有畸形,然而造化的本领是有限的,他无论怎么怪,怎么畸,总有一个限制:孪儿可以连背,连腹,连臀,连胁,或竟骈头,却不会将头生在屁股上;形可以骈拇,枝指,缺肢,多乳,却不会两脚之外添出一只脚来,好像"买两送一"的买卖。天实在不及人之能捣鬼。

　　但是,人的捣鬼,虽胜于天,而实际上本领也有限。因为捣鬼精义,在切忌发挥,亦即必须含蓄。盖一加发挥,能使所捣之鬼分明,同时也生限制,故不如含蓄之深远,而影响却又因而模胡了。"有一利必有一弊",我之所谓"有限"者以此。

　　清朝人的笔记里,常说罗两峰[1]的《鬼趣图》,真写得鬼气拂拂;后来那图由文明书局印出来了,却不过一个奇瘦,一个矮胖,一个臃肿的模样,并不见得怎样的出奇,还不如只看笔记有趣。小说上的描摹鬼相,虽然竭力,也都不足以惊人,我觉得最可怕的还是晋人所记

1　罗两峰:罗聘(1733—1799),字遯夫,号两峰,清代画家,"扬州八怪"之一。

的脸无五官，浑沦如鸡蛋的山中厉鬼。因为五官不过是五官，纵使苦心经营，要它凶恶，总也逃不出五官的范围，现在使它浑沦得莫名其妙，读者也就怕得莫名其妙了。然而其"弊"也，是印象的模胡。不过较之写些"青面獠牙"，"口鼻流血"的笨伯，自然聪明得远。

中华民国人的宣布罪状大抵是十条，然而结果大抵是无效。古来尽多坏人，十条不过如此，想引人的注意以至活动是决不会的。骆宾王[1]作《讨武曌檄》[2]，那"入宫见嫉，蛾眉不肯让人，掩袖工谗，狐媚偏能惑主"这几句，恐怕是很费点心机的了，但相传武后看到这里，不过微微一笑。是的，如此而已，又怎么样呢？声罪致讨的明文，那力量往往远不如交头接耳的密语，因为一是分明，一是莫测的。我想假使当时骆宾王站在大众之前，只是攒眉摇头，连称"坏极坏极"，却不说出其所谓坏的实例，恐怕那效力会在文章之上的罢。"狂飙文豪"高长虹[3]攻击我时，说道劣迹多端，倘一发表，便即身败名裂，而终于并不发表，是深得捣鬼正脉的；但也竟无大效者，则与广泛俱来的"模胡"之弊为之也。

明白了这两例，便知道治国平天下之法，在告诉大家以有法，而不可明白切实的说出何法来。因为一说出，即有言，一有言，便可与行相对照，所以不如示之以不测。不测的威棱使人萎伤，不测的妙法使人希望——饥荒时生病，打仗时做诗，虽若与治国平天下不相干，但在莫明其妙中，却能令人疑为跟着自有治国平天下的妙法在——然

1 骆宾王（约619—约687）：字观光，婺州义乌（今浙江义乌）人，唐代著名诗人。

2 《讨武曌檄》：全称《为徐敬业讨武曌檄》。嗣圣元年（684），武则天废掉刚登基的中宗李显，另立李旦为帝，自己临朝称制。柳州司马徐敬业在扬州起兵反对武氏，骆宾王投在徐敬业幕下，为其撰写檄文。

3 高长虹（1898—1954）：本名仰愈，笔名长虹，山西盂县人，作家。

而其"弊"也，却还是照例的也能在模胡中疑心到所谓妙法，其实不过是毫无方法而已。

　　捣鬼有术，也有效，然而有限，所以以此成大事者，古来无有。

　　　　　　　　　　　　　　　　　十一月二十二日

　　本篇最初发表于一九三四年一月十五日《申报月刊》第三卷第一期，署名罗怃。后收入杂文集《南腔北调集》。

从讽刺到幽默

讽刺家，是危险的。

假使他所讽刺的是不识字者，被杀戮者，被囚禁者，被压迫者罢，那很好，正可给读他文章的所谓有教育的智识者嘻嘻一笑，更觉得自己的勇敢和高明。然而现今的讽刺家之所以为讽刺家，却正在讽刺这一流所谓有教育的智识者社会。

因为所讽刺的是这一流社会，其中的各分子便各各觉得好像刺着了自己，就一个个的暗暗的迎出来，又用了他们的讽刺，想来刺死这讽刺者。

最先是说他冷嘲，渐渐的又七嘴八舌的说他谩骂，俏皮话，刻毒，可恶，学匪，绍兴师爷，等等，等等。然而讽刺社会的讽刺，却往往仍然会"悠久得惊人"的，即使捧出了做过和尚的洋人或专办了小报来打击，也还是没有效，这怎不气死人也么哥呢！

枢纽是在这里：他所讽刺的是社会，社会不变，这讽刺就跟着存在，而你所刺的是他个人，他的讽刺倘存在，你的讽刺就落空了。

所以，要打倒这样的可恶的讽刺家，只好来改变社会。

然而社会讽刺家究竟是危险的，尤其是在有些"文学家"明明暗暗的成了"王之爪牙"的时代。人们谁高兴做"文字狱"中的主角呢，但倘不死绝，肚子里总还有半口闷气，要借着笑的幌子，哈哈的吐他出来。笑笑既不至于得罪别人，现在的法律上也尚无国民必须哭丧着脸的规定，并非"非法"，盖可断言的。

我想：这便是去年以来，文字上流行了"幽默"的原因，但其中单是"为笑笑而笑笑"的自然也不少。

然而这情形恐怕是过不长久的，"幽默"既非国产，中国人也不是长于"幽默"的人民，而现在又实在是难以幽默的时候。于是虽幽默也就免不了改变样子了，非倾于对社会的讽刺，即堕入传统的"说笑话"和"讨便宜"。

三月二日

本篇最初发表于一九三三年三月七日《申报·自由谈》，署名何家干。

后收入杂文集《伪自由书》。

从讽刺到幽默

从幽默到正经

　　"幽默"一倾于讽刺，失了它的本领且不说，最可怕的是有些人又要来"讽刺"，来陷害了，倘若堕于"说笑话"，则寿命是可以较为长远，流年也大致顺利的，但愈堕愈近于国货，终将成为洋式徐文长[1]。当提倡国货声中，广告上已有中国的"自造舶来品"，便是一个证据。

　　而况我实在恐怕法律上不久也就要有规定国民必须哭丧着脸的明文了。笑笑，原也不能算"非法"的。但不幸东省[2]沦陷，举国骚然[3]，爱国之士竭力搜索失地的原因，结果发见了其一是在青年的爱玩乐，学跳舞。当北海上正在嘻嘻哈哈的溜冰的时候，一个大炸弹抛下来，虽然没有伤人，冰却已经炸了一个大窟窿，不能溜之大吉了。

　　又不幸而榆关[4]失守，热河吃紧了，有名的文人学士，也就更加吃紧起来，做挽歌的也有，做战歌的也有，讲文德的也有，骂人固然可恶，俏皮也不文明，要大家做正经文章，装正经脸孔，以补"不抵抗主义"之不足。

　　但人类究竟不能这么沉静，当大敌压境之际，手无寸铁，杀不

1　徐文长：徐渭（1521—1593），初字文清，后改字文长，浙江绍兴人，明代文学家、书画家。绍兴民间创作了很多以他为主人公的幽默故事。

2　东省：民国时期对东北三省的简称。1931年"九·一八"事变后，日本侵占中国东北三省。

3　骚然：扰乱貌，动荡不安貌。

4　榆关：即山海关。1933年1月2日侵华日军进攻山海关，3日占据并控制山海关全境，取得了进攻热河的有利态势。

得敌人，而心里却总是愤怒的，于是他就不免寻求敌人的替代。这时候，笑嘻嘻的可就遭殃了，因为他这时便被叫作："陈叔宝全无心肝"[1]。所以知机的人，必须也和大家一样哭丧着脸，以免于难。"聪明人不吃眼前亏"，亦古贤之遗教也，然而这时也就"幽默"归天，"正经"统一了剩下的全中国。

明白这一节，我们就知道先前为什么无论贞女与淫女，见人时都得不笑不言；现在为什么送葬的女人，无论悲哀与否，在路上定要放声大叫。

这就是"正经"。说出来么，那就是"刻毒"。

三月二日

本篇最初发表于一九三三年三月八日《申报·自由谈》，署名何家干。

后收入杂文集《伪自由书》。

1 出自《南史·陈本纪》："(陈叔宝)既见宥，隋文帝给赐甚厚，数得引见，班同三品；每预宴，恐致伤心，为不奏吴音。后监守者奏言：'叔宝云，既无秩位，每预朝集，愿得一官号。'隋文帝曰：'叔宝全无心肝。'"

二丑艺术

浙东的有一处的戏班中，有一种脚色叫作"二花脸"，译得雅一点，那么，"二丑"就是。他和小丑的不同，是不扮横行无忌的花花公子，也不扮一味仗势的宰相家丁，他所扮演的是保护公子的拳师，或是趋奉公子的清客。总之：身分比小丑高，而性格却比小丑坏。

义仆是老生扮的，先以谏诤，终以殉主；恶仆是小丑扮的，只会作恶，到底灭亡。而二丑的本领却不同，他有点上等人模样，也懂些琴棋书画，也来得行令猜谜，但倚靠的是权门，凌蔑的是百姓，有谁被压迫了，他就来冷笑几声，畅快一下，有谁被陷害了，他又去吓唬一下，吆喝几声。不过他的态度又并不常常如此的，大抵一面又回过脸来，向台下的看客指出他公子的缺点，摇着头装起鬼脸道：你看这家伙，这回可要倒霉哩！

这最末的一手，是二丑的特色。因为他没有义仆的愚笨，也没有恶仆的简单，他是智识阶级。他明知道自己所靠的是冰山，一定不能长久，他将来还要到别家帮闲，所以当受着豢养，分着余炎的时候，也得装着和这贵公子并非一伙。

二丑们编出来的戏本上，当然没有这一种脚色的，他那里肯；小丑，即花花公子们编出来的戏本，也不会有，因为他们只看见一面，想不到的。这二花脸，乃是小百姓看透了这一种人，提出精华来，制定了的脚色。

　　世间只要有权门，一定有恶势力，有恶势力，就一定有二花脸，而且有二花脸艺术。我们只要取一种刊物，看他一个星期，就会发见他忽而怨恨春天，忽而颂扬战争，忽而译萧伯纳演说，忽而讲婚姻问题；但其间一定有时要慷慨激昂的表示对于国事的不满：这就是用出末一手来了。

　　这最末的一手，一面也在遮掩他并不是帮闲，然而小百姓是明白的，早已使他的类型在戏台上出现了。

六月十五日

本篇最初发表于一九三三年二月十八日《申报·自由谈》。
后收入杂文集《准风月谈》。

谈蝙蝠

人们对于夜里出来的动物，总不免有些讨厌他，大约因为他偏不睡觉，和自己的习惯不同，而且在昏夜的沉睡或"微行"中，怕他会窥见什么秘密罢。

蝙蝠虽然也是夜飞的动物，但在中国的名誉却还算好的。这也并非因为他吞食蚊虻，于人们有益，大半倒在他的名目，和"福"字同音。以这么一副尊容而能写入画图，实在就靠着名字起得好。还有，是中国人本来愿意自己能飞的，也设想过别的东西都能飞。道士要羽化，皇帝想飞升，有情的愿作比翼鸟儿，受苦的恨不得插翅飞去。想到老虎添翼，便毛骨耸然，然而青蚨[1]飞来，则眉眼莞尔。至于墨子的飞鸢终于失传，飞机非募款到外国去购买不可，则是因为太重了精神文明的缘故，势所必至，理有固然，毫不足怪的。但虽然不能够做，却能够想，所以见了老鼠似的东西生着翅子，倒也并不诧异，有名的文人还要收为诗料，诌出什么"黄昏到寺蝙蝠飞"那样的佳句来。

西洋人可就没有这么高情雅量，他们不喜欢蝙蝠。推源祸始，我想，恐怕是应该归罪于伊索的。他的寓言里，说过鸟兽各开大会，蝙蝠到兽类里去，因为他有翅子，兽类不收，到鸟类里去，又因为他是四足，鸟类不纳，弄得他毫无立场，于是大家就讨厌这作为骑墙的象

1　青蚨：传说中的飞虫，代指钱币。

征的蝙蝠了。

中国近来拾一点洋古典，有时也奚落起蝙蝠来。但这种寓言，出于伊索，是可喜的，因为他的时代，动物学还幼稚得很。现在可不同了，鲸鱼属于什么类，蝙蝠属于什么类，就是小学生也都知道得清清楚楚。倘若还拾一些希腊古典，来作正经话讲，那就只足表示他的知识，还和伊索时候，各开大会的两类绅士淑女们相同。

大学教授梁实秋先生以为橡皮鞋是草鞋和皮鞋之间的东西，那知识也相仿，假使他生在希腊，位置是说不定会在伊索之下的，现在真可惜得很，生得太晚一点了。

六月十六日

本篇最初发表于一九三三年六月二十五日《申报·自由谈》，署名游光。

后收入杂文集《准风月谈》。

华德保粹优劣论

　　希特拉[1]先生不许德国境内有别的党，连屈服了的国权党也难以幸存，这似乎颇感动了我们的有些英雄们，已在称赞其"大刀阔斧"。但其实这不过是他老先生及其之流的一面。别一面，他们是也很细针密缕的。有歌为证：

　　　　跳蚤做了大官了，

　　　　带着一伙各处走。

　　　　皇后宫嫔都害怕，

　　　　谁也不敢来动手。

　　　　即使咬得发了痒罢，

　　　　要挤烂它也怎么能够。

　　　　嗳哈哈，嗳哈哈，哈哈，嗳哈哈！

　　这是大家知道的世界名曲《跳蚤歌》[2]的一节，可是在德国已被禁止了。当然，这决不是为了尊敬跳蚤，乃是因为它讽刺大官；但也不是为了讽刺是"前世纪的老人的呓语"，却是为着这歌曲是"非德意

1　希特拉：即阿道夫·希特勒（Adolf Hitler, 1889—1945），纳粹德国元首、总理，纳粹党党魁，第二次世界大战的元凶之一。

2　《跳蚤歌》：俄国作曲家穆索尔斯基（Mussorgsky, 1839—1881）于1879年创作的讽刺歌曲。

志的"。华德大小英雄们，总不免偶有隔膜之处。

中华也是诞生细针密缕人物的所在，有时真能够想得入微，例如今年北平社会局呈请市政府查禁女人养雄犬文云：

> ……查雌女雄犬相处，非仅有碍健康，更易发生无耻秽闻，揆之我国礼义之邦，亦为习俗所不许，谨特通令严禁，除门犬猎犬外，凡妇女带养之雄犬，斩之无赦，以为取缔。

两国的立脚点，是都在"国粹"的，但中华的气魄却较为宏大，因为德国不过大家不能唱那一出歌而已，而中华则不但"雌女"难以蓄犬，连"雄犬"也将砍头。这影响于叭儿狗，是很大的。由保存自己的本领，和应时势之需要，它必将变成"门犬猎犬"模样。

六月二十六日

本篇最初发表于一九三三年七月二日《申报·自由谈》，署名孺牛。后收入杂文集《准风月谈》。

华德焚书异同论

德国的希特拉先生们一烧书，中国和日本的论者们都比之于秦始皇。然而秦始皇实在冤枉得很，他的吃亏是在二世而亡，一班帮闲们都替新主子去讲他的坏话了。

不错，秦始皇烧过书，烧书是为了统一思想。但他没有烧掉农书和医书；他收罗许多别国的"客卿"，并不专重"秦的思想"，倒是博采各种的思想的。秦人重小儿；始皇之母，赵女也，赵重妇人，所以我们从"剧秦"[1]的遗文中，也看不见轻贱女人的痕迹。

希特拉先生们却不同了，他所烧的首先是"非德国思想"的书，没有容纳客卿的魄力；其次是关于性的书，这就是毁灭以科学来研究性道德的解放，结果必将使妇人和小儿沉沦在往古的地位，见不到光明。而可比于秦始皇的车同轨，书同文……之类的大事业，他们一点也做不到。

阿剌伯人攻陷亚历山德府[2]的时候，就烧掉了那里的图书馆，那理论是：如果那些书籍所讲的道理，和《可兰经》相同，则已有《可兰经》，无须留了；倘使不同，则是异端，不该留了。这才是希特拉先生们的嫡派祖师——虽然阿剌伯人也是"非德国的"——和秦的烧书，是不能比较的。

1　"剧秦"：指迅速灭亡的秦朝。出自扬雄《剧秦美新》："二世而亡，何其剧与。"
2　亚历山德府：埃及港口城市亚历山大，曾是古埃及托勒密王朝的都城。

　　但是结果往往和英雄们的豫算不同。始皇想皇帝传至万世,而偏偏二世而亡,赦免了农书和医书,而秦以前的这一类书,现在却偏偏一部也不剩。希特拉先生一上台,烧书,打犹太人,不可一世,连这里的黄脸干儿们,也听得兴高彩烈,向被压迫者大加嘲笑,对讽刺文字放出讽刺的冷箭来——到底还明白的冷冷的讯问道:你们究竟要自由不要? 不自由,无宁死。现在你们为什么不去拚死呢?

　　这回是不必二世,只有半年,希特拉先生的门徒们在奥国一被禁止,连党徽也改成三色玫瑰了。最有趣的是因为不准叫口号,大家就以手遮嘴,用了"掩口式"。[1]

　　这真是一个大讽刺。刺的是谁,不问也罢,但可见讽刺也还不是"梦呓",质之黄脸干儿们,不知以为何如?

六月二十八日

本篇最初发表于一九三三年七月十一日《申报·自由谈》,署名孺牛。
后收入杂文集《准风月谈》。

1　1933年1月希特勒执政后,极力策划德国与奥地利合并,奥地利法西斯政党国社党也在国内策应该行动。时任奥总理陶尔斐斯反对德奥合并,于5月间下令除国旗外禁止悬挂一切政党旗帜,又于6月解散国社党,禁戴该党党徽,禁呼该党口号。一些国社党员因而用黑红白三色玫瑰代替该党的原先标志,并直立举右手,以左手掩口,作为呼口号的表示。

我谈"堕民"

　　六月二十九日的《自由谈》里，唐弢[1]先生曾经讲到浙东的堕民，并且据《堕民猥谈》[2]之说，以为是宋将焦光瓒的部属，因为降金，为时人所不齿，至明太祖，乃榜其门曰"丐户"，此后他们遂在悲苦和被人轻蔑的环境下过着日子。

　　我生于绍兴，堕民是幼小时候所常见的人，也从父老的口头，听到过同样的他们所以成为堕民的缘起。但后来我怀疑了。因为我想，明太祖对于元朝，尚且不肯放肆，他是决不会来管隔一朝代的降金的宋将的；况且看他们的职业，分明还有"教坊"或"乐户"的余痕，所以他们的祖先，倒是明初的反抗洪武和永乐皇帝的忠臣义士也说不定。还有一层，是好人的子孙会吃苦，卖国者的子孙却未必变成堕民的，举出最近便的例子来，则岳飞的后裔还在杭州看守岳王坟，可是过着很穷苦悲惨的生活，然而秦桧，严嵩[3]……的后人呢？……

　　不过我现在并不想翻这样的陈年账。我只要说，在绍兴的堕民，是一种已经解放了的奴才，这解放就在雍正年间罢，也说不定。所以他们是已经都有别的职业的了，自然是贱业。男人们是收旧货，卖鸡毛，捉青蛙，做戏；女的则每逢过年过节，到她所认为主人的家里去

1　唐弢（1913—1992）：原名端毅，浙江宁波人，在鲁迅的影响下开始文学创作。

2　《堕民猥谈》：应为《堕民猥编》，作者不详。

3　严嵩（1480—1567）：字惟中，江西新余人，明代奸臣。

道喜，有庆吊事情就帮忙，在这里留着奴才的皮毛，但事毕便走，而且有颇多的犒赏，就可见是曾经解放过的了。

每一家堕民所走的主人家是有一定的，不能随便走；婆婆死了，就使儿媳妇去，传给后代，恰如遗产的一般；必须非常贫穷，将走动的权利卖给了别人，这才和旧主人断绝了关系。假使你无端叫她不要来了，那就是等于给与她重大的侮辱。我还记得民国革命之后，我的母亲曾对一个堕民的女人说，"以后我们都一样了，你们可以不要来了。"不料她却勃然变色，愤愤的回答道："你说的是什么话？……我们是千年万代，要走下去的！"

就是为了一点点犒赏，不但安于做奴才，而且还要做更广泛的奴才，还得出钱去买做奴才的权利，这是堕民以外的自由人所万想不到的罢。

七月三日

本篇最初发表于一九三三年七月六日《申报·自由谈》，署名越客。后收入杂文集《准风月谈》。

我们怎样教育儿童的？

看见了讲到"孔乙己"，就想起中国一向怎样教育儿童来。

现在自然是各式各样的教科书，但在村塾里也还有《三字经》和《百家姓》。清朝末年，有些人读的是"天子重英豪，文章教尔曹，万般皆下品，惟有读书高"的《神童诗》[1]，夸着"读书人"的光荣；有些人读的是"混沌初开，乾坤始奠，轻清者上浮而为天，重浊者下凝而为地"的《幼学琼林》[2]，教着做古文的滥调。再上去我可不知道了，但听说，唐末宋初用过《太公家教》[3]，久已失传，后来才从敦煌石窟中发现，而在汉朝，是读《急就篇》[4]之类的。

就是所谓"教科书"，在近三十年中，真不知变化了多少。忽而这么说，忽而那么说，今天是这样的宗旨，明天又是那样的主张，不加"教育"则已，一加"教育"，就从学校里造成了许多矛盾冲突的人，而且因为旧的社会关系，一面也还是"混沌初开，乾坤始奠"的老古董。

中国要作家，要"文豪"，但也要真正的学究。倘有人作一部历史，将中国历来教育儿童的方法，用书，作一个明确的记录，给人明

1　《神童诗》：旧传为宋代汪洙撰，后人以其为基础，加入他人诗作，编成《神童诗》，是旧时少儿学诗的范本。

2　《幼学琼林》：明末程登吉所著儿童启蒙读物。

3　《太公家教》：唐宋广为流行的童蒙读物，1899年在敦煌石窟中发现该书唐代写本。

4　《急就篇》：西汉史游所著儿童识字书，分章叙述各种名物。

白我们的古人以至我们，是怎样的被熏陶下来的，则其功德，当不在禹（虽然他也许不过是一条虫）下。

《自由谈》的投稿者，常有博古通今的人，我以为对于这工作，是很有胜任者在的。不知亦有有意于此者乎？现在提出这问题，盖亦知易行难，遂只得空口说白话，而望垦辟于健者也。

八月十四日

本篇最初发表于一九三三年八月十八日《申报·自由谈》，署名旅隼。
后收入杂文集《准风月谈》。

我们怎样教育儿童的？

四库全书¹珍本

　　现在除兵争，政争等类之外，还有一种倘非闲人，就不大注意的影印《四库全书》中的"珍本"之争。官商要照原式，及早印成，学界却以为库本有删改，有错误，如果有别本可得，就应该用别的"善本"来替代。

　　但是，学界的主张，是不会通过的，结果总非依照《钦定四库全书》不可。这理由很分明，就因为要赶快。四省不见²，九岛出脱³，不说也罢，单是黄河的出轨举动⁴，也就令人觉得岌岌乎不可终日，要做生意就得赶快。况且"钦定"二字，至今也还有一点威光，"御医""贡缎"，就是与众不同的意思。便是早已共和了的法国，拿破仑的藏书在拍卖场上还是比平民的藏书值钱；欧洲的有些著名的"支那学者"讲中国就会引用《钦定图书集成》⁵，这是中国的考据家所不肯玩的玩艺。但是，也可见印了"钦定"过的"珍本"，在外国，生意总可以比"善本"好一些。

　　即使在中国，恐怕生意也还是"珍本"好。因为这可以做摆饰，而"善本"却不过能合于实用。能买这样的书的，决非穷措大也可想，

1　四库全书：全称《钦定四库全书》，清代乾隆时期编修的大型丛书，分经、史、子、集四部，故名"四库"。

2　四省不见：指"九·一八事变"后，日本帝国主义侵占我国辽宁、吉林、黑龙江、热河四省。

3　九岛出脱：指1933年法国侵占我国南沙群岛的九个岛屿。

4　黄河的出轨举动：指1933年7月黄河决口。

5　《钦定图书集成》：即清代康熙时期编撰的大型类书《古今图书集成》。

则买去之后，必将供在客厅上也亦可知。这类的买主，会买一个商周的古鼎，摆起来；不得已时，也许买一个假古鼎，摆起来；但他决不肯买一个沙锅或铁镬，摆在紫檀桌子上。因为他的目的是在"珍"而并不在"善"，更不在是否能合于实用的。

明末人好名，刻古书也是一种风气，然而往往自己看不懂，以为错字，随手乱改。不改尚可，一改，可就反而改错了，所以使后来的考据家为之摇头叹气，说是"明人好刻古书而古书亡"。这回的《四库全书》中的"珍本"是影印的，决无改错的弊病，然而那原本就有无意的错字，有故意的删改，并且因为新本的流布，更能使善本湮没下去，将来的认真的读者如果偶尔得到这样的本子，恐怕总免不了要有摇头叹气第二回。

然而结果总非依照《钦定四库全书》不可。因为"将来"的事，和现在的官商是不相干了。

八月二十四日

本篇最初发表于一九三三年八月三十一日《申报·自由谈》，署名丰之余。
后收入杂文集《准风月谈》。

为翻译辩护

今年是围剿翻译的年头。

或曰"硬译"，或曰"乱译"，或曰"听说现在有许多翻译家……翻开第一行就译，对于原作的理解，更无从谈起"，所以令人看得"不知所云"。

这种现象，在翻译界确是不少的，那病根就在"抢先"。中国人原是喜欢"抢先"的人民，上落电车，买火车票，寄挂号信，都愿意是一到便是第一个。翻译者当然也逃不出这例子的。而书店和读者，实在也没有容纳同一原本的两种译本的雅量和物力，只要已有一种译稿，别一译本就没有书店肯接收出版了，据说是已经有了，怕再没有人要买。

举一个例在这里：现在已经成了古典的达尔文的《物种由来》[1]，日本有两种翻译本，先出的一种颇多错误，后出的一本是好的。中国只有一种马君武[2]博士的翻译，而他所根据的却是日本的坏译本，实有另译的必要。然而那里还会有书店肯出版呢？除非译者同时是富翁，他来自己印。不过如果是富翁，他就去打算盘，再也不来弄什么翻译了。

还有一层，是中国的流行，实在也过去得太快，一种学问或文艺介绍进中国来，多则一年，少则半年，大抵就烟消火灭。靠翻译为生

1　《物种由来》：今译《物种起源》，英国生物学家达尔文（C. R. Darwin, 1809—1882）系统阐述生物进化论的著作，1859年出版。

2　马君武（1881—1940）：原名道凝，字厚山，号君武，出生于广西桂林，政治活动家、教育家、翻译家。

的翻译家，如果精心作意，推敲起来，则到他脱稿时，社会上早已无人过问。中国大嚷过托尔斯泰，屠格纳夫[1]，后来又大嚷过辛克莱[2]，但他们的选集却一部也没有。去年虽然还有以郭沫若[3]先生的盛名，幸而出版的《战争与和平》，但恐怕仍不足以挽回读书和出版界的惰气，势必至于读者也厌倦，译者也厌倦，出版者也厌倦，归根结蒂是不会完结的。

翻译的不行，大半的责任固然该在翻译家，但读书界和出版界，尤其是批评家，也应该分负若干的责任。要救治这颓运，必须有正确的批评，指出坏的，奖励好的，倘没有，则较好的也可以。然而这怎么能呢；指摘坏翻译，对于无拳无勇的译者是不要紧的，倘若触犯了别有来历的人，他就会给你带上一顶红帽子，简直要你的性命。这现象，就使批评家也不得不含胡了。

此外，现在最普通的对于翻译的不满，是说看了几十行也还是不能懂。但这是应该加以区别的。倘是康德[4]的《纯粹理性批评》那样的书，则即使德国人来看原文，他如果并非一个专家，也还是一时不能看懂。自然，"翻开第一行就译"的译者，是太不负责任了，然而漫无区别，要无论什么译本都翻开第一行就懂的读者，却也未免太不负责任了。

八月十四日

本篇最初发表于一九三三年八月二十日《申报·自由谈》，署名洛文。

后收入杂文集《准风月谈》。

---

1 屠格纳夫（I. S. Turgenev, 1818—1883）：通译屠格涅夫，俄国批判现实主义作家，代表作《父与子》等。

2 辛克莱（U. Sinclair, 1878—1968）：美国现实主义小说家，代表作《屠场》。

3 郭沫若（1892—1978）：原名开贞，字鼎堂，号尚武，笔名沫若，四川乐山人，文学家、历史学家。他翻译了列夫·托尔斯泰的长篇小说《战争与和平》的法文版第一卷，1932年出版。

4 康德（I. Kant, 1724—1804）：德国哲学家、作家。

帮闲法发隐

　　吉开迦尔[1]是丹麦的忧郁的人，他的作品，总是带着悲愤。不过其中也有很有趣味的，我看见了这样的几句——

　　　　戏场里失了火。丑角站在戏台前，来通知了看客。大家以为这是丑角的笑话，喝采了。丑角又通知说是火灾。但大家越加哄笑，喝采了。我想，人世是要完结在当作笑话的开心的人们的大家欢迎之中的罢。

　　不过我的所以觉得有趣的，并不专在本文，是在由此想到了帮闲们的伎俩。帮闲，在最忙的时候就是帮忙，倘若主子忙于行凶作恶，那自然也就是帮凶。但他的帮法，是在血案中而没有血迹，也没有血腥气的。

　　譬如罢，有一件事，是要紧的，大家原也觉得要紧，他就以丑角身份而出现了，将这件事变为滑稽，或者特别张扬了不关紧要之点，将人们的注意拉开去，这就是所谓"打诨"。如果是杀人，他就来讲当场的情形，侦探的努力；死的是女人呢，那就更好了，名之曰"艳尸"，或介绍她的日记。如果是暗杀，他就来讲死者的生前的故事，恋

1　吉开迦尔（S. A. Kierkegaard, 1813—1855）：通译克尔凯郭尔，丹麦哲学家、诗人。

爱呀，遗闻呀……人们的热情原不是永不弛缓的，但加上些冷水，或者美其名曰清茶，自然就冷得更加迅速了，而这位打诨的脚色，却变成了文学者。

假如有一个人，认真的在告警，于凶手当然是有害的，只要大家还没有僵死。但这时他就又以丑角身份而出现了，仍用打诨，从旁装着鬼脸，使告警者在大家的眼里也化为丑角，使他的警告在大家的耳边都化为笑话。耸肩装穷，以表现对方之阔，卑躬叹气，以暗示对方之傲；使大家心里想：这告警者原来都是虚伪的。幸而帮闲们还多是男人，否则它简直会说告警者曾经怎样调戏它，当众罗列淫辞，然后作自杀以明耻之状也说不定。周围捣着鬼，无论如何严肃的说法也要减少力量的，而不利于凶手的事情却就在这疑心和笑声中完结了。它呢？这回它倒是道德家。

当没有这样的事件时，那就七日一报，十日一谈，收罗废料，装进读者的脑子里去，看过一年半载，就满脑都是某阔人如何摸牌，某明星如何打嚏的典故。开心是自然也开心的。但是，人世却也要完结在这些欢迎开心的开心的人们之中的罢。

八月二十八日

本篇最初发表于一九三三年九月五日《申报·自由谈》，署名桃椎。
后收入杂文集《准风月谈》。

由聋而哑

　　医生告诉我们：有许多哑子，是并非喉舌不能说话的，只因为从小就耳朵聋，听不见大人的言语，无可师法，就以为谁也不过张着口呜呜哑哑，他自然也只好呜呜哑哑了。所以勃兰兑斯叹丹麦文学的衰微时，曾经说：文学的创作，几乎完全死灭了。人间的或社会的无论怎样的问题，都不能提起感兴，或则除在新闻和杂志之外，绝不能惹起一点论争。我们看不见强烈的独创的创作。加以对于获得外国的精神生活的事，现在几乎绝对的不加顾及。于是精神上的"聋"，那结果，就也招致了"哑"来。(《十九世纪文学的主潮》第一卷自序)

　　这几句话，也可以移来批评中国的文艺界，这现象，并不能全归罪于压迫者的压迫，五四运动时代的启蒙运动者和以后的反对者，都应该分负责任。前者急于事功，竟没有译出什么有价值的书籍来，后者则故意迁怒，至骂翻译者为媒婆，有些青年更推波助澜，有一时期，还至于连人地名下注一原文，以便读者参考时，也就诋之曰"衒学"[1]。

　　今竟何如？三开间店面的书铺，四马路上还不算少，但那里面满架是薄薄的小本子，倘要寻一部巨册，真如披沙拣金之难。自然，生得又高又胖并不就是伟人，做得多而且繁也决不就是名著，而况还有

1　"衒学"：卖弄学问。"衒"，炫的异体字。

"剪贴"。但是，小小的一本"什么ABC"里，却也决不能包罗一切学术文艺的。一道浊流，固然不如一杯清水的干净而澄明，但蒸溜了浊流的一部分，却就有许多杯净水在。

因为多年买空卖空的结果，文界就荒凉了，文章的形式虽然比较的整齐起来，但战斗的精神却较前有退无进。文人虽因捐班[1]或互捧，很快的成名，但为了出力的吹，壳子大了，里面反显得更加空洞。于是误认这空虚为寂寞，像煞有介事的说给读者们；其甚者还至于摆出他心的腐烂来，算是一种内面的宝贝。散文，在文苑中算是成功的，但试看今年的选本，便是前三名，也即令人有"貂不足，狗尾续"之感。用秕谷来养青年，是决不会壮大的，将来的成就，且要更渺小，那模样，可看尼采所描写的"末人"。

但绍介国外思潮，翻译世界名作，凡是运输精神的粮食的航路，现在几乎都被聋哑的制造者们堵塞了，连洋人走狗，富户赘郎，也会来哼哼的冷笑一下。他们要掩住青年的耳朵，使之由聋而哑，枯涸渺小，成为"末人"，非弄到大家只能看富家儿和小瘪三所卖的春宫，不肯罢手。甘为泥土的作者和译者的奋斗，是已经到了万不可缓的时候了，这就是竭力运输些切实的精神的粮食，放在青年们的周围，一面将那些聋哑的制造者送回黑洞和朱门里面去。

八月二十九日

本篇最初发表于一九三三年九月八日《申报·自由谈》，署名洛文。
后收入杂文集《准风月谈》。

由聋而哑

1 捐班：旧指捐纳财物而得官，这里指花钱买名望。

中国文与中国人

最近出版了一本很好的翻译：高本汉[1]著的《中国语和中国文》。高本汉先生是个瑞典人，他的真姓是珂罗倔伦（Karlgren）。他为什么"贵姓"高呢？那无疑的是因为中国化了。他的确对于中国语文学有很大的供献。

但是，他对于中国人似乎更有研究，因此，他很崇拜文言，崇拜中国字，以为对中国人是不可少的。

他说："近来——按高氏这书是一九二三年在伦敦出版的——某几种报纸，曾经试用白话，可是并没有多大的成功；因此也许还要触怒多数定报人，以为这样，就是讽示著他们不能看懂文言报呢！"

"西洋各国里有许多伶人，在他们表演中，他们几乎随时可以插入许多'打诨'，也有许多作者，滥引文书；但是大家都认这种是劣等的风味。这在中国恰好相反，正认为高妙的文雅而表示绝艺的地方。"

中国文的"含混的地方，中国人不但不因之感受了困难，反而愿意养成它。"

但高先生自己却因此受够了侮辱："本书的著者和亲爱的中国人谈话，所说给他的，很能完全了解；但是，他们彼此谈话的时候，他

1　高本汉（Klas Bernhard Johannes Karlgren, 1889—1978）：瑞典汉学家，对瑞典汉学学科的建立起了决定性作用。

几乎一句也不懂。"这自然是那些"亲爱的中国人"在"讽示"他不懂上流社会的话，因为"外国人到了中国来，只要注意一点，他就可以觉得：他自己虽然熟悉了普通人的语言，而对于上流社会的谈话，还是莫名其妙的。"

于是他就说："中国文字好像一个美丽可爱的贵妇，西洋文字好像一个有用而不美的贱婢。"

美丽可爱而无用的贵妇的"绝艺"，就在于"插诨"的含混。这使得西洋第一等的学者，至多也不过抵得上中国的普通人，休想爬进上流社会里来。这样，我们"精神上胜利了"。为要保持这种胜利，必须有高妙文雅的字汇，而且要丰富！五四白话运动的"没有多大成功"，原因大抵就在上流社会怕人讽示他们不懂文言。

虽然，"此亦一是非，彼亦一是非"——我们还是含混些好了。否则，反而要感受困难的。

十月二十五日

本篇最初发表于一九三三年十月二十八日《申报·自由谈》，署名余铭。后收入杂文集《准风月谈》。

青年与老子

　　听说，"慨自欧风东渐以来"，中国的道德就变坏了，尤其是近时的青年，往往看不起老子。这恐怕真是一个大错误，因为我看了几个例子，觉得老子的对于青年，有时确也很有用处，很有益处，不仅足为"文学修养"之助的。

　　有一篇旧文章——我忘记了出于什么书里的了——告诉我们，曾有一个道士，有长生不老之术，自说已经百余岁了，看去却"美如冠玉"，像二十左右一样。有一天，这位活神仙正在大宴阔客，突然来了一个须发都白的老头子，向他要钱用，他把他骂出去了。大家正惊疑间，那活神仙慨然的说道，"那是我的小儿，他不听我的话，不肯修道，现在你们看，不到六十，就老得那么不成样子了。"大家自然是很感动的，但到后来，终于知道了那人其实倒是道士的老子。

　　还有一篇新文章——杨某的自白[1]——却告诉我们，他是一个有志之士，学说是很正确的，不但讲空话，而且去实行，但待到看见有些地方的老头儿苦得不像样，就想起自己的老子来，即使他的理想实现了，也不能使他的父亲做老太爷，仍旧要吃苦。于是得到了更正确的学说，抛去原有的理想，改做孝子了。假使父母早死，学说那有这么圆满而堂皇呢？这不也就是老子对于青年的益处么？

1　杨某的自白：指杨邨人在《读书杂志》第三卷第一期（1932年2月）发表的《离开政党生活的战壕》一文。

那么，早已死了老子的青年不是就没有法子么？我以为不然，也有法子想。这还是要查旧书。另有一篇文章——我也忘了出在什么书里的了——告诉我们，一个老女人在讨饭，忽然来了一位大阔人，说她是自己的久经失散了的母亲，她也将错就错，做了老太太。后来她的儿子要嫁女儿，和老太太同到首饰店去买金器，将老太太已经看中意的东西自己带去给太太看一看，一面请老太太还在拣，——可是，他从此就不见了。

不过，这还是学那道士似的，必须实物时候的办法，如果单是做做自白之类，那是实在有无老子，倒并没有什么大关系的。先前有人提倡过"虚君共和"，现在又何妨有"没亲孝子"？张宗昌[1]很尊孔，恐怕他府上也未必有《四书》《五经》罢。

十一月七日

本篇最初发表于一九三三年十一月十七日《申报·自由谈》，署名敬一尊。
后收入杂文集《准风月谈》。

青年与老子

---

1 张宗昌（1881—1932）：字效坤，山东莱州人，奉系军阀头目之一。

"京派"与"海派"

　　自从北平某先生[1]在某报上有扬"京派"而抑"海派"之言，颇引起了一番议论。最先是上海某先生[2]在某杂志上的不平，且引别一某先生的陈言，以为作者的籍贯，与作品并无关系，要给北平某先生一个打击。

　　其实，这是不足以服北平某先生之心的。所谓"京派"与"海派"，本不指作者的本籍而言，所指的乃是一群人所聚的地域，故"京派"非皆北平人，"海派"亦非皆上海人。梅兰芳博士，戏中之真正京派也，而其本贯，则为吴下。但是，籍贯之都鄙，固不能定本人之功罪，居处的文陋，却也影响于作家的神情，孟子曰："居移气，养移体"[3]，此之谓也。北京是明清的帝都，上海乃各国之租界，帝都多官，租界多商，所以文人之在京者近官，没海者近商，近官者在使官得名，近商者在使商获利，而自己也赖以糊口。要而言之，不过"京派"是

1　北平某先生：指沈从文。他在1933年10月18日天津《大公报·文艺副刊》第九期发表《文学者的态度》一文，批评一些文人对文学创作缺乏"认真严肃"的作风，说这类人"在上海寄生于书店，报馆，官办的杂志，在北京则寄生于大学，中学，以及种种教育机关中"；"或在北京教书，或在上海赋闲；教书的大约每月皆有三百元至五百元的固定收入，赋闲的则每礼拜必有三五次谈话会之类列席"。

2　上海某先生：指苏汶（杜衡）。他在1933年12月上海《现代》月刊第四卷第二期发表《文人在上海》一文，为上海文人进行辩解，对"不问一切情由而用'海派文人'这名词把所有居留在上海的文人一笔抹杀"表示不满，文中还提到："仿佛记得鲁迅先生说过，连个人的极偶然而且往往不由自主的姓名和籍贯，都似乎也可以构成罪状而被人所讥笑，嘲讽。"

3　出自《孟子·尽心上》。

官的帮闲，"海派"则是商的帮忙而已。但从官得食者其情状隐，对外尚能傲然，从商得食者其情状显，到处难于掩饰，于是忘其所以者，遂据以有清浊之分。而官之鄙商，固亦中国旧习，就更使"海派"在"京派"的眼中跌落了。

而北京学界，前此固亦有其光荣，这就是五四运动的策动。现在虽然还有历史上的光辉，但当时的战士，却"功成，名遂，身退"者有之，"身稳"者有之，"身升"者更有之，好好的一场恶斗，几乎令人有"若要官，杀人放火受招安"之感。"昔人已乘黄鹤去，此地空余黄鹤楼"，前年大难临头，北平的学者们所想援以掩护自己的是古文化，而惟一大事，则是古物的南迁，这不是自己彻底的说明了北平所有的是什么了吗？

但北平究竟还有古物，且有古书，且有古都的人民。在北平的学者文人们，又大抵有着讲师或教授的本业，论理，研究或创作的环境，实在是比"海派"来得优越的，我希望着能够看见学术上，或文艺上的大著作。

一月三十日

本篇最初发表于一九三四年二月三日《申报·自由谈》，署名栾廷石。后收入杂文集《花边文学》。

北人与南人

这是看了"京派"与"海派"的议论之后，牵连想到的——

北人的卑视南人，已经是一种传统。这也并非因为风俗习惯的不同，我想，那大原因，是在历来的侵入者多从北方来，先征服中国之北部，又携了北人南征，所以南人在北人的眼中，也是被征服者。

二陆入晋[1]，北方人士在欢欣之中，分明带着轻薄，举证太烦，姑且不谈罢。容易看的是，羊衒之[2]的《洛阳伽蓝记》中，就常诋南人，并不视为同类。至于元，则人民截然分为四等，一蒙古人，二色目人，三汉人即北人，第四等才是南人，因为他是最后投降的一伙。最后投降，从这边说，是矢尽援绝，这才罢战的南方之强，从那边说，却是不识顺逆，久梗王师的贼。孑遗自然还是投降的，然而为奴隶的资格因此就最浅，因为浅，所以班次就最下，谁都不妨加以卑视了。到清朝，又重理了这一篇账，至今还流衍着余波；如果此后的历史是不再回旋的，那真不独是南人的如天之福。

当然，南人是有缺点的。权贵南迁，就带了腐败颓废的风气来，北方倒反而干净。性情也不同，有缺点，也有特长，正如北人的兼具

1　"二陆入晋"："二陆"指西晋文学家陆机（261—303）和陆云（262—303）。二人原为吴国人，晋灭吴（280）后归乡隐居，晋武帝太康十年（289）赴洛阳访学，时有"二陆入晋"之说。

2　羊衒之：生卒年不详，北魏散文家，其姓亦有杨、阳之说，其著作《洛阳伽蓝记》是记述北魏时期洛阳佛寺兴衰及相关人物、史事、传说、逸闻的散文体笔记。

二者一样。据我所见，北人的优点是厚重，南人的优点是机灵。但厚重之弊也愚，机灵之弊也狡，所以某先生曾经指出缺点道：北方人是"饱食终日，无所用心"；南方人是"群居终日，言不及义"。就有闲阶级而言，我以为大体是的确的。

缺点可以改正，优点可以相师。相书上有一条说，北人南相，南人北相者贵。我看这并不是妄语。北人南相者，是厚重而又机灵，南人北相者，不消说是机灵而又能厚重。昔人之所谓"贵"，不过是当时的成功，在现在，那就是做成有益的事业了。这是中国人的一种小小的自新之路。

不过做文章的是南人多，北方却受了影响。北京的报纸上，油嘴滑舌，吞吞吐吐，顾影自怜的文字不是比六七年前多了吗？这倘和北方固有的"贫嘴"一结婚，产生出来的一定是一种不祥的新劣种！

一月三十日

本篇最初发表于一九三四年二月四日《申报·自由谈》，署名栾廷石。后收入杂文集《花边文学》。

小品文的生机

　　去年是"幽默"大走鸿运的时候，《论语》[1]以外，也是开口幽默，闭口幽默，这人是幽默家，那人也是幽默家。不料今年就大塌其台，这不对，那又不对，一切罪恶，全归幽默。甚至于比之文场的丑脚。骂幽默竟好像是洗澡，只要来一下，自己就会干净似的了。

　　倘若真的是"天地大戏场"，那么，文场上当然也一定有丑脚——然而也一定有黑头。丑脚唱着丑脚戏，是很平常的，黑头改唱了丑脚戏，那就怪得很，但大戏场上却有时真会有这等事。这就使直心眼人跟着歪心眼人嘲骂，热情人愤怒，脆情人心酸。为的是唱得不内行，不招人笑吗？并不是的，他比真的丑脚还可笑。

　　那愤怒和心酸，为的是黑头改唱了丑脚之后，事情还没有完。串戏总得有几个脚色：生，旦，末，丑，净，还有黑头。要不然，这戏也唱不久。为了一种原因，黑头只得改唱丑脚的时候，照成例，是一定丑脚倒来改唱黑头的。不但唱工，单是黑头涎脸扮丑脚，丑脚挺胸学黑头，戏场上只见白鼻子的和黑脸孔的丑脚多起来，也就滑天下之大稽，然而，滑稽而已，并非幽默。或人曰："中国无幽默。"这正是一个注脚。

　　更可叹的是被谥为"幽默大师"的林先生[2]，竟也在《自由谈》上

1　《论语》：林语堂创办并主编的小品文半月刊，1932年9月16日创刊，其内容以散文、小品、随笔为主，文字多幽默诙谐。

2　林先生：指林语堂。

引了古人之言[1]，曰：“夫饮酒猖狂，或沉寂无闻，亦不过洁身自好耳。今世癫鳖，欲使洁身自好者负亡国之罪，若然则‘今日乌合，明日鸟散，今日倒戈，明日凭轼，今日为君子，明日为小人，今日为小人，明日复为君子’之辈可无罪。”虽引据仍不离乎小品，但去“幽默”或“闲适”之道远矣。这又是一个注脚。

但林先生以为新近各报上之攻击《人间世》[2]，是系统的化名的把戏，却是错误的，证据是不同的论旨，不同的作风。其中固然有虽曾附骥，终未登龙的“名人”，或扮作黑头，而实是真正的丑脚的打诨，但也有热心人的谠论。世态是这么的纠纷，可见虽是小品，也正有待于分析和攻战的了，这或者倒是《人间世》的一线生机罢。

四月二十六日

本篇最初发表于一九三四年四月三十日《申报·自由谈》，署名崇巽。
后收入杂文集《花边文学》。

1　古人之言：指明代文人张萱（约1553—1636，一作1557—1641）《复刘冲倩书》的话，下文“鸟散”原为“兽散”。

2　《人间世》：林语堂创办并主编的小品文半月刊，1934年4月5日创刊。

论重译

穆木天¹先生在二十一日的《火炬》上，反对作家的写无聊的游记之类，以为不如给中国介绍一点上起希腊罗马，下至现代的文学名作。我以为这是很切实的忠告。但他在十九日的《自由谈》上，却又反对间接翻译，说"是一种滑头办法"，虽然还附有一些可恕的条件。这是和他后来的所说冲突的，也容易启人误会，所以我想说几句。

重译确是比直接译容易。首先，是原文的能令译者自惭不及，怕敢动笔的好处，先由原译者消去若干部分了。译文是大抵比不上原文的，就是将中国的粤语译为京语，或京语译成沪语，也很难恰如其分。在重译，便减少了对于原文的好处的蹰躇。其次，是难解之处，忠实的译者往往会注解，可以一目了然，原书上倒未必有。但因此，也常有直接译错误，而间接译却不然的时候。

懂某一国文，最好是译某一国文学，这主张是断无错误的，但是，假使如此，中国也就难有上起希罗，下至现代的文学名作的译本了。中国人所懂的外国文，恐怕是英文最多，日文次之，倘不重译，我们将只能看见许多英美和日本的文学作品，不但没有伊卜生，没有伊本涅支²，连极通行的安徒生的童话，西万提司的《吉诃德先生》，也无

1　穆木天（1900—1971）：原名穆敬熙，吉林伊通人，诗人、翻译家。
2　伊本涅支（V. B. Ibáñez, 1867—1928）：通译伊巴涅斯，西班牙文学家、政治家，代表作有《碧血黄沙》《启示录的四骑士》等。

从看见了。这是何等可怜的眼界。自然，中国未必没有精通丹麦，诺威[1]，西班牙文字的人们，然而他们至今没有译，我们现在的所有，都是从英文重译的。连苏联的作品，也大抵是从英法文重译的。

所以我想，对于翻译，现在似乎暂不必有严峻的堡垒。最要紧的是要看译文的佳良与否，直接译或间接译，是不必置重的；是否投机，也不必推问的。深通原译文的趋时者的重译本，有时会比不甚懂原文的忠实者的直接译本好，日本改造社译的《高尔基全集》，曾被有一些革命者斥责为投机，但革命者的译本出，却反而显出前一本的优良了。不过也还要附一个条件，并不很懂原译文的趋时者的速成译本，可实在是不可恕的。

待到将来各种名作有了直接译本，则重译本便是应该淘汰的时候，然而必须那译本比旧译本好，不能但以"直接翻译"当作护身的挡牌。

六月二十四日

本篇最初发表于一九三四年六月二十七日《申报·自由谈》，署名史贲。
后收入杂文集《花边文学》。

1 诺威：即北欧国家挪威。

再论重译

　　看到穆木天先生的《论重译及其他》下篇的末尾，才知道是在释我的误会。我却觉得并无什么误会，不同之点，只在倒过了一个轻重，我主张首先要看成绩的好坏，而不管译文是直接或间接，以及译者是怎样的动机。

　　木天先生要译者"自知"，用自己的长处，译成"一劳永逸"的书。要不然，还是不动手的好。这就是说，与其来种荆棘，不如留下一片白地，让别的好园丁来种可以永久观赏的佳花。但是，"一劳永逸"的话，有是有的，而"一劳永逸"的事却极少，就文字而论，中国的这方块字便决非"一劳永逸"的符号。况且白地也决不能永久的保留，既有空地，便会生长荆棘或雀麦。最要紧的是有人来处理，或者培植，或者删除，使翻译界略免于芜杂。这就是批评。

　　然而我们向来看轻着翻译，尤其是重译。对于创作，批评家是总算时时开口的，一到翻译，则前几年还偶有专指误译的文章，近来就极其少见；对于重译的更其少。但在工作上，批评翻译却比批评创作难，不但看原文须有译者以上的工力，对作品也须有译者以上的理解。如木天先生所说，重译有数种译本作参考，这在译者是极为便利的，因为甲译本可疑时，能够参看乙译本。直接译就不然了，一有不懂的地方，便无法可想，因为世界上是没有用了不同的文章，来写两部意义句句相同的作品的作者的。重译的书之多，这也许是一种原因，说偷懒也行，但大约也还是语学的力量不足的缘故。遇到这种参酌各本而成的译本，批评就更为难了，至少也得能看各种原译本。如陈源译的《父与子》，鲁迅译的《毁灭》，就都属于这一类的。

我以为翻译的路要放宽，批评的工作要着重。倘只是立论极严，想使译者自己慎重，倒会得到相反的结果，要好的慎重了，乱译者却还是乱译，这时恶译本就会比稍好的译本多。

临末还有几句不大紧要的话。木天先生因为怀疑重译，见了德译本之后，连他自己所译的《塔什干》[1]，也定为法文原译是删节本了。其实是不然的。德译本虽然厚，但那是两部小说合订在一起的，后面的大半，就是绥拉菲摩维支[2]的《铁流》。所以我们所有的汉译《塔什干》，也并不是节本。

七月三日

本篇最初发表于一九三四年七月七日《申报·自由谈》，署名史贲。
后收入杂文集《花边文学》。

1 《塔什干》：原名为《丰饶的城塔什干》，苏联作家涅维洛夫（生卒年不详）的长篇小说。

2 绥拉菲摩维支（A. Serafimovich, 1863—1949）：通译绥拉菲莫维奇，苏联作家。

略论梅兰芳及其他（上）

　　崇拜名伶原是北京的传统。辛亥革命后，伶人的品格提高了，这崇拜也干净起来。先只有谭叫天[1]在剧坛上称雄，都说他技艺好，但恐怕也还夹着一点势利，因为他是"老佛爷"——慈禧太后赏识过的。虽然没有人给他宣传，替他出主意，得不到世界的名声，却也没有人来为他编剧本。我想，这不来，是带着几分"不敢"的。

　　后来有名的梅兰芳可就和他不同了。梅兰芳不是生，是旦，不是皇家的供奉，是俗人的宠儿，这就使士大夫敢于下手了。士大夫是常要夺取民间的东西的，将竹枝词改成文言，将"小家碧玉"作为姨太太，但一沾着他们的手，这东西也就跟着他们灭亡。他们将他从俗众中提出，罩上玻璃罩，做起紫檀架子来。教他用多数人听不懂的话，缓缓的《天女散花》，扭扭的《黛玉葬花》，先前是他做戏的，这时却成了戏为他而做，凡有新编的剧本，都只为了梅兰芳，而且是士大夫心目中的梅兰芳。雅是雅了，但多数人看不懂，不要看，还觉得自己不配看了。

　　士大夫们也在日见其消沉，梅兰芳近来颇有些冷落。

　　因为他是旦角，年纪一大，势必至于冷落的吗？不是的，老十三

1　谭叫天：谭鑫培（1847—1917），本名金福，字望重，著名京剧表演艺术大师，京剧谭派艺术创立者，被尊为京剧界鼻祖。

旦[1]七十岁了，一登台，满座还是喝采。为什么呢？就因为他没有被士大夫据为己有，罩进玻璃罩。

名声的起灭，也如光的起灭一样，起的时候，从近到远，灭的时候，远处倒还留着余光。梅兰芳的游日，游美，其实已不是光的发扬，而是光在中国的收敛。他竟没有想到从玻璃罩里跳出，所以这样的搬出去，还是这样的搬回来。

他未经士大夫帮忙时候所做的戏，自然是俗的，甚至于猥下，肮脏，但是泼剌，有生气。待到化为"天女"，高贵了，然而从此死板板，矜持得可怜。看一位不死不活的天女或林妹妹，我想，大多数人是倒不如看一个漂亮活动的村女的，她和我们相近。

然而梅兰芳对记者说，还要将别的剧本改得雅一些。

十一月一日

本篇最初发表于一九三四年十一月五日《中华日报·动向》，署名张沛。
后收入杂文集《花边文学》。

略论梅兰芳及其他（上）

1　老十三旦：侯俊山（1854—1935），河北梆子的创始人之一，13岁成名，因得艺名"十三旦"。

略论梅兰芳及其他（下）

　　而且梅兰芳还要到苏联去。

　　议论纷纷。我们的大画家徐悲鸿[1]教授也曾到莫斯科去画过松树——也许是马，我记不真切了——国内就没有谈得这么起劲。这就可见梅兰芳博士之在艺术界，确是超人一等的了。

　　而且累得《现代》的编辑室里也紧张起来。首座编辑施蛰存先生曰："而且还要梅兰芳去演《贵妃醉酒》呢！"（《现代》五卷五期。）要这么大叫，可见不平之极了，倘不豫先知道性别，是会令人疑心生了脏躁症的。次座编辑杜衡先生曰："剧本鉴定的工作完毕，则不妨选几个最前进的戏先到莫斯科去宣传为梅兰芳先生'转变'后的个人的创作。……因为照例，到苏联去的艺术家，是无论如何应该事先表示一点'转变'的"（《文艺画报》创刊号。）这可冷静得多了，一看就知道他手段高妙，足使齐如山[2]先生自愧弗及，赶紧来请帮忙——帮忙的帮忙。

　　但梅兰芳先生却正在说中国戏是象征主义，剧本的字句要雅一些，他其实倒是为艺术而艺术，他也是一位"第三种人"。

　　那么，他是不会"表示一点'转变'的"，目前还太早一点。他也许用别一个笔名，做一篇剧本，描写一个知识阶级，总是专为艺术，总是不问俗事，但到末了，他却究竟还在革命这一方面。这就活动得

1　徐悲鸿（1895—1953）：原名寿康，江苏宜兴人，画家、美术教育家。

2　齐如山（1875—1962）：戏曲理论家、编剧，为梅兰芳编了多种剧目。

多了，不到末了，花呀光呀，倘到末了，做这篇东西的也就是我呀，那不就在革命这一方面了吗？

但我不知道梅兰芳博士可会自己做了文章，却用别一个笔名，来称赞自己的做戏；或者虚设一社，出些什么"戏剧年鉴"，亲自作序，说自己是剧界的名人？倘使没有，那可是也不会玩这一手的。

倘不会玩，那可真要使杜衡先生失望，要他"再亮些"了。

还是带住罢，倘再"略论"下去，我也要防梅先生会说因为被批评家乱骂，害得他演不出好戏来。

十一月一日

本篇最初发表于一九三四年十一月六日《中华日报·动向》，署名张沛。
后收入杂文集《花边文学》。

"京派"和"海派"

去年春天，京派大师曾经大大的奚落了一顿海派小丑，海派小丑也曾经小小的回敬了几手，但不多久，就完了。文滩上的风波，总是容易起，容易完，倘使不容易完，也真的不便当。我也曾经略略的赶了一下热闹，在许多唇枪舌剑中，以为那时我发表的所说，倒也不算怎么分析错了的。其中有这样的一段——

> ……北京是明清的帝都，上海乃各国之租界，帝都多官，租界多商，所以文人之 在京者近官，没海者近商，近官者在使官得名，近商者在使商获利，而自己亦赖以糊口。要而言之：不过"京派"是官的帮闲，"海派"则是商的帮忙而已。……而官之鄙商，固亦中国旧习，就更使"海派"在"京派"眼中跌落了。……

但到得今年春末，不过一整年带点零，就使我省悟了先前所说的并不圆满。目前的事实，是证明着京派已经自己贬损，或是把海派在自己眼睛里抬高，不但现身说法，演述了派别并不专与地域相关，而且实践了"因为爱他，所以恨他"的妙语。当初的京海之争，看作"龙虎斗"固然是错误，就是认为有一条官商之界也不免欠明白。因为现在已经清清楚楚，到底搬出一碗不过黄鳝田鸡，炒在一起的苏式菜——"京海杂烩"来了。

　　实例，自然是琐屑的，而且自然也不会有重大的例子。举一点罢。一，是选印明人小品的大权，分给海派来了；以前上海固然也有选印明人小品的人，但也可以说是冒牌的，这回却有了真正老京派的题签，所以的确是正统的衣钵。二，是有些新出的刊物，真正老京派打头，真正小海派煞尾了；以前固然也有京派开路的期刊，但那时半京半海派所主持的东西，和纯粹海派自说是自掏腰包来办的出产品颇有区别的。要而言之：今儿和前儿已不一样，京海两派中的一路，做成一碗了。

　　到这里要附带一点声明：我是故意不举出那新出刊物的名目来的。先前，曾经有人用过"某"字，什么缘故我不知道。但后来该刊的一个作者在该刊上说，他有一位"熟悉商情"的朋友，以为这是因为不替它来作广告。这真是聪明的好朋友，不愧为"熟悉商情"。由此启发，子细一想，他的话实在千真万确：被称赞固然可以代广告，被骂也可以代广告，张扬了荣是广告，张扬了辱又何尝非广告。例如罢，甲乙决斗，甲赢，乙死了，人们固然要看杀人的凶手，但也一样的要看那不中用的死尸，如果用芦席围起来，两个铜板看一下，准可以发一点小财的。我这回的不说出这刊物的名目来，主意却正在不替它作广告，我有时很不讲阴德，简直要妨碍别人的借死尸敛钱。然而，请老实的看官不要立刻责备我刻薄。他们那里肯放过这机会，他们自己会敲了锣来承认的。

　　声明太长了一点了。言归正传。我要说的是直到现在，由事实证明，我才明白了去年京派的奚落海派，原来根柢上并不是奚落，倒是路远迢迢的送来的秋波。

　　文豪，究竟是有真实本领的，法朗士做过一本《泰绮思》，中国已有两种译本了，其中就透露着这样的消息。他说有一个高僧在沙漠中修行，忽然想到亚历山大府的名妓泰绮思，是一个贻害世道人心的人物，他要感化她出家，救她本身，救被惑的青年们，也给自己积无量功德。事情还算顺手，泰绮思竟出家了，他恨恨的毁坏了她在俗时候的衣饰。但是，奇怪得很，这位高僧回到自己的独房里继续修行时，却再也静不下来了，见妖怪，见裸体的女人。他急遁，远行，然而仍然没有效。他自己是知道因为其实爱上了泰绮思，所以神魂颠倒了的，但一群愚民，却还是硬要当他圣僧，到处跟着他祈求，礼拜，拜得他"哑子吃黄连"——有苦说不出。他终于决计自白，跑回泰绮思那里去，叫道"我爱你！"然而泰绮思这时已经离死期不远，自说看见了天国，不久就断气了。

　　不过京海之争的目前的结局，却和这一本书的不同，上海的泰绮思并没有死，她也张开两条臂膊，叫道"来嚜！"于是——团圆了。

　　《泰绮思》的构想，很多是应用弗洛伊特[1]的精神分析学说的，倘有严正的批评家，以为算不得"究竟是有真实本领"，我也不想来争辩。但我觉得自己却真如那本书里所写的愚民 一样，在没有听到"我爱你"和"来嚜"之前，总以为奚落单是奚落，鄙薄单是鄙薄，连现在已经出了气的弗洛伊特学说也想不到。

　　到这里又要附带一点声明：我举出《泰绮思》来，不过取其事迹，并非处心积虑，要用妓女来比海派的文人。这种小说中的人物，是不妨随意改换的，即改作隐士，侠客，高人，公主，大少，小老板之类，都无不可。况且泰绮思其实也何可厚非。她在俗时是泼剌的活，出

1　弗洛伊特（S. Freud, 1856—1939）：通译弗洛伊德，奥地利精神病医师、心理学家，精神分析学派创始人。

家后就刻苦的修，比起我们的有些所谓"文人"，刚到中年，就自叹道"我是心灰意懒了"的死样活气来，实在更其像人样。我也可以自白一句：我宁可向泼刺的妓女立正，却不愿意和死样活气的文人打棚[1]。

至于为什么去年北京送秋波，今年上海叫"来嘘"了呢？说起来，可又是事前的推测，对不对很难定了。我想：也许是因为帮闲帮忙，近来都有些"不景气"，所以只好两界合办，把断砖，旧袜，皮袍，洋服，巧克力，梅什儿……之类，凑在一处，重行开张，算是新公司，想借此来新一下主顾们的耳目罢。

四月十四日

本篇最初发表于一九三五年五月五日《太白》半月刊第二卷第四期，署名旅隼。后收入杂文集《且介亭杂文二集》。

「京派」和「海派」

1　打棚：上海方言，开玩笑的意思。

汉字和拉丁化

　　反对大众语文的人，对主张者得意地命令道："拿出货色来看！"一面也真有这样的老实人，毫不问他是诚意，还是寻开心，立刻拚命的来做标本。

　　由读书人来提倡大众语，当然比提倡白话困难。因为提倡白话时，好好坏坏，用的总算是白话，现在提倡大众语的文章却大抵不是大众语。但是，反对者是没有发命令的权利的。虽是一个残废人，倘在主张健康运动，他绝对没有错；如果提倡缠足，则即使是天足的壮健的女性，她还是在有意的或无意的害人。美国的水果大王，只为改良一种水果，尚且要费十来年的工夫，何况是问题大得多多的大众语。倘若就用他的矛去攻他的盾，那么，反对者该是赞成文言或白话的了，文言有几千年的历史，白话有近二十年的历史，他也拿出他的"货色"来给大家看看罢。

　　但是，我们也不妨自己来试验，在《动向》上，就已经有过三篇纯用土话的文章，胡绳[1]先生看了之后，却以为还是非土话所写的句子来得清楚。其实，只要下一番工夫，是无论用什么土话写，都可以懂得的。据我个人的经验，我们那里的土话，和苏州很不同，但一部《海上花列传》[2]，却教我"足不出户"的懂了苏白。先是不懂，硬着头

1　胡绳（1918—2000）：原名项志逖，出生于江苏苏州，哲学家、历史学家。
2　《海上花列传》：清末吴语小说，韩邦庆（1856—1894）著，主要内容是清末上海十里洋场的妓院生活。

皮看下去，参照记事，比较对话，后来就都懂了。自然，很困难。这困难的根，我以为就在汉字。每一个方块汉字，是都有它的意义的，现在用它来照样的写土话，有些是仍用本义的，有些却不过借音，于是我们看下去的时候，就得分析它那几个是用义，那几个是借音，惯了不打紧，开手却非常吃力了。

例如胡绳先生所举的例子，说"回到窝里向罢"也许会当作回到什么狗"窝"里去，反不如说"回到家里去"的清楚。那一句的病根就在汉字的"窝"字，实际上，恐怕是不该这么写法的。我们那里的乡下人，也叫"家里"作Uwao-li，读书人去抄，也极容易写成"窝里"的，但我想，这Uwao其实是"屋下"两音的拼合，而又讹了一点，决不能用"窝"字随便来替代，如果只记下没有别的意义的音，就什么误解也不会有了。

大众语文的音数比文言和白话繁，如果还是用方块字来写，不但费脑力，也很费工夫，连纸墨都不经济。为了这方块的带病的遗产，我们的最大多数人，已经几千年做了文盲来殉难了，中国也弄到这模样，到别国已在人工造雨的时候，我们却还是拜蛇，迎神。如果大家还要活下去，我想：是只好请汉字来做我们的牺牲了。

现在只还有"书法拉丁化"的一条路。这和大众语文是分不开的。也还是从读书人首先试验起，先绍介过字母，拼法，然后写文章。开手是，像日本文那样，只留一点名词之类的汉字，而助词，感叹词，后来连形容词，动词也都用拉丁拼音写，那么，不但顺眼，对于了解也容易得远了。至于改作横行，那是当然的事。

这就是现在马上来实验，我以为也并不难。

不错，汉字是古代传下来的宝贝，但我们的祖先，比汉字还要古，所以我们更是古代传下来的宝贝。为汉字而牺牲我们，还是为我们而牺牲汉字呢？这是只要还没有丧心病狂的人，都能够马上回答的。

八月二十三日

本篇最初发表于一九三四年八月二十五日《中华日报·动向》，署名仲度。后收入杂文集《花边文学》。

汉字和拉丁化

骂杀与捧杀

　　现在有些不满于文学批评的，总说近几年的所谓批评，不外乎捧与骂。

　　其实所谓捧与骂者，不过是将称赞与攻击，换了两个不好看的字眼。指英雄为英雄，说娼妇是娼妇，表面上虽像捧与骂，实则说得刚刚合式，不能责备批评家的。批评家的错处，是在乱骂与乱捧，例如说英雄是娼妇，举娼妇为英雄。

　　批评的失了威力，由于"乱"，甚而至于"乱"到和事实相反，这底细一被大家看出，那效果有时也就相反了。所以现在被骂杀的少，被捧杀的却多。

　　人古而事近的，就是袁中郎[1]。这一班明末的作家，在文学史上，是自有他们的价值和地位的。而不幸被一群学者们捧了出来，颂扬，标点，印刷，"色借，日月借，烛借，青黄借，眼色无常。声借，钟鼓借，枯竹窍借……"[2]借得他一榻胡涂，正如在中郎脸上，画上花脸，却指给大家看，啧啧赞叹道："看哪，这多么'性灵'呀！"对于中郎的本质，自然是并无关系的，但在未经别人将花脸洗清之前，这"中郎"总不免招人好笑，大触其霉头。

1　袁中郎：袁宏道（1568—1610），字中郎、无学，号石公、六休，湖广公安人，明代文学家。

2　引文出自刘大杰标点、林语堂校阅的《袁中郎全集》，该版本存在不少断句错误。引文正确断句应为："色借日月，借烛，借青黄，借眼，色无常。声借钟鼓，借枯竹窍，借……"

　　人近而事古的，我记起了泰戈尔。他到中国来了，开坛讲演，人给他摆出一张琴，烧上一炉香，左有林长民[1]，右有徐志摩，各各头戴印度帽。徐诗人开始绍介了："唵！叽哩咕噜，白云清风，银磬……当！"说得他好像活神仙一样，于是我们的地上的青年们失望，离开了。神仙和凡人，怎能不离开呢？ 但我今年看见他论苏联的文章，自己声明道："我是一个英国治下的印度人。"他自己知道得明明白白。大约他到中国来的时候，决不至于还胡涂，如果我们的诗人诸公不将他制成一个活神仙，青年们对于他是不至于如此隔膜的。现在可是老大的晦气。

　　以学者或诗人的招牌，来批评或介绍一个作者，开初是很能够蒙混旁人的，但待到旁人看清了这作者的真相的时候，却只剩了他自己的不诚恳，或学识的不够了。然而如果没有旁人来指明真相呢，这作家就从此被捧杀，不知道要多少年后才翻身。

　　　　　　　　　　　　　　　　　　　　十一月十九日

　　本篇最初发表于一九三四年十一月二十三日《中华日报·动向》署名阿法。后收入杂文集《花边文学》。

骂杀与捧杀

1　林长民（1876—1925）：字宗孟，福建闽侯（今福州）人，曾任北洋政府国务院参事。

论"旧形式的采用"

　　"旧形式的采用"的问题，如果平心静气的讨论起来，在现在，我想是很有意义的，但开首便遭到了耳耶[1]先生的笔伐。"类乎投降"，"机会主义"，这是近十年来"新形式的探求"的结果，是克敌的咒文，至少先使你惹一身不干不净。但耳耶先生是正直的，因为他同时也在译《艺术底内容和形式》，一经登完，便会洗净他激烈的责罚；而且有几句话也正确的，是他说新形式的探求不能和旧形式的采用机械的地分开。

　　不过这几句话已经可以说是常识；就是说内容和形式不能机械的地分开，也已经是常识；还有，知道作品和大众不能机械的地分开，也当然是常识。旧形式为什么只是"采用"——但耳耶先生却指为"为整个（！）旧艺术捧场"——就是为了新形式的探求。采取若干，和"整个"捧来是不同的，前进的艺术家不能有这思想（内容）。然而他会想到采取旧艺术，因为他明白了作品和大众不能机械的地分开。以为艺术是艺术家的"灵感"的爆发，像鼻子发痒的人，只要打出喷嚏来就浑身舒服，一了百了的时候已经过去了，现在想到，而且关心了大众。这是一个新思想（内容），由此而在探求新形式，首先提出的是旧形式的采取，这采取的主张，正是新形式的发端，也就是旧形式的蜕变，在我看来，是既没有将内容和形式机械的地分开，更没有

1　耳耶：聂绀弩（1903—1986），笔名耳耶、二鸦、箫今度等，湖北京山人，诗人、散文家。

看得《姊妹花》[1]叫座，于是也来学一套的投机主义的罪案的。

自然，旧形式的采取，或者必须说新形式的探求，都必须艺术学徒的努力的实践，但理论家或批评家是同有指导，评论，商量的责任的，不能只斥他交代未清之后，便可逍遥事外。我们有艺术史，而且生在中国，即必须翻开中国的艺术史来。采取什么呢？我想，唐以前的真迹，我们无从目睹了，但还能知道大抵以故事为题材，这是可以取法的；在唐，可取佛画的灿烂，线画的空灵和明快，宋的院画，萎靡柔媚之处当舍，周密不苟之处是可取的，米点山水[2]，则毫无用处。后来的写意画（文人画）有无用处，我此刻不敢确说，恐怕也许还有可用之点的罢。这些采取，并非断片的古董的杂陈，必须溶化于新作品中，那是不必赘说的事，恰如吃用牛羊，弃去蹄毛，留其精粹，以滋养及发达新的生体，决不因此就会"类乎"牛羊的。

只是上文所举的，亦即我们现在所能看见的，都是消费的艺术。它一向独得有力者的宠爱，所以还有许多存留。但既有消费者，必有生产者，所以一面有消费者的艺术，一面也必有生产者的艺术。古代的东西，因为无人保护，除小说的插画以外，我们几乎什么也看不见了。至于现在，却还有市上新年的花纸，和猛克[3]先生所指出的连环图画。这些虽未必是真正的生产者的艺术，但和高等有闲者的艺术对立，是无疑的。但虽然如此，它还是大受着消费者艺术的影响，例如在文学上，则民歌大抵脱不开七言的范围，在图画上，则题材多是士大夫

1　《姊妹花》：郑正秋根据自己的舞台剧《贵人与犯人》改编、导演的故事片，1934年上映。郑正秋（1889—1935），原名郑芳泽，号伯常，广东汕头人，中国最早的电影编剧和导演之一。

2　米点山水：北宋书画家米芾、米友仁父子的山水画，又称"米氏云山"，多用水墨点染，不拘形色勾皴。米芾（1051—1107），字元章，湖北襄阳人，北宋书法家、画家、书画理论家。米友仁（1074—1153），一名尹仁，字元晖，山西太原人，米芾长子，南宋画家，世称"小米"。

3　猛克：魏猛克（1911—1984），湖南长沙人，作家、美术家，倡导用连环画教育群众。

的故事，然而已经加以提炼，成为明快，简捷的东西了。这也就是蜕变，一向则谓之"俗"。注意于大众的艺术家，来注意于这些东西，大约也未必错，至于仍要加以提炼，那也是无须赘说的。

但中国的两者的艺术，也有形似而实不同的地方，例如佛画的满幅云烟，是豪华的装璜，花纸也有一种硬填到几乎不见白纸的，却是惜纸的节俭；唐伯虎[1]画的细腰纤手的美人，是他一类人们的欲得之物，花纸上也有这一种，在赏玩者却只以为世间有这一类人物，聊资博识，或满足好奇心而已。为大众的画家，都无须避忌。

至于谓连环图画不过图画的种类之一，与文学中之有诗歌，戏曲，小说相同，那自然是不错的。但这种类之别，也仍然与社会条件相关联，则我们只要看有时盛行诗歌，有时大出小说，有时独多短篇的史实便可以知道。因此，也可以知道即与内容相关联。现在社会上的流行连环图画，即因为它有流行的可能，且有流行的必要，着眼于此，因而加以导引，正是前进的艺术家的正确的任务；为了大众，力求易懂，也正是前进的艺术家正确的努力。旧形式是采取，必有所删除，既有删除，必有所增益，这结果是新形式的出现，也就是变革。而且，这工作是决不如旁观者所想的容易的。

但就是立有了新形式罢，当然不会就是很高的艺术。艺术的前进，还要别的文化工作的协助，某一文化部门，要某一专家唱独脚戏来提得特别高，是不妨空谈，却难做到的事，所以专责个人，那立论的偏颇和偏重环境的是一样的。

五月二日

本篇最初发表于一九三四年五月四日上海《中华日报·动向》，署名常庚。后收入杂文集《且介亭杂文》。

1 唐伯虎（1470—1524）：名寅，字伯虎，南直隶苏州府（今江苏苏州）人，明代画家、书法家、诗人。

连环图画琐谈

　　"连环图画"的拥护者，看现在的议论，是"启蒙"之意居多的。

　　古人"左图右史"，现在只剩下一句话，看不见真相了，宋元小说，有的是每页上图下说，却至今还有存留，就是所谓"出相"；明清以来，有卷头只画书中人物的，称为"绣像"。有画每回故事的，称为"全图"。那目的，大概是在诱引未读者的购读，增加阅读者的兴趣和理解。

　　但民间另有一种《智灯难字》或《日用杂字》，是一字一像，两相对照，虽可看图，主意却在帮助识字的东西，略加变通，便是现在的《看图识字》。文字较多的是《圣谕像解》[1]，《二十四孝图》等，都是借图画以启蒙，又因中国文字太难，只得用图画来济文字之穷的产物。

　　"连环图画"便是取"出相"的格式，收《智灯难字》的功效的，倘要启蒙，实在也是一种利器。

　　但要启蒙，即必须能懂。懂的标准，当然不能俯就低能儿或白痴，但应该着眼于一般的大众，譬如罢，中国画是一向没有阴影的，我所遇见的农民，十之九不赞成西洋画及照相，他们说：人脸那有两边颜色不同的呢？西洋人的看画，是观者作为站在一定之处的，但中国的观者，却向不站在定点上，所以他说的话也是真实。那么，作"连环图画"而没有阴影，我以为是可以的；人物旁边写上名字，也可

1　《圣谕像解》：清代梁延年（生卒年不详）根据康熙"上谕十六条"选辑相关古人事迹所著，每则故事配　图一幅，并加以解说。

以的，甚至于表示做梦从人头上放出一道毫光来，也无所不可。观者懂得了内容之后，他就会自己删去帮助理解的记号。这也不能谓之失真，因为观者既经会得了内容，便是有了艺术上的真，倘必如实物之真，则人物只有二三寸，就不真了，而没有和地球一样大小的纸张，地球便无法绘画。

艾思奇[1]先生说："若能够触到大众真正的切身问题，那恐怕愈是新的，才愈能流行。"这话也并不错。不过要商量的是怎样才能够触到，触到之法，"懂"是最要紧的，而且能懂的图画，也可以仍然是艺术。

五月九日

本篇最初发表于一九三四年五月十一日上海《中华日报·动向》，署名燕客。后收入杂文集《且介亭杂文》。

1　艾思奇（1910—1966）：原名李生萱，云南腾冲人，哲学家，代表作有《大众哲学》《哲学与生活》等。

儒术

　　元遗山[1]在金元之际，为文宗，为遗献，为愿修野史，保存旧章的有心人，明清以来，颇为一部分人士所爱重。然而他生平有一宗疑案，就是为叛将崔立颂德者，是否确实与他无涉，或竟是出于他的手笔的文章。

　　金天兴元年（一二三二），蒙古兵围洛阳；次年，安平都尉京城西面元帅崔立杀二丞相，自立为郑王，降于元。惧或加以恶名，群小承旨，议立碑颂功德，于是在文臣间，遂发生了极大的惶恐，因为这与一生的名节相关，在个人是十分重要的。

　　当时的情状，《金史》《王若虚传》这样说——

　　　　天兴元年，哀宗走归德。明年春，崔立变，群小附和，请为立建功德碑。翟奕以尚书省命，召若虚为文。时奕辈恃势作威，人或少忤，则谗构立见屠灭。若虚自分必死，私谓左右司员外郎元好问曰，"今召我作碑，不从则死，作之则名节扫地，不若死之为愈。虽然，我姑以理谕之。"……奕辈不能夺，乃召太学生刘祁[2]麻革辈赴省，好问张信之喻以立碑事曰，"众议属二君，且已白郑王矣！二君其无让。"祁等固辞而别。数日，促迫不已，祁即

1　元遗山（1190—1257）：元好问，字裕之，号遗山，山西忻州人，金末元初文学家、历史学家。
2　刘祁（1203—1250）：字京叔，号神川遯士，山西大同人，金末太学生。

为草定，以付好问。好问意未惬，乃自为之，既成，以示若虚，乃
共删定数字，然止直叙其事而已。后兵入城，不果立也。

碑虽然"不果立"，但当时却已经发生了"名节"的问题，或谓元
好问作，或谓刘祁作，文证具在清凌廷堪[1]所辑的《元遗山先生年谱》
中，兹不多录。经其推勘，已知前出的《王若虚传》文，上半据元好
问《内翰王公墓表》，后半却全取刘祁自作的《归潜志》，被诬攀之说
所蒙蔽了。凌氏辩之云，"夫当时立碑撰文，不过畏崔立之祸，非必取
文辞之工，有京叔属草，已足塞立之请，何取更为之耶？"然则刘祁
之未尝决死如王若虚，固为一生大玷，但不能更有所推诿，以致成为
"塞责"之具，却也可以说是十分晦气的。

然而，元遗山生平还有一宗大事，见于《元史》《张德辉》传——

世祖在潜邸，……访中国人材。德辉举魏璠，元裕，李冶等
二十余人。……壬子，德辉与元裕北觐，请世祖为儒教大宗师，世
祖悦而受之。因启：累朝有旨蠲[2]儒户兵赋，乞令有司遵行。从之。

以拓跋魏的后人与德辉，请蒙古小酋长为"汉儿"的"儒教大宗
师"，在现在看来，未免有些滑稽，但当时却似乎并无訾议。盖蠲除兵
赋，"儒户"均沾利益，清议操之于士，利益既沾，虽已将"儒教"呈
献，也不想再来开口了。

由此士大夫便渐渐的进身，然终因不切实用，又渐渐的见弃。但

---

1 凌廷堪（1757—1809）：字仲子，安徽歙县人，清代文学家。

2 蠲（juān）：免除。

仕路日塞，而南北之士的相争却也日甚了。余阙[1]的《青阳先生文集》卷四《杨君显民诗集序》云——

> 我国初有金宋，天下之人，惟才是用之，无所专主，然用儒者为居多也。自至元以下，始浸用吏，虽执政大臣，亦以吏为之，……而中州之士，见用者遂浸寡。况南方之地远，士多不能自至于京师，其抱才绲者，又往往不屑为吏，故其见用者尤寡也。及其久也，则南北之士亦自町畦以相訾，甚若晋之与秦，不可与同中国，故夫南方之士微矣。

然在南方，士人其实亦并不冷落。同书《送范立中赴襄阳诗序》云——

> 宋高宗南迁，合淝遂为边地，守臣多以武臣为之。……故民之豪杰者，皆去而为将校，累功多至节制。郡中衣冠之族，惟范氏，商氏，葛氏三家而已。……皇元受命，包裹兵革，……诸武臣之子弟，无所用其能，多伏匿而不出。春秋月朔，郡太守有事于学，衣深衣，戴乌角巾，执笾豆罍爵，唱赞道引者，皆三家之子孙也，故其材皆有所成就，至学校官，累累有焉。……虽天道忌满恶盈，而儒者之泽深且远，从古然也。

这是"中国人才"们献教，卖经以来，"儒户"所食的佳果。虽不能为王者师，且次于吏者数等，而究亦胜于将门和平民者一等，"唱赞道引"，非"伏匿"者所敢望了。

1　余阙（1303—1358）：字廷心，一字天心，庐州（今安徽合肥）人，元末官吏。

　　中华民国二十三年五月二十日及次日,上海无线电播音由冯明权先生讲给我们一种奇书:《抱经堂勉学家训》(据《大美晚报》)。这是从未前闻的书,但看见下署"颜子推",便可以悟出是颜之推[1]《家训》中的《勉学篇》了。曰"抱经堂"者,当是因为曾被卢文弨[2]印入《抱经堂丛书》中的缘故。所讲有这样的一段——

　　　　有学艺者,触地而安。自荒乱已来,诸见俘虏,虽百世小人,知读《论语》《孝经》者,尚为人师;虽千载冠冕,不晓书记者,莫不耕田养马。以此观之,汝可不自勉耶?若能常保数百卷书,千载终不为小人也。……谚曰,"积财千万,不如薄伎在身。"伎之易习而可贵者,无过读书也。

　　这说得很透彻:易习之伎,莫如读书,但知读《论语》《孝经》,则虽被俘虏,犹能为人师,居一切别的俘虏之上。这种教训,是从当时的事实推断出来的,但施之于金元而准,按之于明清之际而亦准。现在忽由播音,以"训"听众,莫非选讲者已大有感于方来,遂绸缪于未雨么?

　　"儒者之泽深且远",即小见大,我们由此可以明白"儒术",知道"儒效"了。

五月二十七日

　　本篇最初发表于一九三四年六月北平《文史》月刊第一卷第二期,署名唐俟。
　　　　　　　　　　　　　　　　　　　后收入杂文集《且介亭杂文》。

1　颜之推(531—约591):字介,南北朝至隋初文学家、教育家,著有《颜氏家训》。
2　卢文弨(1717—1795):号抱经,人称抱经先生,清代校勘学家、藏书家。

拿来主义

中国一向是所谓"闭关主义"，自己不去，别人也不许来。自从给枪炮打破了大门之后，又碰了一串钉子，到现在，成了什么都是"送去主义"了。别的且不说罢，单是学艺上的东西，近来就先送一批古董到巴黎去展览，但终"不知后事如何"；还有几位"大师"们捧着几张古画和新画，在欧洲各国一路的挂过去，叫作"发扬国光"。听说不远还要送梅兰芳博士到苏联去，以催进"象征主义"，此后是顺便到欧洲传道。我在这里不想讨论梅博士演艺和象征主义的关系，总之，活人替代了古董，我敢说，也可以算得显出一点进步了。

但我们没有人根据了"礼尚往来"的仪节，说道：拿来！

当然，能够只是送出去，也不算坏事情，一者见得丰富，二者见得大度。尼采就自诩他是太阳，光热无穷，只是给与，不想取得。然而尼采究竟不是太阳，他发了疯。中国也不是，虽然有人说，掘起地下的煤来，就足够全世界几百年之用。但是，几百年之后呢？几百年之后，我们当然是化为魂灵，或上天堂，或落了地狱，但我们的子孙是在的，所以还应该给他们留下一点礼品。要不然，则当佳节大典之际，他们拿不出东西来，只好磕头贺喜，讨一点残羹冷炙做奖赏。

这种奖赏，不要误解为"抛来"的东西，这是"抛给"的，说得冠冕些，可以称之为"送来"，我在这里不想举出实例。

我在这里也并不想对于"送去"再说什么，否则太不"摩登"了。

我只想鼓吹我们再吝啬一点，"送去"之外，还得"拿来"，是为"拿来主义"。

但我们被"送来"的东西吓怕了。先有英国的鸦片，德国的废枪炮，后有法国的香粉，美国的电影，日本的印着"完全国货"的各种小东西。于是连清醒的青年们，也对于洋货发生了恐怖。其实，这正是因为那是"送来"的，而不是"拿来"的缘故。

所以我们要运用脑髓，放出眼光，自己来拿！

譬如罢，我们之中的一个穷青年，因为祖上的阴功（姑且让我这么说说罢），得了一所大宅子，且不问他是骗来的，抢来的，或合法继承的，或是做了女婿换来的。那么，怎么办呢？我想，首先是不管三七二十一，"拿来！"但是，如果反对这宅子的旧主人，怕给他的东西染污了，徘徊不敢走进门，是孱头；勃然大怒，放一把火烧光，算是保存自己的清白，则是昏蛋。不过因为原是羡慕这宅子的旧主人的，而这回接受一切，欣欣然的蹩进卧室，大吸剩下的鸦片，那当然更是废物。"拿来主义"者是全不这样的。

他占有，挑选。看见鱼翅，并不就抛在路上以显其"平民化"，只要有养料，也和朋友们像萝卜白菜一样的吃掉，只不用它来宴大宾；看见鸦片，也不当众摔在毛厕里，以见其彻底革命，只送到药房里去，以供治病之用，却不弄"出售存膏，售完即止"的玄虚。只有烟枪和烟灯，虽然形式和印度，波斯，阿剌伯的烟具都不同，确可以算是一种国粹，倘使背着周游世界，一定会有人看，但我想，除了送一点进博物馆之外，其余的是大可以毁掉的了。还有一群姨太太，也大以请她们各自走散为是，要不然，"拿来主义"怕未免有些危机。

总之，我们要拿来。我们要或使用，或存放，或毁灭。那么，主人是新主人，宅子也就会成为新宅子。然而首先要这人沉着，勇猛，有辨别，不自私。没有拿来的，人不能自成为新人，没有拿来的，文艺不能自成为新文艺。

六月四日

本篇最初发表于一九三四年六月七日上海《中华日报·动向》，署名霍冲。后收入杂文集《且介亭杂文》。

拿来主义

隔膜

　　清朝初年的文字之狱，到清朝末年才被从新提起。最起劲的是"南社"[1]里的有几个人，为被害者辑印遗集；还有些留学生，也争从日本搬回文证来。待到孟森[2]的《心史丛刊》出，我们这才明白了较详细的状况，大家向来的意见，总以为文字之祸，是起于笑骂了清朝。然而，其实是不尽然的。

　　这一两年来，故宫博物院的故事似乎不大能够令人敬服，但它却印给了我们一种好书，曰《清代文字狱档》，去年已经出到八辑。其中的案件，真是五花八门，而最有趣的，则莫如乾隆四十八年二月"冯起炎注解易诗二经欲行投呈案"。

　　冯起炎是山西临汾县的生员，闻乾隆将谒泰陵，便身怀著作，在路上徘徊，意图呈进，不料先以"形迹可疑"被捕了。那著作，是以《易》解《诗》，实则信口开河，在这里犯不上抄录，惟结尾有"自传"似的文章一大段，却是十分特别的——

　　　　又，臣之来也，不愿如何如何，亦别无愿求之事，惟有一事未决，请对陛下一叙其缘由。臣……名曰冯起炎，字是南州，尝到臣张三姨母家，见一女，可娶，而恨力不足以办此。此女名曰

1　"南社"：1909年由柳亚子等人发起成立的反清文学团体。
2　孟森（1869—1938）：字莼孙，号心史，江苏武进人，清史学家。

小女，年十七岁，方当待字之年，而正在未字之时，乃原籍东关春牛厂长兴号张守忭之次女也。又到臣杜五姨母家，见一女，可娶，而恨力不足以办此。此女名小凤，年十三岁，虽非必字之年，而已在可字之时，乃本京东城闹市口瑞生号杜月之次女也。若以陛下之力，差干员一人，选快马一匹，克日长驱到临邑，问彼临邑之地方官："其东关春牛厂长兴号中果有张守忭一人否？"诚如是也，则此事谐矣。再问："东城闹市口瑞生号中果有杜月一人否？"诚如是也，则此事谐矣。二事谐，则臣之愿毕矣。然臣之来也，方不知陛下纳臣之言耶否耶，而必以此等事相强乎？特进言之际，一叙及之。

这何尝有丝毫恶意？不过着了当时通行的才子佳人小说的迷，想一举成名，天子做媒，表妹入抱而已。不料事实的结局却不大好，署直隶总督袁守侗拟奏的罪名是"阅其呈首，胆敢于圣主之前，混讲经书，而呈尾措词，尤属狂妄。核其情罪，较冲突仪仗为更重。冯起炎一犯，应从重发往黑龙江等处，给披甲人为奴。俟部复到日，照例解部，刺字发遣。"这位才子，后来大约终于单身出关做西崽去了。

　　此外的案情，虽然没有这么风雅，但并非反动的还不少。有的是卤莽；有的是发疯；有的是乡曲迂儒，真的不识讳忌；有的则是草野愚民，实在关心皇家。而运命大概很悲惨，不是凌迟，灭族，便是立刻杀头，或者"斩监候"，也仍然活不出。

　　凡这等事，粗略的一看，先使我们觉得清朝的凶虐，其次，是死者的可怜。但再来一想，事情是并不这么简单的。这些惨案的来由，都只为了"隔膜"。

满洲人自己，就严分着主奴，大臣奏事，必称"奴才"，而汉人却称"臣"就好。这并非因为是"炎黄之胄"，特地优待，锡以嘉名的，其实是所以别于满人的"奴才"，其地位还下于"奴才"数等。奴隶只能奉行，不许言议；评论固然不可，妄自颂扬也不可，这就是"思不出其位"。譬如说：主子，您这袍角有些儿破了，拖下去怕更要破烂，还是补一补好。进言者方自以为在尽忠，而其实却犯了罪，因为另有准其讲这样的话的人在，不是谁都可说的。一乱说，便是"越俎代谋"，当然"罪有应得"。倘自以为是"忠而获咎"，那不过是自己的胡涂。

但是，清朝的开国之君是十分聪明的，他们虽然打定了这样的主意，嘴里却并不照样说，用的是中国的古训："爱民如子"，"一视同仁"。一部分的大臣，士大夫，是明白这奥妙的，并不敢相信。但有一些简单愚蠢的人们却上了当，真以为"陛下"是自己的老子，亲亲热热的撒娇讨好去了。他那里要这被征服者做儿子呢？于是乎杀掉。不久，儿子们吓得不再开口了，计划居然成功；直到光绪时康有为们的上书，才又冲破了"祖宗的成法"。然而这奥妙，好像至今还没有人来说明。

施蛰存先生在《文艺风景》创刊号里，很为"忠而获咎"者不平，就因为还不免有些"隔膜"的缘故。这是《颜氏家训》或《庄子》《文选》里所没有的。

六月十日

本篇最初发表于一九三四年七月五日上海《新语林》半月刊第一期，署名杜德机。后收入杂文集《且介亭杂文》。

隔膜

从孩子的照相说起

因为长久没有小孩子，曾有人说，这是我做人不好的报应，要绝种的。房东太太讨厌我的时候，就不准她的孩子们到我这里玩，叫作"给他冷清冷清，冷清得他要死！"但是，现在却有了一个孩子，虽然能不能养大也很难说，然而目下总算已经颇能说些话，发表他自己的意见了。不过不会说还好，一会说，就使我觉得他仿佛也是我的敌人。

他有时对于我很不满，有一回，当面对我说："我做起爸爸来，还要好……"甚而至于颇近于"反动"，曾经给我一个严厉的批评道："这种爸爸，什么爸爸！？"

我不相信他的话。做儿子时，以将来的好父亲自命，待到自己有了儿子的时候，先前的宣言早已忘得一干二净了。况且我自以为也不算怎么坏的父亲，虽然有时也要骂，甚至于打，其实是爱他的。所以他健康，活泼，顽皮，毫没有被压迫得瘟头瘟脑。如果真的是一个"什么爸爸"，他还敢当面发这样反动的宣言么？

但那健康和活泼，有时却也使他吃亏，九一八事件后，就被同胞误认为日本孩子，骂了好几回，还挨过一次打——自然是并不重的。这里还要加一句说的听的，都不十分舒服的话：近一年多以来，这样的事情可是一次也没有了。

中国和日本的小孩子，穿的如果都是洋服，普通实在是很难分辨的。但我们这里的有些人，却有一种错误的速断法：温文尔雅，不大言笑，不大动弹的，是中国孩子；健壮活泼，不怕生人，大叫大跳的，是日本孩子。

然而奇怪，我曾在日本的照相馆里给他照过一张相，满脸顽皮，也真像日本孩子；后来又在中国的照相馆里照了一张相，相类的衣服，然而面貌很拘谨，驯良，是一个道地的中国孩子了。

为了这事，我曾经想了一想。

这不同的大原因，是在照相师的。他所指示的站或坐的姿势，两国的照相师先就不相同，站定之后，他就瞪了眼睛，觑机摄取他以为最好的一刹那的相貌。孩子被摆在照相机的镜头之下，表情是总在变化的，时而活泼，时而顽皮，时而驯良，时而拘谨，时而烦厌，时而疑惧，时而无畏，时而疲劳……。照住了驯良和拘谨的一刹那的，是中国孩子相；照住了活泼或顽皮的一刹那的，就好像日本孩子相。

驯良之类并不是恶德。但发展开去。对一切事无不驯良，却决不是美德，也许简直倒是没出息。"爸爸"和前辈的话，固然也要听的，但也须说得有道理。假使有一个孩子，自以为事事都不如人，鞠躬倒退；或者满脸笑容，实际上却总是阴谋暗箭，我实在宁可听到当面骂我"什么东西"的爽快，而且希望他自己是一个东西。

但中国一般的趋势，却只在向驯良之类——"静"的一方面发展，低眉顺眼，唯唯诺诺，才算一个好孩子，名之曰"有趣"。活泼，健康，顽强，挺胸仰面……凡是属于"动"的，那就未免有人摇头了。甚至于称之为"洋气"。又因为多年受着侵略，就和这"洋气"为仇；更进一步，则故意和这"洋气"反一调：他们活动，我偏静坐；他们讲科学，我偏扶乩；他们穿短衣，我偏着长衫；他们重卫生，我偏吃苍蝇；他们壮健，我偏生病……这才是保存中国固有文化，这才是爱国，这才不是奴隶性。

其实，由我看来，所谓"洋气"之中，有不少是优点，也是中国人性质中所本有的，但因了历朝的压抑，已经萎缩了下去，现在就连自己也莫名其妙，统统送给洋人了。这是必须拿它回来——恢复过来的——自然还得加一番慎重的选择。

即使并非中国所固有的罢，只要是优点，我们也应该学习。即使那老师是我们的仇敌罢，我们也应该向他学习。我在这里要提出现在大家所不高兴说的日本来，他的会摹仿，少创造，是为中国的许多论者所鄙薄的，但是，只要看看他们的出版物和工业品，早非中国所及，就知道"会摹仿"决不是劣点，我们正应该学习这"会摹仿"的。"会摹仿"又加以有创造，不是更好么？否则，只不过是一个"恨恨而死"而已。

我在这里还要附加一句像是多余的声明：我相信自己的主张，决不是"受了帝国主义者的指使"，要诱中国人做奴才；而满口爱国，满身国粹，也于实际上的做奴才并无妨碍。

八月七日

本篇最初发表于一九三四年八月二十日上海《新语林》半月刊第四期，署名孺牛。后收入杂文集《且介亭杂文》。

从孩子的照相说起

门外文谈

一　开头

　　听说今年上海的热，是六十年来所未有的。白天出去混饭，晚上低头回家，屋子里还是热，并且加上蚊子。这时候，只有门外是天堂。因为海边的缘故罢，总有些风，用不着挥扇。虽然彼此有些认识，却不常见面的寓在四近的亭子间或阁楼里的邻人也都坐出来了，他们有的是店员，有的是书局里的校对员，有的是制图工人的好手。大家都已经做得筋疲力尽，叹着苦，但这时总还算有闲的，所以也谈闲天。

　　闲天的范围也并不小：谈旱灾，谈求雨，谈吊膀子，谈三寸怪人干，谈洋米，谈裸腿[1]，也谈古文，谈白话，谈大众语。因为我写过几篇白话文，所以关于古文之类他们特别要听我的话，我也只好特别说的多。这样的过了两三夜，才给别的话岔开，也总算谈完了。不料过了几天之后，有几个还要我写出来。

　　他们里面，有的是因为我看过几本古书，所以相信我的，有的是

1　这些是当时上海报刊上常见的新闻。1934年夏南方大旱，国民政府于7月邀请第九世班禅喇嘛和安钦活佛在南京、汤山等地"作法求雨"。8月初，国民政府行政院秘书长褚民谊为女游泳选手杨秀琼打扇、驾车，被称为"吊膀子秘书长"（吊膀子，吴地方言，指调情、勾搭女人）。上海"大世界"游艺场为招揽游客，利用旱灾展出一个所谓"旱魃"的矮人，称"三寸怪人干"。5月，国际银价上升，国内官僚资本趁国内粮价飞涨，用白银从国外购进大米，牟取暴利。6月，江西省政府颁布《取缔妇女奇装异服办法》，规定"裤长最短须过膝四寸，不得露腿赤足"，重庆、北平等地也禁止"女子裸膝露肘"。

因为我看过一点洋书，有的又因为我看古书也看洋书；但有几位却因此反不相信我，说我是蝙蝠。我说到古文，他就笑道，你不是唐宋八大家，能信么？我谈到大众语，他又笑道：你又不是劳苦大众，讲什么海话呢？

这也是真的。我们讲旱灾的时候，就讲到一位老爷下乡查灾，说有些地方是本可以不成灾的，现在成灾，是因为农民懒，不戽水[1]。但一种报上，却记着一个六十老翁，因儿子戽水乏力而死，灾象如故，无路可走，自杀了。老爷和乡下人，意见是真有这么的不同的。那么，我的夜谈，恐怕也终不过是一个门外闲人的空话罢了。

飓风过后，天气也凉爽了一些，但我终于照着希望我写的几个人的希望，写出来了，比口语简单得多，大致却无异，算是抄给我们一流人看的。当时只凭记忆，乱引古书，说话是耳边风，错点不打紧，写在纸上，却使我很踌躇，但自己又苦于没有原书可对，这只好请读者随时指正了。

一九三四年，八月十六夜，写完并记。

二　字是什么人造的？

字是什么人造的？

我们听惯了一件东西，总是古时候一位圣贤所造的故事，对于文字，也当然要有这质问。但立刻就有忘记了来源的答话：字是仓颉造的。

1　戽水：汲水。

这是一般的学者的主张，他自然有他的出典。我还见过一幅这位仓颉的画像，是生着四只眼睛的老头陀。可见要造文字，相貌先得出奇，我们这种只有两只眼睛的人，是不但本领不够，连相貌也不配的。

然而做《易经》的人（我不知道是谁），却比较的聪明，他说："上古结绳而治，后世圣人易之以书契。"他不说仓颉，只说"后世圣人"，不说创造，只说掉换，真是谨慎得很；也许他无意中就不相信古代会有一个独自造出许多文字来的人的了，所以就只是这么含含胡胡的来一句。

但是，用书契来代结绳的人，又是什么脚色呢？文学家？不错，从现在的所谓文学家的最要卖弄文字，夺掉笔杆便一无所能的事实看起来，的确首先就要想到他；他也的确应该给自己的吃饭家伙出点力。然而并不是的。有史以前的人们，虽然劳动也唱歌，求爱也唱歌，他却并不起草，或者留稿子，因为他做梦也想不到卖诗稿，编全集，而且那时的社会里，也没有报馆和书铺子，文字毫无用处。据有些学者告诉我们的话来看，这在文字上用了一番工夫的，想来该是史官了。

原始社会里，大约先前只有巫，待到渐次进化，事情繁复了，有些事情，如祭祀，狩猎，战争……之类，渐有记住的必要，巫就只好在他那本职的"降神"之外，一面也想法子来记事，这就是"史"的开头。况且"升中于天"，他在本职上，也得将记载酋长和他的治下的大事的册子，烧给上帝看，因此一样的要做文章——虽然这大约是后起的事。再后来，职掌分得更清楚了，于是就有专门记事的史官。文字就是史官必要的工具，古人说："仓颉，黄帝史。"第一句未可信，但指出了史和文字的关系，却是很有意思的。至于后来的"文学家"用它来写"阿呀呀，我的爱哟，我要死了！"那些佳句，那不过是享享现成的罢了，"何足道哉"！

三　字是怎么来的？

　　照《易经》说，书契之前明明是结绳；我们那里的乡下人，碰到明天要做一件紧要事，怕得忘记时，也常常说："裤带上打一个结！"那么，我们的古圣人，是否也用一条长绳，有一件事就打一个结呢？恐怕是不行的。只有几个结还记得，一多可就糟了。或者那正是伏羲皇上的"八卦"之流，三条绳一组，都不打结是"乾"，中间各打一结是"坤"罢？恐怕也不对。八组尚可，六十四组就难记，何况还会有五百十二组呢。只有在秘鲁还有存留的"打结字"（Quippus），用一条横绳，挂上许多直绳，拉来拉去的结起来，网不像网，倒似乎还可以表现较多的意思。我们上古的结绳，恐怕也是如此的罢。但它既然被书契掉换，又不是书契的祖宗，我们也不妨暂且不去管它了。

　　夏禹的"岣嵝碑"是道士们假造的；现在我们能在实物上看见的最古的文字，只有商朝的甲骨和钟鼎文。但这些，都已经很进步了，几乎找不出一个原始形态。只在铜器上，有时还可以看见一点写实的图形，如鹿，如象，而从这图形上，又能发见和文字相关的线索：中国文字的基础是"象形"。

　　画在西班牙的亚勒泰米拉（Altamira）洞里的野牛，是有名的原始人的遗迹，许多艺术史家说，这正是"为艺术的艺术"，原始人画着玩玩的。但这解释未免过于"摩登"，因为原始人没有十九世纪的文艺家那么有闲，他的画一只牛，是有缘故的，为的是关于野牛，或者是猎取野牛，禁咒野牛的事。现在上海墙壁上的香烟和电影的广告画，尚且常有人张着嘴巴看，在少见多怪的原始社会里，有了这么一个奇迹，那轰动一时，就可想而知了。他们一面看，知道了野牛这东西，原来可以用线条移在别的平面上，同时仿佛也认识了一个"牛"字，一面也佩服这作者的才能，但没有人请他作自传赚钱，所以姓氏也就湮没了。但在社会里，仓颉也不止一个，有的在刀柄上刻一点图，有的在门户上画一些画，心心相印，口口相传，文字就多起来，史官一采集，便可以敷衍记事了。中国文字的由来，恐怕也逃不出这例子的。

自然，后来还该有不断的增补，这是史官自己可以办到的，新字夹在熟字中，又是象形，别人也容易推测到那字的意义。直到现在，中国还在生出新字来。但是，硬做新仓颉，却要失败的，吴的朱育[1]，唐的武则天，都曾经造过古怪字，也都白费力。现在最会造字的是中国化学家，许多原质和化合物的名目，很不容易认得，连音也难以读出来了。老实说，我是一看见就头痛的，觉得远不如就用万国通用的拉丁名来得爽快，如果二十来个字母都认不得，请恕我直说：那么，化学也大抵学不好的。

四　写字就是画画

《周礼》和《说文解字》上都说文字的构成法有六种，这里且不谈罢，只说些和"象形"有关的东西。

象形，"近取诸身，远取诸物"，就是画一只眼睛是"目"，画一个

1　朱育：生卒年不详，字嗣卿，三国吴人，造异字上千。

圆圈，放几条毫光是"日"，那自然很明白，便当的。但有时要碰壁，譬如要画刀口，怎么办呢？不画刀背，也显不出刀口来，这时就只好别出心裁，在刀口上加一条短棍，算是指明"这个地方"的意思，造了"刃"。这已经颇有些办事棘手的模样了，何况还有无形可象的事件，于是只得来"象意"，也叫作"会意"。一只手放在树上是"采"，一颗心放在屋子和饭碗之间是"宓"，有吃有住，安宓了。但要写"宁可"的宁，却又得在碗下面放一条线，表明这不过是用了"宓"的声音的意思。"会意"比"象形"更麻烦，它至少要画两样。如"寳"字，则要画一个屋顶，一串玉，一个缶，一个贝，计四样；我看"缶"字还是杵臼两形合成的，那么一共有五样。单单为了寳这一个字，就很要破费些工夫。

不过还是走不通，因为有些事物是画不出，有些事物是画不来，譬如松柏，叶样不同，原是可以分出来的，但写字究竟是写字，不能像绘画那样精工，到底还是硬挺不下去。来打开这僵局的是"谐声"，意义和形象离开了关系。这已经是"记音"了，所以有人说，这是中国文字的进步。不错，也可以说是进步，然而那基础也还是画画儿。例如"菜，从草，采声"，画一窠草，一个爪，一株树：三样；"海，从水，每声"，画一条河，一位戴帽（？）的太太，也三样。总之：如果要写字，就非永远画画不成。

但古人是并不愚蠢的，他们早就将形象改得简单，远离了写实。篆字圆折，还有图画的余痕，从隶书到现在的楷书，和形象就天差地远。不过那基础并未改变，天差地远之后，就成为不象形的象形字，写起来虽然比较的简单，认起来却非常困难了，要凭空一个一个的记住。而且有些字，也至今并不简单，例如"鸞"或"鑿"，去叫孩子写，非练习半年六月，是很难写在半寸见方的格子里面的。

还有一层，是"谐声"字也因为古今字音的变迁，很有些和"声"不大"谐"的了。现在还有谁读"滑"为"骨"，读"海"为"每"呢？

古人传文字给我们，原是一份重大的遗产，应该感谢的。但在成了不象形的象形字，不十分谐声的谐声字的现在，这感谢却只好踌躇一下了。

五　古时候言文一致么？

到这里，我想来猜一下古时候言文是否一致的问题。

对于这问题，现在的学者们虽然并没有分明的结论，但听他口气，好像大概是以为一致的；越古，就越一致。不过我却很有些怀疑，因为文字愈容易写，就愈容易写得和口语一致，但中国却是那么难画的象形字，也许我们的古人，向来就将不关重要的词摘去了的。

《书经》有那么难读，似乎正可作照写口语的证据，但商周人的的确的口语，现在还没有研究出，还要繁也说不定的。至于周秦古书，虽然作者也用一点他本地的方言，而文字大致相类，即使和口语还相近罢，用的也是周秦白话，并非周秦大众语。汉朝更不必说了，虽是肯将《书经》里难懂的字眼，翻成今字的司马迁，也不过在特别情况之下，采用一点俗语，例如陈涉的老朋友看见他为王，惊异道："夥颐，涉之为王沉沉者"，而其中的"涉之为王"四个字，我还疑心太史公加过修剪的。

那么，古书里采录的童谣，谚语，民歌，该是那时的老牌俗语罢。我看也很难说。中国的文学家，是颇有爱改别人文章的脾气的。最明

显的例子是汉民间的《淮南王歌》，同一地方的同一首歌，《汉书》和
《前汉纪》记的就两样。

一面是——

一尺布，尚可缝；

一斗粟，尚可舂。

兄弟二人，不能相容。

一面却是——

一尺布，暖童童；

一斗粟，饱蓬蓬。

兄弟二人不相容。

比较起来，好像后者是本来面目，但已经删掉了一些也说不定
的：只是一个提要。后来宋人的语录，话本，元人的杂剧和传奇里的
科白，也都是提要，只是它用字较为平常，删去的文字较少，就令人
觉得"明白如话"了。

我的臆测，是以为中国的言文，一向就并不一致的，大原因便是
字难写，只好节省些。当时的口语的摘要，是古人的文；古代的口语
的摘要，是后人的古文。所以我们的做古文，是在用了已经并不象形
的象形字，未必一定谐声的谐声字，在纸上描出今人谁也不说，懂的
也不多的，古人的口语的摘要来。你想，这难不难呢？

六　于是文章成为奇货了

　　文字在人民间萌芽，后来却一定为特权者所收揽。据《易经》的作者所推测，"上古结绳而治"，则连结绳就已是治人者的东西。待到落在巫史的手里的时候，更不必说了，他们都是酋长之下，万民之上的人。社会改变下去，学习文字的人们的范围也扩大起来，但大抵限于特权者。至于平民，那是不识字的，并非缺少学费，只因为限于资格，他不配。而且连书籍也看不见。中国在刻版还未发达的时候，有一部好书，往往是"藏之秘阁，副在三馆"，连做了士子，也还是不知道写着什么的。

　　因为文字是特权者的东西，所以它就有了尊严性，并且有了神秘性。中国的字，到现在还很尊严，我们在墙壁上，就常常看见挂着写上"敬惜字纸"的篓子；至于符的驱邪治病，那是靠了它的神秘性的。文字既然含着尊严性，那么，知道文字，这人也就连带的尊严起来了。新的尊严者日出不穷，对于旧的尊严者就不利，而且知道文字的人们一多，也会损伤神秘性的。符的威力，就因为这好像是字的东西，除道士以外，谁也不认识的缘故。所以，对于文字，他们一定要把持。

　　欧洲中世，文章学问，都在道院里；克罗蒂亚[1]（Kroatia），是到了十九世纪，识字的还只有教士的，人民的口语，退步到对于旧生活刚够用。他们革新的时候，就只好从外国借进许多新语来。

　　我们中国的文字，对于大众，除了身分，经济这些限制之外，却还要加上一条高门槛：难。单是这条门槛，倘不费他十来年工夫，就

1　克罗蒂亚：即克罗地亚，欧洲东南部国家。

不容易跨过。跨过了的，就是士大夫，而这些士大夫，又竭力的要使文字更加难起来，因为这可以使他特别的尊严，超出别的一切平常的士大夫之上。汉朝的杨雄[1]的喜欢奇字，就有这毛病的，刘歆[2]想借他的《方言》稿子，他几乎要跳黄浦。唐朝呢，樊宗师[3]的文章做到别人点不断，李贺[4]的诗做到别人看不懂，也都为了这缘故。还有一种方法是将字写得别人不认识，下焉者，是从《康熙字典》上查出几个古字来，夹进文章里面去；上焉者是钱坫[5]的用篆字来写刘熙[6]的《释名》，最近还有钱玄同先生的照《说文》字样给太炎[7]先生抄《小学答问》。

　　文字难，文章难，这还都是原来的；这些上面，又加以士大夫故意特制的难，却还想它和大众有缘，怎么办得到。但士大夫们也正愿其如此，如果文字易识，大家都会，文字就不尊严，他也跟着不尊严了。说白话不如文言的人，就从这里出发的；现在论大众语，说大众只要教给"千字课"就够的人，那意思的根柢也还是在这里。

七　不识字的作家

　　用那么艰难的文字写出来的古语摘要，我们先前也叫"文"，现在

1　扬雄（前53—18）：字子云，成都人，西汉辞赋家。

2　刘歆（前50—23）：字子骏，后改名秀，字颖叔，长安人，西汉学者。

3　樊宗师：生卒年不详，字绍述，唐代散文家，喜用生僻词语，时号"涩体"。

4　李贺（约790—约817）：字长吉，洛阳人，唐代诗人。

5　钱坫（1744—1806）：字献之，号小兰、十兰，江苏嘉定（今上海嘉定）人，清代书法家，善小篆。

6　刘熙：生卒年不详，字成国，北海（今山东昌乐）人，东汉经学家、训诂学家。其著作《释名》是一部从语音角度推求字义由来的书。

7　太炎：章太炎（1869—1936），原名学乘，字枚叔，后易名为炳麟，浙江余杭人，民主革命家、思想家、学者。

新派一点的叫"文学"，这不是从"文学子游子夏"[1]上割下来的，是从日本输入，他们的对于英文Literature的译名。会写写这样的"文"的，现在是写白话也可以了，就叫作"文学家"，或者叫"作家"。

文学的存在条件首先要会写字，那么，不识字的文盲群里，当然不会有文学家的了。然而作家却有的。你们不要太早的笑我，我还有话说。我想，人类是在未有文字之前，就有了创作的，可惜没有人记下，也没有法子记下。我们的祖先的原始人，原是连话也不会说的，为了共同劳作，必需发表意见，才渐渐的练出复杂的声音来，假如那时大家抬木头，都觉得吃力了，却想不到发表，其中有一个叫道"杭育杭育"，那么，这就是创作；大家也要佩服，应用的，这就等于出版；倘若用什么记号留存了下来，这就是文学；他当然就是作家，也是文学家，是"杭育杭育派"。不要笑，这作品确也幼稚得很，但古人不及今人的地方是很多的，这正是其一。就是周朝的什么"关关雎鸠，在河之洲，窈窕淑女，君子好逑"罢，它是《诗经》里的头一篇，所以吓得我们只好磕头佩服，假如先前未曾有过这样的一篇诗，现在的新诗人用这意思做一首白话诗，到无论什么副刊上去投稿试试罢，我看十分之九是要被编辑者塞进字纸篓去的。"漂亮的好小姐呀，是少爷的好一对儿！"什么话呢？

就是《诗经》的《国风》里的东西，好许多也是不识字的无名氏作品，因为比较的优秀，大家口口相传的。王官们检出它可作行政上参考的记录了下来，此外消灭的正不知有多少。希腊人荷马[2]——我们姑且当作有这样一个人——的两大史诗，也原是口吟，现存的是别

1　出自《论语·先进》。
2　荷马（Homer，约前9世纪—前8世纪）：古希腊盲诗人，记叙有长篇叙事史诗《伊利亚特》和《奥德赛》。

人的记录。东晋到齐陈的《子夜歌》和《读曲歌》之类，唐朝的《竹枝词》和《柳枝词》之类，原都是无名氏的创作，经文人的采录和润色之后，留传下来的。这一润色，留传固然留传了，但可惜的是一定失去了许多本来面目。到现在，到处还有民谣，山歌，渔歌等，这就是不识字的诗人的作品；也传述着童话和故事，这就是不识字的小说家的作品；他们，就都是不识字的作家。

但是，因为没有记录作品的东西，又很容易消灭，流布的范围也不能很广大，知道的人们也就很少了。偶有一点为文人所见，往往倒吃惊，吸入自己的作品中，作为新的养料。旧文学衰颓时，因为摄取民间文学或外国文学而起一个新的转变，这例子是常见于文学史上的。不识字的作家虽然不及文人的细腻，但他却刚健，清新。

要这样的作品为大家所共有，首先也就是要这作家能写字，同时也还要读者们能识字以至能写字，一句话：将文字交给一切人。

八　怎么交代？

将文字交给大众的事实，从清朝末年就已经有了的。

"莫打鼓，莫打锣，听我唱个太平歌……"是钦颂的教育大众的俗歌；此外，士大夫也办过一些白话报，但那主意，是只要大家听得懂，不必一定写得出。《平民千字课》就带了一点写得出的可能，但也只够记账，写信。倘要写出心里所想的东西，它那限定的字数是不够的。譬如牢监，的确是给了人一块地，不过它有限制，只能在这圈子里行立坐卧，断不能跑出设定了的铁栅外面去。

门外文谈

　　劳乃宣[1]和王照[2]他两位都有简字，进步得很，可以照音写字了。民国初年，教育部要制字母，他们俩都是会员，劳先生派了一位代表，王先生是亲到的，为了入声存废问题，曾和吴稚晖先生大战，战得吴先生肚子一凹，棉裤也落了下来。但结果总算几经斟酌，制成了一种东西，叫作"注音字母"。那时很有些人，以为可以替代汉字了，但实际上还是不行，因为它究竟不过简单的方块字，恰如日本的"假名"一样，夹上几个，或者注在汉字的旁边还可以，要它拜帅，能力就不够了。写起来会混杂，看起来要眼花。那时的会员们称它为"注音字母"，是深知道它的能力范围的。再看日本，他们有主张减少汉字的，有主张拉丁拼音的，但主张只用"假名"的却没有。

　　再好一点的是用罗马字拼法，研究得最精的是赵元任[3]先生罢，我不大明白。用世界通用的罗马字拼起来——现在是连土耳其也采用了——一词一串，非常清晰，是好的。但教我似的门外汉来说，好像那拼法还太繁。要精密，当然不得不繁，但繁得很，就又变了"难"，有些妨碍普及了。最好是另有一种简而不陋的东西。

　　这里我们可以研究一下新的"拉丁化"法，《每日国际文选》里有一小本《中国语书法之拉丁化》，《世界》第二年第六七号合刊附录的一份《言语科学》，就都是绍介这东西的。价钱便宜，有心的人可以买来看。它只有二十八个字母，拼法也容易学。"人"就是Rhen，"房子"就是Fangz，"我吃果子"是 Wo ch goz，"他是工人"是Ta sh

1　劳乃宣（1843—1921）：字季瑄，号玉初，又号韧叟，浙江嘉兴人，音韵学家。

2　王照（1859—1933）：字小航，号芦中穷士，又号水东，直隶宁河（今属天津）人，近代拼音文字提倡者、
　　"官话字母"方案制订人。

3　赵元任（1892—1982）：字宣仲、宜重，江苏武进人，语言学家、音乐家，被誉为"中国现代语言学之
　　父""中国现代音乐先驱"。

gungrhen。现在在华侨里实验，见了成绩的，还只是北方话。但我想，中国究竟还是讲北方话——不是北京话——的人们多，将来如果真有一种到处通行的大众话，那主力也恐怕还是北方话罢。为今之计，只要酌量增减一点，使它合于各该地方所特有的音，也就可以用到无论什么穷乡僻壤去了。

那么，只要认识二十八个字母，学一点拼法和写法，除懒虫和低能外，就谁都能够写得出，看得懂了。况且它还有一个好处，是写得快。美国人说，时间就是金钱；但我想：时间就是性命。无端的空耗别人的时间，其实是无异于谋财害命的。不过像我们这样坐着乘风凉，谈闲天的人们，可又是例外。

九　专化呢，普遍化呢？

到了这里，就又碰着了一个大问题：中国的言语，各处很不同，单给一个粗枝大叶的区别，就有北方话，江浙话，两湖川贵话，福建话，广东话这五种，而这五种中，还有小区别。现在用拉丁字来写，写普通话，还是写土话呢？要写普通话，人们不会；倘写土话，别处的人们就看不懂，反而隔阂起来，不及全国通行的汉字了。这是一个大弊病！

我的意思是：在开首的启蒙时期，各地方各写它的土话，用不着顾到和别地方意思不相通。当未用拉丁写法之前，我们的不识字的人们，原没有用汉字互通着声气，所以新添的坏处是一点也没有的，倒有新的益处，至少是在同一语言的区域里，可以彼此交换意见，吸收智识了——那当然，一面也得有人写些有益的书。问题倒在这各处的大众语文，将来究竟要它专化呢，还是普通化？

方言土语里，很有些意味深长的话，我们那里叫"炼话"，用起来是很有意思的，恰如文言的用古典，听者也觉得趣味津津。各就各处的方言，将语法和词汇，更加提炼，使他发达上去的，就是专化。这于文学，是很有益处的，它可以做得比仅用泛泛的话头的文章更加有意思。但专化又有专化的危险。言语学我不知道，看生物，是一到专化，往往要灭亡的。未有人类以前的许多动植物，就因为太专化了，失其可变性，环境一改，无法应付，只好灭亡。——幸而我们人类还不算专化的动物，请你们不要愁。大众，是有文学，要文学的，但决不该为文学做牺牲，要不然，他的荒谬和为了保存汉字，要十分之八的中国人做文盲来殉难的活圣贤就并不两样。所以，我想，启蒙时候用方言，但一面又要渐渐的加入普通的语法和词汇去。先用固有的，是一地方的语文的大众化，加入新的去，是全国的语文的大众化。

几个读书人在书房里商量出来的方案，固然大抵行不通，但一切都听其自然，却也不是好办法。现在在码头上，公共机关中，大学校里，确已有着一种好像普通话模样的东西，大家说话，既非"国语"，又不是京话，各各带着乡音，乡调，却又不是方言，即使说的吃力，听的也吃力，然而总归说得出，听得懂。如果加以整理，帮它发达，也是大众语中的一支，说不定将来还简直是主力。我说要在方言里"加入新的去"，那"新的"的来源就在这地方。待到这一种出于自然，又加人工的话一普遍，我们的大众语文就算大致统一了。

此后当然还要做。年深月久之后，语文更加一致，和"炼话"一样好，比"古典"还要活的东西，也渐渐的形成，文学就更加精采了。马上是办不到的。你们想，国粹家当作宝贝的汉字，不是化了三四千年工夫,这才有这么一堆古怪成绩么?

　　至于开手要谁来做的问题,那不消说:是觉悟的读书人。有人说:"大众的事情,要大众自己来做!"那当然不错的,不过得看看说的是什么脚色。如果说的是大众,那有一点是对的,对的是要自己来,错的是推开了帮手。倘使说的是读书人呢,那可全不同了:他在用漂亮话把持文字,保护自己的尊荣。

　十　不必恐慌

　　但是,这还不必实做,只要一说,就又使另一些人发生恐慌了。

　　首先是说提倡大众语文的,乃是"文艺的政治宣传员如宋阳之流",本意在于造反。给带上一项有色帽,是极简单的反对法。不过一面也就是说,为了自己的太平,宁可中国有百分之八十的文盲。那么,倘使口头宣传呢,就应该使中国有百分之八十的聋子了。但这不属于"谈文"的范围,这里也无须多说。

　　专为着文学发愁的,我现在看见有两种。一种是怕大众如果都会读,写,就大家都变成文学家了。这真是怕天掉下来的好人。上次说过,在不识字的大众里,是一向就有作家的。我久不到乡下去了,先前是,农民们还有一点余闲,譬如乘凉,就有人讲故事。不过这讲手,大抵是特定的人,他比较的见识多,说话巧,能够使人听下去,懂明白,并且觉得有趣。这就是作家,抄出他的话来,也就是作品。倘有语言无味,偏爱多嘴的人,大家是不要听的,还要送给他许多冷话——讥刺。我们弄了几千年文言,十来年白话,凡是能写的人,何尝个个是文学家呢?即使都变成文学家,又不是军阀或土匪,于大众也并无害处的，不过彼此互看作品而已。

　　还有一种是怕文学的低落。大众并无旧文学的修养，比起士大夫文学的细致来，或者会显得所谓"低落"的。但也未染旧文学的痼疾，所以它又刚健，清新。无名氏文学如《子夜歌》之流，会给旧文学一种新力量，我先前已经说过了；现在也有人绍介了许多民歌和故事。还有戏剧，例如《朝花夕拾》所引《目连救母》里的无常鬼的自传，说是因为同情一个鬼魂，暂放还阳半日，不料被阎罗责罚，从此不再宽纵了——

　　　　那怕你铜墙铁壁！
　　　　那怕你皇亲国戚！……

　　何等有人情，又何等知过，何等守法，又何等果决，我们的文学家做得出来么？

　　这是真的农民和手业工人的作品，由他们闲中扮演。借目连的巡行来贯串许多故事，除《小尼姑下山》外，和刻本的《目连救母记》是完全不同的。其中有一段《武松打虎》，是甲乙两人，一强一弱，扮着戏玩。先是甲扮武松，乙扮老虎，被甲打得要命，乙埋怨他了，甲道："你是老虎，不打，不是给你咬死了？"乙只得要求互换，却又被甲咬得要命，一说怨话，甲便道："你是武松，不咬，不是给你打死了？"我想：比起希腊的伊索[1]，俄国的梭罗古勃[2]的寓言来，这是毫无逊色的。

1　伊索（Aísôpos，约前620—前560）：古希腊哲学家、文学家、寓言家。
2　梭罗古勃：通译索洛古勃（F. Sologub，1863—1927），俄国作家。

如果到全国的各处去收集，这一类的作品恐怕还很多。但自然，缺点是有的。是一向受着难文字，难文章的封锁，和现代思潮隔绝。所以，倘要中国的文化一同向上，就必须提倡大众语，大众文，而且书法更必须拉丁化。

十一　大众并不如读书人所想像的愚蠢

但是，这一回，大众语文刚一提出，就有些猛将趁势出现了，来路是并不一样的，可是都向白话，翻译，欧化语法，新字眼进攻。他们都打着"大众"的旗，说这些东西，都为大众所不懂，所以要不得。其中有的是原是文言余孽，借此先来打击当面的白话和翻译的，就是祖传的"远交近攻"的老法术；有的是本是懒惰分子，未尝用功，要大众语未成，白话先倒，让他在这空场上夸海口的，其实也还是文言文的好朋友，我都不想在这里多谈。现在要说的只是那些好意的，然而错误的人，因为他们不是看轻了大众，就是看轻了自己，仍旧犯着古之读书人的老毛病。

读书人常常看轻别人，以为较新，较难的字句，自己能懂，大众却不能懂，所以为大众计，是必须彻底扫荡的；说话作文，越俗，就越好。这意见发展开来，他就要不自觉的成为新国粹派。或则希图大众语文在大众中推行得快，主张什么都要配大众的胃口，甚至于说要"迎合大众"，故意多骂几句，以博大众的欢心。这当然自有他的苦心孤诣，但这样下去，可要成为大众的新帮闲的。

说起大众来，界限宽泛得很，其中包括着各式各样的人，但即使"目不识丁"的文盲，由我看来，其实也并不如读书人所推想的那么愚蠢。他们是要智识，要新的智识，要学习，能摄取的。当然，如果满口新语法，新名词，他们是什么也不懂；但逐渐的检必要的灌输进去，他们却会接受；那消化的力量，也许还赛过成见更多的读书人。初生的孩子，都是文盲，但到两岁，就懂许多话，能说许多话了，这在他，全部是新名词，新语法。他那里是从《马氏文通》或《辞源》里查来的呢，也没有教师给他解释，他是听过几回之后，从比较而明白了意义的。大众的会摄取新词汇和语法，也就是这样子，他们会这样的前进。所以，新国粹派的主张，虽然好像为大众设想，实际上倒尽了拖住的任务。不过也不能听大众的自然，因为有些见识，他们究竟还在觉悟的读书人之下，如果不给他们随时拣选，也许会误拿了无益的，甚而至于有害的东西。所以"迎合大众"的新帮闲，是绝对的要不得的。

由历史所指示，凡有改革，最初，总是觉悟的智识者的任务。但这些智识者，却必须有研究，能思索，有决断，而且有毅力。他也用权，却不是骗人，他利导，却并非迎合。他不看轻自己，以为是大家的戏子，也不看轻别人，当作自己的喽罗。他只是大众中的一个人，我想，这才可以做大众的事业。

十二　煞尾

话已经说得不少了。总之，单是话不行，要紧的是做。要许多人做：大众和先驱；要各式的人做：教育家，文学家，言语学家……。这已经迫于必要了，即使目下还有点逆水行舟，也只好拉纤；顺水固然好得很，然而还是少不得把舵的。

这拉纤或把舵的好方法，虽然也可以口谈，但大抵得益于实验，无论怎么看风看水，目的只是一个：向前。

各人大概都有些自己的意见，现在还是给我听听你们诸位的高论罢。

本篇最初发表于一九三四年八月二十四日至九月十日上海《申报·自由谈》，署名华圉。后收入杂文集《且介亭杂文》。

门外文谈

中国人失掉自信力了吗

　　从公开的文字上看起来：两年以前，我们总自夸着"地大物博"，是事实；不久就不再自夸了，只希望着国联[1]，也是事实；现在是既不夸自己，也不信国联，改为一味求神拜佛，怀古伤今了——却也是事实。

　　于是有人慨叹曰：中国人失掉自信力了。

　　如果单据这一点现象而论，自信其实是早就失掉了的。先前信"地"，信"物"，后来信"国联"，都没有相信过"自己"。假使这也算一种"信"，那也只能说中国人曾经有过"他信力"，自从对国联失望之后，便把这他信力都失掉了。

　　失掉了他信力，就会疑，一个转身，也许能够只相信了自己，倒是一条新生路，但不幸的是逐渐玄虚起来了。信"地"和"物"，还是切实的东西，国联就渺茫，不过这还可以令人不久就省悟到依赖它的不可靠。一到求神拜佛，可就玄虚之至了，有益或是有害，一时就找不出分明的结果来，它可以令人更长久的麻醉着自己。

　　中国人现在是在发展着"自欺力"。

1　国联：国际联盟，《凡尔赛条约》签订后组成的国际组织，成立于1920年。1931年"九·一八"事变后，国民政府实行不抵抗政策，幻想通过国联制裁日本，请求国联组织调查团来华调查事变真相。国联调查团虽在一定程度上揭露了日本侵占中国东北三省的真相，但未能制止其侵略活动。1933年3月27日，日本因国联通过了根据《国联调查团报告书》起草的《关于中日争端的决议》，宣布退出国联。其后，《国联调查团报告书》和《关于中日争端的决议》均成为废纸。

　　"自欺"也并非现在的新东西，现在只不过日见其明显，笼罩了一切罢了。然而，在这笼罩之下，我们有并不失掉自信力的中国人在。

　　我们从古以来，就有埋头苦干的人，有拚命硬干的人，有为民请命的人，有舍身求法的人，……虽是等于为帝王将相作家谱的所谓"正史"，也往往掩不住他们的光耀，这就是中国的脊梁。

　　这一类的人们，就是现在也何尝少呢？他们有确信，不自欺；他们在前仆后继的战斗，不过一面总在被摧残，被抹杀，消灭于黑暗中，不能为大家所知道罢了。说中国人失掉了自信力，用以指一部分人则可，倘若加于全体，那简直是诬蔑。

　　要论中国人，必须不被搽在表面的自欺欺人的脂粉所诓骗，却看看他的筋骨和脊梁。自信力的有无，状元宰相的文章是不足为据的，要自己去看地底下。

　　　　　　　　　　　　　　　　　九月二十五日

　　　本篇最初发表于一九三四年十月二十日《太白》半月刊第一卷第三期，署名公汗。后收入杂文集《且介亭杂文》。

中国人失掉自信力了吗

说"面子"

　　"面子"，是我们在谈话里常常听到的，因为好像一听就懂，所以细想的人大约不很多。

　　但近来从外国人的嘴里，有时也听到这两个音，他们似乎在研究。他们以为这一件事情，很不容易懂，然而是中国精神的纲领，只要抓住这个，就像二十四年前的拔住了辫子一样，全身都跟着走动了。相传前清时候，洋人到总理衙门去要求利益，一通威吓，吓得大官们满口答应，但临走时，却被从边门送出去。不给他走正门，就是他没有面子；他既然没有了面子，自然就是中国有了面子，也就是占了上风了。这是不是事实，我断不定，但这故事，"中外人士"中是颇有些人知道的。

　　因此，我颇疑心他们想专将"面子"给我们。

　　但"面子"究竟是怎么一回事呢？不想还好，一想可就觉得胡涂。它像是很有好几种的，每一种身份，就有一种"面子"，也就是所谓"脸"。这"脸"有一条界线，如果落到这线的下面去了，即失了面子，也叫作"丢脸"。不怕"丢脸"，便是"不要脸"。但倘使做了超出这线以上的事，就"有面子"，或曰"露脸"。而"丢脸"之道，则因人而不同，例如车夫坐在路边赤膊捉虱子，并不算什么，富家姑爷坐在路边赤膊捉虱子，才成为"丢脸"。但车夫也并非没有"脸"，不过这时不算"丢"，要给老婆踢了一脚，就躺倒哭起来，这才成为他的"丢脸"。这一条"丢脸"律，是也适用于上等人的。这样看来，"丢脸"的机会，似乎上等人比较的多，但也不一定，例如车夫偷一个钱袋，被人发见，是失了面子的，而上等人大捞一批金珠珍玩，却仿佛也不见得怎样"丢脸"，况且还有"出洋考察"，是改头换面的良方。

谁都要"面子"，当然也可以说是好事情，但"面子"这东西，却实在有些怪。九月三十日的《申报》就告诉我们一条新闻：沪西有业木匠大包作头之罗立鸿，为其母出殡，邀开"贳器店之王树宝夫妇帮忙，因来宾众多，所备白衣，不敷分配，其时适有名王道才，绰号三喜子，亦到来送殡，争穿白衣不遂，以为有失体面，心中怀恨，……邀集徒党数十人，各执铁棍，据说尚有持手枪者多人，将王树宝家人乱打，一时双方有剧烈之战争，头破血流，多人受有重伤。……"白衣是亲族有服者所穿的，现在必须"争穿"而又"不遂"，足见并非亲族，但竟以为"有失体面"，演成这样的大战了。这时候，好像只要和普通有些不同便是"有面子"，而自己成了什么，却可以完全不管。这类脾气，是"绅商"也不免发露的：袁世凯将要称帝的时候，有人以列名于劝进表中为"有面子"；有一国从青岛撤兵[1]的时候，有人以列名于万民伞上为"有面子"。

所以，要"面子"也可以说并不一定是好事情——但我并非说，人应该"不要脸"。现在说话难，如果主张"非孝"，就有人会说你在煽动打父母，主张男女平等，就有人会说你在提倡乱交——这声明是万不可少的。

况且，"要面子"和"不要脸"实在也可以有很难分辨的时候。不

1　指1922年12月日本撤走侵占青岛的军队。

是有一个笑话么？一个绅士有钱有势，我假定他叫四大人罢，人们都以能够和他扳谈为荣。有一个专爱夸耀的小瘪三，一天高兴的告诉别人道："四大人和我讲过话了！"人问他"说什么呢？"答道："我站在他门口，四大人出来了，对我说：滚开去！"当然，这是笑话，是形容这人的"不要脸"，但在他本人，是以为"有面子"的，如此的人一多，也就真成为"有面子"了。别的许多人，不是四大人连"滚开去"也不对他说么？

在上海，"吃外国火腿"虽然还不是"有面子"，却也不算怎么"丢脸"了，然而比起被一个本国的下等人所踢来，又仿佛近于"有面子"。

中国人要"面子"，是好的，可惜的是这"面子"是"圆机活法"，善于变化，于是就和"不要脸"混起来了。长谷川如是闲说"盗泉"云："古之君子，恶其名而不饮，今之君子，改其名而饮之。"也说穿了"今之君子"的"面子"的秘密。

十月四日

本篇最初发表于一九三四年十月上海《漫画生活》月刊第二期。后收入杂文集《且介亭杂文》。

中国文坛上的鬼魅

一

当国民党对于共产党从合作改为剿灭之后，有人说，国民党先前原不过利用他们的，北伐将成的时候，要施行剿灭是豫定的计划。但我以为这说的并不是真实。国民党中很有些有权力者，是愿意共产的，他们那时争先恐后的将自己的子女送到苏联去学习，便是一个证据，因为中国的父母，孩子是他们第一等宝贵的人，他们决不至于使他们去练习做剿灭的材料。不过权力者们好像有一种错误的思想，他们以为中国只管共产，但他们自己的权力却可以更大，财产和姨太太也更多；至少，也总不会比不共产还要坏。

我们有一个传说。大约二千年之前，有一个刘先生，积了许多苦功，修成神仙，可以和他的夫人一同飞上天去了，然而他的太太不愿意。为什么呢？她舍不得住着的老房子，养着的鸡和狗。刘先生只好去恳求上帝，设法连老房子，鸡，狗，和他们俩全都弄到天上去，这才做成了神仙。也就是大大的变化了，其实却等于并没有变化。假使共产主义国里可以毫不改动那些权力者的老样，或者还要阔，他们是一定赞成的。然而后来的情形证明了共产主义没有上帝那样的可以通融办理，于是才下了剿灭的决心。孩子自然是第一等宝贵的人，但自己究竟更宝贵。

　　于是许多青年们，共产主义者及其嫌疑者，左倾者及其嫌疑者，以及这些嫌疑者的朋友们，就到处用自己的血来洗自己的错误，以及那些权力者们的错误。权力者们的先前的错误，是受了他们的欺骗的，所以必得用他们的血来洗干净。然而另有许多青年们，却还不知底细，在苏联学毕，骑着骆驼高高兴兴的由蒙古回来了。我记得有一个外国旅行者还曾经看得酸心，她说，他们竟不知道现在在祖国等候他们的，却已经是绞架。

　　不错，是绞架。但绞架还不算坏，简简单单的只用绞索套住了颈子，这是属于优待的。而且也并非个个走上了绞架，他们之中的一些人，还有一条路，是使劲的拉住了那颈子套上了绞索的朋友的脚。这就是用事实来证明他内心的忏悔，能忏悔的人，精神是极其崇高的。

二

　　从此而不知忏悔的共产主义者，在中国就成了该杀的罪人。而且这罪人，却又给了别人无穷的便利；他们成为商品，可以卖钱，给人添出职业来了。而且学校的风潮，恋爱的纠纷，也总有一面被指为共产党，就是罪人，因此极容易的得到解决。如果有谁和有钱的诗人辩论，那诗人的最后的结论是：共产党反对资产阶级，我有钱，他反对我，所以他是共产党。于是诗神就坐了金的坦克车，凯旋了。

　　但是，革命青年的血，却浇灌了革命文学的萌芽，在文学方面，倒比先前更其增加了革命性。政府里很有些从外国学来，或在本国学得的富于智识的青年，他们自然是觉得的，最先用的是极普通的手段：禁止书报，压迫作者，终于是杀戮作者，五个左翼青年作家就做了这示威的牺牲[1]。然而这事件又并没有公表，他们很知道，这事是可以做，却不可以说的。古人也早经说过，"以马上得天下，不能以马上治之。"所以要剿灭革命文学，还得用文学的武器。

作为这武器而出现的，是所谓"民族文学"。他们研究了世界上各人种的脸色，决定了脸色一致的人种，就得取同一的行为，所以黄色的无产阶级，不该和黄色的有产阶级斗争，却该和白色的无产阶级斗争。他们还想到了成吉思汗[2]，作为理想的标本，描写他的孙子拔都汗[3]，怎样率领了许多黄色的民族，侵入斡罗斯[4]，将他们的文化摧残，贵族和平民都做了奴隶。

中国人跟了蒙古的可汗去打仗，其实是不能算中国民族的光荣的，但为了扑灭斡罗斯，他们不能不这样做，因为我们的权力者，现在已经明白了古之斡罗斯，即今之苏联，他们的主义，是决不能增加自己的权力，财富和姨太太的了。然而，现在的拔都汗是谁呢？

一九三一年九月，日本占据了东三省，这确是中国人将要跟着别人去毁坏苏联的序曲，民族主义文学家们可以满足的了。但一般的民众却以为目前的失去东三省，比将来的毁坏苏联还紧要，他们激昂了起来。于是民族主义文学家也只好顺风转舵，改为对于这事件的啼哭，叫喊了。许多热心的青年们往南京去请愿，要求出兵；然而这须经过极辛苦的试验，火车不准坐，露宿了几日，才给他们坐到南京，有许多是只好用自己的脚走。到得南京，却不料就遇到一大队曾经训

---

1 1931年2月7日，柔石、胡也频、殷夫、李伟森、冯铿五位"左联"成员在上海龙华被国民党淞沪警备司令部秘密枪杀。

2 成吉思汗：孛儿只斤·铁木真（1162—1227），蒙古族乞颜部人，1206年建立大蒙古国，尊号"成吉思汗"。

3 拔都汗：孛儿只斤·拔都（1209—1256），他于1235年至1242年率蒙古大军西征，占领钦察、斡罗斯等地。

4 斡罗斯、斡罗斯：即俄罗斯。

练过的"民众"，手里是棍子，皮鞭，手枪，迎头一顿打，使他们只好脸上或身上肿起几块，当作结果，垂头丧气的回家，有些人还从此找不到，有的是在水里淹死了，据报上说，那是他们自己掉下去的。

民族主义文学家们的啼哭也从此收了场，他们的影子也看不见了，他们已经完成了送丧的任务。这正和上海的葬式行列是一样的，出去的时候，有杂乱的乐队，有唱歌似的哭声，但那目的是在将悲哀埋掉，不再记忆起来；目的一达，大家走散，再也不会成什么行列的了。

三

但是，革命文学是没有动摇的，还发达起来，读者们也更加相信了。

于是别一方面，就出现了所谓"第三种人"，是当然决非左翼，但又不是右翼，超然于左右之外的人物。他们以为文学是永久的，政治的现象是暂时的，所以文学不能和政治相关，一相关，就失去它的永久性，中国将从此没有伟大的作品。不过他们，忠实于文学的"第三种人"，也写不出伟大的作品。为什么呢？是因为左翼批评家不懂得文学，为邪说所迷，对于他们的好作品，都加以严酷而不正确的批评，打击得他们写不出来了。所以左翼批评家，是中国文学的刽子手。

至于对于政府的禁止刊物，杀戮作家呢，他们不谈，因为这是属于政治的，一谈，就失去他们的作品的永久性了；况且禁压，或杀戮"中国文学的刽子手"之流，倒正是"第三种人"的永久的文学，伟大的作品的保护者。

这一种微弱的假惺惺的哭诉，虽然也是一种武器，但那力量自然是很小的，革命文学并不为它所击退。"民族主义文学"已经自灭，"第三种文学"又站不起来，这时候，只好又来一次真的武器了。

一九三三年十一月，上海的艺华影片公司突然被一群人们所袭击，捣毁得一塌胡涂了。他们是极有组织的，吹一声哨，动手，又一声哨，停止，又一声哨，散开。临走还留下了传单，说他们的所以征伐，是为了这公司为共产党所利用。而且所征伐的还不止影片公司，又蔓延到书店方面去，大则一群人闯进去捣毁一切，小则不知从那里飞来一块石子，敲碎了值洋二百的窗玻璃。那理由，自然也是因为这书店为共产党所利用。高价的窗玻璃的不安，是使书店主人非常心痛的。几天之后，就有"文学家"将自己的"好作品"来卖给他了，他知道印出来是没有人看的，但得买下，因为价钱不过和一块窗玻璃相当，而可以免去第二块石子，省了修理窗门的工作。

四

压迫书店，真成为最好的战略了。

但是，几块石子是还嫌不够的。中央宣传委员会也查禁了一大批书，计一百四十九种，凡是销行较多的，几乎都包括在里面。中国左翼作家的作品，自然大抵是被禁止的，而且又禁到译本。要举出几个作者来，那就是高尔基（Gorky），卢那卡尔斯基（Lunacharsky），斐定[1]（Fedin），法捷耶夫（Fadeev），绥拉斐摩维支（Serafimovich），辛

1 斐定（1892—1977）：通译费定，苏联作家，代表作《城与年》《兄弟们》。

克莱（Upton Sinclair），甚而至于梅迪林克[1]（Maeterlinck），梭罗古勃（Sologub），斯忒林培克[2]（Strindberg）。

这真使出版家很为难，他们有的是立刻将书缴出，烧毁了，有的却还想补救，和官厅去商量，结果是免除了一部分。为减少将来的出版的困难起见，官员和出版家还开了一个会议。在这会议上，有几个"第三种人"因为要保护好的文学和出版家的资本，便以杂志编辑者的资格提议，请采用日本的办法，在付印之前，先将原稿审查，加以删改，以免别人也被左翼作家的作品所连累而禁止，或印出后始行禁止而使出版家受亏。这提议很为各方面所满足，当即被采用了，虽然并不是光荣的拔都汗的老方法。

而且也即开始了实行，今年七月，在上海就设立了书籍杂志检查处，许多"文学家"的失业问题消失了，还有些改悔的革命作家们，反对文学和政治相关的"第三种人"们，也都坐上了检查官的椅子。他们是很熟悉文坛情形的；头脑没有纯粹官僚的胡涂，一点讽刺，一句反语，他们都比较的懂得所含的意义，而且用文学的笔来涂抹，无论如何总没有创作的烦难，于是那成绩，听说是非常之好了。

但是，他们的引日本为榜样，是错误的。日本固然不准谈阶级斗争，却并不说世界上并无阶级斗争，而中国则说世界上其实无所谓阶级斗争，都是马克思捏造出来的，所以这不准谈，为的是守护真理。日本固然也禁止，删削书籍杂志，但在被删削之处，是可以留下空白的，使读者一看就明白这地方是受了删削，而中国却不准留空白，必须连起来，在读者眼前好像还是一篇完整的文章，只是作者在

1　梅迪林克（1862—1949）：通译梅特林克，比利时诗人、剧作家、散文家，1911年诺贝尔文学奖获得者。

2　斯忒林培克（1849—1912）：通译斯特林堡，瑞典作家。

说着意思不明的昏话。这种在现在的中国读者面前说昏话，是弗理契[1]（Friche），卢那卡尔斯基他们也在所不免的。

于是出版家的资本安全了，"第三种人"的旗子不见了，他们也在暗地里使劲的拉那上了绞架的同业的脚，而没有一种刊物可以描出他们的原形，因为他们正握着涂抹的笔尖，生杀的权力。在读者，只看见刊物的消沉，作品的衰落，和外国一向有名的前进的作家，今年也大抵忽然变了低能者而已。

然而在实际上，文学界的阵线却更加分明了。蒙蔽是不能长久的，接着起来的又将是一场血腥的战斗。

十一月二十一日

本篇最初发表于英文刊物《现代中国》月刊第一卷第五期。

后收入杂文集《且介亭杂文》。

中国文坛上的鬼魅

1　弗理契（1870—1927）：苏联文艺评论家、文学史家。

论俗人应避雅人

这是看了些杂志，偶然想到的——

浊世少见"雅人"，少有"韵事"。但是，没有浊到彻底的时候，雅人却也并非全没有，不过因为"伤雅"的人们多，也累得他们"雅"不彻底了。

道学先生是躬行"仁恕"的，但遇见不仁不恕的人们，他就也不能仁恕。所以朱子是大贤，而做官的时候，不能不给无告的官妓吃板子。新月社的作家们是最憎恶骂人的，但遇见骂人的人，就害得他们不能不骂。林语堂先生是佩服"费厄泼赖"的，但在杭州赏菊，遇见"口里含一枝苏俄香烟，手里夹一本什么斯基的译本"的青年，他就不能不"假作无精打彩，愁眉不展，忧国忧家"（详见《论语》五十五期）的样子，面目全非了。

优良的人物，有时候是要靠别种人来比较，衬托的，例如上等与下等，好与坏，雅与俗，小器与大度之类。没有别人，即无以显出这一面之优，所谓"相反而实相成"者，就是这。但又须别人凑趣，至少是知趣，即使不能帮闲，也至少不可说破，逼得好人们再也好不下去。例如曹孟德是"尚通侻"的，但祢正平[1]天天上门来骂他，他也只好生起气来，送给黄祖[2]去"借刀杀人"了。祢正平真是"咎

1　祢正平：祢衡（173—198），字正平，平原郡（今山东德州）人，东汉末年名士。

2　黄祖（？—208）：东汉末年将领，曾任江夏太守。

由自取"。

所谓"雅人"，原不是一天雅到晚的，即使睡的是珠罗帐，吃的是香稻米，但那根本的睡觉和吃饭，和俗人究竟也没有什么大不同；就是肚子里盘算些挣钱固位之法，自然也不能绝无其事。但他的出众之处，是在有时又忽然能够"雅"。倘使揭穿了这谜底，便是所谓"杀风景"，也就是俗人，而且带累了雅人，使他雅不下去，"未能免俗"了。若无此辈，何至于此呢？所以错处总归在俗人这方面。

譬如罢，有两位知县在这里，他们自然都是整天的办公事，审案子的，但如果其中之一，能够偶然的去看梅花，那就要算是一位雅官，应该加以恭维，天地之间这才会有雅人，会有韵事。如果你不恭维，还可以；一皱眉，就俗；敢开玩笑，那就把好事情都搅坏了。然而世间也偏有狂夫俗子；记得在一部中国的什么古"幽默"书里，有一首"轻薄子"咏知县老爷公余探梅的七绝——

红帽哼兮黑帽呵，风流太守看梅花。
梅花低首开言道：小底梅花接老爷。

这真是恶作剧，将韵事闹得一塌胡涂。而且他替梅花所说的话，也不合式，它这时应该一声不响的，一说，就"伤雅"，会累得"老爷"不便再雅，只好立刻还俗，赏吃板子，至少是给一种什么罪案的。为什么呢？就因为你俗，再不能以雅道相处了。

小心谨慎的人，偶然遇见仁人君子或雅人学者时，倘不会帮闲凑趣，就须远远避开，愈远愈妙。假如不然，即不免要碰着和他们口头大不相同的脸孔和手段。晦气的时候，还会弄到卢布学说的老套，大吃其亏。只给你"口里含一枝苏俄香烟，手里夹一本什么斯基的译本"，倒还不打紧，——然而险矣。

大家都知道"贤者避世"，我以为现在的俗人却要避雅，这也是一种"明哲保身"。

十二月二十六日

本篇最初发表于一九三五年三月二十日《太白》半月刊第二卷第一期，署名且介。后收入杂文集《且介亭杂文》。

隐士

　　隐士，历来算是一个美名，但有时也当作一个笑柄。最显著的，则有刺陈眉公[1]的"翩然一只云中鹤，飞去飞来宰相衙"的诗，至今也还有人提及。我以为这是一种误解。因为一方面，是"自视太高"，于是别方面也就"求之太高"，彼此"忘其所以"，不能"心照"，而又不能"不宣"，从此口舌也多起来了。

　　非隐士的心目中的隐士，是声闻不彰，息影山林的人物。但这种人物，世间是不会知道的。一到挂上隐士的招牌，则即使他并不"飞去飞来"，也一定难免有些表白，张扬；或是他的帮闲们的开锣喝道——隐士家里也会有帮闲，说起来似乎不近情理，但一到招牌可以换饭的时候，那是立刻就有帮闲的，这叫作"啃招牌边"。这一点，也颇为非隐士的人们所诟病，以为隐士身上而有油可揩，则隐士之阔绰可想了。其实这也是一种"求之太高"的误解，和硬要有名的隐士，老死山林中者相同。凡是有名的隐士，他总是已经有了"悠哉游哉，聊以卒岁"的幸福的。倘不然，朝砍柴，昼耕田，晚浇菜，夜织屦，又那有吸烟品茗，吟诗作文的闲暇？陶渊明先生是我们中国赫赫有名的大隐，一名"田园诗人"，自然，他并不办期刊，也赶不上吃"庚款"，然而他有奴子。汉晋时候的奴子，是不但侍候主人，并且给主人种

1　陈眉公：陈继儒（1558—1639），字仲醇，号眉公，明代文学家、书画家。

地，营商的，正是生财器具。所以虽是渊明先生，也还略略有些生财之道在，要不然，他老人家不但没有酒喝，而且没有饭吃，早已在东篱旁边饿死了。

所以我们倘要看看隐君子风，实际上也只能看看这样的隐君子，真的"隐君子"是没法看到的。古今著作，足以汗牛而充栋，但我们可能找出樵夫渔父的著作来？他们的著作是砍柴和打鱼。至于那些文士诗翁，自称什么钓徒樵子的，倒大抵是悠游自得的封翁或公子，何尝捏过钓竿或斧头柄。要在他们身上赏鉴隐逸气，我敢说，我只能怪自己胡涂。

登仕，是啖[1]饭之道，归隐，也是啖饭之道。假使无法啖饭，那就连"隐"也隐不成了。"飞去飞来"，正是因为要"隐"，也就是因为要啖饭；肩出"隐士"的招牌来，挂在"城市山林"里，这就正是所谓"隐"，也就是啖饭之道。帮闲们或开锣，或喝道，那是因为自己还不配"隐"，所以只好揩一点"隐"油，其实也还不外乎啖饭之道。汉唐以来，实际上是入仕并不算鄙，隐居也不算高，而且也不算穷，必须欲"隐"而不得，这才看作士人的末路。唐末有一位诗人左偃[2]，自述他悲惨的境遇道："谋隐谋官两无成"，是用七个字道破了所谓"隐"的秘密的。

"谋隐"无成，才是沦落，可见"隐"总和享福有些相关，至少是不必十分挣扎谋生，颇有悠闲的余裕。但赞颂悠闲，鼓吹烟茗，却又是挣扎之一种，不过挣扎得隐藏一些。虽"隐"，也仍然要啖饭，所以招牌还是要油漆，要保护的。泰山崩，黄河溢，隐士们目无见，耳无

1 啖（dàn）："唉"的异体字。
2 左偃：生卒年不详，金陵（今南京）人，唐代诗人。

闻，但苟有议及自己们或他的一伙的，则虽千里之外，半句之微，他便耳聪目明，奋袂而起，好像事件之大，远胜于宇宙之灭亡者，也就为了这缘故。其实连和苍蝇也何尝有什么相关。

明白这一点，对于所谓"隐士"也就毫不诧异了，心照不宣，彼此都省事。

一月二十五日

本篇最初发表于一九三五年二月二十日上海《太白》半月刊第一卷第十一期，署名长庚。后收入杂文集《且介亭杂文二集》。

漫谈"漫画"

　　孩子们吵架，有一个用木炭——上海是大抵用铅笔了——在墙壁上写道："小三子可乎之及及也，同同三千三百刀！"[1]这和政治之类是毫不相干的，然而不能算小品文。画也一样，住家的恨路人到对门来小解，就在墙上画一个乌龟，题几句话，也不能叫它作"漫画"。为什么呢？就因为这和被画者的形体或精神，是绝无关系的。

　　漫画的第一件紧要事是诚实，要确切的显示了事件或人物的姿态，也就是精神。

　　漫画是 Karikatur 的译名，那"漫"，并不是中国旧日的文人学士之所谓"漫题""漫书"的"漫"。当然也可以不假思索，一挥而就的，但因为发芽于诚实的心，所以那结果也不会仅是嬉皮笑脸。这一种画，在中国的过去的绘画里很少见，《百丑图》[2]或《三十六声粉铎图》[3]庶几近之，可惜的是不过戏文里的丑脚的摹写；罗两峰的《鬼趣图》，当不得已时，或者也就算进去罢，但它又太离开了人间。

　　漫画要使人一目了然，所以那最普通的方法是"夸张"，但又不是胡闹。无缘无故的将所攻击或暴露的对象画作一头驴，恰如拍马家将

1　意思是"小三子可恶之极，戳他三千三百刀"。

2　《百丑图》：描绘一百出丑角戏的图画，作者不详，

3　《三十六声粉铎图》：全名为《三十六声粉铎图咏》，清末戏剧家宣鼎（1832—1880）所著的诗书画集，绘有三十六出昆曲丑角戏。

所拍的对象做成一个神一样，是毫没有效果的，假如那对象其实并无驴气息或神气息。然而如果真有些驴气息，那就糟了，从此之后，越看越像，比读一本做得很厚的传记还明白。关于事件的漫画，也一样的。所以漫画虽然有夸张，却还是要诚实。"燕山雪花大如席"是夸张，但燕山究竟有雪花，就含着一点诚实在里面，使我们立刻知道燕山原来有这么冷。如果说"广州雪花大如席"，那可就变成笑话了。

"夸张"这两个字也许有些语病，那么，说是"廓大"也可以的。廓大一个事件或人物的特点固然使漫画容易显出效果来，但廓大了并非特点之处却更容易显出效果。矮而胖的，瘦而长的，他本身就有漫画相了，再给他秃头，近视眼，画得再矮而胖些，瘦而长些，总可以使读者发笑。但一位白净苗条的美人，就很不容易设法，有些漫画家画作一个髑髅或狐狸之类，却不过是在报告自己的低能。有些漫画家却不用这呆法子，他用廓大镜照了她露出的搽粉的臂膊，看出她皮肤的褶皱，看见了这些褶皱中间的粉和泥的黑白画。这么一来，漫画稿子就成功了，然而这是真实，倘不信，大家或自己也用廓大镜去照照去。于是她也只好承认这真实，倘要好，就用肥皂和毛刷去洗一通。

因为真实，所以也有力。但这种漫画，在中国是很难生存的。我记得去年就有一位文学家说过，他最讨厌论人用显微镜。

欧洲先前，也并不两样。漫画虽然是暴露，讥讽，甚而至于是攻击的，但因为读者多是上等的雅人，所以漫画家的笔锋的所向，往往只在那些无拳无勇的无告者，用他们的可笑，衬出雅人们的完全和高尚来，以分得一枝雪茄的生意。像西班牙的戈雅[1]（Francisco de Goya）和法国

1　戈雅（1746—1828）：西班牙浪漫主义画派画家。

的陀密埃[1]（Honoré Daumier）那样的漫画家，到底还是不可多得的。

二月二十八日

本篇最初印入《小品文和漫画》一书。该书为《太白》半月刊第一卷纪念特辑，内收关于小品文和漫画的文章五十八篇，一九三五年由三月生活书店出版。后收入杂文集《且介亭杂文二集》。

1　陀密埃（1808—1879）：通译杜米埃，法国讽刺漫画家、雕塑家、版画家。

论讽刺

我们常不免有一种先入之见，看见讽刺作品，就觉得这不是文学上的正路，因为我们先就以为讽刺并不是美德。但我们走到交际场中去，就往往可以看见这样的事实，是两位胖胖的先生，彼此弯腰拱手，满面油晃晃的正在开始他们的扳谈——

"贵姓？……"

"敝姓钱。"

"哦，久仰久仰！还没有请教台甫……"

"草字阔亭。"

"高雅高雅。贵处是……？"

"就是上海……"

"哦哦，那好极了，这真是……"

谁觉得奇怪呢？但若写在小说里，人们可就会另眼相看了，恐怕大概要被算作讽刺。有好些直写事实的作者，就这样的被蒙上了"讽刺家"——很难说是好是坏——的头衔。例如在中国，则《金瓶梅》[1]写蔡御史的自谦和恭维西门庆道："恐我不如安石之才，而君有王右军之高致矣！"还有《儒林外史》[2]写范举人因为守孝，连象牙筷也不肯用，但吃饭时，他却"在燕窝碗里拣了一个大虾圆子送在嘴里"，和

---

1 《金瓶梅》：中国古代长篇白话世情小说，署名兰陵笑笑生，作者真名不详，明万历四十五年（1617）初版。

2 《儒林外史》：清代吴敬梓（1701—1754）创作的长篇讽刺小说，成书于乾隆十四年（1749）或稍前。

这相似的情形是现在还可以遇见的；在外国，则如近来已被中国读者所注意了的果戈理的作品，他那《外套》（韦素园[1]译，在《未名丛刊》中）里的大小官吏，《鼻子》（许遐[2]译，在《译文》中）里的绅士，医生，闲人们之类的典型，是虽在中国的现在，也还可以遇见的。这分明是事实，而且是很广泛的事实，但我们皆谓之讽刺。

人大抵愿意有名，活的时候做自传，死了想有人分讣文，做行实[3]，甚而至于还"宣付国史馆立传"。人也并不全不自知其丑，然而他不愿意改正，只希望随时消掉，不留痕迹，剩下的单是美点，如曾经施粥赈饥之类，却不是全般。"高雅高雅"，他其实何尝不知道有些肉麻，不过他又知道说过就完，"本传"里决不会有，于是也就放心的"高雅"下去。如果有人记了下来，不给它消灭，他可要不高兴了。于是乎挖空心思的来一个反攻，说这些乃是"讽刺"，向作者抹一脸泥，来掩藏自己的真相。但我们也每不免来不及思索，跟着说，"这些乃是讽刺呀！"上当真可是不浅得很。

同一例子的还有所谓"骂人"。假如你到四马路去，看见雉妓在拖住人，倘大声说："野鸡在拉客"，那就会被她骂你是"骂人"。骂人是恶德，于是你先就被判定在坏的一方面了；你坏，对方可就好。但事实呢，却的确是"野鸡在拉客"，不过只可心里知道，说不得，在万不得已时，也只能说"姑娘勒浪做生意"，恰如对于那些弯腰拱手之辈，做起文章来，是要改作"谦以待人，虚以接物"的。——这才不是骂人，这才不是讽刺。

1　韦素园（1902—1932）：又名漱园，安徽六安人，未名社成员，诗人、翻译家。

2　许遐：鲁迅的笔名。

3　行实：犹行状，记述死者生平事迹的文章。

其实，现在的所谓讽刺作品，大抵倒是写实。非写实决不能成为所谓"讽刺"；非写实的讽刺，即使能有这样的东西，也不过是造谣和诬蔑而已。

三月十六日

本篇最初发表于一九三五年四月《文学》月刊第四卷第四号"文学论坛"栏，署名敖。后收入杂文集《且介亭杂文二集》。

"文人相轻"

老是说着同样的一句话是要厌的。在所谓文坛上，前年嚷过一回"文人无行"，去年是闹了一通"京派和海派"，今年又出了新口号，叫作"文人相轻"。

对于这风气，口号家很愤恨，他的"真理哭了"，于是大声疾呼，投一切"文人"以轻蔑。"轻蔑"，他是最憎恶的，但因为他们"相轻"，损伤了他理想中的一道同风的天下，害得他自己也只好施行轻蔑术了。自然，这是"即以其人之道，还治其人之身"，是古圣人的良法，但"相轻"的恶弊，可真也不容易除根。

我们如果到《文选》里去找词汇的时候，大概是可以遇着"文人相轻"这四个字的，拾来用用，似乎也还有些漂亮。然而，曹聚仁[1]先生已经在《自由谈》（四月九日至十一日）上指明，曹丕之所谓"文人相轻"者，是"文非一体，鲜能备善，是以各以所长，相轻所短"，凡所指摘，仅限于制作的范围。一切别的攻击形体、籍贯、诬赖、造谣，以至施蛰存先生式的"他自己也是这样的呀"，或魏金枝[2]先生式的"他的亲戚也和我一样了呀"之类，都不在内。倘把这些都作为曹丕所说的"文人相轻"，是混淆黑白，真理虽然大哭，倒增加了文坛的黑暗的。

我们如果到《庄子》里去找词汇，大概又可以遇着两句宝贝的教训："彼亦一是非，此亦一是非"，记住了来作危急之际的护身符，似乎也不失为漂亮。然而这是只可暂时口说，难以永远实行的。喜欢

---

1 曹聚仁（1900—1972）：浙江金华人，记者、作家，时任《芒种》主编。

2 魏金枝（1900—1972）：原名义荣，浙江嵊县（今嵊州）人，作家、编辑。

引用这种格言的人，那精神的相距之远，更甚于叭儿之与老聃，这里不必说它了。就是庄生自己，不也在《天下篇》里，历举了别人的缺失，以他的"无是非"轻了一切"有所是非"的言行吗？要不然，一部《庄子》，只要"今天天气哈哈哈……"七个字就写完了。

　　但我们现在所处的并非汉魏之际，也不必恰如那时的文人，一定要"各以所长，相轻所短"。凡批评家的对于文人，或文人们的互相评论，各各"指其所短，扬其所长"固可，即"掩其所短，称其所长"亦无不可。然而那一面一定得有"所长"，这一面一定得有明确的是非，有热烈的好恶。假使被今年新出的"文人相轻"这一个模模胡胡的恶名所吓昏，对于充风流的富儿，装古雅的恶少，销淫书的瘪三，无不"彼亦一是非，此亦一是非"，一律拱手低眉，不敢说或不屑说，那么，这是怎样的批评家或文人呢？——他先就非被"轻"不可的！

　　　　　　　　　　　　　　　　　　　　四月十四日

　　本篇最初发表于一九三五年五月《文学》月刊第四卷第五号"文学论坛"栏，署名隼。后收入杂文集《且介亭杂文二集》。

［文人相轻］

在现代中国的孔夫子

　　新近的上海的报纸，报告着因为日本的汤岛[1]，孔子的圣庙落成了，湖南省主席何键[2]将军就寄赠了一幅向来珍藏的孔子的画像。老实说，中国的一般的人民，关于孔子是怎样的相貌，倒几乎是毫无所知的。自古以来，虽然每一县一定有圣庙，即文庙，但那里面大抵并没有圣像。凡是绘画，或者雕塑应该崇敬的人物时，一般是以大于常人为原则的，但一到最应崇敬的人物，例如孔夫子那样的圣人，却好像连形象也成为亵渎，反不如没有的好。这也不是没有道理的。孔夫子没有留下照相来，自然不能明白真正的相貌，文献中虽然偶有记载，但是胡说白道也说不定。若是从新雕塑的话，则除了任凭雕塑者的空想而外，毫无办法，更加放心不下。于是儒者们也终于只好采取"全部，或全无"的勃兰特[3]式的态度了。

　　然而倘是画像，却也会间或遇见的。我曾经见过三次：一次是《孔子家语》[4]里的插画；一次是梁启超氏亡命日本时，作为横滨出版的《清议报》[5]上的卷头画，从日本倒输入中国来的；还有一次是刻在

1　汤岛：东京街名，建有日本最大的孔庙"汤岛圣堂"。该庙于1923年被烧毁，1935年4月重建落成时，国民政府曾派代表专程前往"参谒"。

2　何键（1887—1956）：字芸樵，湖南醴陵人，国民党陆军上将、中央委员会执行委员、湖南省政府主席。

3　勃兰特：易卜生的诗剧《勃兰特》中的人物，"全部，或全无"是他所信奉的一句格言。

4　《孔子家语》：记录孔子及孔门弟子思想言行的著作，最早著录于《汉书·艺文志》，原书为孔子门人所撰，27卷，早佚。今本为三国时期魏国人王肃所辑，共10卷。

5　《清议报》：清末立宪派创办的第一份宣传立宪的刊物，1898年创办于日本横滨，梁启超主编。

汉朝墓石上的孔子见老子的画像。说起从这些图画上所得的孔夫子的模样的印象来，则这位先生是一位很瘦的老头子，身穿大袖口的长袍子，腰带上插着一把剑，或者腋下挟着一枝杖，然而从来不笑，非常威风凛凛的。假使在他的旁边侍坐，那就一定得把腰骨挺的笔直，经过两三点钟，就骨节酸痛，倘是平常人，大约总不免急于逃走的了。

　　后来我曾到山东旅行。在为道路的不平所苦的时候，忽然想到了我们的孔夫子。一想起那具有俨然道貌的圣人，先前便是坐着简陋的车子，颠颠簸簸，在这些地方奔忙的事来，颇有滑稽之感。这种感想，自然是不好的，要而言之，颇近于不敬，倘是孔子之徒，恐怕是决不应该发生的。但在那时候，怀着我似的不规则的心情的青年，可是多得很。

　　我出世的时候是清朝的末年，孔夫子已经有了"大成至圣文宣王"这一个阔得可怕的头衔，不消说，正是圣道支配了全国的时代。政府对于读书的人们，使读一定的书，即四书和五经；使遵守一定的注释；使写一定的文章，即所谓"八股文"；并且使发一定的议论。然而这些千篇一律的儒者们，倘是四方的大地，那是很知道的，但一到圆形的地球，却什么也不知道，于是和四书上并无记载的法兰西和英吉利打仗而失败了。不知道为了觉得与其拜着孔夫子而死，倒不如保存自己们之为得计呢，还是为了什么，总而言之，这回是拚命尊孔的政府和官僚先就动摇起来，用官帑大翻起洋鬼子的书籍来了。属于科学上的古典之作的，则有侯失勒[1]的《谈天》，雷侠儿[2]的《地学浅

1　侯失勒（F. W. Herschel, 1738—1822）：通译赫歇尔，英国天文学家，恒星天文学创始人。《谈天》译自其著作《天文学纲要》。

2　雷侠儿（C. Lyell, 1797—1875）：通译莱尔，英国地质学家，现代地质学奠基人。《地学浅释》译自其著作《地质学纲要》。

释》，代那[1]的《金石识别》，到现在也还作为那时的遗物，间或躺在旧书铺子里。

然而一定有反动。清末之所谓儒者的结晶，也是代表的大学士徐桐[2]氏出现了。他不但连算学也斥为洋鬼子的学问；他虽然承认世界上有法兰西和英吉利这些国度，但西班牙和葡萄牙的存在，是决不相信的，他主张这是法国和英国常常来讨利益，连自己也不好意思了，所以随便胡诌出来的国名。他又是一九〇〇年的有名的义和团的幕后的发动者，也是指挥者。但是义和团完全失败，徐桐氏也自杀了。政府就又以为外国的政治法律和学问技术颇有可取之处了。我的渴望到日本去留学，也就在那时候。达了目的，入学的地方，是嘉纳先生所设立的东京的弘文学院[3]；在这里，三泽力太郎先生教我水是养气和轻气所合成，山内繁雄先生教我贝壳里的什么地方其名为"外套"。这是有一天的事情。学监大久保先生集合起大家来，说：因为你们都是孔子之徒，今天到御茶之水的孔庙里去行礼罢！我大吃了一惊。现在还记得那时心里想，正因为绝望于孔夫子和他的之徒，所以到日本来的，然而又是拜么？一时觉得很奇怪。而且发生这样感觉的，我想决不止我一个人。

但是，孔夫子在本国的不遇，也并不是始于二十世纪的。孟子批评他为"圣之时者也"[4]，倘翻成现代语，除了"摩登圣人"实在也没

1 代那（J. D. Dana, 1813—1895）：通译丹纳，美国地质学家、矿物学家。《金石识别》译自其著作《矿物学手册》。

2 徐桐（1820—1900）：字豫如，号荫轩，晚清理学家，保守派的代表人物之一。

3 弘文学院：日本最早专门接受中国公派留学生的学校，1896年由日本教育家嘉纳治五郎（1860—1938）初创，1902年正式成立。

4 "圣之时者也"：出自《孟子·万章下》。

有别的法。为他自己计，这固然是没有危险的尊号，但也不是十分值得欢迎的头衔。不过在实际上，却也许并不这样子。孔夫子的做定了"摩登圣人"是死了以后的事，活着的时候却是颇吃苦头的。跑来跑去，虽然曾经贵为鲁国的警视总监[1]，而又立刻下野，失业了；并且为权臣所轻蔑，为野人所嘲弄，甚至于为暴民所包围，饿扁了肚子。弟子虽然收了三千名，中用的却只有七十二，然而真可以相信的又只有一个人。有一天，孔夫子愤慨道："道不行，乘桴浮于海，从我者，其由与？"[2]从这消极的打算上，就可以窥见那消息。然而连这一位由，后来也因为和敌人战斗，被击断了冠缨，但真不愧为由呀，到这时候也还不忘记从夫子听来的教训，说道"君子死，冠不免"，一面系着冠缨，一面被人砍成肉酱了。连唯一可信的弟子也已经失掉，孔子自然是非常悲痛的，据说他一听到这信息，就吩咐去倒掉厨房里的肉酱云。

　　孔夫子到死了以后，我以为可以说是运气比较的好一点。因为他不会噜苏了，种种的权势者便用种种的白粉给他来化妆，一直抬到吓人的高度。但比起后来输入的释迦牟尼来，却实在可怜得很。诚然，每一县固然都有圣庙即文庙，可是一副寂寞的冷落的样子，一般的庶民，是决不去参拜的，要去，则是佛寺，或者是神庙。若向老百姓们问孔夫子是什么人，他们自然回答是圣人，然而这不过是权势者的留声机。他们也敬惜字纸，然而这是因为倘不敬惜字纸，会遭雷殛的迷信的缘故；南京的夫子庙固然是热闹的地方，然而这是因为另有各种玩耍和茶店的缘故。虽说孔子作《春秋》而乱臣贼子惧，然而现在的人们，却几乎谁也不知道一个笔伐了的乱臣贼子的名字。说到乱臣贼

1　警视总监：日本主管警察工作的最高长官。孔子曾任鲁国司寇，掌管刑狱。

2　出自《论语·公冶长》。由，即孔子的弟子仲由，字子路。

子，大概以为是曹操，但那并非圣人所教，却是写了小说和剧本的无名作家所教的。

总而言之，孔夫子之在中国，是权势者们捧起来的，是那些权势者或想做权势者们的圣人，和一般的民众并无什么关系。然而对于圣庙，那些权势者也不过一时的热心。因为尊孔的时候已经怀着别样的目的，所以目的一达，这器具就无用，如果不达呢，那可更加无用了。在三四十年以前，凡有企图获得权势的人，就是希望做官的人，都是读"四书"和"五经"，做"八股"，别一些人就将这些书籍和文章，统名之为"敲门砖"。这就是说，文官考试一及第，这些东西也就同时被忘却，恰如敲门时所用的砖头一样，门一开，这砖头也就被抛掉了。孔子这人，其实是自从死了以后，也总是当着"敲门砖"的差使的。

一看最近的例子，就更加明白。从二十世纪的开始以来，孔夫子的运气是很坏的，但到袁世凯时代，却又被从新记得，不但恢复了祭典，还新做了古怪的祭服，使奉祀的人们穿起来。跟着这事而出现的便是帝制。然而那一道门终于没有敲开，袁氏在门外死掉了。余剩的是北洋军阀，当觉得渐近末路时，也用它来敲过另外的幸福之门。盘据着江苏和浙江，在路上随便砍杀百姓的孙传芳[1]将军，一面复兴了投壶之礼；钻进山东，连自己也数不清金钱和兵丁和姨太太的数目了的张宗昌将军，则重刻了《十三经》，而且把圣道看作可以由肉体关系来传染的花柳病一样的东西，拿一个孔子后裔的谁来做了自己的女

---

1 孙传芳（1885—1935）：山东历城人，直系军阀。他在盘踞东南五省时，为提倡复古，于1926年8月6日在南京举行投壶古礼。投壶，古代士大夫宴饮时做的一种投掷游戏，把箭向壶里投，投中多者为胜，负者照规定的杯数喝酒。

婿。然而幸福之门，却仍然对谁也没有开。

这三个人，都把孔夫子当作砖头用，但是时代不同了，所以都明明白白的失败了。岂但自己失败而已呢，还带累孔子也更加陷入了悲境。他们都是连字也不大认识的人物，然而偏要大谈什么《十三经》之类，所以使人们觉得滑稽；言行也太不一致了，就更加令人讨厌。既已厌恶和尚，恨及袈裟，而孔夫子之被利用为或一目的的器具，也从新看得格外清楚起来，于是要打倒他的欲望，也就越加旺盛。所以把孔子装饰得十分尊严时，就一定有找他缺点的论文和作品出现。即使是孔夫子，缺点总也有的，在平时谁也不理会，因为圣人也是人，本是可以原谅的。然而如果圣人之徒出来胡说一通，以为圣人是这样，是那样，所以你也非这样不可的话，人们可就禁不住要笑起来了。五六年前，曾经因为公演了《子见南子》这剧本，引起过问题，在那个剧本里，有孔夫子登场，以圣人而论，固然不免略有欠稳重和呆头呆脑的地方，然而作为一个人，倒是可爱的好人物。但是圣裔们非常愤慨，把问题一直闹到官厅里去了。因为公演的地点，恰巧是孔夫子的故乡，在那地方，圣裔们繁殖得非常多，成着使释迦牟尼和苏格拉第[1]都自愧弗如的特权阶级。然而，那也许又正是使那里的非圣裔的青年们，不禁特地要演《子见南子》的原因罢。

中国的一般的民众，尤其是所谓愚民，虽称孔子为圣人，却不觉得他是圣人；对于他，是恭谨的，却不亲密。但我想，能像中国的愚民那样，懂得孔夫子的，恐怕世界上是再也没有的了。不错，孔夫子曾经计划过出色的治国的方法，但那都是为了治民众者，即权势者设想的方

1　苏格拉第（Socrates，前469—前399）：通译苏格拉底，古希腊哲学家、教育家。

法，为民众本身的，却一点也没有。这就是"礼不下庶人"。成为权势者们的圣人，终于变了"敲门砖"，实在也叫不得冤枉。和民众并无关系，是不能说的，但倘说毫无亲密之处，我以为怕要算是非常客气的说法了。不去亲近那毫不亲密的圣人，正是当然的事，什么时候都可以，试去穿了破衣，赤着脚，走上大成殿去看看罢，恐怕会像误进上海的上等影戏院或者头等电车一样，立刻要受斥逐的。谁都知道这是大人老爷们的物事，虽是"愚民"，却还没有愚到这步田地的。

四月二十九日

本篇原文为日文。最初发表于一九三五年六月日本《改造》月刊。中译文最初发表于一九三五年七月日本东京出版的《杂文》月刊第二号，题为《孔夫子在现代中国》。后收入杂文集《且介亭杂文二集》。

什么是"讽刺"？
——答文学社问

　　我想：一个作者，用了精炼的，或者简直有些夸张的笔墨——但自然也必须是艺术地——写出或一群人的或一面的真实来，这被写的一群人，就称这作品为"讽刺"。

　　"讽刺"的生命是真实；不必是曾有的实事，但必须是会有的实情。所以它不是"捏造"，也不是"诬蔑"；既不是"揭发阴私"，又不是专记骇人听闻的所谓"奇闻"或"怪现状"。它所写的事情是公然的，也是常见的，平时是谁都不以为奇的，而且自然是谁都毫不注意的。不过这事情在那时却已经是不合理，可笑，可鄙，甚而至于可恶。但这么行下来了，习惯了，虽在大庭广众之间，谁也不觉得奇怪；现在给它特别一提，就动人。譬如罢，洋服青年拜佛，现在是平常事，道学先生发怒，更是平常事，只消几分钟，这事迹就过去，消灭了。但"讽刺"却是正在这时候照下来的一张相，一个撅着屁股，一个皱着眉心，不但自己和别人看起来有些不很雅观，连自己看见也觉得不很雅观；而且流传开去，对于后日的大讲科学和高谈养性，也不免有些妨害。倘说，所照的并非真实，是不行的，因为这时有目共睹，谁也会觉得确有这等事；但又不好意思承认这是真实，失了自己的尊严。于是挖空心思，给起了一个名目，叫作"讽刺"。其意若曰：它偏要提出这等事，可见也不是好货。

　　有意的偏要提出这等事，而且加以精炼，甚至于夸张，却确是

"讽刺"的本领。同一事件,在拉杂的非艺术的记录中,是不成为讽刺,谁也不大会受感动的。例如新闻记事,就记忆所及,今年就见过两件事。其一,是一个青年,冒充了军官,向各处招摇撞骗,后来破获了,他就写忏悔书,说是不过借此谋生,并无他意。其二,是一个窃贼招引学生,教授偷窃之法,家长知道,把自己的子弟禁在家里了,他还上门来逞凶。较可注意的事件,报上是往往有些特别的批评文字的,但对于这两件,却至今没有说过什么话,可见是看得很平常,以为不足介意的了。然而这材料,假如到了斯惠夫德[1](J. Swift)或果戈理(N. Gogol)的手里,我看是准可以成为出色的讽刺作品的。在或一时代的社会里,事情越平常,就越普遍,也就愈合于作讽刺。

讽刺作者虽然大抵为被讽刺者所憎恨,但他却常常是善意的,他的讽刺,在希望他们改善,并非要捺这一群到水底里。然而待到同群中有讽刺作者出现的时候,这一群却已是不可收拾,更非笔墨所能救了,所以这努力大抵是徒劳的,而且还适得其反,实际上不过表现了这一群的缺点以至恶德,而对于敌对的别一群,倒反成为有益。我想:从别一群看来,感受是和被讽刺的那一群不同的,他们会觉得"暴露"更多于"讽刺"。

如果貌似讽刺的作品,而毫无善意,也毫无热情,只使读者觉得一切世事,一无足取,也一无可为,那就并非讽刺了,这便是所谓"冷嘲"。

五月三日

本篇最初发表于一九三五年九月《杂文》月刊第三号。
后收入杂文集《且介亭杂文二集》。

1　斯惠夫德(1667—1745):通译斯威夫特,英国讽刺文学作家,代表作为《格列佛游记》。

论"人言可畏"

　　"人言可畏"是电影明星阮玲玉[1]自杀之后，发见于她的遗书中的话。这哄动一时的事件，经过了一通空论，已经渐渐冷落了，只要《玲玉香消记》一停演，就如去年的艾霞[2]自杀事件一样，完全烟消火灭。她们的死，不过像在无边的人海里添了几粒盐，虽然使扯淡的嘴巴们觉得有些味道，但不久也还是淡，淡，淡。

　　这句话，开初是也曾惹起一点小风波的。有评论者，说是使她自杀之咎，可见也在日报记事对于她的诉论事件的张扬；不久就有一位记者公开的反驳，以为现在的报纸的地位，舆论的威信，可怜极了，那里还有丝毫主宰谁的运命的力量，况且那些记载，大抵采自经官的事实，绝非捏造的谣言，旧报具在，可以复按。所以阮玲玉的死，和新闻记者是毫无关系的。

　　这都可以算是真实话。然而——也不尽然。

　　现在的报章之不能像个报章，是真的；评论的不能逞心而谈，失了威力，也是真的，明眼人决不会过分的责备新闻记者。但是，新闻的威力其实是并未全盘坠地的，它对甲无损，对乙却会有伤；对强者它是弱者，但对更弱者它却还是强者，所以有时虽然吞声忍气，有时仍可以耀武扬威。于是阮玲玉之流，就成了发扬余威的好材料了，因

1　阮玲玉（1910—1935）：原名阮凤根，电影演员，主演《新女性》《小玩意》等。
2　艾霞（1912—1934）：原名严以南，电影演员，主演《春蚕》《时代的女儿》等。

为她颇有名，却无力。小市民总爱听人们的丑闻，尤其是有些熟识的人的丑闻。上海的街头巷尾的老虔婆，一知道近邻的阿二嫂家有野男人出入，津津乐道，但如果对她讲甘肃的谁在偷汉，新疆的谁在再嫁，她就不要听了。阮玲玉正在现身银幕，是一个大家认识的人，因此她更是给报章凑热闹的好材料，至少也可以增加一点销场。读者看了这些，有的想："我虽然没有阮玲玉那么漂亮，却比她正经"；有的想："我虽然不及阮玲玉的有本领，却比她出身高"；连自杀了之后，也还可以给人想："我虽然没有阮玲玉的技艺，却比她有勇气，因为我没有自杀"。化几个铜元就发见了自己的优胜，那当然是很上算的。但靠演艺为生的人，一遇到公众发生了上述的前两种的感想，她就够走到末路了。所以我们且不要高谈什么连自己也并不了然的社会组织或意志强弱的滥调，先来设身处地的想一想罢，那么，大概就会知道阮玲玉的以为"人言可畏"，是真的，或人的以为她的自杀，和新闻记事有关，也是真的。

但新闻记者的辩解，以为记载大抵采自经官的事实，却也是真的。上海的有些介乎大报和小报之间的报章，那社会新闻，几乎大半是官司已经吃到公安局或工部局去了的案件。但有一点坏习气，是偏要加上些描写，对于女性，尤喜欢加上些描写；这种案件，是不会有名公巨卿在内的，因此也更不妨加上些描写。案中的男人的年纪和相貌，是大抵写得老实的，一遇到女人，可就要发挥才藻了，不是"徐娘半老，风韵犹存"，就是"豆蔻年华，玲珑可爱"。一个女孩儿跑掉了，自奔或被诱还不可知，才子就断定道，"小姑独宿，不惯无郎"，你怎么知道？一个村妇再醮[1]了两回，原是穷乡僻壤的常事，一到才子的笔下，就又赐以大字的题目道，"奇淫不减武则天"，这程度你又怎么知道？这些轻薄句子，加之村姑，大约是并无什么影响的，她不识字，她的关系人也未必看报。但对于一个智识者，尤其是对于一个出到社会上了的女性，却足够使她受伤，更不必说故意张扬，特别渲染的文字了。然而中国的习惯，这些句子是摇笔即来，不假思索的，这时不但不会想到这也是玩弄着女性，并且也不会想到自己乃是人民的喉舌。但是，无论你怎么描写，在强者是毫不要紧的，只消一封信，就会有正误或道歉接着登出来，不过无拳无勇如阮玲玉，可就正做了吃苦的材料了，她被额外的画上一脸花，没法洗刷。叫她奋斗吗？她没有机关报，怎么奋斗；有冤无头，有怨无主，和谁奋斗呢？我们又可以设身处地的想一想，那么，大概就又知她的以为"人言可畏"，是真的，或人的以为她的自杀，和新闻记事有关，也是真的。

　　然而，先前已经说过，现在的报章的失了力量，却也是真的，不过我以为还没有到达如记者先生所自谦，竟至一钱不值，毫无责任的时候。因为它对于更弱者如阮玲玉一流人，也还有左右她命运的若干力量的，这也就是说，它还能为恶，自然也还能为善。"有闻必录"或"并无能力"的话，都不是向上的负责的记者所该采用的口头禅，因为在实际上，并不如此，——它是有选择的，有作用的。

　　至于阮玲玉的自杀，我并不想为她辩护。我是不赞成自杀，自己也不豫备自杀的。但我的不豫备自杀，不是不屑，却因为不能。凡有谁自杀了，现在是总要受一通强毅的评论家的呵斥，阮玲玉当然也

1　再醮：旧指妇女再嫁。

不在例外。然而我想，自杀其实是不很容易，决没有我们不豫备自杀的人们所渺视的那么轻而易举的。倘有谁以为容易么，那么，你倒试试看！

　　自然，能试的勇者恐怕也多得很，不过他不屑，因为他有对于社会的伟大的任务。那不消说，更加是好极了，但我希望大家都有一本笔记簿，写下所尽的伟大的任务来，到得有了曾孙的时候，拿出来算一算，看看怎么样。

五月五日

　　本篇最初发表于一九三五年五月二十日《太白》半月刊第二卷第五期，署名赵令仪。后收入杂文集《且介亭杂文二集》。

论「人言可畏」

再论"文人相轻"

　　今年的所谓"文人相轻"，不但是混淆黑白的口号，掩护着文坛的昏暗，也在给一些人"挂着羊头卖狗肉"的。

　　真的"各以所长，相轻所短"的能有多少呢！我们在近几年所遇见的，有的是"以其所短，轻人所短"。例如白话文中，有些是诘屈难读的，确是一种"短"，于是有人提了小品或语录，向这一点昂然进攻了，但不久就露出尾巴来，暴露了他连对于自己所提倡的文章，也常常点着破句，"短"的很。有的却简直是"以其所短，轻人所长"了。例如轻蔑"杂文"的人，不但他所用的也是"杂文"，而他的"杂文"，比起他所轻蔑的别的"杂文"来，还拙劣到不能相提并论。那些高谈阔论，不过是契诃夫（A. Chekhov）所指出的登了不识羞的顶颠，傲视着一切，被轻者是无福和他们比较的，更从什么地方"相"起？现在谓"相"，其实是给他们一扬，靠了这"相"，也是"文人"了。然而，"所长"呢？

　　况且现在文坛上的纠纷，其实也并不是为了文笔的短长。文学的修养，决不能使人变成木石，所以文人还是人，既然还是人，他心里就仍然有是非，有爱憎；但又因为是文人，他的是非就愈分明，爱憎也愈热烈。从圣贤一直敬到骗子屠夫，从美人香草一直爱到麻疯病菌的文人，在这世界上是找不到的，遇见所是和所爱的，他就拥抱，遇见所非和所憎的，他就反拨。如果第三者不以为然了，可以指出他所非的其实是"是"，他所憎的其实该爱来，单用了笼统的"文人相轻"

这一句空话，是不能抹杀的，世间还没有这种便宜事。一有文人，就有纠纷，但到后来，谁是谁非，孰存孰亡，都无不明明白白。因为还有一些读者，他的是非爱憎，是比和事老的评论家还要清楚的。

　　然而，又有人来恐吓了。他说，你不怕么？古之嵇康[1]，在柳树下打铁，钟会[2]来看他，他不客气，问道："何所闻而来，何所见而去？"于是得罪了钟文人，后来被他在司马懿[3]面前搬是非，送命了。所以你无论遇见谁，应该赶紧打拱作揖，让坐献茶，连称"久仰久仰"才是。这自然也许未必全无好处，但做文人做到这地步，不是很有些近乎婊子了么？况且这位恐吓家的举例，其实也是不对的，嵇康的送命，并非为了他是傲慢的文人，大半倒因为他是曹家的女婿，即使钟会不去搬是非，也总有人去搬是非的，所谓"重赏之下，必有勇夫"者是也。

　　不过我在这里，并非主张文人应该傲慢，或不妨傲慢，只是说，文人不应该随和；而且文人也不会随和，会随和的，只有和事老。但这不随和，却又并非回避，只是唱着所是，颂着所爱，而不管所非和所憎；他得像热烈地主张着所是一样，热烈地攻击着所非，像热烈地拥抱着所爱一样，更热烈地拥抱着所憎——恰如赫尔库来斯[1]（Hercules）的紧抱了巨人安太乌斯（Antaeus）一样，因为要折断他的肋骨。

五月五日

　　本篇最初发表于一九三五年六月《文学》月刊第四卷第六号"文学论坛"栏，署名隼。后收入杂文集《且介亭杂文二集》。

1　嵇康（224—263）：字叔夜，谯国铚县（今安徽濉溪）人，三国时期魏国音乐家、文学家，"竹林七贤"之一。

2　钟会（225—264）：字士季，颍川长社（今河南长葛）人，三国时期魏国军事家、书法家。

3　司马懿：当为司马昭。

4　赫尔库来斯：通译赫拉克勒斯，古希腊神话中的大力神。

文坛三户

　　二十年来，中国已经有了一些作家，多少作品，而且至今还没有完结，所以有个"文坛"，是毫无可疑的。不过搬出去开博览会，却还得顾虑一下。

　　因为文字的难，学校的少，我们的作家里面，恐怕未必有村姑变成的才女，牧童化出的文豪。古时候听说有过一面看牛牧羊，一面读经，终于成了学者的人的，但现在恐怕未必有。——我说了两回"恐怕未必"，倘真有例外的天才，尚希鉴原为幸。要之，凡有弄弄笔墨的人们，他先前总有一点凭借：不是祖遗的正在少下去的钱，就是父积的还在多起来的钱。要不然，他就无缘读书识字。现在虽然有了识字运动，我也不相信能够由此运出作家来。所以这文坛，从阴暗这方面看起来，暂时大约还要被两大类子弟，就是"破落户"和"暴发户"所占据。

　　已非暴发，又未破落的，自然也颇有出些著作的人，但这并非第三种，不近于甲，即近于乙的，至于掏腰包印书，仗夋资出版者，那是文坛上的捐班，更不在本论范围之内。所以要说专仗笔墨的作者，首先还得求之于破落户中。他先世也许暴发过，但现在是文雅胜于算盘，家景大不如意了，然而又因此看见世态的炎凉，人生的苦乐，于是真的有些抚今追昔，"缠绵悱恻"起来。一叹天时不良，二叹地理可恶，三叹自己无能。但这无能又并非真无能，乃是自己不屑有能，所以这无能的高尚，倒远在有能之上。你们剑拔弩张，汗流浃背，到底做成了些什么呢？惟我的颓唐相，是"十年一觉扬州梦"，惟我的破衣上，是"襟上杭州旧酒痕"，连懒态和污渍，也都有历史的甚深意义的。可惜俗人不懂得，于是他们的杰作上，就大抵放射着一种特别的神彩，是："顾影自怜"。

暴发户作家的作品，表面上和破落户的并无不同。因为他意在用墨水洗去铜臭，这才爬上一向为破落户所主宰的文坛来，以自附于"风雅之林"，又并不想另树一帜，因此也决不标新立异。但仔细一看，却是属于别一本户口册上的；他究竟显得浅薄，而且装腔，学样。房里会有断句的诸子，看不懂；案头也会有石印的骈文，读不断。也会嚷"襟上杭州旧酒痕"呀，但一面又怕别人疑心他穿破衣，总得设法表示他所穿的乃是笔挺的洋服或簇新的绸衫；也会说"十年一觉扬州梦"的，但其实倒是并不挥霍的好品行，因为暴发户之于金钱，觉得比懒态和污渍更有历史的甚深的意义。破落户的颓唐，是掉下来的悲声，暴发户的做作的颓唐，却是"爬上去"的手段。所以那些作品，即使摹拟到和破落户的杰作几乎相同，但一定还差一尘：他其实并不"顾影自怜"，倒在"沾沾自喜"。

这"沾沾自喜"的神情，从破落户的眼睛看来，就是所谓"小家子相"，也就是所谓"俗"。风雅的定律，一个人离开"本色"，是就要"俗"的。不识字人不算俗，他要掉文，又掉不对，就俗；富家儿郎也不算俗，他要做诗，又做不好，就俗了。这在文坛上，向来为破落户所鄙弃。

然而破落户到了破落不堪的时候，这两户却有时可以交融起来的。如果谁有在找"词汇"的《文选》，大可以查一查，我记得里面就有一篇弹文，所弹的乃是一个败落的世家，把女儿嫁给了暴发而冒充世家的满家子：这就足见两户的怎样反拨，也怎样的联合了。文坛上自然也有这现象；但在作品上的影响，却不过使暴发户增添一些得意之色，破落户则对于"俗"变为谦和，向别方面大谈其风雅而已：并不怎么大。

暴发户爬上文坛，固然未能免俗，历时既久，一面持筹握算，一面诵诗读书，数代以后，就雅起来，待到藏书日多，藏钱日少的时候，便有做真的破落户文学的资格了。然而时势的飞速的变化，有时能不给他这许多修养的工夫，于是暴发不久，破落随之，既"沾沾自喜"，也"顾影自怜"，但却又失去了"沾沾自喜"的确信，可又还没有配得"顾影自怜"的风姿，仅存无聊，连古之所谓雅俗也说不上了。向来无定名，我姑且名之为"破落暴发户"罢。这一户，此后是恐怕要多起来的。但还要有变化：向积极方面走，是恶少；向消极方面走，是瘪三。

使中国的文学有起色的人，在这三户之外。

六月六日

本篇最初发表于一九三五年七月《文学》月刊第五卷第一号"文学论坛"栏，署名干。后收入杂文集《且介亭杂文二集》。

从帮忙到扯淡

　　"帮闲文学"曾经算是一个恶毒的贬辞，——但其实是误解的。

　　《诗经》是后来的一部经，但春秋时代，其中的有几篇就用之于侑酒；屈原是"楚辞"的开山老祖，而他的《离骚》，却只是不得帮忙的不平。到得宋玉[1]，就现有的作品看起来，他已经毫无不平，是一位纯粹的清客了。然而《诗经》是经，也是伟大的文学作品；屈原宋玉，在文学史上还是重要的作家。为什么呢？——就因为他究竟有文采。

　　中国的开国的雄主，是把"帮忙"和"帮闲"分开来的，前者参与国家大事，作为重臣，后者却不过叫他献诗作赋，"俳优蓄之"，只在弄臣之列。不满于后者的待遇的是司马相如[2]，他常常称病，不到武帝面前去献殷勤，却暗暗的作了关于封禅的文章，藏在家里，以见他也有计画大典——帮忙的本领，可惜等到大家知道的时候，他已经"寿终正寝"了。然而虽然并未实际上参与封禅的大典，司马相如在文学史上也还是很重要的作家。为什么呢？就因为他究竟有文采。

　　但到文雅的庸主时，"帮忙"和"帮闲"的可就混起来了，所谓国家的柱石，也常是柔媚的词臣，我们在南朝的几个末代时，可以找出这实例。然而主虽然"庸"，却不"陋"，所以那些帮闲者，文采却究竟还有的，他们的作品，有些也至今不灭。

1　宋玉（约前298—约前222）：字子渊，楚国鄢（今湖北宜城）人，屈原的弟子，战国末期辞赋家。
2　司马相如（约前179—前118）：字长卿，蜀郡成都人，西汉辞赋家。

谁说"帮闲文学"是一个恶毒的贬辞呢？

就是权门的清客，他也得会下几盘棋，写一笔字，画画儿，识古董，懂得些猜拳行令，打趣插科，这才能不失其为清客。也就是说，清客，还要有清客的本领的，虽然是有骨气者所不屑为，却又非搭空架者所能企及。例如李渔[1]的《一家言》，袁枚[2]的《随园诗话》，就不是每个帮闲都做得出来的。必须有帮闲之志，又有帮闲之才，这才是真正的帮闲。如果有其志而无其才，乱点古书，重抄笑话，吹拍名士，拉扯趣闻，而居然不顾脸皮，大摆架子，反自以为得意，——自然也还有人以为有趣，——但按其实，却不过"扯淡"而已。

帮闲的盛世是帮忙，到末代就只剩了这扯淡。

六月六日

本篇最初发表于一九三五年九月《杂文》月刊第三号。
后收入杂文集《且介亭杂文二集》。

1-81

从
帮
忙
到
扯
淡

1　李渔（1611—1680）：初名仙侣，后改名渔，字谪凡，号笠翁，明末清初文学家。
2　袁枚（1716—1798）：字子才，号简斋，晚号仓山居士、随园主人、随园老人，清代文学家。

名人和名言

　　《太白》二卷七期上有一篇南山[1]先生的《保守文言的第三道策》，他举出：第一道是说"要做白话由于文言做不通"，第二道是说："要白话做好，先须文言弄通"。十年之后，才来了太炎先生的第三道，"他以为你们说文言难，白话更难。理由是现在的口头语，有许多是古语，非深通小学就不知道现在口头语的某音，就是古代的某音，不知道就是古代的某字，就要写错。……"

　　太炎先生的话是极不错的。现在的口头语，并非一朝一夕，从天而降的语言，里面当然有许多是古语，既有古语，当然会有许多曾见于古书，如果做白话的人，要每字都到《说文解字》里去找本字，那的确比做任用借字的文言要难到不知多少倍。然而自从提倡白话以来，主张者却没有一个以为写白话的主旨，是在从"小学"里寻出本字来的，我们就用约定俗成的借字。诚然，如太炎先生说："乍见熟人而相寒暄曰'好呀'，'呀'即'乎'字；应人之称曰'是唉'，'唉'即'也'字。"但我们即使知道了这两字，也不用"好乎"或"是也"，还是用"好呀"或"是唉"。因为白话是写给现代的人们看，并非写给商周秦汉的鬼看的，起古人于地下，看了不懂，我们也毫不畏缩。所以太炎先生的第三道策，其实是文不对题的。这缘故，是因为先生把

1　南山：陈望道（1891—1977），浙江义乌人，原名参一，笔名南山等，教育家、语言学家。

他所专长的小学，用得范围太广了。

　　我们的知识很有限，谁都愿意听听名人的指点，但这时就来了一个问题：听博识家的话好，还是听专门家的话好呢？解答似乎很容易：都好。自然都好；但我由历听了两家的种种指点以后，却觉得必须有相当的警戒。因为是：博识家的话多浅，专门家的话多悖的。

　　博识家的话多浅，意义自明，惟专门家的话多悖的事，还得加一点申说。他们的悖，未必悖在讲述他们的专门，是悖在倚专家之名，来论他所专门以外的事。社会上崇敬名人，于是以为名人的话就是名言，却忘记了他之所以得名是那一种学问或事业。名人被崇奉所诱惑，也忘记了自己之所以得名是那一种学问或事业，渐以为一切无不胜人，无所不谈，于是乎就悖起来了。其实，专门家除了他的专长之外，许多见识是往往不及博识家或常识者的。太炎先生是革命的先觉，小学的大师，倘谈文献，讲《说文》，当然娓娓可听，但一到攻击现在的白话，便牛头不对马嘴，即其一例。还有江亢虎[1]博士，是先前以讲社会主义出名的名人，他的社会主义到底怎么样呢，我不知道。只是今年忘其所以，谈到小学，说'德'之古字为'悳'，从'直'从'心'，'悳'即直觉之意"，却真不知道悖到那里去了，他竟连那上半并不是曲直的直字这一点都不明白。这种解释，却须听太炎先生了。

　　不过在社会上，大概总以为名人的话就是名言，既是名人，也就无所不通，无所不晓，所以译一本欧洲史，就请英国话说得漂亮的名人校阅，编一本经济学，又乞古文做得好的名人题签；学界的名人绍介医生，说他"术擅岐黄"，商界的名人称赞画家，说他"精研六

1　江亢虎（1883—1954）：出生于江西弋阳，祖籍安徽旌德，学者，中国社会党创始人。

法"。……

　　这也是一种现在的通病。德国的细胞病理学家维尔晓[1]（Virchow），是医学界的泰斗，举国皆知的名人，在医学史上的位置，是极为重要的，然而他不相信进化论，他那被教徒所利用的几回讲演，据赫克尔（Haeckel）说，很给了大众不少坏影响。因为他学问很深，名甚大，于是自视甚高，以为他所不解的，此后也无人能解，又不深研进化论，便一口归功于上帝了。现在中国屡经绍介的法国昆虫学大家法布耳（Fabre），也颇有这倾向。他的著作还有两种缺点：一是嗤笑解剖学家，二是用人类道德于昆虫界。但倘无解剖，就不能有他那样精到的观察，因为观察的基础，也还是解剖学；农学者根据对于人类的利害，分昆虫为益虫和害虫，是有理可说的，但凭了当时的人类的道德和法律，定昆虫为善虫或坏虫，却是多余了。有些严正的科学者，对于法布耳的有微词，实也并非无故。但倘若对这两点先加警戒，那么，他的大著作《昆虫记》十卷，读起来也还是一部很有趣，也很有益的书。

　　不过名人的流毒，在中国却较为利害，这还是科举的余波。那时候，儒生在私塾里揣摩高头讲章，和天下国家何涉，但一登第，真是"一举成名天下知"，他可以修史，可以衡文，可以临民，可以治河；到清朝之末，更可以办学校，开煤矿，练新军，造战舰，条陈新政，出洋考察了。成绩如何呢，不待我多说。

　　这病根至今还没有除，一成名人，便有"满天飞"之概。我想，自此以后，我们是应该将"名人的话"和"名言"分开来的，名人的

1　维尔晓（1821—1902）：通译微耳和，德国科学家和政治活动家，细胞病理学的奠基人。

话并不都是名言；许多名言，倒出自田夫野老之口。这也就是说，我们应该分别名人之所以名，是由于那一门，而对于他的专门以外的纵谈，却加以警戒。苏州的学子是聪明的，他们请太炎先生讲国学，却不请他讲簿记学或步兵操典，——可惜人们却又不肯想得更细一点了。

我很自歉这回时时涉及了太炎先生。但“智者千虑，必有一失”，这大约也无伤于先生的“日月之明”的。至于我的所说，可是我想，“愚者千虑，必有一得”，盖亦“悬诸日月而不刊”之论也。

七月一日

本篇最初发表于一九三五年七月二十日《太白》半月刊第二卷第九期，署名越丁。后收入杂文集《且介亭杂文二集》。

几乎无事的悲剧

　　果戈理（Nikolai Gogol）的名字，渐为中国读者所认识了，他的名著《死魂灵》的译本，也已经发表了第一部的一半。那译文虽然不能令人满意，但总算借此知道了从第二至六章，一共写了五个地主的典型，讽刺固多，实则除一个老太婆和吝啬鬼泼留希金外，都各有可爱之处。至于写到农奴，却没有一点可取了，连他们诚心来帮绅士们的忙，也不但无益，反而有害。果戈理自己就是地主。

　　然而当时的绅士们很不满意，一定的照例的反击，是说书中的典型，多是果戈理自己，而且他也并不知道大俄罗斯地主的情形。这是说得通的，作者是乌克兰人，而看他的家信，有时也简直和书中的地主的意见相类似。然而即使他并不知道大俄罗斯的地主的情形罢，那创作出来的脚色，可真是生动极了，直到现在，纵使时代不同，国度不同，也还使我们像是遇见了有些熟识的人物。讽刺的本领，在这里不及谈，单说那独特之处，尤其是在用平常事，平常话，深刻的显出当时地主的无聊生活。例如第四章里的罗士特来夫，是地方恶少式的地主，赶热闹，爱赌博，撒大谎，要恭维，——但挨打也不要紧。他在酒店里遇到乞乞科夫，夸示自己的好小狗，勒令乞乞科夫摸过狗耳朵之后，还要摸鼻子——

　　　　乞乞科夫要和罗士特来夫表示好意，便摸了一下那狗的耳朵。"是的，会成功一匹好狗的。"他加添着说。

"再摸摸它那冰冷的鼻头，拿手来呀！"因为要不使他扫兴，
乞乞科夫就又一碰那鼻子，于是说道："不是平常的鼻子！"

这种莽撞而沾沾自喜的主人，和深通世故的客人的圆滑的应酬，
是我们现在还随时可以遇见的，有些人简直以此为一世的交际术。
"不是平常的鼻子"，是怎样的鼻子呢？说不明的，但听者只要这样
也就足够了。后来又同到罗士特来夫的庄园去，历览他所有的田产
和东西——

　　还去看克理米亚的母狗，已经瞎了眼，据罗士特来夫说，是
　　就要倒毙的。两年以前，却还是一条很好的母狗。大家也来察看
　　这母狗，看起来，它也确乎瞎了眼。

这时罗士特来夫并没有说谎，他表扬着瞎了眼的母狗，看起来，
也确是瞎了眼的母狗。这和大家有什么关系呢，然而世界上有一些
人，却确是嚷闹，表扬，夸示着这一类事，又竭力证实着这一类事，算
是忙人和诚实人，在过了他的整一世。

这些极平常的，或者简直近于没有事情的悲剧，正如无声的言语
一样，非由诗人画出它的形象来，是很不容易觉察的。然而人们灭亡
于英雄的特别的悲剧者少，消磨于极平常的，或者简直近于没有事情
的悲剧者却多。

听说果戈理的那些所谓"含泪的微笑"，在他本土，现在是已经
无用了，来替代它的有了健康的笑。但在别地方，也依然有用，因为

其中还藏着许多活人的影子。况且健康的笑，在被笑的一方面是悲哀的，所以果戈理的"含泪的微笑"，倘传到了和作者地位不同的读者的脸上，也就成为健康：这是《死魂灵》的伟大处，也正是作者的悲哀处。

七月十四日

本篇最初发表于一九三五年八月《文学》月刊第五卷第二号"文学论坛"栏，署名旁。后收入杂文集《且介亭杂文二集》。

几乎无事的悲剧

三论"文人相轻"

　　《芒种》第八期上有一篇魏金枝先生的《分明的是非和热烈的好恶》，是为以前的《文学论坛》上的《再论"文人相轻"》而发的。他先给了原则上的几乎全体的赞成，说，"人应有分明的是非，和热烈的好恶，这是不错的，文人应更有分明的是非，和更热烈的好恶，这也是不错的。"中间虽说"凡人在落难时节……能与猿鹤为伍，自然最好，否则与鹿豕为伍，也是好的。即到千万没有办法的时候，至于躺在破庙角里，而与麻疯病菌为伍，倘然我的体力，尚能为自然的抗御，因而不至毁灭以死，也比被实际上也做着骗子屠夫的所诱杀脔割，较为心愿。"看起来好像有些微辞，但其实说的是他的憎恶骗子屠夫，远在猿鹤以至麻疯病菌之上，和《论坛》上所说的"从圣贤一直敬到骗子屠夫，从美人香草一直爱到麻疯病菌的文人，在这世界上是找不到的"的话，也并不两样。至于说："平心而论，彼一是非，此一是非，原非确论。"则在近来的庄子道友中，简直是鹤立鸡群似的卓见了。

　　然而魏先生的大论的主旨，并不专在这一些，他要申明的是：是非难定，于是爱憎就为难。因为"譬如有一种人，……在他自己的心目之中，已先无是非之分。……于是其所谓'是'，不免似是而实非了。"但"至于非中之是，它的是处，正胜过于似是之非，因为其犹讲交友之道，而无门阀之分"的。到这地步，我们的文人就只好吞

吞吞吐吐，假揩眼泪了。"似是之非"其实就是"非"，倘使已经看穿，
不是只要给以热烈的憎恶就成了吗？然而"天下的事情，并没有这
么简单"，又不得不爱护"非中之是"，何况还有"似非而是"和"是
中之非"，取其大，略其细的方法，于是就不适用了。天下何尝有黑
暗，据物理学说，地球上的无论如何的黑暗中，不是总有X分之一的
光的吗？看起书来，据理就该看见X分之一的字的，——我们不能
论明暗。

　　这并非刻薄的比喻，魏先生却正走到"无是非"的结论的。他终
于说："总之，文人相轻，不外乎文的长短，道的是非，文既无长短可
言，道又无是非之分，则空谈是非，何补于事！已而已而，手无寸铁
的人呵！"人无全德，道无大成，刚说过"非中之是"，胜过"似是之
非"，怎么立刻又变成"文既无长短可言，道又无是非之分"了呢？文
人的铁，就是文章，魏先生正在大做散文，力施搏击，怎么同时又说
是"手无寸铁"了呢？这可见要抬举"非中之是"，却又不肯明说，事
实上是怎样的难，所以即使在那大文上列举了许多对手的"排挤"，
"大言"，"卖友"的恶谥，而且那大文正可通行无阻，却还是觉得"手
无寸铁"，归根结蒂，掉进"无是非"说的深坑里，和自己以为"原非
确论"的"彼亦一是非，此亦一是非"说成了"朋友"——这里不说
"门阀"——了。

　　况且，"文既无长短可言，道又无是非之分"，魏先生的文章，就
他自己的结论而言，就先没有动笔的必要。不过要说结果，这无须动
笔的动笔，却还是有战斗的功效的，中国的有些文人一向谦虚，所以
有时简直会自己先躺在地上，说道，"倘然要讲是非，也该去怪追奔
逐北的好汉，我等小民，不任其咎。"明明是加入论战中的了，却又立

刻肩出一面"小民"旗来，推得干干净净，连肋骨在那里也找不到了。论"文人相轻"竟会到这地步，这真是叫作到了末路！

七月十五日

本篇最初发表于一九三五年八月《文学》月刊第五卷第二号"文学论坛"栏，署名隼。后收入杂文集《且介亭杂文二集》。

【备考】
分明的是非和热烈的好恶
魏金枝

人应有分明的是非，和热烈的好恶，这是不错的。文人应更有分明的是非，和更热烈的好恶，这也是不错的。但天下的事情，并没有这么简单，除了是非之外，还有"似是而非"的"是"，和"非中有是"之非，在这当口，我们的好恶，便有些为难了。

譬如有一种人，他们借着一个好看的幌子，做其为所欲为的勾当，不论是非，无分好恶，一概置之在所排挤之列，这叫做玉石俱焚，在他自己的心目之中，已先无是非之分。但他还要大言不惭，自以为是。于是其所谓"是"，不免似是而实非了。这是我们在谈话是非之前，所应最先将它分辩明白的。次则以趣观之，往往有些具着两张面孔的人，对于腰骨硬朗的，他会伏在地下，打拱作揖，对于下一点的，也会装起高不可扳的怪腔，甚至给你当头一脚，拒之千里之外。其时是非，便会煞时分手，各归其主，因之好恶不同，也是常事。在此时际，要谈是非，就得易地而处，平心而论，彼一是非，此一是非，原非确论。

　　至于非中之是，它的是处，正胜过于似是之非，因为其犹讲交友之道，而无门阀之分。凡人在落难时节，没有朋友，没有六亲，更无是非天道可言，能与猿鹤为伍，自然最好，否则与鹿豕为伍，也是好的。即到千万没有办法的时候，至于躺在破庙角里，而与麻疯病菌为伍，倘然我的体力，尚能为自然的抗御，因而不至毁灭以死，也比被实际上也做着骗子屠夫的所诱杀脔割，较为心愿。所以，倘然要讲是非，也该去怪追奔逐北的好汉，我等小民，不任其咎。但近来那般似是的人，还在那里大登告白，说是"少卿教匈奴为兵"，那个意思，更为凶恶，为他营业，卖他朋友，甚而至于陷井下石，望人万劫不复，那层似是的甜衣，不是糖拌砒霜，是什么呢？

　　总之，文人相轻，不外乎文的长短，道的是非，文既无长短可言，道又无是非之分，则空谈是非，何补于事！已而已而，手无寸铁的人呵！

　　　　　　　　　　　　　　　　　　七月一日，《芒种》第八期。

四论"文人相轻"

　　前一回没有提到，魏金枝先生的大文《分明的是非和热烈的好恶》里，还有一点很有意思的文章。他以为现在"往往有些具着两张面孔的人"，重甲而轻乙；他自然不至于主张文人应该对谁都打拱作揖，连称久仰久仰的，只因为乙君原是大可钦敬的作者。所以甲乙两位，"此时此际，要谈是非，就得易地而处"，甲说你的甲话，乙呢，就觉得"非中之是，……正胜过于似是之非，因为其犹讲交友之道，而无门阀之分"，把"门阀"留给甲君，自去另找讲交道的"朋友"，即使没有，竟"与麻疯病菌为伍，……也比被实际上也做着骗子屠夫的所诱杀脔割，较为心愿"了。

　　这拥护"文人相轻"的情境，是悲壮的，但也正证明了现在一般之所谓"文人相轻"，至少，是魏先生所拥护的"文人相轻"，并不是因为"文"，倒是为了"交道"。朋友乃五常之一名，交道是人间的美德，当然也好得很。不过骗子有屏风，屠夫有帮手，在他们自己之间，却也叫作"朋友"的。

　　"必也正名乎"[1]，好名目当然也好得很。只可惜美名未必一定包着美德。"翻手为云覆手雨，纷纷轻薄何须数，君不见管鲍贫时交，此道今人弃如土！"[2]这是李太白先生罢，就早已"感慨系之矣"，更何

1　出自《论语·子路》。
2　出自杜甫《贫交行》，后文"这是李太白先生罢"为作者误记。

况现在这洋场——古名"彝场"——的上海。最近的《大晚报》的副刊上就有一篇文章在通知我们要在上海交朋友，说话先须漂亮，这才不至于吃亏，见面第一句，是"格位（或'迪个'）朋友贵姓？"此时此际，这"朋友"两字中还未含有任何利害，但说下去，就要一步紧一步的显出爱憎和取舍，即决定共同玩花样，还是用作"阿木林"[1]之分来了。"朋友，以义合者也。"古人确曾说过的，然而又有古人说："义，利也。"呜呼！

如果在冷路上走走，有时会遇见几个人蹲在地上赌钱，庄家只是输，押的只是赢，然而他们其实是庄家的一伙，就是所谓"屏风"——也就是他们自己之所谓"朋友"——目的是在引得蠢才眼热，也来出手，然后掏空他的腰包。如果你站下来，他们又觉得你并非蠢才，只因为好奇，未必来上当，就会说："朋友，管自己走，没有什么好看。"这是一种朋友，不妨害骗局的朋友。荒场上又有变戏法的，石块变白鸽，坛子装小孩，本领大抵不很高强，明眼人本极容易看破，于是他们就时时拱手大叫道："在家靠父母，出家靠朋友！"这并非在要求撒钱，是请托你不要说破。这又是一种朋友，是不戳穿戏法的朋友。把这些识时务的朋友稳住了，他才可以掏呆朋友的腰包；或者手执花枪，来赶走不知趣的走近去窥探底细的傻子，恶狠狠的啐一口道："……瞎你的眼睛！"

孩子的遭遇可是还要危险。现在有许多文章里，不是常在很亲热的叫着"小朋友，小朋友"吗？这是因为要请他做未来的主人公，把一切担子都搁在他肩上了；至少，也得去买儿童画报，杂志，文库之

1　"阿木林"：上海话，即傻瓜。

类，据说否则就要落伍。

　　已成年的作家们所占领的文坛上，当然不至于有这么彰明较著的可笑事，但地方究竟是上海，一面大叫朋友，一面却要他悄悄的纳钱五块，买得"自己的园地"，才有发表作品的权利的"交道"，可也不见得就不会出现的。

八月十三日

　　本篇最初发表于一九三五年九月《文学》月刊第五卷第三号"文学论坛"栏，署名隼。后收入杂文集《且介亭杂文二集》。

四论「文人相轻」

五论"文人相轻"——明术

"文人相轻"是局外人或假充局外人的话。如果自己是这局面中人之一,那就是非被轻则是轻人,他决不用这对等的"相"字。但到无可奈何的时候,却也可以拿这四个字来遮掩一下。这遮掩是逃路,然而也仍然是战术,所以这口诀还被有一些人所宝爱。

不过这是后来的话。在先,当然是"轻"。

"轻"之术很不少。粗糙的说:大略有三种。一种是自卑,自己先躺在垃圾里,然后来拖敌人,就是"我是畜生,但我叫你爹爹,你既是畜生的爹爹,可见你也是畜生了"的法子。这形容自然未免过火一点,然而较文雅的现象,文坛上却并不怎么少见的。埋伏之法,是甲乙两人的作品,思想和技术,分明不同,甚而至于相反的,某乙却偏要设法表明,说惟独自己的作品乃是某甲的嫡派;补救之法,是某乙的缺点倘被某甲所指摘,他就说这些事情正是某甲所具备,而且自己也正从某甲那里学了来的。此外,已经把别人评得一钱不值了,临末却又很谦虚的声明自己并非批评家,凡有所说,也许全等于放屁之类,也属于这一派。

一种是最正式的,就是自高,一面把不利于自己的批评,统统谓之"漫骂",一面又竭力宣扬自己的好处,准备跨过别人。但这方法比较的麻烦,因为除"辟谣"之外,自吹自擂是究竟不很雅观的,所以做这些文章时,自己得另用一个笔名,或者邀一些"讲交道"的"朋友"来互助。不过弄得不好,那些"朋友"就会变成保驾的打手或抬驾的轿夫，而使那"朋友"会变成这一类人物的，则这御驾一定不过是有些手势的花花公子，抬来抬去，终于脱不了原形，一年半载之后，花花之上也再添不上什么花头去，而且打手轿夫，要而言之，也究竟要工食，倘非腰包饱满，是没法维持的。如果能用死轿夫，如袁中郎或"晚明二十家"之流来抬，再请一位活名人喝道，自然较为轻而易举，但看过去的成绩和效验，可也并不见佳。

还有一种是自己连名字也并不抛头露面，只用匿名或由"朋友"给敌人以"批评"——要时髦些，就可以说是"批判"。尤其要紧的是给与一个名称，像一般的"诨名"一样。因为读者大众的对于某一作者，是未必和"批评"或"批判"者同仇敌忾的，一篇文章，纵使题目用头号字印成，他们也不大起劲，现在制出一个简括的诨名，就可以比较的不容易忘记了。在近十年来的中国文坛上，这法术，用是也常用的，但效果却很小。

法术原是极利害，极致命的法术。果戈理夸俄国人之善于给别人起名号——或者也是自夸——说是名号一出，就是你跑到天涯海角，它也要跟着你走，怎么摆也摆不脱。这正如传神的写意画，并不细画须眉，并不写上名字，不过寥寥几笔，而神情毕肖，只要见过被画者的人，一看就知道这是谁；夸张了这人的特长——不论优点或弱点，却更知道这是谁。可惜我们中国人并不怎样擅长这本领。起源，是古的。从汉末到六朝之所谓"品题"，如"关东觥觥郭子横"[1]，"五经纷纶井大春"[2]，就是这法术，但说的是优点居多。梁山泊上一百另八条好汉都有诨名，也是这一类，不过着眼多在形体，如"花和尚鲁智深"

1　"关东觥觥郭子横"：出自《后汉书·郭宪传》。觥觥，刚直的样子。

2　"五经纷纶井大春"：出自《后汉书·逸民传·井丹》。

和"青面兽杨志"，或者才能，如"浪里白跳张顺"和"鼓上蚤时迁"等，并不能提挈这人的全般。直到后来的讼师，写状之际，还常常给被告加上一个诨名，以见他原是流氓地痞一类，然而不久也就拆穿西洋镜，即使毫无才能的师爷，也知道这是不足注意的了。现在的所谓文人，除了改用几个新名词之外，也并无进步，所以那些"批判"，结果还大抵是徒劳。

这失败之处，是在不切帖。批评一个人，得到结论，加以简括的名称，虽只寥寥数字，却很要明确的判断力和表现的才能的。必须切帖，这才和被批判者不相离，这才会跟了他跑到天涯海角。现在却大抵只是漫然的抓了一时之所谓恶名，摔了过去：或"封建余孽"，或"布尔乔亚"，或"破锣"，或"无政府主义者"，或"利己主义者"……等等；而且怕一个不够致命，又连用些什么"无政府主义封建余孽"或"布尔乔亚破锣利己主义者"；怕一人说没有力，约朋友各给他一个；怕说一回还太少，一年内连给他几个：时时改换，个个不同。这举棋不定，就因为观察不精，因而品题也不确，所以即使用尽死劲，流完大汗，写了出去，也还是和对方不相干，就是用浆糊粘在他身上，不久也就脱落了。汽车夫发怒，便骂洋车夫阿四一声"猪猡"，顽皮孩子高兴，也会在卖炒白果阿五的背上画一个乌龟，虽然也许博得市侩们的一笑，但他们是决不因此就得"猪猡阿四"或"乌龟阿五"的诨名的。此理易明：因为不切帖。

五四时代的所谓"桐城谬种"和"选学妖孽"，是指做"载飞载鸣"的文章和抱住《文选》寻字汇的人们的，而某一种人确也是这一流，形容惬当，所以这名目的流传也较为永久。除此之外，恐怕也没有什么还留在大家的记忆里了。到现在，和这八个字可以匹敌的，或者只好推"洋场恶少"和"革命小贩"了罢。前一联出于古之"京"，后一联出于今之"海"。

创作难，就是给人起一个称号或诨名也不易。假使有谁能起颠扑不破的诨名的罢，那么，他如作评论，一定也是严肃正确的批评家，倘弄创作，一定也是深刻博大的作者。

所以，连称号或诨名起得不得法，也还是因为这班"朋友"的不"文"。——"再亮些！"

八月十四日

本篇最初发表于一九三五年九月《文学》月刊第五卷第三号"文学论坛"栏，署名隼。后收入杂文集《且介亭杂文二集》。

五论「文人相轻」——明术

论毛笔之类

　　国货也提倡得长久了，虽然上海的国货公司并不发达，"国货城"也早已关了城门，接着就将城墙撤去，日报上却还常见关于国货的专刊。那上面，受劝和挨骂的主角，照例也还是学生，儿童和妇女。

　　前几天看见一篇关于笔墨的文章，中学生之流，很受了一顿训斥，说他们十分之九，是用钢笔和墨水的，这就使中国的笔墨没有出路。自然，倒并不说这一类人就是什么奸，但至少，恰如摩登妇女的爱用外国脂粉和香水似的，应负"入超"的若干的责任。

　　这话也并不错的。不过我想，洋笔墨的用不用，要看我们的闲不闲。我自己是先在私塾里用毛笔，后在学校里用钢笔，后来回到乡下又用毛笔的人，却以为假如我们能够悠悠然，洋洋焉，拂砚伸纸，磨墨挥毫的话，那么，羊毫和松烟当然也很不坏。不过事情要做得快，字要写得多，可就不成功了，这就是说，它敌不过钢笔和墨水。譬如在学校里抄讲义罢，即使改用墨盒，省去临时磨墨之烦，但不久，墨汁也会把毛笔胶住，写不开了，你还得带洗笔的水池，终于弄到在小小的桌子上，摆开"文房四宝"。况且毛笔尖触纸的多少，就是字的粗细，是全靠手腕作主的，因此也容易疲劳，越写越慢。闲人不要紧，一忙，就觉得无论如何，总是墨水和钢笔便当了。

　　青年里面，当然也不免有洋服上挂一枝万年笔，做做装饰的人，但这究竟是少数，使用者的多，原因还是在便当。便于使用的器具的力量，是决非劝谕，讥刺，痛骂之类的空言所能制止的。假如不信，你倒去劝那些坐汽车的人，在北方改用骡车，在南方改用绿呢大轿试试看。如果说这提议是笑话，那么，劝学生改用毛笔呢？现在的青年，已经成了"庙头鼓"，谁都不妨敲打了。一面有繁重的学科，古书的提倡，一面却又有教育家谓然兴叹，说他们成绩坏，不看报纸，昧于世界的大势。

但是，连笔墨也乞灵于外国，那当然是不行的。这一点，却要推前清的官僚聪明，他们在上海立过制造局，想造比笔墨更紧要的器械——虽然为了"积重难返"，终于也造不出什么东西来。欧洲人也聪明，金鸡那原是斐洲的植物，因为去偷种子，还死了几个人，但竟偷到手，在自己这里种起来了，使我们现在如果发了疟疾，可以很便当的大吃金鸡那霜丸，而且还有"糖衣"，连不爱服药的娇小姐们也吃得甜蜜蜜。制造墨水和钢笔的法子，弄弄到手，是没有偷金鸡那子那么危险的。所以与其劝人莫用墨水和钢笔，倒不如自己来造墨水和钢笔；但必须造得好，切莫"挂羊头卖狗肉"。要不然，这一番工夫就又是一个白费。

但我相信，凡有毛笔拥护论者大约也不免以我的提议为空谈：因为这事情不容易。这也是事实；所以典当业只好呈请禁止奇装异服，以免时价早晚不同，笔墨业也只好主张吮墨舐毫，以免国粹渐就沦丧。改造自己，总比禁止别人来得难。然而这办法却是没有好结果的，不是无效，就是使一部份青年又变成旧式的斯文人。

八月二十三日

本篇最初发表于一九三五年九月五日《太白》半月刊第二卷第十二期，署名黄棘。后收入杂文集《且介亭杂文二集》。

六论"文人相轻"——二卖

　　今年文坛上的战术，有几手是恢复了五六年前的太阳社[1]式，年纪大又成为一种罪状了，叫作"倚老卖老"[2]。

　　其实呢，罪是并不在"老"，而在于"卖"的，假使他在叉麻酱，念弥陀，一字不写，就决不会惹青年作家的口诛笔伐。如果这推测并不错，文坛上可又要增添各样的罪人了，因为现在的作家，有几位总不免在他的"作品"之外，附送一点特产的赠品。有的卖富，说卖稿的文人的作品，都是要不得的；有人指出了他的诗思不过在太太的奁资中，就有帮闲的来说这人是因为得不到这样的太太，恰如狐狸的吃不到葡萄，所以只好说葡萄酸。有的卖穷，或卖病，说他的作品是挨饿三天，吐血十口，这才做出来的，所以与众不同。有的卖穷和富，说这刊物是因为受了文阀文僚的排挤，自掏腰包，忍痛印出来的，所以又与众不同。有的卖孝，说自己做这样的文章，是因为怕父亲将来吃苦的缘故，那可更了不得，价值简直和李密[3]的《陈情表》不相上下了。有的就是衔烟斗，穿洋服，唉声唉气，顾影自怜，老是记着自己

1　太阳社：文学团体，1927年成立于上海，主要成员有蒋光慈、钱杏邨等，提倡革命文学。在关于革命文学的论争中，该社曾奚落过鲁迅年老。

2　"倚老卖老"：杨邨人在《星火》第一卷第四期（1935年8月）发表署名巴山的《文坛三家》一文，就《文坛三户》含沙射影地攻击鲁迅，写道："这一种版税作家，名利双收，倚老卖老。"

3　李密（224—287）：字令伯，一名虔，晋初犍为武阳（今四川彭山）人。初仕蜀汉为尚书郎。蜀汉亡，晋武帝召其为太子洗马，李密以祖母年老多病、无人供养而力不从，上《陈情表》回绝。

的韶年玉貌的少年哥儿，这里和"卖老"相对，姑且叫他"卖俏"罢。

不过中国的社会上，"卖老"的真也特别多。女人会穿针，有什么希奇呢，一到一百多岁，就可以开大会，穿给大家看，顺便还捐钱了。说中国人"起码要学狗"，倘是小学生的作文，是会遭先生的板子的，但大了几十年，新闻上就大登特登，还用方体字标题道："皤然一老莅故都，吴稚晖语妙天下"；劝人解囊赈灾的文章，并不少见，而文中自述年纪曰："余年九十六岁矣"者，却只有马相伯[1]先生。但普通都不谓之"卖"，另有极好的称呼，叫作"有价值"。

"老作家"的"老"字，就是一宗罪案，这法律在文坛上已经好几年了，不过或者指为落伍，或者说是把持，……总没有指出明白的坏处。这回才由上海的青年作家揭发了要点，是在"卖"他的"老"。

那就不足虑了，很容易扫荡。中国各业，多老牌子，文坛却并不然，创作了几年，就或者做官，或者改业，或者教书，或者卷逃，或者经商，或者造反，或者送命……不见了。"老"在那里的原已寥寥无几，真有些像耆英会[2]里的一百多岁的老太婆，居然会活到现在，连"民之父母"也觉得希奇古怪。而且她还会穿针，就尤其希奇古怪，使街头巷尾弄得闹嚷嚷。然而呀了，这其实是为了奉旨旌表的缘故，如果一个十六七岁的漂亮姑娘登台穿起针来，看的人也决不会少的。

谁有"卖老"的吗？一遇到少的俏的就倒。

不过中国的文坛虽然幼稚，昏暗，却还没有这么简单；读者虽说被"养成一种'看热闹'的情趣"，但有辨别力的也不少，而且还在多起来。所以专门"卖老"，是不行的，因为文坛究竟不是养老堂，又所

1　马相伯（1840—1939）：名志德，字相伯，江苏丹阳人，教育家。

2　耆英会：指年高有德者的集会。

以专门"卖俏",也不行的,因为文坛究竟也不是妓院。

二卖俱非,由非见是,混沌之辈,以为两伤。

九月十二日

本篇最初发表于一九三五年十月《文学》月刊第五卷第四号"文学论坛"栏,署名隼。后收入杂文集《且介亭杂文二集》。

七论"文人相轻"——两伤

所谓文人，轻个不完，弄得别一些作者摇头叹气了，以为作践了文苑。这自然也说得通。陶渊明先生"采菊东篱下"，心境必须清幽闲适，他这才能够"悠然见南山"，如果篱中篱外，有人大嚷大跳，大骂大打，南山是在的，他却"悠然"不得，只好"愕然见南山"了。现在和晋宋之交有些不同，连"象牙之塔"也已经搬到街头来，似乎颇有"不隔"之意，然而也还得有幽闲，要不然，即无以寄其沉痛，文坛减色，嚷嚷之罪大矣。于是相轻的文人们的处境，就也更加艰难起来，连街头也不再是扰攘的地方了，真是途穷道尽。

然而如果还要相轻又怎么样呢？前清有成例，知县老爷出巡，路遇两人相打，不问青红皂白，谁是谁非，各打屁股五百完事。不相轻的文人们纵有"肃静""回避"牌，却无小板子，打是自然不至于的，他还是用"笔伐"，说两面都不是好东西。这里有一段炯之[1]先生的《谈谈上海的刊物》为例——

> 说到这种争斗，使我们记起《太白》，《文学》，《论语》，《人间世》几年来的争斗成绩。这成绩就是凡骂人的与被骂的一古脑儿变成丑角，等于木偶戏的互相揪打或以头互碰，除了读者养成一种"看热闹"的情趣以外，别无所有。把读者养成欢喜看"戏"不欢喜看"书"的习气，"文坛消息"的多少，成为刊物销路多少的主

1　炯之：沈从文的笔名。

要原因。争斗的延长，无结果的延长，实在可说是中国读者的大不幸。我们是不是还有什么方法可以使这种"私骂"占篇幅少一些？一个时代的代表作，结起账来若只是这些精巧的对骂，这文坛，未免太可怜了。（天津《大公报》的《小公园》，八月十八日。）

"这种斗争"，炯之先生还自有一个界说："即是向异己者用一种琐碎方法，加以无怜悯，不节制的辱骂。（一个术语，便是'斗争'。）"云。

于是乎这位炯之先生便以怜悯之心，节制之笔，定两造为丑角，觉文坛之可怜了，虽然"我们记起《太白》，《文学》，《论语》，《人间世》几年来"，似乎不但并不以"'文坛消息'的多少，成为刊物销路多少的主要原因"，而且简直不登什么"文坛消息"。不过"骂"是有的；只"看热闹"的读者，大约一定也有的。试看路上两人相打，他们何尝没有是非曲直之分，但旁观者往往只觉得有趣；就是绑出法场去，也是不问罪状，单看热闹的居多。由这情形，推而广之以至于文坛，真令人有不如逆来顺受，唾面自干之感。到这里来一个"然而"罢，转过来是旁观者或读者，其实又并不全如炯之先生所拟定的混沌，有些是自有各人自己的判断的。所以昔者古典主义者和罗曼主义者相骂，甚而至于相打，他们并不都成为丑角；左拉遭了剧烈的文字和图画的嘲骂，终于不成为丑角；连生前身败名裂的王尔德，现在也不算是丑角。

自然，他们有作品。但中国也有的。中国的作品"可怜"得很，诚然，但这不只是文坛可怜，也是时代可怜，而且这可怜中，连"看热闹"的读者和论客都在内。凡有可怜的作品，正是代表了可怜的时代。昔之名人说"恕"字诀——但他们说，对于不知恕道的人，是不恕的；——今之名人说"忍"字诀，春天的论客以"文人相轻"混淆黑白，秋天的论客以"凡骂人的与被骂的一古脑儿变成丑角"抹杀是非。冷冰冰阴森森的平安的古冢中，怎么会有生人气？

"我们是不是还有什么方法可以使这种'私骂'占篇幅少一些？"——炯之先生问。有是有的。纵使名之曰"私骂"，但大约决不会件件都是一面等于二加二，一面等于一加三，在"私"之中，有的较近于"公"，在"骂"之中，有的较合于"理"的，居然来加评论的人，就该放弃了"看热闹的情趣"，加以分析，明白的说出你究以为那一面较"是"，那一面较"非"来。

至于文人，则不但要以热烈的憎，向"异己"者进攻，还得以热烈的憎，向"死的说教者"抗战。在现在这"可怜"的时代，能杀才能生，能憎才能爱，能生与爱，才能文。彼兑飞[1]说得好：

> 我的爱并不是欢欣安静的人家，
>
> 花园似的，将平和一门关住，
>
> 其中有"幸福"慈爱地往来，
>
> 而抚养那"欢欣"，那娇小的仙女。
>
> 我的爱，就如荒凉的沙漠一般——
>
> 一个大盗似的有嫉妒在那里霸着；
>
> 他的剑是绝望的疯狂，
>
> 而每一刺是各样的谋杀！

九月十二日

本篇最初发表于一九三五年十月《文学》月刊第五卷第四号"文学论坛"栏，署名隼。后收入杂文集《且介亭杂文二集》。

1　彼兑飞（Petöfi, 1823—1849）：通译裴多菲，匈牙利爱国诗人。

杂谈小品文

  自从"小品文"这一个名目流行以来，看看书店广告，连信札，论文，都排在小品文里了，这自然只是生意经，不足为据。一般的意见，第一是在篇幅短。

  但篇幅短并不是小品文的特征。一条几何定理不过数十字，一部《老子》只有五千言，都不能说是小品。这该像佛经的小乘似的，先看内容，然后讲篇幅。讲小道理，或没道理，而又不是长篇的，才可谓之小品。至于有骨力的文章，恐不如谓之"短文"，短当然不及长，寥寥几句，也说不尽森罗万象，然而它并不"小"。

  《史记》里的《伯夷列传》和《屈原贾谊列传》除去了引用的骚赋，其实也不过是小品，只因为他是"太史公"之作，又常见，所以没有人来选出，翻印。由晋至唐，也很有几个作家；宋文我不知道，但"江湖派"[1]诗，却确是我所谓的小品。现在大家所提倡的，是明清，据说"抒写性灵"是它的特色。那时一些人，确也只能够抒写性灵的，风气和环境，加上作者的出身和生活，也只能有这样的意思，写这样的文章。虽说抒写性灵，其实后来仍落了窠臼，不过是"赋得性灵"，照例写出那么一套来。当然也有人豫感到危难，后来是身历了危难的，所以小品文中，有时也夹着感愤，但在文字狱时，都被销毁，劈板

---

1 "江湖派"：南宋末年兴起的诗歌流派，因收入书商陈起所刻《江湖集》等诗集而得名。

了，于是我们所见，就只剩了"天马行空"似的超然的性灵。

这经过清朝检选的"性灵"，到得现在，却刚刚相宜，有明末的洒脱，无清初的所谓"悖谬"，有国时是高人，没国时还不失为逸士。逸士也得有资格，首先即在"超然"，"士"所以超庸奴，"逸"所以超责任：现在的特重明清小品，其实是大有理由，毫不足怪的。

不过"高人兼逸士梦"恐怕也不长久。近一年来，就露了大破绽，自以为高一点的，已经满纸空言，甚而至于胡说八道，下流的却成为打诨，和猥鄙丑角，并无不同，主意只在挖公子哥儿们的跳舞之资，和舞女们争生意，可怜之状，已经下于五四运动前后的鸳鸯蝴蝶派数等了。

为了这小品文的盛行，今年就又有翻印所谓"珍本"的事。有些论者，也以为可虑。我却觉得这是并非无用的。原本价贵，大抵无力购买，现在只用了一元或数角，就可以看见现代名人的祖师，以及先前的性灵，怎样叠床架屋，现在的性灵，怎样看人学样，啃过一堆牛骨头，即使是牛骨头，不也有了识见，可以不再被生炒牛角尖骗去了吗？

不过"珍本"并不就是"善本"，有些是正因为它无聊，没有人要看，这才日就灭亡，少下去；因为少，所以"珍"起来。就是旧书店里必讨大价的所谓"禁书"，也并非都是慷慨激昂，令人奋起的作品，清初，单为了作者也会禁，往往和内容简直不相干。这一层，却要读者有选择的眼光，也希望识者给相当的指点的。

十二月二日

本篇最初发表于一九三五年十二月七日上海《时事新报·每周文学》，署名旅隼。后收入杂文集《且介亭杂文二集》。

论新文字

　　汉字拉丁化的方法一出世，方块字系的简笔字和注音字母，都赛下去了，还在竞争的只有罗马字拼音。这拼法的保守者用来打击拉丁化字的最大的理由，是说它方法太简单，有许多字很不容易分别。

　　这确是一个缺点。凡文字，倘若容易学，容易写，常常是未必精密的。烦难的文字，固然不见得一定就精密，但要精密，却总不免比较的烦难。罗马字拼音能显四声，拉丁化字不能显，所以没有"东""董"之分，然而方块字能显"东""蝀"之分，罗马字拼音却也不能显。单拿能否细别一两个字来定新文字的优劣，是并不确当的。况且文字一用于组成文章，那意义就会明显。虽是方块字，倘若单取一两个字，也往往难以确切的定出它的意义来。例如"日者"这两个字，如果只是这两个字，我们可以作"太阳这东西"解，可以作"近几天"解，也可以作"占卜吉凶的人"解；又如"果然"，大抵是"竟是"的意思，然而又是一种动物的名目，也可以作隆起的形容；就是一个"一"字，在孤立的时候，也不能决定它是数字"一二三"之"一"呢，还是动词"四海一"之"一"。不过组织在句子里，这疑难就消失了。所以取拉丁化的一两个字，说它含胡，并不是正当的指摘。

　　主张罗马字拼音和拉丁化者两派的争执，其实并不在精密和粗疏，却在那由来，也就是目的。罗马字拼音者是以来的方块字为主，翻成罗马字，使大家都来照这规矩写，拉丁化者却以现在的方言为主，翻成拉丁字，这就是规矩。假使翻一部《诗韵》来作比赛，后者是赛不过的，然而要写出活人的口语来，倒轻而易举。这一点，就可以补它的不精密的缺点而有余了，何况后来还可以凭着实验，逐渐补正呢。

易举和难行是改革者的两大派。同是不满于现状，但打破现状的手段却大不同：一是革新，一是复古。同是革新，那手段也大不同：一是难行，一是易举。这两者有斗争。难行者的好幌子，一定是完全和精密，借此来阻碍易举者的进行，然而它本身，却因为是虚悬的计划，结果总并无成就：就是不行。

这不行，可又正是难行的改革者的慰藉，因为它虽无改革之实，却有改革之名。有些改革者，是极爱谈改革的，但真的改革到了身边，却使他恐惧。惟有大谈难行的改革，这才可以阻止易举的改革的到来，就是竭力维持着现状，一面大谈其改革，算是在做他那完全的改革的事业。这和主张在床上学会了浮水，然而再去游泳的方法，其实是一样的。

拉丁化却没有这空谈的弊病，说得出，就写得来，它和民众是有联系的，不是研究室或书斋里的清玩，是街头巷尾的东西；它和旧文字的关系轻，但和人民的联系密，倘要大家能够发表自己的意见，收获切要的知识，除它以外，确没有更简易的文字了。

而且由只识拉丁化字的人们写起创作来，才是中国文学的新生，才是现代中国的新文学，因为他们是没有中一点什么《庄子》和《文选》之类的毒的。

　　　　　　　　　　　十二月二十三日

本篇最初发表于一九三六年一月十一日《时事新报·每周文学》，署名旅隼。后收入杂文集《且介亭杂文二集》。

《出关》的"关"

我的一篇历史的速写《出关》在《海燕》上一发表，就有了不少的批评，但大抵自谦为"读后感"。于是有人说："这是因为作者的名声的缘故"。话是不错的。现在许多新作家的努力之作，都没有这么的受批评家注意，偶或为读者所发现，销上一二千部，便什么"名利双收"呀，"不该回来"呀，"叽哩咕噜"呀，群起而打之，惟恐他还有活气，一定要弄到此后一声不响，这才算天下太平，文坛万岁。然而别一方面，慷慨激昂之士也露脸了，他戟指大叫道："我们中国有半个托尔斯泰没有？有半个歌德[1]没有？"惭愧得很，实在没有。不过其实也不必这么激昂，因为从地壳凝结，渐有生物以至现在，在俄国和德国，托尔斯泰和歌德也只有各一个。

我并没有遭着这种打击和恫吓，是万分幸福的，不过这回却想破了向来对于批评都守缄默的老例，来说几句话，这也并无他意，只以为批评者有从作品来批判作者的权利，作者也有从批评来批判批评者的权利，咱们也不妨谈一谈而已。

看所有的批评，其中有两种，是把我原是小小的作品，缩得更小，或者简直封闭了。

一种，是以为《出关》在攻击某一个人。这些话，在朋友闲谈，

1　歌德（Goethe, 1749—1832）：德国思想家、作家，代表作《少年维特的烦恼》《浮士德》。

随意说笑的时候，自然是无所不可的，但若形诸笔墨，昭示读者，自以为得了这作品的魂灵，却未免像后街阿狗的妈妈。她是只知道，也只爱听别人的阴私的。不幸我那《出关》并不合于这一流人的胃口，于是一种小报上批评道："这好像是在讽刺傅东华[1]，然而又不是。"既然"然而又不是"，就可见并不"是在讽刺傅东华"了，这不是该从别处着眼了么？然而他因此又觉得毫无意味，一定要实在"是在讽刺傅东华"，这才尝出意味来。

这种看法的人们，是并不很少的，还记得作《阿Q正传》时，就曾有小政客和小官僚惶怒，硬说是在讽刺他，殊不知阿Q的模特儿，却在别的小城市中，而他也实在正在给人家捣米。但小说里面，并无实在的某甲或某乙的么？并不是的。倘使没有，就不成为小说。纵使写的是妖怪，孙悟空一个筋斗十万八千里，猪八戒高老庄招亲，在人类中也未必没有谁和他们精神上相像。有谁相像，就是无意中取谁来做了模特儿，不过因为是无意中，所以也可以说是谁竟和书中的谁相像。我们的古人，是早觉得做小说要用模特儿的，记得有一部笔记，说施耐庵——我们也姑且认为真有这作者罢——请画家画了一百零八条梁山泊上的好汉，贴在墙上，揣摩着各人的神情，写成了《水浒》。但这作者大约是文人，所以明白文人的技俩，而不知道画家的能力，以为他倒能凭空创造，用不着模特儿来作标本了。

作家的取人为模特儿，有两法。一是专用一个人，言谈举动，不必说了，连微细的癖性，衣服的式样，也不加改变。这比较的易于描写，但若在书中是一个可恶或可笑的角色，在现在的中国恐怕大抵要

1　傅东华（1893—1971）：本姓黄，又名则黄，浙江金华人，翻译家、编辑。

认为作者在报个人的私仇——叫作"个人主义",有破坏"联合战线"之罪,从此很不容易做人。二是杂取种种人,合成一个,从和作者相关的人们里去找,是不能发见切合的了。但因为"杂取种种人",一部分相像的人也就更其多数,更能招致广大的惶怒。我是一向取后一法的,当初以为可以不触犯某一个人,后来才知道倒触犯了一个以上,真是"悔之无及",既然"无及",也就不悔了。况且这方法也和中国人的习惯相合,例如画家的画人物,也是静观默察,烂熟于心,然后凝神结想,一挥而就,向来不用一个单独的模特儿的。

不过我在这里,并不说傅东华先生就做不得模特儿,他一进小说,是有代表一种人物的资格的;我对于这资格,也毫无轻视之意,因为世间进不了小说的人们倒多得很。然而纵使谁整个的进了小说,如果作者手腕高妙,作品久传的话,读者所见的就只是书中人,和这曾经实有的人倒不相干了。例如《红楼梦》里贾宝玉的模特儿是作者自己曹霑,《儒林外史》里马二先生的模特儿是冯执中[1],现在我们所觉得的却只是贾宝玉和马二先生,只有特种学者如胡适之先生之流,这才把曹霑和冯执中念念不忘的记在心儿里:这就是所谓人生有限,而艺术却较为永久的话罢。

还有一种,是以为《出关》乃是作者的自况,自况总得占点上风,所以我就是其中的老子。说得最凄惨的是邱韵铎[2]先生——

> ……至于读了之后,留在脑海里的影子,就只是一个全身心都浸淫着孤独感的老人的身影。我真切地感觉着读者是会坠入孤

1　冯执中:应作冯萃中。清代金和在《儒林外史》跋文中说:"马纯上者,冯萃中。"
2　邱韵铎(1907—1992):上海人,曾任创造社出版部主任,1930年3月加入"左联"。

独和悲哀去，跟着我们的作者。要是这样，那么，这篇小说的意义，就要无形地削弱了，我相信，鲁迅先生以及像鲁迅先生一样的作家们的本意是不在这里的。……（《每周文学》的《海燕读后记》）

这一来真是非同小可，许多人都"坠入孤独和悲哀去"，前面一个老子，青牛屁股后面一个作者，还有"以及像鲁迅先生一样的作家们"，还有许多读者们连邱韵铎先生在内，竟一窠蜂似的涌"出关"去了。但是，倘使如此，老子就又不"只是一个全身心都浸淫着孤独感的老人的身影"，我想他是会不再出关，回上海请我们吃饭，出题目征集文章，做道德五百万言的了。

所以我现在想站在关口，从老子的青牛屁股后面，挽留住"像鲁迅先生一样的作家们"以及许多读者们连邱韵铎先生在内。首先是请不要"坠入孤独和悲哀去"，因为"本意是不在这里"，邱先生是早知道的，但是没说出在那里，也许看不出在那里。倘是前者，真是"这篇小说的意义，就要无形地削弱了"；倘因后者，那么，却是我的文字坏，不够分明的传出"本意"的缘故。现在略说一点，算是敬扫一回两月以前"留在脑海里的影子"罢——

老子的西出函谷，为了孔子的几句话，并非我的发见或创造，是三十年前，在东京从太炎先生口头听来的，后来他写在《诸子学略说》中，但我也并不信为一定的事实。至于孔老相争，孔胜老败，却是我的意见：老，是尚柔的；"儒者，柔也"，孔也尚柔，但孔以柔进取，而老却以柔退走。这关键，即在孔子为"知其不可为而为之"的事无大小，均不放松的实行者，老则是"无为而无不为"的一事不做，徒作大言的空谈家。要无所不为，就只好一无所为，因为一有所为，就有了界限，不能算是"无不为"了。我同意于关尹子的嘲笑：他是连老婆也娶不成的。于是加以漫画化，送他出了关，毫无爱惜，不料竟惹起邱先生的这样的凄惨，我想，这大约一定因为我的漫画化还不足够的缘故了，然而如果更将他的鼻子涂白，是不只"这篇小说的意义，就要无形地削弱"而已的，所以也只好这样子。

再引一段邱韵铎先生的独白——

……我更相信，他们是一定会继续地运用他们的心力和笔力，倾注到更有利于社会变革方面，使凡是有利的力量都集中起来，加强起来，同时使凡是可能有利的力量都转为有利的力量，以联结成一个巨大无比的力量。

一为而"成一个巨大无比的力量"，仅次于"无为而无不为"一等，我"们"是没有这种玄妙的本领的，然而我"们"和邱先生不同之处却就在这里，我"们"并不"坠入孤独和悲哀去"，而邱先生却会"真切地感觉着读者是会坠入孤独和悲哀去"的关键也在这里。他起了有利于老子的心思，于是不禁写了"巨大无比"的抽象的封条，将我的无利于老子的具象的作品封闭了。但我疑心：邱韵铎先生以及像邱韵铎先生一样的作家们的本意，也许倒只在这里的。

四月三十日

本篇最初发表于一九三六年五月上海《作家》月刊第一卷第二期。
后收入杂文集《且介亭杂文末编》。

选本

　　今年秋天，在上海的日报上有一点可以算是关于文学的小小的辩论，就是为了一般的青年，应否去看《庄子》与《文选》以作文学上的修养之助。不过这类的辩论，照例是不会有结果的，往复几回之后，有一面一定拉出"动机论"来，不是说反对者"别有用心"，便是"哗众取宠"；客气一点，也就"彼亦一是非，此亦一是非"，而问题于是呜呼哀哉了。

　　但我因此又想到"选本"的势力。孔子究竟删过《诗》没有，我不能确说，但看它先"风"后"雅"而末"颂"，排得这么整齐，恐怕至少总也费过乐师的手脚，是中国现存的最古的诗选。由周至汉，社会情形太不同了，中间又受了《楚辞》的打击，晋宋文人如二陆[1]束晳[2]陶潜之流，虽然也做四言诗以支持场面，其实都不过是每句省去一字的五言诗，"王者之迹熄而《诗》亡"[3]了。不过选者总是层出不穷的，至今尚存，影响也最广大者，我以为一部是《世说新语》[4]，一部就是《文选》。

　　《世说新语》并没有说明是选的，好像刘义庆[5]或他的门客所搜集，

1　二陆：指西晋文学家陆机、陆云兄弟。

2　束晳（261—300）：字广微，西晋文学家。

3　"王者之迹熄而《诗》亡"：出自《孟子·离娄下》。

4　《世说新语》：南朝宋刘义庆组织一批文人编写，主要记载东汉后期到魏晋间一些名士的言行与轶事。

5　刘义庆（403—444）：字季伯，原籍彭城（今江苏徐州），世居京口（今江苏镇江），南朝宋文学家。

但检唐宋类书中所存裴启《语林》[1]的遗文，往往和《世说新语》相同，可见它也是一部钞撮故书之作，正和《幽明录》[2]一样。它的被清代学者所宝重，自然因为注中多有现今的逸书，但在一般读者，却还是为了本文，自唐迄今，拟作者不绝，甚至于自己兼加注解。袁宏道在野时要做官，做了官又大叫苦，便是中了这书的毒，误明为晋的缘故。有些清朝人却较为聪明，虽然薙发胡服，厚禄高官，他也一声不响，只在倩人写照的时候，在纸上改作斜领方巾，或芒鞋竹笠，聊过"世说"式瘾罢了。

《文选》[3]的影响却更大。从曹宪[3]至李善[4]加五臣[5]，音训注释书类之多，远非拟《世说新语》可比。那些烦难字面，如草头诸字，水旁山旁诸字，不断的被摘进历代的文章里面去，五四运动时虽受奚落，得"妖孽"之称，现在却又很有复辟的趋势了。而《古文观止》也一同渐渐的露了脸。

以《古文观止》和《文选》并称，初看好像是可笑的，但是，在文学上的影响，两者却一样的不可轻视。凡选本，往往能比所选各家的全集或选家自己的文集更流行，更有作用。册数不多，而包罗诸作，固然也是一种原因，但还在近则由选者的名位，远则凭古人之威灵，读者想从一个有名的选家，窥见许多有名作家的作品。所以自汉至梁

1　《语林》：东晋裴启著，记录了汉魏两晋名士的言谈轶事。裴启，生卒年不详，又名荣，字荣期，东晋河东（今山西运城）人。

2　《幽明录》：志怪小说集，南朝宋刘义庆撰。

3　曹宪（约541—645）：江苏扬州人，隋唐之际《文选》学家，著有《文选音义》。

4　李善（630—689）：鄂州江夏（今湖北咸宁市咸安区）人，唐代学者，师从曹宪，以讲授《文选》为业，为《文选》作注释，别号"文选学士"。

5　五臣：指唐代开元年间合注《文选》的吕延济、刘良、张铣、吕向、李周翰五人。

的作家的文集，并残本也仅存十余家，《昭明太子集》[1]只剩一点辑本了，而《文选》却在的。读《古文辞类纂》[2]者多，读《惜抱轩全集》[3]的却少。凡是对于文术，自有主张的作家，他所赖以发表和流布自己的主张的手段，倒并不在作文心，文则，诗品，诗话，而在出选本。

　　选本可以借古人的文章，寓自己的意见。博览群籍，采其合于自己意见的为一集，一法也，如《文选》是。择取一书，删其不合于自己意见的为一新书，又一法也，如《唐人万首绝句选》[4]是。如此，则读者虽读古人书，却得了选者之意，意见也就逐渐和选者接近，终于"就范"了。

　　读者的读选本，自以为是由此得了古人文笔的精华的，殊不知却被选者缩小了眼界。即以《文选》为例罢，没有嵇康《家诫》，使读者只觉得他是一个愤世嫉俗，好像无端活得不快活的怪人；不收陶潜《闲情赋》，掩去了他也是一个既取民间《子夜歌》意，而又拒以圣道的迂士。选本既经选者所滤过，就总只能吃他所给与的糟或醨。况且有时还加以批评，提醒了他之以为然，而默杀了他之以为不然处。纵使选者非常胡涂，如《儒林外史》所写的马二先生，游西湖漫无准备，须问路人，吃点心又不知选择，要每样都买一点，由此可见其衡文之

1　《昭明太子集》：即《文选》，或称《昭明文选》，南朝梁萧统编著的一部诗文别集。萧统（501—531），字德施，小字维摩，南兰陵郡兰陵县（今江苏武进）人，梁武帝萧衍长子，英年早逝，谥号昭明，后世称为"昭明太子"，文学家。

2　《古文辞类纂》：清代文学家姚鼐所编文章总集，选录战国至清代的古文，分为论辨、序跋、奏议等十三类。姚鼐（1731—1815），安庆府桐城（今安徽桐城）人，字姬传，一字梦谷，室名惜抱轩，世称惜抱先生，桐城派创始人。

3　《惜抱轩全集》：姚鼐的著作集。

4　《唐人万首绝句选》：清代文学家王士禛编。王士禛（1634—1711），山东新城（今山东桓台县）人，原名王士禛，字子真，一字贻上，号阮亭，又号渔洋山人，世称王渔洋，清初杰出诗人、文学家。

毫无把握罢，然而他是处州人，一定要"处片"，又可见虽是马二先生，也自有其"处片"式的标准了。

评选的本子，影响于后来的文章的力量是不小的，恐怕还远在名家的专集之上。我想，这许是研究中国文学史的人们也该留意的罢。

十一月二十四日记

本篇最初发表于一九三四年一月北平《文学季刊》创刊号，署名唐俟。

后收入杂文集《集外集》。

贰
· 杂
记

杂记是将描绘风景、记录琐事、抒发感想杂糅的文体。鲁迅所作的杂记不多。本章所录前三篇写作时间较早，为文言文；后一篇创作时间稍晚，为白话文。

戞剑生[1]杂记

　　行人于斜日将堕之时，暝色逼人，四顾满目非故乡之人，细聆满耳皆异乡之语，一念及家乡万里，老亲弱弟必时时相语，谓今当至某处矣，此时真觉柔肠欲断，涕不可仰。故予有句云：日暮客愁集，烟深人语喧。皆所身历，非托诸空言也。

　　生鲈鱼与新粳米炊熟，鱼须砍小方块，去骨，加秋油，谓之鲈鱼饭。味甚鲜美，名极雅饬，可入林洪《山家清供》[1]。

　　夷人呼茶为梯，闽语也。闽人始贩茶至夷，故夷人效其语也。

　　试烧酒法，以缸一只猛注酒于中，视其上面浮花，顷刻迸散净尽者为活酒，味佳，花浮水面不动者为死酒，味减。

　　本篇录自周作人日记所附《柑酒听鹂笔记》。周作人在抄文后注明："右戞剑生杂记四则，从戊戌日录中抄出。"作于一八九八年。后收入杂文集《集外集拾遗补编》的附录中。

　　1　戞剑生：鲁迅的笔名。

　　1　《山家清供》：南宋进士林洪著，收录以山野所产的蔬果、动物为主要原料的食品，记其名称、用料、烹制方法，行文间有涉掌故、诗文等。林洪，生卒年不详，福建莆田人，南宋著名词人，著有《宫词百首》。

辛亥游录

一

　　三月十八日，晴。出稽山门可六七里，至于禹祠。老藓缘墙，败槁布地，二三农人坐阶石上。折而右，为会稽山足。行里许，转左，达一小山。山不甚高，松杉骈立，朿[1]木棘衣。更上则朿木亦渐少，仅见卉草，皆常品，获得二种。及巅，乃见绝壁起于足下，不可以进，伏瞰之，满被古苔，蒙茸如裘，中杂小华，五六成簇者可数十，积广约一丈。掇其近者，皆一叶一华，叶碧而华紫，世称一叶兰；名叶以数，名华以类也。微雨忽集，有樵人来，切问何作，庄语不能解，乃绐之曰："求药。"更问："何用？"曰："可以长生。""长生乌可以药得？"曰："此吾之所以求耳。"遂同循山腰横径以降，凡山之纵径，升易而降难，则其腰必生横径，人不期而用之，介然成路，不荒秽焉。

二

　　八月十七日晨，以舟趣新步[2]，昙而雨，亭午乃至，距东门可四十

1　朿：同"刺"。
2　新步：地名，在绍兴东北镜塘殿附近。

里也。泊沥海关前，关与沥海所隔江相对，离堤不一二十武[1]，海在望中。沿堤有木，其叶如桑，其华五出，筒状而薄赤，有微香，碎之则臭，殆海州常山类欤？水滨有小蟹，大如榆荚。有小鱼，前鳍如足，恃以跃，海人谓之跳鱼。过午一时，潮乃自远海来，白做一线。已而益近，群舟动荡。倏及目前，高可四尺，中央如雪，近岸者挟泥而黄。有翁喟然曰："黑哉潮头！"言已四顾。盖越俗以为观涛而见黑者有咎。然涛必挟泥，泥必不白，翁盖诅观者耳。观者得咎，于翁无利，而翁竟诅之矣。潮过雨霁，游步近郊，爱见芦荡中杂野菰，方作紫色华，劚[2]得数本，芦叶伤肤，颇不易致。又得其大者一，欲移植之，然野菰托生芦根，一旦返土壤，不能自为养，必弗活矣。

本篇最初发表于一九一二年二月绍兴《越社丛刊》第一辑，署"会稽周建人乔峰"。原无标点。后收入杂文集《集外集拾遗补编》。

1　武：半步，泛指脚步。

2　劚（zhú）：挖。

会稽禹庙窆石[1]考

此石碣世称窆石，在会稽禹庙中，高虑俿尺[2]八尺九寸，上端有穿，径八寸五分，篆书三行在穿右下。平氏[3]《绍兴志》云：康熙初张希良[4]以意属读，得二十九字，寻其隅角，当为五行，行二十六字。王氏昶《金石萃编》[5]云："惟'日年王一并天文晦真'九字可辨"。此拓可见者第一行"甘□□□□□王石"，第二行"□乾〃并□天文晦彳"，第三行"□□言真□□黄□□"，十一字又二半字。其所刻时或谓永建[6]，或又以为永康[7]，俱无其证。《太平寰宇记》[8]引《舆地记》[9]云："禹庙侧有石船，长一丈，云禹所乘也。孙皓刻其背以述功焉，后

1　窆（biǎn）石：墓穴旁的石碑，有孔，用以穿绳引棺下墓穴。

2　虑俿（zhì）尺：即虑俿尺，东汉章帝建初六年所造的一种铜尺。

3　平氏：即平恕，生卒年不详，清代山阴（今浙江绍兴）人，曾任日讲起居注官、詹事府少詹，乾隆五十七年（1792）总修《绍兴府志》。

4　张希良：生卒年不详，字石虹，黄安（今湖北红安）人，清初学者，曾任浙江督学。

5　《金石萃编》：清代王昶所著石刻文字和铜器铭文的汇编，所收资料以历代碑刻为主，共160卷，成书于嘉庆十年（1805）。王昶（1725—1806），字德甫，号述庵，又号兰泉，江苏青浦（今属上海）人，金石学家、学者，"吴中七子"之一。

6　永建：东汉顺帝刘保（115—144）的第一个年号，时间为126年至132年三月。

7　永康：东汉桓帝刘志（132—167）的第七个年号，时间为167年六月至十二月。

8　《太平寰宇记》：北宋初期的地理总志，乐史撰，记述了宋初十三道范围的全国政区建置。乐史（930—1007），字子正，北宋时江西宜黄人，文学家、地理学家，著有《杨太真外传》《绿珠传》等小说。

9　《舆地记》：疑为《舆地志》，南朝梁顾野王撰，原本30卷，已佚。现有清人辑本一卷。顾野王（519—581），原名顾体伦，字希冯，吴郡吴县（今江苏苏州）人，文字训诂学家、史学家。

人以皓无功可记，乃覆船刻它字，其船中折"。

　　阮氏元《金石志》[1]因定为三国孙氏刻。字体亦与天玺刻石[2]极类，盖为得其真矣。所刻它字，今亦不见。第有宋元人题字数段，右方有赵与升[3]题名，距九寸有员峤真逸[4]题字，左上方有龙朝夫诗[5]，颇漫患。王氏[6]辨五十八字。俞氏樾[7]又审刊其诗，此阙四字，载《春在堂随笔》中。今审拓本，复得数字，具录如下：

　　　　□□□□□九月□一日从事郎□□□□□□□□□□□□□龙朝夫因被命□□□□瞻拜禹陵□此诗以纪盛□云：

　　　沐雨栉风无暇日，胼胝还见圣功劳。

　　　古柏参天表元气[8]，梅梁赴海作波涛。

　　　至今遗迹衣冠在，长使空山魍魅号[9]。

1　《金石志》：即清代学者阮元所著的《两浙金石志》，收录自秦至元代至正年间的金石铭文。阮元（1764—1849），字伯元，号芸台、雷塘庵主，晚号怡性老人，江苏仪征人，官历乾隆、嘉庆、道光三朝，刊刻家、著作家、思想家，在经史、数学、天算、舆地、编纂、金石、校勘等方面均有很高造诣，被尊为三朝阁老、九省疆臣、一代文宗。

2　天玺刻石：指三国吴孙皓于天玺年间（276年）所立的"禅国山碑"和"天玺纪功碑"。

3　赵与升：生卒年不详，宋代嘉兴（今属浙江）人，宝庆二年（1226）进士。他在窆石上的题名为隶书，一行十二字："会稽令赵与升来游男孟握侍"。

4　员峤真逸：即李倜，生卒年不详，字士宏，号员峤真逸，元代河东太原（今属山西）人，官至集贤侍读学士。他在窆石上的题字为楷书，二行十四字："员峤贞逸采游皇庆元年八月八日"。

5　龙朝夫诗：此诗刻共九行，每行十四字，楷书。杜春生《越中金石记》："此刻年代无考，然从事郎阶惟宋元有之，明改为从仕郎矣。今姑置元末。"

6　王氏：指王昶。

7　俞氏樾：俞樾（1821—1907），字荫甫，晚号曲园老人，浙江德清人，清末学者、文学家，著有笔记集《春在堂随笔》10卷。

8　也有作"古柏参天□元气"。

9　也有作"长□空山魍魅号"。

欲觅冢陵寻窆石[1]，山僧为我剪蓬蒿。

　　上截旧刻灭尽，有清人题字十余段，旧志所称杨龟山[2]题名，亦不可见矣。碣中折，篆文在下半。《绍兴志》云："下截为元季兵毁"，殊未审谛。《舆地志》言长一丈，今出地者只九尺，则故未损阙矣。《嘉泰会稽志》[3]引《孔灵符记》[4]云："始皇崩，邑人刻木为像祀之，配食夏禹庙。"又云："东海圣姑从海中乘石船张石帆至，二物见在庙中。"盖碣自秦以来有之，孙皓记功其上，皓好刻图，禅国山，天玺纪功诸刻皆然。岂以无有圭角，似出天然，故以为瑞石与？晋宋时不测所从来，乃以为石船，宋元又谓之窆石，至于今不改矣。

　　　　　　本篇据作者手稿编入，原无标题、标点。当写于一九一七年。
　　　　　　　　　　　　后收入杂文集《集外集拾遗补编》。

1　也有作"欲觅□陵寻窆石"。

2　杨龟山（1053—1135）：即北宋理学家杨时，字中立，号龟山，南剑将乐县（今属福建三明）人。

3　《嘉泰会稽志》：地方志，宋代施宿撰，陆游序，南宋嘉泰元年（1201）成书，20卷。施宿（1164—1222），字武子，湖北湖州长兴人，南宋进士。陆游（1125—1210），字务观，号放翁，越州山阴（今浙江绍兴）人，南宋文学家、史学家、爱国诗人。

4　《孔灵符记》：即孔灵符撰《会稽记》，原书已佚，鲁迅有辑本一卷，收入《会稽郡故书杂集》。孔灵符，生卒年不详，名晔，南朝宋山阴人，官至辅国将军。

文摊秘诀十条

一，须竭力巴结书坊老板，受得住气。

二，须多谈胡适之之流，但上面应加"我的朋友"四字，但仍须讥笑他几句。

三，须设法办一份小报或期刊，竭力将自己的作品登在第一篇，目录用二号字。

四，须设法将自己的照片登载杂志上，但片上须看见玻璃书箱一排，里面都是洋装书，而自己则作伏案看书，或默想之状。

五，须设法证明墨翟是一只黑野鸡，或杨朱[1]是澳洲人，并且出一本"专号"。[2]

六，须编《世界文学家辞典》一部，将自己和老婆儿子，悉数详细编入。

七，须取《史记》或《汉书》中文章一二篇，略改字句，用自己的名字出版，同时又编《世界史学家辞典》一部，办法同上。

八，须常常透露目空一切的口气。

1　杨朱（约前395—约前335，一说约前450—约前370）：字子居，又称杨子，魏国（一说秦国）人，战国初期的哲学家、思想家，道家杨朱学派的创始人。

2　学者兼编辑胡怀琛（1886—1938）曾在《东方杂志》第二十五卷第八号、第十六号（1928年4月、8月）先后发表《墨翟为印度人辨》和《墨翟续辨》两文，据"墨"字本义为黑、"翟"与"狄"同音，断言墨翟为印度人。"翟"字本义是长尾野鸡，"杨"与"洋"同音。"墨翟是一只黑野鸡""杨朱是澳洲人"是对这类"考据学"的讽刺。

九，须常常透露游欧或游美的消息。

十，倘有人作文攻击，可说明此人曾来投稿，不予登载，所以挟嫌报复。

本篇最初发表于一九三三年三月二十日上海《申报·自由谈》，署名孺牛。

后收入杂文集《集外集拾遗补编》。

叁
·
演
讲

本章收录了鲁迅在1923年至
1931年间所作演讲13篇。鲁迅的演
讲深入浅出、幽默风趣，具有极高的
思想性和艺术性。

娜拉走后怎样
—— 一九二三年十二月二十六日在北京女子高等师范
学校文艺会讲

我今天要讲的是"娜拉走后怎样？"

伊孛生是十九世纪后半的瑙威的一个文人。他的著作，除了几十首诗之外，其余都是剧本。这些剧本里面，有一时期是大抵含有社会问题的，世间也称作"社会剧"，其中有一篇就是《娜拉》。

《娜拉》一名 Ein Puppenheim，中国译作《傀儡家庭》[1]。但 Puppe 不单是牵线的傀儡，孩子抱着玩的人形也是；引申开去，别人怎么指挥，他便怎么做的人也是。娜拉当初是满足地生活在所谓幸福的家庭里的，但是她竟觉悟了：自己是丈夫的傀儡，孩子们又是她的傀儡。她于是走了，只听得关门声，接着就是闭幕。这想来大家都知道，不必细说了。

娜拉要怎样才不走呢？或者说伊孛生自己有解答，就是 Die Frau vom Meer，《海的女人》，中国有人译作《海上夫人》的。这女人是已经结婚的了，然而先前有一个爱人在海的彼岸，一日突然寻来，叫她一同去。她便告知她的丈夫，要和那外来人会面。临末，她的丈夫说，"现在放你完全自由。（走与不走）你能够自己选择，并且还要自己负责任。"于是什么事全都改变，她就不走了。这样看来，娜拉倘也得到这样的自由，或者也便可以安住。

但娜拉毕竟是走了的。走了以后怎样？伊孛生并无解答；而且他

1　又译《玩偶之家》。

已经死了。即使不死，他也不负解答的责任。因为伊孛生是在做诗，不是为社会提出问题来而且代为解答。就如黄莺一样，因为他自己要歌唱，所以他歌唱，不是要唱给人们听得有趣，有益。伊孛生是很不通世故的，相传在许多妇女们一同招待他的筵宴上，代表者起来致谢他作了《傀儡家庭》，将女性的自觉，解放这些事，给人心以新的启示的时候，他却答道，"我写那篇却并不是这意思，我不过是做诗。"

娜拉走后怎样？——别人可是也发表过意见的。一个英国人曾作一篇戏剧，说一个新式的女子走出家庭，再也没有路走，终于堕落，进了妓院了。还有一个中国人，——我称他什么呢？上海的文学家罢，——说他所见的《娜拉》是和现译本不同，娜拉终于回来了。这样的本子可惜没有第二人看见，除非是伊孛生自己寄给他的。但从事理上推想起来，娜拉或者也实在只有两条路：不是堕落，就是回来。因为如果是一匹小鸟，则笼子里固然不自由，而一出笼门，外面便又有鹰，有猫，以及别的什么东西之类；倘使已经关得麻痹了翅子，忘却了飞翔，也诚然是无路可以走。还有一条，就是饿死了，但饿死已经离开了生活，更无所谓问题，所以也不是什么路。

人生最苦痛的是梦醒了无路可以走。做梦的人是幸福的；倘没有看出可走的路，最要紧的是不要去惊醒他。你看，唐朝的诗人李贺，不是困顿了一世的么？而他临死的时候，却对他的母亲说，"阿妈，上帝造成了白玉楼，叫我做文章落成去了。"这岂非明明是一个诳，一个梦？然而一个小的和一个老的，一个死的和一个活的，死的高兴地死去，活的放心地活着。说诳和做梦，在这些时候便见得伟大。所以我想，假使寻不出路，我们所要的倒是梦。

但是，万不可做将来的梦。阿尔志跋绥夫曾经借了他所做的小说，质问过梦想将来的黄金世界的理想家，因为要造那世界，先唤起许多人们来受苦。他说，"你们将黄金世界预约给他们的子孙了，可是有什么给他们自己呢？"有是有的，就是将来的希望。但代价也太大了，为了这希望，要使人练敏了感觉来更深切地感到自己的苦痛，叫起灵魂来目睹他自己的腐烂的尸骸。惟有说诳和做梦，这些时候便见得伟大。所以我想，假使寻不出路，我们所要的就是梦；但不要将来的梦，只要目前的梦。

然而娜拉既然醒了，是很不容易回到梦境的，因此只得走；可是走了以后，有时却也免不掉堕落或回来。否则，就得问：她除了觉醒的心以外，还带了什么去？倘只有一条像诸君一样的紫红的绒绳的围巾，那可是无论宽到二尺或三尺，也完全是不中用。她还须更富有，提包里有准备，直白地说，就是要有钱。

梦是好的；否则，钱是要紧的。

钱这个字很难听，或者要被高尚的君子们所非笑，但我总觉得人们的议论是不但昨天和今天，即使饭前和饭后，也往往有些差别。凡承认饭需钱买，而以说钱为卑鄙者，倘能按一按他的胃，那里面怕总还有鱼肉没有消化完，须得饿他一天之后，再来听他发议论。

所以为娜拉计，钱，——高雅的说罢，就是经济，是最要紧的了。自由固不是钱所能买到的，但能够为钱而卖掉。人类有一个大缺点，就是常常要饥饿。为补救这缺点起见，为准备不做傀儡起见，在目下的社会里，经济权就见得最要紧了。第一，在家应该先获得男女平均的分配；第二，在社会应该获得男女相等的势力。可惜我不知道这权柄如何取得，单知道仍然要战斗；或者也许比要求参政权更要用剧烈的战斗。

要求经济权固然是很平凡的事，然而也许比要求高尚的参政权以及博大的女子解放之类更烦难。天下事尽有小作为比大作为更烦难的。譬如现在似的冬天，我们只有这一件棉袄，然而必须救助一个将要冻死的苦人，否则便须坐在菩提树下冥想普度一切人类的方法去。普度一切人类和救活一人，大小实在相去太远了，然而倘叫我挑选，我就立刻到菩提树下去坐着，因为免得脱下唯一的棉袄来冻杀自己。所以在家里说要参政权，是不至于大遭反对的，一说到经济的平匀分配，或不免面前就遇见敌人，这就当然要有剧烈的战斗。

战斗不算好事情，我们也不能责成人人都是战士，那么，平和的方法也就可贵了，这就是将来利用了亲权来解放自己的子女。中国的亲权是无上的，那时候，就可以将财产平匀地分配子女们，使他们平和而没有冲突地都得到相等的经济权，此后或者去读书，或者去生发，或者为自己去享用，或者为社会去做事，或者去花完，都请便，自己负责任。这虽然也是颇远的梦，可是比黄金世界的梦近得不少了。但第一需要记性。记性不佳，是有益于己而有害于子孙的。人们因为能忘却，所以自己能渐渐地脱离了受过的苦痛，也因为能忘却，所以往往照样地再犯前人的错误。被虐待的儿媳做了婆婆，仍然虐待儿媳；嫌恶学生的官吏，每是先前痛骂官吏的学生；现在压迫子女的，有时也就是十年前的家庭革命者。这也许与年龄和地位都有关系罢，但记性不佳也是一个很大的原因。救济法就是各人去买一本 note-book[1] 来，将自己现在的思想举动都记上，作为将来年龄和地位都改变了之后的参考。假如憎恶孩子要到公园去的时候，取来一翻，看见上面有一条道，"我想到中央公园去"，那就即刻心平气和了。别的事也一样。

世间有一种无赖精神，那要义就是韧性。听说拳匪乱后，天津的

1 note-book：英语，笔记本。

青皮，就是所谓无赖者很跋扈，譬如给人搬一件行李，他就要两元，对他说这行李小，他说要两元，对他说道路近，他说要两元，对他说不要搬了，他说也仍然要两元。青皮固然是不足为法的，而那韧性却大可以佩服。要求经济权也一样，有人说这事情太陈腐了，就答道要经济权；说是太卑鄙了，就答道要经济权；说是经济制度就要改变了，用不着再操心，也仍然答道要经济权。

其实，在现在，一个娜拉的出走，或者也许不至于感到困难的，因为这人物很特别，举动也新鲜，能得到若干人们的同情，帮助着生活。生活在人们的同情之下，已经是不自由了，然而倘有一百个娜拉出走，便连同情也减少，有一千一万个出走，就得到厌恶了，断不如自己握着经济权之为可靠。

在经济方面得到自由，就不是傀儡了么？也还是傀儡。无非被人所牵的事可以减少，而自己能牵的傀儡可以增多罢了。因为在现在的社会里，不但女人常作男人的傀儡，就是男人和男人，女人和女人，也相互地作傀儡，男人也常作女人的傀儡，这决不是几个女人取得经济权所能救的。但人不能饿着静候理想世界的到来，至少也得留一点残喘，正如涸辙之鲋，急谋升斗之水一样，就要这较为切近的经济权，一面再想别的法。

如果经济制度竟改革了，那上文当然完全是废话。

然而上文，是又将娜拉当作一个普通的人物而说的，假使她很特别，自己情愿闯出去做牺牲，那就又另是一回事。我们无权去劝诱人做牺牲，也无权去阻止人做牺牲。况且世上也尽有乐于牺牲，乐于受苦的人物。欧洲有一个传说，耶稣去钉十字架时，休息在Ahasvar[1]的

---

1 Ahasvar：阿哈斯瓦尔，欧洲传说中的一个补鞋匠，被称为流浪的犹太人。

檐下，Ahasvar不准他，于是被了咒诅，使他永世不得休息，直到末日裁判的时候。Ahasvar从此就歇不下，只是走，现在还在走。走是苦的，安息是乐的，他何以不安息呢？虽说背着咒诅，可以大约总该是觉得走比安息还适意，所以始终狂走的罢。

只是这牺牲的适意是属于自己的，与志士们之所谓为社会者无涉。群众，——尤其是中国的，——永远是戏剧的看客。牺牲上场，如果显得慷慨，他们就看了悲壮剧；如果显得觳觫，他们就看了滑稽剧。北京的羊肉铺前常有几个人张着嘴看剥羊，仿佛颇愉快，人的牺牲能给与他们的益处，也不过如此。而况事后走不几步，他们并这一点愉快也就忘却了。

对于这样的群众没有法，只好使他们无戏可看倒是疗救，正无需乎震骇一时的牺牲，不如深沉的韧性的战斗。

可惜中国太难改变了，即使搬动一张桌子，改装一个火炉，几乎也要血；而且即使有了血，也未必一定能搬动，能改装。不是很大的鞭子打在背上，中国自己是不肯动弹的。我想这鞭子总要来，好坏是别一问题，然而总要打到的。但是从那里来，怎么地来，我也是不能确切地知道。

我这讲演也就此完结了。

本篇最初发表于一九二四年北京女子高等师范学校《文艺会刊》第六期。同年八月一日上海《妇女杂志》第十卷第八号转载时，篇末有该杂志编者附记："这篇是鲁迅先生在北京女子高等师范学校的讲演稿，曾经刊载该校出版《文艺会刊》的第六期。新近因为我们向先生讨文章，承他把原文重加订正，给本志发表。"后收入杂文集《坟》。

未有天才之前
—— 一九二四年一月十七日在北京师范大学
附属中学校友会讲

　　我自己觉得我的讲话不能使诸君有益或者有趣，因为我实在不知道什么事，但推托拖延得太长久了，所以终于不能不到这里来说几句。

　　我看现在许多人对于文艺界的要求的呼声之中，要求天才的产生也可以算是很盛大的了，这显然可以反证两件事：一是中国现在没有一个天才，二是大家对于现在的艺术的厌薄。天才究竟有没有？也许有着罢，然而我们和别人都没见。倘使据了见闻，就可以说没有；不但天才，还有使天才得以生长的民众。

　　天才并不是自生自长在深林荒野里的怪物，是由可以使天才生长的民众产生，长育出来的，所以没有这种民众，就没有天才。有一回拿破仑过 Alps 山[1]，说，"我比 Alps 山还要高！"这何等英伟，然而不要忘记他后面跟着许多兵；倘没有兵，那只有被山那面的敌人捉住或者赶回，他的举动，言语，都离了英雄的界线，要归入疯子一类了。所以我想，在要求天才的产生之前，应该先要求可以使天才生长的民众。——譬如想有乔木，想看好花，一定要有好土；没有土，便没有花木了；所以土实在较花木还重要。花木非有土不可，正同拿破仑非有好兵不可一样。

3-2

1　Alps 山：即阿尔卑斯山，位于欧洲中南部。

然而现在社会上的论调和趋势，一面固然要求天才，一面却要他灭亡，连预备的土也想扫尽。举出几样来说：

其一就是"整理国故"[1]。自从新思潮来到中国以后，其实何尝有力，而一群老头子，还有少年，却已丧魂失魄的来讲国故了，他们说，"中国自有许多好东西，都不整理保存，倒去求新，正如放弃祖宗遗产一样不肖。"抬出祖宗来说法，那自然是极威严的，然而我总不信在旧马褂未曾洗净叠好之前，便不能做一件新马褂。就现状而言，做事本来还随各人的自便，老先生要整理国故，当然不妨去埋在南窗下读死书，至于青年，却自有他们的活学问和新艺术，各干各事，也还没有大妨害的，但若拿了这面旗子来号召，那就是要中国永远与世界隔绝了。倘以为大家非此不可，那更是荒谬绝伦！我们和古董商人谈天，他自然总称赞他的古董如何好，然而他决不痛骂画家，农夫，工匠等类，说是忘记了祖宗：他实在比许多国学家聪明得远。

其一是"崇拜创作"[2]。从表面上看来，似乎这和要求天才的步调很相合，其实不然。那精神中，很含有排斥外来思想，异域情调的分子，所以也就是可以使中国和世界潮流隔绝的。许多人对于托尔斯泰，都介涅夫[3]，陀思妥夫斯奇[4]的名字，已经厌听了，然而他们的著作，有什么译到中国来？眼光因在一国里，听谈彼得和约翰就生厌，

---

1 "整理国故"：以胡适为代表的一种思潮。1923年胡适创办《读书杂志》《国学季刊》，提出"少说点空话，多读点好书"的口号，提倡以所谓科学方法从事"国故学"，拟定一份近 200 部的"最低限度的国学书目"。称青年排队游行，高喊打倒英日强盗，算不得救国事业。要安心独坐图书馆，踱进研究室，整理国故。

2 "崇拜创作"：据鲁迅后来写的《祝中俄文字之交》，这里所说似因郭沫若的意见而引起。郭沫若在1921年2月《民铎》第二卷第五号发表的致李石岑函中说："我觉得国内人士只注重媒婆，而不注重处子；只注重翻译，而不注重产生。"

3 都介涅夫：即屠格涅夫。

4 陀思妥夫斯奇（F. M. Dostoyevsky, 1821—1881）：通译陀思妥耶夫斯基，俄国小说家。

定须张三李四才行，于是创作家出来了，从实说，好的也离不了刺取点外国作品的技术和神情，文笔或者漂亮，思想往往赶不上翻译品，甚者还要加上些传统思想，使他适合于中国人的老脾气，而读者却已为他所牢笼了，于是眼界便渐渐的狭小，几乎要缩进旧圈套里去。作者和读者互相为因果，排斥异流，抬上国粹，那里会有天才产生？即使产生了，也是活不下去的。

这样的风气的民众是灰尘，不是泥土，在他这里长不出好花和乔木来！

还有一样是恶意的批评。大家的要求批评家的出现，也由来已久了，到目下就出了许多批评家。可惜他们之中很有不少是不平家，不像批评家，作品才到面前，便恨恨地磨墨，立刻写出很高明的结论道，"唉，幼稚得很。中国要天才！"到后来，连并非批评家也这样叫喊了，他是听来的。其实即使天才，在生下来的时候的第一声啼哭，也和平常的儿童的一样，决不会就是一首好诗。因为幼稚，当头加以戕贼，也可以萎死的。我亲见几个作者，都被他们骂得寒噤了。那些作者大约自然不是天才，然而我的希望是便是常人也留着。

恶意的批评家在嫩苗的地上驰马，那当然是十分快意的事；然而遭殃的是嫩苗——平常的苗和天才的苗。幼稚对于老成，有如孩子对于老人，决没有什么耻辱；作品也一样，起初幼稚，不算耻辱的。因为倘不遭了戕贼，他就会生长，成熟，老成；独有老衰和腐败，倒是无药可救的事！我以为幼稚的人，或者老大的人，如有幼稚的心，就说幼稚的话，只为自己要说而说，说出之后，至多到印出之后，自己的事就完了，对于无论打着什么旗子的批评，都可以置之不理的！

就是在座的诸君，料来也十之九愿有天才的产生罢，然而情形是这样，不但产生天才难，单是有培养天才的泥土也难。我想，天才大半是天赋的；独有这培养天才的泥土，似乎大家都可以做。做土的功效，比要求天才还切近；否则，纵有成千成百的天才，也因为没有泥土，不能发达，要像一碟子绿豆芽。

做土要扩大了精神，就是收纳新潮，脱离旧套，能够容纳，了解那将来产生的天才；又要不怕做小事业，就是能创作的自然是创作，否则翻译，介绍，欣赏，读，看，消闲都可以。以文艺来消闲，说来似乎有些可笑，但究竟较胜于戕贼他。

泥土和天才比，当然是不足齿数的，然而不是坚苦卓绝者，也怕不容易做；不过事在人为，比空等天赋的天才有把握。这一点，是泥土的伟大的地方，也是反有大希望的地方。而且也有报酬，譬如好花从泥土里出来，看的人固然欣然的赏鉴，泥土也可以欣然的赏鉴，正不必花卉自身，这才心旷神怡的——假如当作泥土也有灵魂的说。

本篇最初发表于一九二四年北京师范大学附属中学《校友会刊》第一期。同年十二月二十七日《京报副刊》第二十一号转载时，前面有一段作者的小引："伏园兄：今天看看正月间在师大附中的演讲，其生命似乎确乎尚在，所以校正寄奉，以备转载。二十二日夜，迅上。"后收入杂文集《坟》。

无声的中国
——二月十六日在香港青年会讲

　　以我这样没有什么可听的无聊的讲演，又在这样大雨的时候，竟还有这许多来听的诸君，我首先应当声明我的郑重的感谢。

　　我现在所讲的题目是：《无声的中国》。

　　现在，浙江，陕西，都在打仗，那里的人民哭着呢还是笑着呢，我们不知道。香港似乎很太平，住在这里的中国人，舒服呢还是不很舒服呢，别人也不知道。

　　发表自己的思想，感情给大家知道的是要用文章的，然而拿文章来达意，现在一般的中国人还做不到。这也怪不得我们；因为那文字，先就是我们的祖先留传给我们的可怕的遗产。人们费了多年的工夫，还是难于运用。因为难，许多人便不理它了，甚至于连自己的姓也写不清是张还是章，或者简直不会写，或者说道：Chang。虽然能说话，而只有几个人听到，远处的人们便不知道，结果也等于无声。又因为难，有些人便当作宝贝，像玩把戏似的，之乎者也，只有几个人懂，——其实是不知道可真懂，而大多数的人们却不懂得，结果也等于无声。

　　文明人和野蛮人的分别，其一，是文明人有文字，能够把他们的思想，感情，藉此传给大众，传给将来。中国虽然有文字，现在却已经和大家不相干，用的是难懂的古文，讲的是陈旧的古意思，所有的声音，都是过去的，都就是只等于零的。所以，大家不能互相了解，正像一大盘散沙。

　　将文章当作古董，以不能使人认识，使人懂得为好，也许是有趣的事罢。但是，结果怎样呢？是我们已经不能将我们想说的话说出来。我们受了损害，受了侮辱，总是不能说出些应说的话。拿最近的事情来说，如中日战争，拳匪事件，民元革命这些大事件，一直到现在，我们可有一部像样的著作？民国以来，也还是谁也不作声。反而在外国，倒常有说起中国的，但那都不是中国人自己的声音，是别人的声音。

　　这不能说话的毛病，在明朝是还没有这样厉害的；他们还比较地能够说些要说的话。待到满洲人以异族侵入中国，讲历史的，尤其是讲宋末的事情的人被杀害了，讲时事的自然也被杀害了。所以，到乾隆年间，人民大家便更不敢用文章来说话了。所谓读书人，便只好躲起来读经，校刊古书，做些古时的文章，和当时毫无关系的文章。有些新意，也还是不行的；不是学韩，便是学苏。韩愈苏轼他们，用他们自己的文章来说当时要说的话，那当然可以的。我们却并非唐宋时人，怎么做和我们毫无关系的时候的文章呢。即使做得像，也是唐宋时代的声音，韩愈苏轼的声音，而不是我们现代的声音。然而直到现在，中国人却还耍着这样的旧戏法。人是有的，没有声音，寂寞得很。——人会没有声音的么？没有，可以说：是死了。倘要说得客气一点，那就是：已经哑了。

　　要恢复这多年无声的中国，是不容易的，正如命令一个死掉的人道："你活过来！"我虽然并不懂得宗教，但我以为正如想出现一个宗教上之所谓"奇迹"一样。

　　首先来尝试这工作的是"五四运动"前一年，胡适之先生所提倡的"文学革命"。"革命"这两个字，在这里不知道可害怕，有些地方是一听到就害怕的。但这和文学两字连起来的"革命"，却没有法国革命的"革命"那么可怕，不过是革新，改换一个字，就很平和了，我们就称为"文学革新"罢，中国文字上，这样的花样是很多的。那大意也并不可怕，不过说：我们不必再去费尽心机，学说古代的死人的话，要说现代的活人的话；不要将文章看作古董，要做容易懂得的白话的文章。然而，单是文学革新是不够的，因为腐败思想，能用古文做，也能用白话做。所以后来就有人提倡思想革新。思想革新的结果，是发生社会革新运动。这运动一发生，自然一面就发生反动，于是便酿成战斗……。

但是，在中国，刚刚提起文学革新，就有反动了。不过白话文却渐渐风行起来，不大受阻碍。这是怎么一回事呢？就因为当时又有钱玄同先生提倡废止汉字，用罗马字母来替代。这本也不过是一种文字革新，很平常的，但被不喜欢改革的中国人听见，就大不得了了，于是便放过了比较的平和的文学革命，而竭力来骂钱玄同。白话乘了这一个机会，居然减去了许多敌人，反而没有阻碍，能够流行了。

中国人的性情是总喜欢调和，折中的。譬如你说，这屋子太暗，须在这里开一个窗，大家一定不允许的。但如果你主张拆掉屋顶，他们就会来调和，愿意开窗了。没有更激烈的主张，他们总连平和的改革也不肯行。那时白话文之得以通行，就因为有废掉中国字而用罗马字母的议论的缘故。

其实，文言和白话的优劣的讨论，本该早已过去了，但中国是总不肯早早解决的，到现在还有许多无谓的议论。例如，有的说：古文各省人都能懂，白话就各处不同，反而不能互相了解了。殊不知这只要教育普及和交通发达就好，那时就人人都能懂较为易解的白话文；至于古文，何尝各省人都能懂，便是一省里，也没有许多人懂得的。有的说：如果都用白话文，人们便不能看古书，中国的文化就灭亡了。其实呢，现在的人们大可以不必看古书，即使古书里真有好东西，也可以用白话来译出的，用不着那么心惊胆战。他们又有人说，外国尚且译中国书，足见其好，我们自己倒不看么？殊不知埃及的古书，外国人也译，非洲黑人的神话，外国人也译，他们别有用意，即使译出，也算不了怎样光荣的事的。

近来还有一种说法，是思想革新紧要，文字改革倒在其次，所以不如用浅显的文言来作新思想的文章，可以少招一重反对。这话似乎也有理。然而我们知道，连他长指甲都不肯剪去的人，是决不肯剪去他的辫子的。

因为我们说着古代的话，说着大家不明白，不听见的话，已经弄得像一盘散沙，痛痒不相关了。我们要活过来，首先就须由青年们不再说孔子孟子和韩愈柳宗元们的话。时代不同，情形也两样，孔子时代的香港不这样，孔子口调的"香港论"是无从做起的，"吁嗟阔哉香港也"，不过是笑话。

我们要说现代的，自己的话；用活着的白话，将自己的思想，感情直白地说出来。但是，这也要受前辈先生非笑的。他们说白话文卑鄙，没有价值；他们说年青人作品幼稚，贻笑大方。我们中国能做文言的有多少呢，其余的都只能说白话，难道这许多中国人，就都是卑鄙，没有价值的么？至于幼稚，尤其没有什么可羞，正如孩子对于老人，毫没有什么可羞一样。幼稚是会生长，会成熟的，只不要衰老，腐败，就好。倘说待到纯熟了才可以动手，那是虽是村妇也不至于这样蠢。她的孩子学走路，即使跌倒了，她决不至于叫孩子从此躺在床上，待到学会了走法再下地面来的。

青年们先可以将中国变成一个有声的中国。大胆地说话，勇敢地进行，忘掉了一切利害，推开了古人，将自己的真心的话发表出来。——真，自然是不容易的。譬如态度，就不容易真，讲演时候就不是我的真态度，因为我对朋友，孩子说话时候的态度是不这样的。——但总可以说些较真的话，发些较真的声音。只有真的声音，才能感动中国的人和世界的人；必须有了真的声音，才能和世界的人同在世界上生活。

我们试想现在没有声音的民族是那几种民族。我们可听到埃及人的声音？可听到安南，朝鲜的声音？印度除了泰戈尔，别的声音可还有？

我们此后实在只有两条路：一是抱着古文而死掉，一是舍掉古文而生存。

本篇最初刊于香港报纸，报纸名称及日期未详，一九二七年三月二十三日汉口《中央日报》副刊转载。据《鲁迅日记》，讲演作于二月十八日。后收入杂文集《三闲集》。

老调子已经唱完
—— 一九二七年二月十九日在香港青年会演讲

　　今天我所讲的题目是"老调子已经唱完"：初看似乎有些离奇，其实是并不奇怪的。

　　凡老的，旧的，都已经完了！这也应该如此。虽然这一句话实在对不起一般老前辈，可是我也没有别的法子。

　　中国人有一种矛盾思想，即是：要子孙生存，而自己想活得很长久，永远不死；及至知道没法可想，非死不可了，却希望自己的尸身永远不腐烂。但是，想一想罢，如果从有人类以来的人们都不死，地面上早已挤得密密的，现在的我们早已无地可容了；如果从有人类以来的人们的尸身都不烂，岂不是地面上的死尸早已堆得比鱼店里的鱼还要多，连掘井，造房子的空地都没有了么？所以，我想，凡是老的，旧的，实在倒不如高高兴兴的死去的好。

　　在文学上，也一样，凡是老的和旧的，都已经唱完，或将要唱完。举一个最近的例来说，就是俄国。他们当俄皇专制的时代，有许多作家很同情于民众，叫出许多惨痛的声音，后来他们又看见民众有缺点，便失望起来，不很能怎样歌唱，待到革命以后，文学上便没有什么大作品了。只有几个旧文学家跑到外国去，作了几篇作品，但也不见得出色，因为他们已经失掉了先前的环境了，不再能照先前似的开口。

　　在这时候，他们的本国是应该有新的声音出现的，但是我们还没有很听到。我想，他们将来是一定要有声音的。因为俄国是活的，虽然暂时没有声音，但他究竟有改造环境的能力，所以将来一定也会有新的声音出现。

再说欧美的几个国度罢。他们的文艺是早有些老旧了，待到世界大战时候，才发生了一种战争文学。战争一完结，环境也改变了，老调子无从再唱，所以现在文学上也有些寂寞。将来的情形如何，我们实在不能豫测。但我相信，他们是一定也会有新的声音的。

现在来想一想我们中国是怎样。中国的文章是最没有变化的，调子是最老的，里面的思想是最旧的。但是，很奇怪，却和别国不一样。那些老调子，还是没有唱完。

这是什么缘故呢？有人说，我们中国是有一种"特别国情"。——中国人是否真是这样"特别"，我是不知道，不过我听得有人说，中国人是这样。——倘使这话是真的，那么，据我看来，这所以特别的原因，大概有两样。

第一，是因为中国人没记性，因为没记性，所以昨天听过的话，今天忘记了，明天再听到，还是觉得很新鲜。做事也是如此，昨天做坏了的事，今天忘记了，明天做起来，也还是"仍旧贯"的老调子。

第二，是个人的老调子还未唱完，国家却已经灭亡了好几次了。何以呢？我想，凡有老旧的调子，一到有一个时候，是都应该唱完的，凡是有良心，有觉悟的人，到一个时候，自然知道老调子不敢再唱，将它抛弃。但是，一般以自己为中心的人们，却决不肯以民众为主体，而专图自己的便利，总是三翻四复的唱不完。于是，自己的老调子固然唱不完，而国家却已被唱完了。

宋朝的读书人讲道学，讲理学，尊孔子，千篇一律。虽然有几个革新的人们，如王安石等等，行过新法，但不得大家的赞同，失败了。从此大家又唱老调子，和社会没有关系的老调子，一直到宋朝的灭亡。

宋朝唱完了，进来做皇帝的是蒙古人——元朝。那么，宋朝的老调子也该随着宋朝完结了罢，不，元朝人起初虽然看不起中国人，后来却觉得我们的老调子，倒也新奇，渐渐生了羡慕，因此元人也跟着唱起我们的调子来了，一直到灭亡。

这个时候，起来的是明太祖。元朝的老调子，到此应该唱完了罢，可是也还没有唱完。明太祖又觉得还有些意趣，就又教大家接着唱下去。什么八股咧，道学咧，和社会，百姓都不相干，就只向着那条过去的旧路走，一直到明亡。

清朝又是外国人。中国的老调子，在新来的外国主人的眼里又见得新鲜了，于是又唱下去。还是八股，考试，做古文，看古书。但是清朝的完结，已经有十六年了，这是大家都知道的。他们到后来，倒也略略有些觉悟，曾经想从外国学一点新法来补救，然而已经太迟，来不及了。

老调子将中国唱完，完了好几次，而它却仍然可以唱下去。因此就发生一点小议论。有人说："可见中国的老调子实在好，正不妨唱下去。试看元朝的蒙古人，清朝的满洲人，不是都被他们同化了么？照此看来，则将来无论何国，中国都会这样地将他们同化的。"原来我们中国就和生着传染病的病人一般，自己生了病，还会将病传到别人身上去，这倒是一种特别的本领。

殊不知这种意见，在现在是非常错误的。我们为甚么能够同化蒙古人和满洲人呢？是因为他们的文化比我们的低得多。倘使别人的文化和我们的相敌或更进步，那结果便要大不相同了。他们倘比我们更聪明，这时候，我们不但不能同化他们，反要被他们利用了我们的腐败文化，来治理我们这腐败民族。他们对于中国人，是毫不爱惜的，当然任凭你腐败下去。现在听说又很有别国人在尊重中国的旧文化了，那里是真在尊重呢，不过是利用！

从前西洋有一个国度，国名忘记了，要在非洲造一条铁路。顽固的非洲土民很反对，他们便利用了他们的神话来哄骗他们道："你们古代有一个神仙，曾从地面造一条桥到天上。现在我们所造的铁路，简直就和你们的古圣人的用意一样。"非洲人不胜佩服，高兴，铁路就造起来。——中国人是向来排斥外人的，然而现在却渐渐有人跑到他那里去唱老调子了，还说道："孔夫子也说道，'道不行，乘桴浮于海。'[1]所以外人倒是好的。"外国人也说道："你们圣人的话实在不错。"

倘照这样下去，中国的前途怎样呢？别的地方我不知道，只好用上海来类推。上海是：最有权势的是一群外国人，接近他们的是一圈中国的商人和所谓读书人，圈子外面是许多中国的苦人，就是下等奴才。将来呢，倘使还是唱着老调子，那么，上海的情状会扩大到全国，苦力会多起来。因为现在是不像元朝清朝时候，我们可以靠着老调子将他们唱完，只好反而唱完自己了。这就因为，现在的外国人，不比蒙古人和满洲人一样，他们的文化并不在我们之下。

那么，怎么好呢？我想，唯一的方法，首先是抛弃了老调子。旧文章，旧思想，都已经和现社会毫无关系了，从前孔子周游列国的时

1　出自《论语·公冶长》。

代，所坐的是牛车。现在我们还坐牛车么？从前尧舜的时候，吃东西用泥碗。现在我们所用的是甚么？所以，生在现今的时代，捧着古书是完全没有用处的了。

但是，有些读书人说，我们看这些古东西，倒并不觉得于中国怎样有害，又何必这样决绝地抛弃呢？是的。然而古老东西的可怕就正在这里。倘使我们觉得有害，我们便能警戒了，正因为并不觉得怎样有害，我们这才总是觉不出这致死的毛病来。因为这是"软刀子"。这"软刀子"的名目，也不是我发明的，明朝有一个读书人，叫做贾凫西的，鼓词里曾经说起纣王，道："几年家软刀子割头不觉死，只等得太白旗悬才知道命有差。"我们的老调子，也就是一把软刀子。

中国人倘被别人用钢刀来割，是觉得痛的，还有法子想；倘是软刀子，那可真是"割头不觉死"，一定要完。

我们中国被别人用兵器来打，早有过好多次了。例如，蒙古人满洲人用弓箭，还有别国人用枪炮。用枪炮来打的后几次，我已经出了世了，但是年纪青。我仿佛记得那时大家倒还觉得一点苦痛的，也曾经想有些抵抗，有些改革。用枪炮来打我们的时候，听说是因为我们野蛮；现在，倒不大遇见有枪炮来打我们了，大约是因为我们文明了罢。现在也的确常常有人说，中国的文化好得很，应该保存。那证据，是外国人也常在赞美。这就是软刀子。用钢刀，我们也许还会觉得的，于是就改用软刀子。我想：叫我们用自己的老调子唱完我们自己的时候，是已经要到了。

中国的文化，我可是实在不知道在那里。所谓文化之类，和现在的民众有甚么关系，甚么益处呢？近来外国人也时常说，中国人礼仪好，中国人看馔好。中国人也附和着。但这些事和民众有甚么关系？

车夫先就没有钱来做礼服，南北的大多数的农民最好食物是杂粮。有什么关系？

中国的文化，都是侍奉主子的文化，是用很多的人的痛苦换来的。无论中国人，外国人，凡是称赞中国文化的，都只是以主子自居的一部份。

以前，外国人所作的书籍，多是嘲骂中国的腐败；到了现在，不大嘲骂了，或者反而称赞中国的文化了。常听到他们说："我在中国住得很舒服呵！"这就是中国人已经渐渐把自己的幸福送给外国人享受的证据。所以他们愈赞美，我们中国将来的苦痛要愈深的！

这就是说：保存旧文化，是要中国人永远做侍奉主子的材料，苦下去，苦下去。虽然现在的阔人富翁，他们子孙也不能逃。我曾经做过一篇杂感，大意是说："凡称赞中国旧文化的，多是住在租界或安稳地方的富人，因为他们有钱，没有受到国内战争的痛苦，所以发出这样的赞赏来。殊不知将来他们的子孙，营业要比现在的苦人更其贱，去开的矿洞，也要比现在的苦人更其深。"这就是说，将来还是要穷的，不过迟一点。但是先穷的苦人，开了较浅的矿，他们的后人，却须开更深的矿了。我的话并没有人注意。他们还是唱着老调子，唱到租界去，唱到外国去。从此以后，不能像元朝清朝一样，唱完别人了，他们是要唱完了自己。

这怎么办呢？我想，第一，是先请他们从洋楼，卧室，书房里踱出来，看一看身边怎么样，再看一看社会怎么样，世界怎么样。然后自己想一想，想得了方法，就做一点。"跨出房门，是危险的。"自然，唱老调子的先生们又要说。然而，做人是总有些危险的，如果躲在房里，就一定长寿，白胡子的老先生应该非常多；但是我们所见的有多少呢？他们也还是常常早死，虽然不危险，他们也胡涂死了。

要不危险，我倒曾经发见了一个很合式的地方。这地方，就是：牢狱。人坐在监牢里，便不至于再捣乱犯罪了；救火机关也完全，不怕失火；也不怕盗劫，到牢狱里，去抢东西的强盗是从来没有的。坐监是实在最安稳。

但是，坐监却独独缺少一件事，这就是：自由。所以，贪安稳就没有自由，要自由就总要历些危险。只有这两条路。那一条好，是明明白白的，不必待我来说了。

现在我还要谢诸位今天到来的盛意。

本篇最初发表于一九二七年三月某日广州《国民新闻》副刊《新时代》，同年五月十一日汉口《中央日报》副刊第四十八号曾予转载。后收入杂文集《集外集拾遗》。

老调子已经唱完

革命时代的文学
——四月八日在黄埔军官学校讲

今天要讲几句的话是就将这"革命时代的文学"算作题目。这学校是邀过我好几次了，我总是推宕着没有来。为什么呢？因为我想，诸君的所以来邀我，大约是因为我曾经做过几篇小说，是文学家，要从我这里听文学。其实我并不是的，并不懂什么。我首先正经学习的是开矿，叫我讲掘煤，也许比讲文学要好一些。自然，因为自己的嗜好，文学书是也时常看看的，不过并无心得，能说出于诸君有用的东西来。加以这几年，自己在北京所得的经验，对于一向所知道的前人所讲的文学的议论，都渐渐的怀疑起来。那是开枪打杀学生的时候罢，文禁也严厉了，我想：文学文学，是最不中用的，没有力量的人讲的；有实力的人并不开口，就杀人，被压迫的人讲几句话，写几个字，就要被杀；即使幸而不被杀，但天天呐喊，叫苦，鸣不平，而有实力的人仍然压迫，虐待，杀戮，没有方法对付他们，这文学于人们又有什么益处呢？

在自然界里也这样，鹰的捕雀，不声不响的是鹰，吱吱叫喊的是雀；猫的捕鼠，不声不响的是猫，吱吱叫喊的是老鼠；结果，还是只会开口的被不开口的吃掉。文学家弄得好，做几篇文章，也许能够称誉于当时，或者得到多少年的虚名罢，——譬如一个烈士的追悼会开过之后，烈士的事情早已不提了，大家倒传诵着谁的挽联做得好：这实在是一件很稳当的买卖。

但在这革命地方的文学家，恐怕总喜欢说文学和革命是大有关系的，例如可以用这来宣传，鼓吹，煽动，促进革命和完成革命。不过我想，这样的文章是无力的，因为好的文艺作品，向来多是不受别人命令，不顾利害，自然而然地从心中流露的东西；如果先挂起一个题目，做起文章来，那又何异于八股，在文学中并无价值，更说不到能否感动人了。为革命起见，要有"革命人"，"革命文学"倒无须急急，革命人做出东西来，才是革命文学。所以，我想：革命，倒是与文章有关系的。革命时代的文学和平时的文学不同，革命来了，文学就变换色彩。但大革命可以变换文学的色彩，小革命却不，因为不算什么革命，所以不能变换文学的色彩。在此地是听惯了"革命"了，江苏浙江谈到革命二字，听的人都很害怕，讲的人也很危险。其实"革命"是并不稀奇的，惟其有了它，社会才会改革，人类才会进步，能从原虫到人类，从野蛮到文明，就因为没有一刻不在革命。生物学家告诉我们："人类和猴子是没有大两样的，人类和猴子是表兄弟。"但为什么人类成了人，猴子终于是猴子呢？这就因为猴子不肯变化——它爱用四只脚走路。也许曾有一个猴子站起来，试用两脚走路的罢，但许多猴子就说："我们底祖先一向是爬的，不许你站！"咬死了。它们不但不肯站起来，并且不肯讲话，因为它守旧。人类就不然，他终于站起，讲话，结果是他胜利了。现在也还没有完。所以革命是并不稀奇的，凡是至今还未灭亡的民族，还都天天在努力革命，虽然往往不过是小革命。

大革命与文学有什么影响呢？大约可以分开三个时候来说：

（一）大革命之前，所有的文学，大抵是对于种种社会状态，觉得不平，觉得痛苦，就叫苦，鸣不平，在世界文学中关于这类的文学颇不少。但这些叫苦鸣不平的文学对于革命没有什么影响，因为叫苦鸣不平，并无力量，压迫你们的人仍然不理，老鼠虽然吱吱地叫，尽管叫出很好的文学，而猫儿吃起它来，还是不客气。所以仅仅有叫苦鸣不平的文学时，这个民族还没有希望，因为止于叫苦和鸣不平。例如人们打官司，失败的方面到了分发冤单的时候，对手就知道他没有力量再打官司，事情已经了结了；所以叫苦鸣不平的文学等于喊冤，压迫者对此倒觉得放心。有些民族因为叫苦无用，连苦也不叫了，他们便成为沉默的民族，渐渐更加衰颓下去，埃及，阿拉伯，波斯，印度就都没有什么声音了！至于富有反抗性，蕴有力量的民族，因为叫苦没用，他便觉悟起来，由哀音而变为怒吼。怒吼的文学一出现，反抗就快到了；他们已经很愤怒，所以与革命爆发时代接近的文学每每带有愤怒之音；他要反抗，他要复仇。苏俄革命将起时，即有些这类的文学。但也有例外，如波兰，虽然早有复仇的文学，然而他的恢复，是靠着欧洲大战的。

（二）到了大革命的时代，文学没有了，没有声音了，因为大家受革命潮流的鼓荡，大家由呼喊而转入行动，大家忙着革命，没有闲空谈文学了。还有一层，是那时民生凋敝，一心寻面包吃尚且来不及，那里有心思谈文学呢？守旧的人因为受革命潮流的打击，气得发昏，也不能再唱所谓他们底文学了。有人说："文学是穷苦的时候做的"，其实未必，穷苦的时候必定没有文学作品的；我在北京时，一穷，就到处借钱，不写一个字，到薪俸发放时，才坐下来做文章。忙的时候也必定没有文学作品，挑担的人必要把担子放下，才能做文章；拉车的人也必要把车子放下，才能做文章。大革命时代忙得很，同时又穷得很，这一部分人和那一部分人斗争，非先行变换现代社会底状态不可，没有时间也没有心思做文章；所以大革命时代的文学便只好暂归沉寂了。

（三）等到大革命成功后，社会底状态缓和了，大家底生活有余裕了，这时候就又产生文学。这时候底文学有二：一种文学是赞扬革命，称颂革命，——讴歌革命，因为进步的文学家想到社会改变，社会向前走，对于旧社会的破坏和新社会的建设，都觉得有意义，一方面对于旧制度的崩坏很高兴，一方面对于新的建设来讴歌。另有一种文学是吊旧社会的灭亡——挽歌——也是革命后会有的文学。有些的人以为这是"反革命的文学"，我想，倒也无须加以这么大的罪名。革命虽然进行，但社会上旧人物还很多，决不能一时变成新人物，他们的脑中满藏着旧思想旧东西；环境渐变，影响到他们自身的一切，于是回想旧时的舒服，便对于旧社会眷念不已，恋恋不舍，因而讲出很古的话，陈旧的话，形成这样的文学。这种文学都是悲哀的调子，表示他心里不舒服，一方面看见新的建设胜利了，一方面看见旧的制度灭亡了，所以唱起挽歌来。但是怀旧，唱挽歌，就表示已经革命了，如果没有革命，旧人物正得势，是不会唱挽歌的。

不过中国没有这两种文学——对旧制度挽歌，对新制度讴歌；因为中国革命还没有成功，正是青黄不接，忙于革命的时候。不过旧文学仍然很多，报纸上的文章，几乎全是旧式。我想，这足见中国革命对于社会没有多大的改变，对于守旧的人没有多大的影响，所以旧人仍能超然物外。广东报纸所讲的文学，都是旧的，新的很少，也可以证明广东社会没有受革命影响；没有对新的讴歌，也没有对旧的挽歌，广东仍然是十年前底广东。不但如此，并且也没有叫苦，没有鸣不平；止看见工会参加游行，但这是政府允许的，不是因压迫而反抗的，也不过是奉旨革命。中国社会没有改变，所以没有怀旧的哀词，也没有崭新的进行曲，只在苏俄却已产生了这两种文学。他们的旧文学家逃亡外国，所作的文学，多是吊亡挽旧的哀词；新文学则正在努力向前走，伟大的作品虽然还没有，但是新作品已不少，他们已经离开怒吼时期而过渡到讴歌的时期了。赞美建设是革命进行以后的影响，再往后去的情形怎样，现在不得而知，但推想起来，大约是平民文学罢，因为平民的世界，是革命的结果。

　　现在中国自然没有平民文学，世界上也还没有平民文学，所有的文学，歌呀，诗呀，大抵是给上等人看的；他们吃饱了，睡在躺椅上，捧着看。一个才子出门遇见一个佳人，两个人很要好，有一个不才子从中捣乱，生出差迟来，但终于团圆了。这样地看看，多么舒服。或者讲上等人怎样有趣和快乐，下等人怎样可笑。前几年《新青年》载过几篇小说，描写罪人在寒地里的生活，大学教授看了就不高兴，因为他们不喜欢看这样的下流人。如果诗歌描写车夫，就是下流诗歌；一出戏里，有犯罪的事情，就是下流戏。他们的戏里的脚色，止有才子佳人，才子中状元，佳人封一品夫人，在才子佳人本身很欢喜，他们看了也很欢喜，下等人没奈何，也只好替他们一同欢喜欢喜。在现在，有人以平民——工人农民——为材料，做小说做诗，我们也称之为平民文学，其实这不是平民文学，因为平民还没有开口。这是另外的人从旁看见平民的生活，假托平民底口吻而说的。眼前的文人有些虽然穷，但总比工人农民富足些，这才能有钱去读书，才能有文章；一看好像是平民所说的，其实不是；这不是真的平民小说。平民所唱的山歌野曲，现在也有人写下来，以为是平民之音了，因为是老百姓所唱。但他们间接受古书的影响很大，他们对于乡下的绅士有田三千亩，佩服得不了，每每拿绅士的思想，做自己的思想，绅士们惯吟五言诗，七言诗；因此他们所唱的山歌野曲，大半也是五言或七言。这是就格律而言，还有构思取意，也是很陈腐的，不能称是真正的平民文学。现在中国底小说和诗实在比不上别国，无可奈何，只好称之曰文学；谈不到革命时代的文学，更谈不到平民文学。现在的文学家都是读书人，如果工人农民不解放，工人农民的思想，仍然是读书人的思想，必待工人农民得到真正的解放，然后才有真正的平民文学。有些人说："中国已有平民文学"，其实这是不对的。

诸君是实际的战争者，是革命的战士，我以为现在还是不要佩服文学的好。学文学对于战争，没有益处，最好不过作一篇战歌，或者写得美的，便可于战余休憩时看看，倒也有趣。要讲得堂皇点，则譬如种柳树，待到柳树长大，浓阴蔽日，农夫耕作到正午，或者可以坐在柳树底下吃饭，休息休息。中国现在的社会情状，止有实地的革命战争，一首诗吓不走孙传芳，一炮就把孙传芳轰走了。自然也有人以为文学于革命是有伟力的，但我个人总觉得怀疑，文学总是一种余裕的产物，可以表示一民族的文化，倒是真的。

人大概是不满于自己目前所做的事的，我一向只会做几篇文章，自己也做得厌了，而捏枪的诸君，却又要听讲文学。我呢，自然倒愿意听听大炮的声音，仿佛觉得大炮的声音或者比文学的声音要好听得多似的。我的演说只有这样多，感谢诸君听完的厚意！

本篇记录稿最初发表于一九二七年六月十二日广州黄埔军官学校出版的《黄埔生活》周刊第四期。后收入《而已集》，收入时作者作了修改。

读书杂谈
——七月十六日在广州知用中学讲

　　因为知用中学的先生们希望我来演讲一回，所以今天到这里和诸君相见。不过我也没有什么东西可讲。忽而想到学校是读书的所在，就随便谈谈读书。是我个人的意见，姑且供诸君的参考，其实也算不得什么演讲。

　　说到读书，似乎是很明白的事，只要拿书来读就是了，但是并不这样简单。至少，就有两种：一是职业的读书，一是嗜好的读书。所谓职业的读书者，譬如学生因为升学，教员因为要讲功课，不翻翻书，就有些危险的就是。我想在坐的诸君之中一定有些这样的经验，有的不喜欢算学，有的不喜欢博物，然而不得不学，否则，不能毕业，不能升学，和将来的生计便有妨碍了。我自己也这样，因为做教员，有时即非看不喜欢看的书不可，要不这样，怕不久便会于饭碗有妨。我们习惯了，一说起读书，就觉得是高尚的事情，其实这样的读书，和木匠的磨斧头，裁缝的理针线并没有什么分别，并不见得高尚，有时还很苦痛，很可怜。你爱做的事，偏不给你做，你不爱做的，倒非做不可。这是由于职业和嗜好不能合一而来的。倘能够大家去做爱做的事，而仍然各有饭吃，那是多么幸福。但现在的社会上还做不到，所以读书的人们的最大部分，大概是勉勉强强的，带着苦痛的为职业的读书。

　　现在再讲嗜好的读书罢。那是出于自愿，全不勉强，离开了利害关系的。——我想，嗜好的读书，该如爱打牌的一样，天天打，夜夜打，连续的去打，有时被公安局捉去了，放出来之后还是打。诸君要知道真打牌的人的目的并不在赢钱，而在有趣。牌有怎样的有趣呢，我是外行，不大明白。但听得爱赌的人说，它妙在一张一张的摸起来，永远变化无穷。我想，凡嗜好的读书，能够手不释卷的原因也就是这样。他在每一叶每一叶里，都得着深厚的趣味。自然，也可以扩大精神，增加智识的，但这些倒都不计及，一计及，便等于意在赢钱的博徒了，这在博徒之中，也算是下品。

不过我的意思，并非说诸君应该都退了学，去看自己喜欢看的书去，这样的时候还没有到来；也许终于不会到，至多，将来可以设法使人们对于非做不可的事发生较多的兴味罢了。我现在是说，爱看书的青年，大可以看看本分以外的书，即课外的书，不要只将课内的书抱住。但请不要误解，我并非说，譬如在国文讲堂上，应该在抽屉里暗看《红楼梦》之类；乃是说，应做的功课已完而有余暇，大可以看看各样的书，即使和本业毫不相干的，也要泛览。譬如学理科的，偏看看文学书，学文学的，偏看看科学书，看看别个在那里研究的，究竟是怎么一回事。这样子，对于别人，别事，可以有更深的了解。现在中国有一个大毛病，就是人们大概以为自己所学的一门是最好，最妙，最要紧的学问，而别的都无用，都不足道的，弄这些不足道的东西的人，将来该当饿死。其实是，世界还没有如此简单，学问都各有用处，要定什么是头等还很难。也幸而有各式各样的人，假如世界上全是文学家，到处所讲的不是"文学的分类"便是"诗之构造"，那倒反而无聊得很了。

不过以上所说的，是附带而得的效果，嗜好的读书，本人自然并不计及那些，就如游公园似的，随随便便去，因为随随便便，所以不吃力，因为不吃力，所以会觉得有趣。如果一本书拿到手，就满心想道，"我在读书了！""我在用功了！"那就容易疲劳，因而减掉兴味，或者变成苦事了。

我看现在的青年，为兴味的读书的是有的，我也常常遇到各样的询问。此刻就将我所想到的说一点，但是只限于文学方面，因为我不明白其他的。

第一，是往往分不清文学和文章。甚至于已经来动手做批评文章的，也免不了这毛病。其实粗粗的说，这是容易分别的。研究文章的历史或理论的，是文学家，是学者；做做诗，或戏曲小说的，是做文章的人，就是古时候所谓文人，此刻所谓创作家。创作家不妨毫不理会文学史或理论，文学家也不妨做不出一句诗。然而中国社会上还很误解，你做几篇小说，便以为你一定懂得小说概论，做几句新诗，就要你讲诗之原理。我也尝见想做小说的青年，先买小说法程和文学史来看。据我看来，是即使将这些书看烂了，和创作也没有什么关系的。

事实上，现在有几个做文章的人，有时也确去做教授。但这是因为中国创作不值钱，养不活自己的缘故。听说美国小名家的一篇中篇小说，时价是二千美金；中国呢，别人我不知道，我自己的短篇寄给大书铺，每篇卖过二十元。当然要寻别的事，例如教书，讲文学。研究是要用理智，要冷静的，而创作须情感，至少总得发点热，于是忽冷忽热，弄得头昏，——这也是职业和嗜好不能合一的苦处。苦倒也罢了，结果还是什么都弄不好。那证据，是试翻世界文学史，那里面的人，几乎没有兼做教授的。

还有一种坏处，是一做教员，未免有顾忌；教授有教授的架子，不能畅所欲言。这或者有人要反驳：那么，你畅所欲言就是了，何必如此小心。然而这是事前的风凉话，一到有事，不知不觉地他也要从众来攻击的。而教授自身，纵使自以为怎样放达，下意识里总不免有架子在。所以在外国，称为"教授小说"的东西倒并不少，但是不大有人说好，至少，是总难免有令人发烦的炫学的地方。

所以我想，研究文学是一件事，做文章又是一件事。

第二，我常被询问：要弄文学，应该看什么书？这实在是一个极难回答的问题。先前也曾有几位先生给青年开过一大篇书目。但从我看来，这是没有什么用处的，因为我觉得那都是开书目的先生自己想要看或者未必想要看的书目。我以为倘要弄旧的呢，倒不如姑且靠着张之洞[1]的《书目答问》去摸门径去。倘是新的，研究文学，则自己先看看各种的小本子，如本间久雄[2]的《新文学概论》，厨川白村的《苦闷的象征》，瓦浪斯基[3]们的《苏俄的文艺论战》之类，然后自己再想想，再博览下去。因为文学的理论不像算学，二二一定得四，所以议论很纷歧。如第三种，便是俄国的两派的争论，——我附带说一句，近来听说连俄国的小说也不大有人看了，似乎一看见"俄"字就吃惊，其实苏俄的新创作何尝有人绍介，此刻译出的几本，都是革命前的作品，作者在那边都已经被看作反革命的了。倘要看看文艺作品呢，则先看几种名家的选本，从中觉得谁的作品自己最爱看，然后再看这一个作者的专集，然后再从文学史上看看他在史上的位置；倘要知道得更详细，就看一两本这人的传记，那便可以大略了解了。如果专是请教别人，则各人的嗜好不同，总是格不相入的。

1　张之洞（1837—1909）：字孝达，号香涛，晚清名臣、洋务派代表人物。《书目答问》是古籍推荐书目。

2　本间久雄（1886—1981）：日本文艺理论家。

3　瓦浪斯基（Voronsky, 1884—1943）：又译沃龙斯基，苏联作家、文艺评论家。

　　第三，说几句关于批评的事。现在因为出版物太多了，——其实有什么呢，而读者因为不胜其纷纭，便渴望批评，于是批评家也便应运而起。批评这东西，对于读者，至少对于和这批评家趣旨相近的读者，是有用的。但中国现在，似乎应该暂作别论。往往有人误以为批评家对于创作是操生杀之权，占文坛的最高位的，就忽而变成批评家；他的灵魂上挂了刀。但是怕自己的立论不周密，便主张主观，有时怕自己的观察别人不看重，又主张客观；有时说自己的作文的根柢全是同情，有时将校对者骂得一文不值。凡中国的批评文字，我总是越看越胡涂，如果当真，就要无路可走。印度人是早知道的，有一个很普通的比喻。他们说：一个老翁和一个孩子用一匹驴子驮着货物去出卖，货卖去了，孩子骑驴回来，老翁跟着走。但路人责备他了，说是不晓事，叫老年人徒步。他们便换了一个地位，而旁人又说老人忍心；老人忙将孩子抱到鞍鞽上，后来看见的人却说他们残酷；于是都下来，走了不久，可又有人笑他们了，说他们是呆子，空着现成的驴子却不骑。于是老人对孩子叹息道，我们只剩了一个办法了，是我们两人抬着驴子走。无论读，无论做，倘若旁征博访，结果是往往会弄到抬驴子走的。

　　不过我并非要大家不看批评，不过说看了之后，仍要看看本书，自己思索，自己做主。看别的书也一样，仍要自己思索，自己观察。倘只看书，便变成书厨，即使自己觉得有趣，而那趣味其实是已在逐渐硬化，逐渐死去了。我先前反对青年躲进研究室，也就是这意思，至今有些学者，还将这话算作我的一条罪状哩。

　　听说英国的培那特萧[1]（Bernard Shaw），有过这样意思的话：世

1　培那特萧：即萧伯纳。

间最不行的是读书者。因为他只能看别人的思想艺术，不用自己。这也就是勖本华尔[1]（Schopenhauer）之所谓脑子里给别人跑马。较好的是思索者。因为能用自己的生活力了，但还不免是空想，所以更好的是观察者，他用自己的眼睛去读世间这一部活书。

这是的确的，实地经验总比看，听，空想确凿。我先前吃过干荔支，罐头荔支，陈年荔支，并且由这些推想过新鲜的好荔支。这回吃过了，和我所猜想的不同，非到广东来吃就永不会知道。但我对于萧的所说，还要加一点骑墙的议论。萧是爱尔兰人，立论也不免有些偏激的。我以为假如从广东乡下找一个没有历练的人，叫他从上海到北京或者什么地方，然后问他观察所得，我恐怕是很有限的，因为他没有练习过观察力。所以要观察，还是先要经过思索和读书。

总之，我的意思是很简单的：我们自动的读书，即嗜好的读书，请教别人是大抵无用，只好先行泛览，然后决择而入于自己所爱的较专的一门或几门；专读书也有弊病，所以必须和实社会接触，使所读的书活起来。

本篇记录稿经作者校阅后最初发表于一九二七年八月十八、十九、二十二日广州《民国日报》副刊《现代青年》第一七九、一八〇、一八一期；后重刊于一九二七年九月十六日《北新》周刊第四十七、四十八期合刊。后收入杂文集《而已集》。

1　勖本华尔：即叔本华。

魏晋风度及文章与药及酒之关系
——九月间在广州夏期学术演讲会讲

　　我今天所讲的，就是黑板上写着的这样一个题目。

　　中国文学史，研究起来，可真不容易，研究古的，恨材料太少，研究今的，材料又太多，所以到现在，中国较完全的文学史尚未出现。今天讲的题目是文学史上的一部分，也是材料太少，研究起来很有困难的地方。因为我们想研究某一时代的文学，至少要知道作者的环境，经历和著作。

　　汉末魏初这个时代是很重要的时代，在文学方面起一个重大的变化，因当时正在黄巾和董卓大乱之后，而且又是党锢的纠纷之后，这时曹操出来了。——不过我们讲到曹操，很容易就联想起《三国志演义》，更而想起戏台上那一位花面的奸臣，但这不是观察曹操的真正方法。现在我们再看历史，在历史上的记载和论断有时也是极靠不住的，不能相信的地方很多，因为通常我们晓得，某朝的年代长一点，其中必定好人多；某朝的年代短一点，其中差不多没有好人。为什么呢？因为年代长了，做史的是本朝人，当然恭维本朝的人物，年代短了，做史的是别朝人，便很自由地贬斥其异朝的人物，所以在秦朝，差不多在史的记载上半个好人也没有。曹操在史上年代也是颇短的，自然也逃不了被后一朝人说坏话的公例。其实，曹操是一个很有本事的人，至少是一个英雄，我虽不是曹操一党，但无论如何，总是非常佩服他。

　　研究那时的文学，现在较为容易了，因为已经有人做过工作：在文集一方面有清严可均¹辑的《全上古三代秦汉三国晋南北朝文》。其中于此有用的，是《全汉文》,《全三国文》,《全晋文》。

在诗一方面有丁福保²辑的《全汉三国晋南北朝诗》。——丁福保是做医生的，现在还在。

辑录关于这时代的文学评论有刘师培³编的《中国中古文学史》。这本书是北大的讲义，刘先生已死，此书由北大出版。

上面三种书对于我们的研究有很大的帮助。能使我们看出这时代的文学的确有点异彩。

我今天所讲，倘若刘先生的书里已详的，我就略一点；反之，刘先生所略的，我就较详一点。

董卓之后，曹操专权。在他的统治之下，第一个特色便是尚刑名。他的立法是很严的，因为当大乱之后，大家都想做皇帝，大家都想叛乱，故曹操不能不如此。曹操曾自己说过："倘无我，不知有多少人称王称帝！"这句话他倒并没有说谎。因此之故，影响到文章方面，成了清峻的风格。——就是文章要简约严明的意思。

此外还有一个特点，就是尚通脱。他为什么要尚通脱呢？自然也与当时的风气有莫大的关系。因为在党锢之祸以前，凡党中人都自命清流，不过讲"清"讲得太过，便成固执，所以在汉末，清流的举动有时便非常可笑了。

比方有一个有名的人，普通的人去拜访他，先要说几句话，倘这几句话说得不对，往往会遭倨傲的待遇，叫他坐到屋外去，甚而至于拒绝不见。

魏晋风度及文章与药及酒之关系

1　严可均（1762—1843）：字景文，号铁桥，浙江乌程（今吴兴）人，清代文献学家、藏书家。
2　丁福保（1874—1952）：字仲祜，号畴居士，一号济阳破衲，江苏无锡人，藏书家、书目专家。
3　刘师培（1884—1919）：字申叔，号左盦，江苏仪征人，经学家。

又如有一个人，他和他的姊夫是不对的，有一回他到姊姊那里去吃饭之后，便要将饭钱算回给姊姊。她不肯要，他就于出门之后，把那些钱扔在街上，算是付过了。

个人这样闹闹脾气还不要紧，若治国平天下也这样闹起执拗的脾气来，那还成甚么话？所以深知此弊的曹操要起来反对这种习气，力倡通脱。通脱即随便之意。此种提倡影响到文坛，便产生多量想说甚么便说甚么的文章。

更因思想通脱之后，废除固执，遂能充分容纳异端和外来的思想，故孔教以外的思想源源引入。

总括起来，我们可以说汉末魏初的文章是清峻，通脱。在曹操本身，也是一个改造文章的祖师，可惜他的文章传的很少。他胆子很大，文章从通脱得力不少，做文章时又没有顾忌，想写的便写出来。

所以曹操征求人才时也是这样说，不忠不孝不要紧，只要有才便可以。这又是别人所不敢说的。曹操做诗，竟说是"郑康成行酒伏地气绝"[1]，他引出离当时不久的事实，这也是别人所不敢用的。还有一样，比方人死时，常常写点遗令，这是名人的一件极时髦的事。当时的遗令本有一定的格式，且多言身后当葬于何处何处，或葬于某某名人的墓旁；操独不然，他的遗令不但没有依着格式，内容竟讲到遗下的衣服和伎女怎样处置等问题。

陆机虽然评曰"贻尘谤于后王"，然而我想他无论如何是一个精明人，他自己能做文章，又有手段，把天下的方士文士统统搜罗起来，省得他们跑在外面给他捣乱。所以他帷幄里面，方士文士就特别地多。

孝文帝曹丕，以长子而承父业，篡汉而即帝位。他也是喜欢文章

1　出自曹操《董逃歌词》。郑康成，即郑玄（127—200），字康成，北海郡高密县（今山东高密）人，东汉末年儒家学者、经学大师。

的。其弟曹植，还有明帝曹叡，都是喜欢文章的。不过到那个时候，于通脱之外，更加上华丽。丕著有《典论》，现已失散无全本，那里面说："诗赋欲丽"，"文以气为主"。《典论》的零零碎碎，在唐宋类书中；一篇整的《论文》，在《文选》中可以看见。

后来有一般人很不以他的见解为然。他说诗赋不必寓教训，反对当时那些寓训勉于诗赋的见解，用近代的文学眼光看来，曹丕的一个时代可说是"文学的自觉时代"，或如近代所说是为艺术而艺术（Art for Art's Sake）的一派。所以曹丕做的诗赋很好，更因他以"气"为主，故于华丽以外，加上壮大。归纳起来，汉末，魏初的文章，可说是："清峻，通脱，华丽，壮大。"在文学的意见上，曹丕和曹植表面上似乎是不同的。曹丕说文章事可以留名声于千载；但子建却说文章小道，不足论的。据我的意见，子建大概是违心之论。这里有两个原因，第一，子建的文章做得好，一个人大概总是不满意自己所做而羡慕他人所为的，他的文章已经做得好，于是他便敢说文章是小道；第二，子建活动的目标在于政治方面，政治方面不甚得志，遂说文章是无用了。

曹操曹丕以外，还有下面的七个人：孔融，陈琳[1]，王粲[2]，徐干[3]，阮瑀[4]，应玚[5]，刘桢[6]，都很能做文章，后来称为"建安七子"。七人的文章很少流传，现在我们很难判断；但，大概都不外是"慷慨"，"华丽"罢。华丽即曹丕所主张，慷慨就因当天下大乱之际，亲戚朋友死于乱者特多，于是为文就不免带着悲凉，激昂和"慷慨"了。

1　陈琳（？—217）：字孔璋，广陵射阳（今属江苏盐城）人，东汉末年文学家。

2　王粲（177—217）：字仲宣，山阳郡高平县（今山东微山）人，东汉末年文学家。

3　徐干（170—217）：字伟长，北海郡剧县（今山东寿光）人，东汉末年文学家。

4　阮瑀（约165—212）：字元瑜，陈留尉氏（今属河南开封）人，东汉末年文学家。

5　应玚（177—217）：字德琏，汝南南顿（今属河南项城）人，东汉末年文学家。

6　刘桢（180—217）：字公干，东平宁阳（今属山东泰安）人，东汉末年文学家。

七子之中，特别的是孔融，他专喜和曹操捣乱。曹丕《典论》里有论孔融的，因此他也被拉进"建安七子"一块儿去。其实不对，很两样的。不过在当时，他的名声可非常之大。孔融作文，喜用讥嘲的笔调，曹丕很不满意他。孔融的文章现在传的也很少，就他所有的看起来，我们可以瞧出他并不大对别人讥讽，只对曹操。比方操破袁氏兄弟，曹丕把袁熙[1]的妻甄氏拿来，归了自己，孔融就写信给曹操，说当初武王伐纣，将妲己给了周公了。操问他的出典，他说，以今例古，大概那时也是这样的。又比方曹操要禁酒，说酒可以亡国，非禁不可，孔融又反对他，说也有以女人亡国的，何以不禁婚姻？

其实曹操也是喝酒的。我们看他的"何以解忧？惟有杜康"的诗句，就可以知道。为什么他的行为会和议论矛盾呢？此无他，因曹操是个办事人，所以不得不这样做；孔融是旁观的人，所以容易说些自由话。曹操见他屡屡反对自己，后来借故把他杀了。他杀孔融的罪状大概是不孝。因为孔融有下列的两个主张：

第一，孔融主张母亲和儿子的关系是如瓶之盛物一样，只要在瓶内把东西倒了出来，母亲和儿子的关系便算完了。第二，假使有天下饥荒的一个时候，有点食物，给父亲不给呢？孔融的答案是：倘若父亲是不好的，宁可给别人。——曹操想杀他，便不惜以这种主张为他不忠不孝的根据，把他杀了。倘若曹操在世，我们可以问他，当初求才时就说不忠不孝也不要紧，为何又以不孝之名杀人呢？然而事实上纵使曹操再生，也没人敢问他，我们倘若去问他，恐怕他把我们也杀了！

与孔融一同反对曹操的尚有一个祢衡，后来给黄祖杀掉的。祢衡的文章也不错，而且他和孔融早是"以气为主"来写文章的了。故在此我们又可知道，汉文慢慢壮大起来，是时代使然，非专靠曹操父子

1　袁熙（？—207）：字显奕，一作显雍，袁绍次子。

之功的。但华丽好看，却是曹丕提倡的功劳。

这样下去一直到明帝的时候，文章上起了个重大的变化，因为出了一个何晏[1]。

何晏的名声很大，位置也很高，他喜欢研究《老子》和《易经》。至于他是怎样的一个人呢？那真相现在可很难知道，很难调查。因为他是曹氏一派的人，司马氏很讨厌他，所以他们的记载对何晏大不满。因此产生许多传说，有人说何晏的脸上是搽粉的，又有人说他本来生得白，不是搽粉的。但究竟何晏搽粉不搽粉呢？我也不知道。

但何晏有两件事我们是知道的。第一，他喜欢空谈，是空谈的祖师；第二，他喜欢吃药，是吃药的祖师。

此外，他也喜欢谈名理。他身子不好，因此不能不服药。他吃的不是寻常的药，是一种名叫"五石散"的药。

"五石散"是一种毒药，是何晏吃开头的。汉时，大家还不敢吃，何晏或者将药方略加改变，便吃开头了。五石散的基本，大概是五样药：石钟乳，石硫黄，白石英，紫石英，赤石脂；另外怕还配点别样的药。但现在也不必细细研究它，我想各位都是不想吃它的。

从书上看起来，这种药是很好的，人吃了能转弱为强。因此之故，何晏有钱，他吃起来了；大家也跟着吃。那时五石散的流毒就同清末的鸦片的流毒差不多，看吃药与否以分阔气与否的。现在由隋巢元方[2]做的《诸病源候论》[3]的里面可以看到一些。据此书，可知吃这药是非常麻烦的，穷人不能吃，假使吃了之后，一不小心，就会毒死。先吃下去的时候，倒不怎样的，后来药的效验既显，名曰"散发"。倘若没有

---

1 何晏（？—249）：字平叔，南阳郡宛县（今属河南南阳）人，三国时期曹魏大臣、玄学家。

2 巢元方（550—630）：山西人，隋代医家。

3 《诸病源候论》：我国第一部论述各种疾病病因、病机和症候的专著，巢元方等撰于大业六年（610）。

"散发"，就有弊而无利。因此吃了之后不能休息，非走路不可，因走路才能"散发"，所以走路名曰"行散"。比方我们看六朝人的诗，有云："至城东行散"，就是此意。后来做诗的人不知其故，以为"行散"即步行之意，所以不服药也以"行散"二字入诗，这是很笑话的。

走了之后，全身发烧，发烧之后又发冷。普通发冷宜多穿衣，吃热的东西。但吃药后的发冷刚刚要相反：衣少，冷食，以冷水浇身。倘穿衣多而食热物，那就非死不可。因此五石散一名寒食散。只有一样不必冷吃的，就是酒。

吃了散之后，衣服要脱掉，用冷水浇身；吃冷东西；饮热酒。这样看起来，五石散吃的人多，穿厚衣的人就少；比方在广东提倡，一年以后，穿西装的人就没有了。因为皮肉发烧之故，不能穿窄衣。为豫防皮肤被衣服擦伤，就非穿宽大的衣服不可。现在有许多人以为晋人轻裘缓带，宽衣，在当时是人们高逸的表现，其实不知他们是吃药的缘故。一班名人都吃药，穿的衣都宽大，于是不吃药的也跟着名人，把衣服宽大起来了！

还有，吃药之后，因皮肤易于磨破，穿鞋也不方便，故不穿鞋袜而穿屐。所以我们看晋人的画像或那时的文章，见他衣服宽大，不鞋而屐，以为他一定是很舒服，很飘逸的了，其实他心里都是很苦的。

更因皮肤易破，不能穿新的而宜于穿旧的，衣服便不能常洗。因不洗，便多虱。所以在文章上，虱子的地位很高，"扪虱而谈"，当时竟传为美事。比方我今天在这里演讲的时候，扪起虱来，那是不大好的。但在那时不要紧，因为习惯不同之故。这正如清朝是提倡抽大烟的，我们看见两肩高耸的人，不觉得奇怪。现在就不行了，倘若多数学生，他的肩成为一字样，我们就觉得很奇怪了。

此外可见服散的情形及其他种种的书，还有葛洪[1]的《抱朴子》[2]。

到东晋以后，作假的人就很多，在街旁睡倒，说是"散发"以示阔气。就像清时尊读书，就有人以墨涂唇，表示他是刚才写了许多字的样子。故我想，衣大、穿屐、散发等等，后来效之，不吃也学起来，与理论的提倡实在是无关的。

又因"散发"之时，不能肚饿，所以吃冷物，而且要赶快吃，不论时候，一日数次也不可定。因此影响到晋时"居丧无礼"。——本来魏晋时，对于父母之礼是很繁的。比方想去访一个人，那么，在未访之前，必先打听他父母及其祖父母的名字，以便避讳。否则，嘴上一说出这个字音，假如他的父母是死了的，主人便会大哭起来——他记得父母了——给你一个大大的没趣。晋礼居丧之时，也要瘦，不多吃饭，不准喝酒。但在吃药之后，为生命计，不能管得许多，只好大嚼，所以就变成"居丧无礼"了。

居丧之际，饮酒食肉，由阔人名流倡之，万民皆从之，因为这个缘故，社会上遂尊称这样的人叫作名士派。

吃散发源于何晏，和他同志的，有王弼[3]和夏侯玄[4]两个人，与晏同为服药的祖师。有他三人提倡，有多人跟着走。他们三人多是会做文章，除了夏侯玄的作品流传不多外，王何二人现在我们尚能看到他们的文章。他们都是生于正始的，所以又名曰"正始名士"。但这种习惯的末流，是只会吃药，或竟假装吃药，而不会做文章。

东晋以后，不做文章而流为清谈，由《世说新语》一书里可以看到。此中空论多而文章少，比较他们三个差得远了。三人中王弼二十

1 葛洪（284—364）：字稚川，自号抱朴子，丹阳郡句容（今属江苏）人，东晋道教学者、炼丹家、医药学家。
2 《抱朴子》：葛洪撰，"内篇"20篇，论述神仙、炼丹、符箓等事；"外篇"50篇，论述时政得失、人事臧否。
3 王弼（226—249）：字辅嗣，山阳（今河南焦作）人，三国时期曹魏经学家、哲学家。
4 夏侯玄（209—254）：字泰初，一作太初，沛国谯县（今安徽亳州）人，三国时期曹魏玄学家、文学家。

余岁便死了，夏侯何二人皆为司马懿所杀。[1]因为他二人同曹操有关系，非死不可，犹曹操之杀孔融，也是借不孝做罪名的。

二人死后，论者多因其与魏有关而骂他，其实何晏值得骂的就是因为他是吃药的发起人。这种服散的风气，魏，晋，直到隋，唐，还存在着，因为唐时还有"解散方"，即解五石散的药方，可以证明还有人吃，不过少点罢了。唐以后就没有人吃，其原因尚未详，大概因其弊多利少，和鸦片一样罢？

晋名人皇甫谧[2]作一书曰《高士传》，我们以为他很高超。但他是服散的，曾有一篇文章，自说吃散之苦。因为药性一发，稍不留心，即会丧命，至少也会受非常的苦痛，或要发狂；本来聪明的人，因此也会变成痴呆。所以非深知药性，会解救，而且家里的人多深知药性不可。晋朝人多是脾气很坏，高傲，发狂，性暴如火的，大约便是服药的缘故。比方有苍蝇扰他，竟至拔剑追赶；就是说话，也要胡胡涂涂地才好，有时简直是近于发疯。但在晋朝更有以痴为好的，这大概也是服药的缘故。

魏末，何晏他们以外，又有一个团体新起，叫做"竹林名士"，也是七个，所以又称"竹林七贤"。正始名士服药，竹林名士饮酒。竹林的代表是嵇康和阮籍[3]。但究竟竹林名士不纯粹是喝酒的，嵇康也兼服药，而阮籍则是专喝酒的代表。但嵇康也饮酒，刘伶[4]也是这里面的一个。他们七人中差不多都是反抗旧礼教的。

这七人中，脾气各有不同。嵇阮二人的脾气都很大；阮籍老年时

---

1 夏侯玄为司马师所杀，此处为作者误记。

2 皇甫谧（215—282）：字士安，自号玄晏先生，安定郡朝那县（今甘肃灵台）人，三国西晋时期学者、医学家、史学家。《高士传》分上中下三卷，采尧、舜、夏、商、周、秦、汉、魏八代之士，立91传。

3 阮籍（210—263）：字嗣宗，陈留尉氏（今河南开封）人，魏晋时期诗人。

4 刘伶（生卒年不详，一说约221—约300）：字伯伦，沛国（今安徽淮北）人，魏晋时期名士。

改得很好，嵇康就始终都是极坏的。

阮年青时，对于访他的人有加以青眼和白眼的分别。白眼大概是全然看不见眸子的，恐怕要练习很久才能够。青眼我会装，白眼我却装不好。

后来阮籍竟做到"口不臧否人物"的地步，嵇康却全不改变。结果阮得终其天年，而嵇竟丧于司马氏之手，与孔融何晏等一样，遭了不幸的杀害。这大概是因为吃药和吃酒之分的缘故：吃药可以成仙，仙是可以骄视俗人的；饮酒不会成仙，所以敷衍了事。

他们的态度，大抵是饮酒时衣服不穿，帽也不带。若在平时，有这种状态，我们就说无礼，但他们就不同。居丧时不一定按例哭泣；子之于父，是不能提父的名，但在竹林名士一流人中，子都会叫父的名号。旧传下来的礼教，竹林名士是不承认的。即如刘伶——他曾做过一篇《酒德颂》，谁都知道——他是不承认世界上从前规定的道理的，曾经有这样的事，有一次有客见他，他不穿衣服。人责问他；他答人说，天地是我的房屋，房屋就是我的衣服，你们为什么进我的裤子中来？至于阮籍，就更甚了，他连上下古今也不承认，在《大人先生传》里有说："天地解兮六合开，星辰陨兮日月颓，我腾而上将何怀？"他的意思是天地神仙，都是无意义，一切都不要，所以他觉得世上的道理不必争，神仙也不足信，既然一切都是虚无，所以他便沉湎于酒了。然而他还有一个原因，就是他的饮酒不独由于他的思想，大半倒在环境。其时司马氏已想篡位，而阮籍名声很大，所以他讲话就极难，只好多饮酒，少讲话，而且即使讲话讲错了，也可以借醉得到人的原谅。只要看有一次司马懿求和阮籍结亲，而阮籍一醉就是两个月，没有提出的机会，就可以知道了。

阮籍作文章和诗都很好，他的诗文虽然也慷慨激昂，但许多意思都是隐而不显的。宋的颜延之[1]已经说不大能懂，我们现在自然更很难看得懂他的诗了。他诗里也说神仙，但他其实是不相信的。嵇康的论文，比阮籍更好，思想新颖，往往与古时旧说反对。孔子说："学而时习之，不亦说乎？"嵇康做的《难自然好学论》，却道，人是并不好学的，假如一个人可以不做事而又有饭吃，就随便闲游不喜欢读书了，所以现在人之好学，是由于习惯和不得已。还有管叔蔡叔，是疑心周公，率殷民叛，因而被诛[2]，一向公认为坏人的。而嵇康做的《管蔡论》，就也反对历代传下来的意思，说这两个人是忠臣，他们的怀疑周公，是因为地方相距太远，消息不灵通。

　　但最引起许多人的注意，而且于生命有危险的，是《与山巨源[3]绝交书》中的"非汤武而薄周孔"。司马懿因这篇文章，就将嵇康杀了。[4]非薄了汤武周孔，在现时代是不要紧的，但在当时却关系非小。汤武是以武定天下的；周公是辅成王的；孔子是祖述尧舜，而尧舜是禅让天下的。嵇康都说不好，那么，教司马懿篡位的时候，怎么办才是好呢？没有办法。在这一点上，嵇康于司马氏的办事上有了直接的影响，因此就非死不可了。嵇康的见杀，是因为他的朋友吕安[5]不孝，连及嵇康，罪案和曹操的杀孔融差不多。魏晋，是以孝治天下的，不孝，故不能不杀。为什么要以孝治天下呢？因为天位从禅让，即巧取豪夺而来，若主张以忠治天下，他们的立脚点便不稳，办事便棘手，立论也难了，所以一定要以孝治天下。但倘只是实行不孝，其实那时倒不很要紧的，嵇康的害

1 颜延之（384—456）：字延年，琅邪临沂（今属山东）人，南朝宋文学家。
2 周武王灭商后，分封纣的儿子武庚于殷，利用他统治殷之顽民（即拒绝归顺周朝的商朝遗民，又称"殷顽"），同时派遣兄弟管叔、蔡叔、霍叔在殷都附近建立邶、鄘、卫三国监视武庚。武王病逝，周公摄政，引起管叔、蔡叔及其群弟疑忌，武庚见机拉拢他们发动叛乱，后被周公平定。
3 山巨源：山涛（205—283），字巨源，河内郡怀县（今河南武陟）人，魏晋时期名士、"竹林七贤"之一。
4 嵇康为司马昭所杀，此处为作者误记。
5 吕安（？—262）：字仲悌，小字阿都，兖州东平（今山东泰安）人，三国时期曹魏名士。

处是在发议论；阮籍不同，不大说关于伦理上的话，所以结局也不同。

　　但魏晋也不全是这样的情形，宽袍大袖，大家饮酒。反对的也很多。在文章上我们还可以看见裴頠[1]的《崇有论》，孙盛[2]的《老子非大贤论》，这些都是反对王何们的。在史实上，则何曾劝司马懿杀阮籍有好几回，司马懿不听他的话，这是因为阮籍的饮酒，与时局的关系少些的缘故。

　　然而后人就将嵇康阮籍骂起来，人云亦云，一直到现在，一千六百多年。季札说："中国之君子，明于礼义而陋于知人心。"[3]这是确的，大凡明于礼义，就一定要陋于知人心的，所以古代有许多人受了很大的冤枉。例如嵇阮的罪名，一向说他们毁坏礼教。但据我个人的意见，这判断是错的。魏晋时代，崇奉礼教的看来似乎很不错，而实在是毁坏礼教，不信礼教的。表面上毁坏礼教者，实则倒是承认礼教，太相信礼教。因为魏晋时所谓崇奉礼教，是用以自利，那崇奉也不过偶然崇奉，如曹操杀孔融，司马懿杀嵇康，都是因为他们和不孝有关，但实在曹操司马懿何尝是著名的孝子，不过将这个名义，加罪于反对自己的人罢了。于是老实人以为如此利用，亵渎了礼教，不平之极，无计可施，激而变成不谈礼教，不信礼教，甚至于反对礼教。——但其实不过是态度，至于他们的本心，恐怕倒是相信礼教，当作宝贝，比曹操司马懿们要迂执得多。现在说一个容易明白的比喻罢，譬如有一个军阀，在北方——在广东的人所谓北方和我常说的北方的界限有些不同，我常称山东山西直隶河南之类为北方——那军阀从前是压迫民党的，后来北伐军势力一大，他便挂起了青天白日旗，说自己已经信仰三民主义了，是总理的信徒。这样还不够，他还要做总理的纪念周。这时

1　裴頠（267—300）：字逸民，河东闻喜（今属山西）人，西晋大臣、哲学家。

2　孙盛：生卒年不详，字安国，太原郡中都县（今山西平遥）人，东晋中期史学家。

3　此句出自《庄子·外篇·田子方》："温伯雪子曰：'不可。吾闻中国之君子，明乎礼义而陋于知人心。吾不欲见也。'"作者误记为季札所说。季札（前576—前484），姬姓，寿氏，名札，春秋时期吴国人。

候，真的三民主义的信徒，去呢，不去呢？不去，他那里就可以说你反对三民主义，定罪，杀人。但既然在他的势力之下，没有别法，真的总理的信徒，倒会不谈三民主义，或者听人假惺惺的谈起来就皱眉，好像反对三民主义模样。所以我想，魏晋时所谓反对礼教的人，有许多大约也如此。他们倒是迂夫子，将礼教当作宝贝看待的。

　　还有一个实证，凡人们的言论，思想，行为，倘若自己以为不错的，就愿意天下的别人，自己的朋友都这样做。但嵇康阮籍不这样，不愿意别人来模仿他。竹林七贤中有阮咸，是阮籍的侄子，一样的饮酒。阮籍的儿子阮浑也愿加入时，阮籍却道不必加入，吾家已有阿咸在，够了。假若阮籍自以为行为是对的，就不当拒绝他的儿子，而阮籍却拒绝自己的儿子，可知阮籍并不以他自己的办法为然。至于嵇康，一看他的《绝交书》，就知道他的态度很骄傲的；有一次，他在家打铁——他的性情是很喜欢打铁的——钟会来看他了，他只打铁，不理钟会。钟会没有意味，只得走了。其时嵇康就问他："何所闻而来，何所见而去？"钟会答道："闻所闻而来，见所见而去。"这也是嵇康杀身的一条祸根。但我看他做给他的儿子看的《家诫》——当嵇康被杀时，其子方十岁，算来当他做这篇文章的时候，他的儿子是未满十岁的——就觉得宛然是两个人。他在《家诫》中教他的儿子做人要小心，还有一条一条的教训。有一条是说长官处不可常去，亦不可住宿；官长送人们出来时，你不要在后面，因为恐怕将来官长惩办坏人时，你有暗中密告的嫌疑。又有一条是说宴饮时候有人争论，你可立刻走开，免得在旁批评，因为两者之间必有对与不对，不批则不像样，一批评就总要是甲非乙，不免受一方见怪。还有人要你饮酒，即使不愿饮也不要坚决地推辞，必须和和气气的拿着杯子。我们就此看来，实在觉得很希奇：嵇康是那样高傲的人，而他教子就要他这样庸碌。因此我们知道，

　　嵇康自己对于他自己的举动也是不满足的。所以批评一个人的言行实在难，社会上对于儿子不像父亲，称为"不肖"，以为是坏事，殊不知世上正有不愿意他的儿子像自己的父亲哩。试看阮籍嵇康，就是如此。这是，因为他们生于乱世，不得已，才有这样的行为，并非他们的本态。但又于此可见魏晋的破坏礼教者，实在是相信礼教到固执之极的。

　　不过何晏王弼阮籍嵇康之流，因为他们的名位大，一般的人们就学起来，而所学的无非是表面，他们实在的内心，却不知道。因为只学他们的皮毛，于是社会上便很多了没意思的空谈和饮酒。许多人只会无端的空谈和饮酒，无力办事，也就影响到政治上，弄得玩"空城计"，毫无实际了。在文学上也这样，嵇康阮籍的纵酒，是也能做文章的，后来到东晋，空谈和饮酒的遗风还在，而万言的大文如嵇阮之作，却没有了。刘勰[1]说："嵇康师心以遣论，阮籍使气以命诗。"这"师心"和"使气"，便是魏末晋初的文章的特色。正始名士和竹林名士的精神灭后，敢于师心使气的作家也没有了。

　　到东晋，风气变了。社会思想平静得多，各处都夹入了佛教的思想。再至晋末，乱也看惯了，篡也看惯了，文章便更和平。代表平和的文章的人有陶潜。他的态度是随便饮酒，乞食，高兴的时候就谈论和作文章，无尤无怨。所以现在有人称他为"田园诗人"，是个非常和平的田园诗人。他的态度是不容易学的，他非常之穷，而心里很平静。家常无米，就去向人家门口求乞。他穷到有客来见，连鞋也没有，那客人给他从家丁取鞋给他，他便伸了足穿上了。虽然如此，他却毫不为意，还是"采菊东篱下，悠然见南山"。这样的自然状态，实在不易模仿。他穷到衣服也破烂不堪，而还在东篱下采菊，偶然抬起头来，悠然的见了南山，这是何等自然。现在有钱的人住在租界里，雇花匠种数十盆菊花，便做诗，

1　刘勰（约465—约520）：字彦和，生于京口（今江苏镇江），南朝梁文学理论家、文学批评家。

叫作"秋日赏菊效陶彭泽体"，自以为合于渊明的高致，我觉得不大像。

陶潜之在晋末，是和孔融于汉末与嵇康于魏末略同，又是将近易代的时候。但他没有什么慷慨激昂的表示，于是便博得"田园诗人"的名称。但《陶集》里有《述酒》一篇，是说当时政治的。这样看来，可见他于世事也并没有遗忘和冷淡，不过他的态度比嵇康阮籍自然得多，不至于招人注意罢了。还有一个原因，先已说过，是习惯。因为当时饮酒的风气相沿下来，人见了也不觉得奇怪，而且汉魏晋相沿，时代不远，变迁极多，既经见惯，就没有大感触，陶潜之比孔融嵇康和平，是当然的。例如看北朝的墓志，官位升进，往往详细写着，再仔细一看，他是已经经历过两三个朝代了，但当时似乎并不为奇。

据我的意思，即使是从前的人，那诗文完全超于政治的所谓"田园诗人"，"山林诗人"，是没有的。完全超出于人间世的，也是没有的。既然是超出于世，则当然连诗文也没有。诗文也是人事，既有诗，就可以知道于世事未能忘情。譬如墨子兼爱，杨子为我。墨子当然要著书；杨子就一定不著，这才是"为我"。因为若做出书来给别人看，便变成"为人"了。

由此可知陶潜总不能超于尘世，而且，于朝政还是留心，也不能忘掉"死"，这是他诗文中时时提起的。用别一种看法研究起来，恐怕也会成一个和旧说不同的人物罢。

自汉末至晋末文章的一部分的变化与药及酒之关系，据我所知的大概是这样。但我学识太少，没有详细的研究，在这样的热天和雨天费去了诸位这许多时光，是很抱歉的。现在这个题目总算是讲完了。

本篇记录稿最初发表于一九二七年八月十一、十二、十三、十五、十六、十七日广州《民国日报》副刊《现代青年》第一七三至一七八期；改定稿发表于一九二七年十一月十六日《北新》半月刊第二卷第二号。后收入杂文集《而已集》。

关于知识阶级
——十月二十五日在上海劳动大学讲

我到上海约二十多天，这回来上海并无什么意义，只是跑来跑去偶然到上海就是了。

我没有什么学问和思想，可以贡献给诸君。但这次易先生[1]要我来讲几句话；因为我去年亲见易先生在北京和军阀官僚怎样奋斗，而且我也参与其间，所以他要我来，我是不得不来的。

我不会讲演，也想不出什么可讲的，讲演近于做八股，是极难的，要有讲演的天才才好，在我是不会的。终于想不出什么，只能随便一谈；刚才谈起中国情形，说到"知识阶级"四字，我想对于知识阶级发表一点个人的意见，只是我并不是站在引导者的地位，要诸君都相信我的话，我自己走路都走不清楚，如何能引导诸君？

"知识阶级"一辞是爱罗先珂（V. Eroshenko）七八年前讲演"知识阶级及其使命"时提出的，他骂俄国的知识阶级，也骂中国的知识阶级，中国人于是也骂起知识阶级来了；后来便要打倒知识阶级，再利害一点，甚至于要杀知识阶级了。知识就仿佛是罪恶，但是一方面虽有人骂知识阶级；一方面却又有人以此自豪：这种情形是中国所特有的，所谓俄国的知识阶级，其实与中国的不同，俄国当革命以前，社会上还欢迎知识阶级。为什么要欢迎呢？因为他确能替平民抱

1　易先生：易培基（1880—1937），湖南善化（今长沙）人，曾任上海劳动大学校长。

不平，把平民的苦痛告诉大众。他为什么能把平民的苦痛说出来？因为他与平民接近，或自身就是平民。几年前有一位中国大学教授，他很奇怪，为什么有人要描写一个车夫的事情，这就因为大学教授一向住在高大的洋房里，不明白平民的生活。欧洲的著作家往往是平民出身，（欧洲人虽出身穷苦，而也做文章；这因为他们的文字容易写，中国的文字却不容易写了。）所以也同样的感受到平民的苦痛，当然能痛痛快快写出来为平民说话，因此平民以为知识阶级对于自身是有益的；于是赞成他，到处都欢迎他，但是他们既受此荣誉，地位就增高了，而同时却把平民忘记了，变成一种特别的阶级。那时他们自以为了不得，到阔人家里去宴会，钱也多了，房子东西都要好的，终于与平民远远的离开了。他享受了高贵的生活，就记不起从前一切的贫苦生活了。——所以请诸位不要拍手，拍了手把我的地位一提高，我就要忘记了说话的。他不但不同情于平民或许还要压迫平民，以致变成了平民的敌人，现在贵族阶级不能存在；贵族的知识阶级当然也不能站住了，这是知识阶级缺点之一。

　　还有知识阶级不可免避的运命，在革命时代是注重实行的，动的；思想还在其次，直白地说：或者倒有害。至少我个人的意见如此的。唐朝奸臣李林甫[1]有一次看兵操练很勇敢，就有人对着他称赞。他说："兵好是好，可是无思想，"这话很不差。因为兵之所以勇敢，就在没有思想，要是有了思想，就会没有勇气了。现在倘叫我去当兵，要我去革命，我一定不去，因为明白了利害是非，就难于实行了。

1　李林甫（683—753）：小字哥奴，祖籍陇西（今属甘肃），唐朝宗室、宰相。

有知识的人，讲讲柏拉图[1]（Plato）讲讲苏格拉底[2]（Socrates）是不会有危险的。讲柏拉图可以讲一年，讲苏格拉底可以讲三年，他很可以安安稳稳地活下去，但要他去干危险的事情，那就很费踌躇。譬如中国人，凡是做文章，总说"有利然而又有弊"，这最足以代表知识阶级的思想。其实无论什么都是有弊的，就是吃饭也是有弊的，它能滋养我们这方面是有利的；但是一方面使我们消化器官疲乏，那就不好而有弊了。假使做事要面面顾到，那就什么事都不能做了。

还有，知识阶级对于别人的行动，往往以为这样也不好，那样也不好。先前俄国皇帝杀革命党，他们反对皇帝；后来革命党杀皇族，他们也起来反对。问他怎么才好呢？他们也没办法。所以在皇帝时代他们吃苦，在革命时代他们也吃苦，这实在是他们本身的缺点。

所以我想，知识阶级能否存在还是个问题。知识和强有力是冲突的，不能并立的；强有力不许人民有自由思想，因为这能使能力分散，在动物界有很显的例；猴子的社会是最专制的，猴王说一声走，猴子都走了。在原始时代酋长的命令是不能反对的，无怀疑的，在那时酋长带领着群众并吞衰小的部落；于是部落渐渐的大了，团体也大了。一个人就不能支配了。因为各个人思想发达了，各人的思想不一，民族的思想就不能统一，于是命令不行，团体的力量减小，而渐趋灭亡。在古时野蛮民族常侵略文明很发达的民族，在历史上常见的。现在知识阶级在国内的弊病，正与古时一样。

英国罗素（Russell）法国罗曼罗兰（R. Rolland）反对欧战，大家以为他们了不起，其实幸而他们的话没有实行，否则，德国早已打进

1　柏拉图（前427—前347）：古希腊哲学家。

2　苏格拉底（前469—前399）：古希腊思想家、哲学家，柏拉图的老师。

英国和法国了；因为德国如不能同时实行非战，是没有办法的。俄国托尔斯泰（Tolstoi）的无抵抗主义之所以不能实行，也是这个原因。他不主张以恶报恶的，他的意思是皇帝叫我们去当兵，我们不去当兵。叫警察去捉，他不去；叫刽子手去杀，他不去杀，大家都不听皇帝的命令，他也没有兴趣；那末做皇帝也无聊起来，天下也就太平了。然而如果一部分的人偏听皇帝的话，那就不行。

我从前也很想做皇帝，后来在北京去看到宫殿的房子都是一个刻板的格式，觉得无聊极了。所以我皇帝也不想做了。做人的趣味在和许多朋友有趣的谈天，热烈的讨论。做了皇帝，口出一声，臣民都下跪，只有不绝声的Yes，Yes，那有什么趣味？但是还有人做皇帝，因为他和外界隔绝，不知外面还有世界！

总之，思想一自由，能力要减少，民族就站不住，他的自身也站不住了！现在思想自由和生存还有冲突，这是知识阶级本身的缺点。

然而知识阶级将怎么样呢？还是在指挥刀下听命令行动，还是发表倾向民众的思想呢？要是发表意见，就要想到什么就说什么。真的知识阶级是不顾利害的，如想到种种利害，就是假的，冒充的知识阶级；只是假知识阶级的寿命倒比较长一点。像今天发表这个主张，明天发表那个意见的人，思想似乎天天在进步；只是真的知识阶级的进步，决不能如此快的。不过他们对于社会永不会满意的，所感受的永远是痛苦，所看到的永远是缺点，他们预备着将来的牺牲，社会也因为有了他们而热闹，不过他的本身——心身方面总是苦痛的；因为这也是旧式社会传下来的遗物。至于诸君，是与旧的不同，是二十世纪初叶青年，如在劳动大学一方读书，一方做工，这是新的境遇；或许可以造成新的局面，但是环境是老样子，着着逼人堕落，倘不与这老社会奋斗，还是要回到老路上去的。

譬如从前我在学生时代不吸烟，不吃酒，不打牌，没有一点嗜好；后来当了教员，有人发传单说我抽鸦片。我很气，但并不辩明，为要报复他们，前年我在陕西就真的抽一回鸦片，看他们怎样？此次来上海有人在报纸上说我来开书店；又有人说我每年版税有一万多元。但是我也并不辩明；但曾经自己想，与其负空名，倒不如真的去赚这许多进款。

还有一层，最可怕的情形，就是比较新的思想运动起来时，如与社会无关，作为空谈，那是不要紧的，这也是专制时代所以能容知识阶级存在的原故。因为痛哭流泪与实际是没有关系的，只是思想运动变成实际的社会运动时，那就危险了。往往反为旧势力所扑灭。中国现在也是如此，这现象，革新的人称之为"反动"。我在文艺史上，却找到一个好名辞，就是Renaissance，在意大利文艺复兴的意义，是把古时好的东西复活，将现存的坏的东西压倒，因为那时候思想太专制腐败了，在古时代确实有些比较好的；因此后来得到了社会上的信仰。现在中国顽固派的复古，把孔子礼教都拉出来了，但是他们拉出来的是好的么？如果是不好的，就是反动，倒退，以后恐怕是倒退的时代了。

还有，中国人现在胆子格外小了，这是受了共产党的影响。人一听到俄罗斯，一看见红色，就吓得一跳；一听到新思想，一看到俄国的小说，更其害怕，对于较特别的思想，较新思想尤其丧心发抖，总要仔仔细细底想，这有没有变成共产党思想的可能性？！这样的害怕，一动也不敢动，怎样能够有进步呢？这实在是没有力量的表示，比如我们吃东西，吃就吃，若是左思右想，吃牛肉怕不消化，喝茶时

又要怀疑，那就不行了，——老年人才是如此；有力量，有自信力的
人是不至于此的。虽是西洋文明罢，我们能吸收时，就是西洋文明也
变成我们自己的了。如像吃牛肉一样，决不会吃了牛肉自己也即变成
牛肉的，要是如此胆小，那真是衰弱的知识阶级了，不衰弱的知识阶
级，尚且对于将来的存在不能确定；而衰弱的知识阶级是必定要灭亡
的。从前或许有，将来一定不能存在的。

　　现在比较安全一点的，还有一条路，是不做时评而做艺术家。要
为艺术而艺术。住在"象牙之塔"里，目下自然要比别处平安。就我
自己来说罢，——有人说我只会讲自己，这是真的。我先前独自住在
厦门大学的一所静寂的大洋房里；到了晚上，我总是孤思默想，想到
一切，想到世界怎样，人类怎样，我静静地思想时，自己以为很了不
得的样子；但是给蚊子一咬，跳了一跳，把世界人类的大问题全然忘
了，离不开的还是我本身。

　　就我自己说起来，是早就有人劝我不要发议论，不要做杂感，你
还是创作去吧！因为做了创作在世界史上有名字，做杂感是没有名
字的。其实就是我不做杂感，世界史上，还是没有名字的，这得声明
一句，是：这些劝我做创作，不要写杂感的人们之中，有几个是别有
用意，是被我骂过的。所以要我不再做杂感。但是我不听他，因此在
北京终于站不住了，不得不躲到厦门的图书馆上去了。

　　艺术家住在象牙塔中，固然比较地安全，但可惜还是安全不到
底。秦始皇，汉武帝想成仙，终于没有成功而死了。危险的临头虽
然可怕，但别的运命说不定，"人生必死"的运命却无法逃避，所以
危险也仿佛用不着害怕似的，但我并不想劝青年得到危险，也不劝
他人去做牺牲，说为社会死了名望好，高巍巍的镌起铜像来。自己

活着的人没有劝别人去死的权利，假使你自己以为死是好的，那末请你自己先去死吧，诸君中恐有钱人不多罢。那么，我们穷人唯一的资本就是生命。以生命来投资，为社会做一点事，总得多赚一点利才好；以生命来做利息小的牺牲，是不值得的。所以我从来不叫人去牺牲，但也不要再爬进象牙之塔和知识阶级里去了，我以为是最稳当的一条路。

至于有一班从外国留学回来，自称知识阶级，以为中国没有他们就要灭亡的，却不在我所论之内，像这样的知识阶级，我还不知道是些什么东西？！

今天的说话很没有伦次，望诸君原谅！

本篇最初发表于一九二七年十一月十三日上海国立劳动大学《劳大周刊》第五期，是鲁迅在该校讲演的记录稿，由黄河清记录，发表前经鲁迅校阅。文末注明"十月二十八日下午三时在江湾劳动大学"，但据鲁迅日记，演讲时间应为十月二十五日下午。后收入杂文集《集外集拾遗补编》。

文艺与政治的歧途
——十二月二十一日在上海暨南大学讲

　　我是不大出来讲演的；今天到此地来，不过因为说过了好几次，来讲一回也算了却一件事。我所以不出来讲演，一则没有什么意见可讲，二则刚才这位先生说过，在座的很多读过我的书，我更不能讲什么。书上的人大概比实物好一点，《红楼梦》里面的人物，像贾宝玉林黛玉这些人物，都使我有异样的同情；后来，考究一些当时的事实，到北京后，看看梅兰芳姜妙香[1]扮的贾宝玉林黛玉，觉得并不怎样高明。

　　我没有整篇的鸿论，也没有高明的见解，只能讲我近来所想到的。我每每觉到文艺和政治时时在冲突之中；文艺和革命原不是相反的，两者之间，倒有不安于现状的同一。惟政治是要维持现状，自然和不安于现状的文艺处在不同的方向。不过不满意现状的文艺，直到十九世纪以后才兴起来，只有一段短短历史。政治家最不喜欢人家反抗他的意见，最不喜欢人家要想，要开口。而从前的社会也的确没有人想过什么，又没有人开过口。且看动物中的猴子，它们自有它们的首领；首领要它们怎样，它们就怎样。在部落里，他们有一个酋长，他们跟着酋长走，酋长的吩咐，就是他们的标准。酋长要他们死，也只好去死。那时没有什么文艺，即使有，也不过赞美上帝（还没有后人所谓God那么玄妙）罢了！那里会有自由思想？后来，一个部落一

1　姜妙香（1890—1972）：直隶献县（今属河北）人，京剧表演艺术家。

个部落你吃我吞，渐渐扩大起来，所谓大国，就是吞吃那多多少少的小部落；一到了大国，内部情形就复杂得多，夹着许多不同的思想，许多不同的问题。这时，文艺也起来了，和政治不断地冲突；政治想维系现状使它统一，文艺催促社会进化使它渐渐分离；文艺虽使社会分裂，但是社会这样才进步起来。文艺既然是政治家的眼中钉，那就不免被挤出去。外国许多文学家，在本国站不住脚，相率亡命到别个国度去；这个方法，就是"逃"。要是逃不掉，那就被杀掉，割掉他的头；割掉头那是最好的方法，既不会开口，又不会想了。俄国许多文学家，受到这个结果，还有许多充军到冰雪的西伯利亚去。

　　有一派讲文艺的，主张离开人生，讲些月呀花呀鸟呀的话（在中国又不同，有国粹的道德，连花呀月呀都不许讲，当作别论），或者专讲"梦"，专讲些将来的社会，不要讲得太近。这种文学家，他们都躲在象牙之塔里面；但是"象牙之塔"毕竟不能住得很长久的呀！象牙之塔总是要安放在人间，就免不掉还要受政治的压迫。打起仗来，就不能不逃开去。北京有一班文人，顶看不起描写社会的文学家，他们想，小说里面连车夫的生活都可以写进去，岂不把小说应该写才子佳人一首诗生爱情的定律都打破了吗？现在呢，他们也不能做高尚的文学家了，还是要逃到南边来；"象牙之塔"的窗子里，到底没有一块一块面包递进来的呀！

　　等到这些文学家也逃出来了，其他文学家早已死的死，逃的逃了。别的文学家，对于现状早感到不满意，又不能不反对，不能不开口，"反对""开口"就是有他们的下场。我以为文艺大概由于现在生活的感受，亲身所感到的，便影印到文艺中去。挪威有一文学家，他描写肚子饿，写了一本书，这是依他所经验的写的。对于人生的经验，别的且不说，"肚子饿"这件事，要是欢喜，便可以试试看，只要两天不吃饭，饭的香味便会是一个特别的诱惑；要是走过街上饭铺子门口，更会觉得这个香味一阵阵冲到鼻子来。我们有钱的时候，用几个钱不算什么；直到没有钱，一个钱都有它的意味。那本描写肚子饿的书里，它说起那人饿得久了，看见路人个个是仇人，即是穿一件单裤子的，在他眼里也见得那是骄傲。我记起我自己曾经写过这样一个人，他身边什么都光了，时常抽开抽屉看看，看角上边上可以找到什么；路上一处一处去找，看有什么可以找得到；这个情形，我自己是体验过来的。

从生活窘迫过来的人，一到了有钱，容易变成两种情形：一种是理想世界，替处同一境遇的人着想，便成为人道主义；一种是什么都是自己挣起来，从前的遭遇，使他觉得什么都是冷酷，便流为个人主义。我们中国大概是变成个人主义者多。主张人道主义的，要想替穷人想想法子，改变改变现状，在政治家眼里，倒还不如个人主义的好；所以人道主义者和政治家就有冲突。俄国文学家托尔斯泰讲人道主义，反对战争，写过三册很厚的小说——那部《战争与和平》，他自己是个贵族，却是经过战场的生活，他感到战争是怎么一个惨痛。尤其是他一临到长官的铁板前（战场上重要军官都有铁板挡住枪弹），更有刺心的痛楚。而他又眼见他的朋友们，很多在战场上牺牲掉。战争的结果，也可以变成两种态度：一种是英雄，他见别人死的死伤的伤，只有他健存，自己就觉得怎样了不得，这么那么夸耀战场上的威雄。一种是变成反对战争的，希望世界上不要再打仗了。托尔斯泰便是后一种，主张用无抵抗主义来消灭战争。他这么主张，政府自然讨厌他；反对战争，和俄皇的侵掠欲望冲突；主张无抵抗主义，叫兵士不替皇帝打仗，警察不替皇帝执法，审判官不替皇帝裁判，大家都不去捧皇帝；皇帝是全要人捧的，没有人捧，还成什么皇帝，更和政治相冲突。这种文学家出来，对于社会现状不满意，这样批评，那样批评，弄得社会上个个都自己觉到，都不安起来，自然非杀头不可。

但是，文艺家的话其实还是社会的话，他不过感觉灵敏，早感到早说出来（有时，他说得太早，连社会也反对他，也排轧他）。譬如我们学兵式体操，行举枪礼，照规矩口令是"举……枪"这般叫，一定要等"枪"字令下，才可以举起。有些人却是一听到"举"字便举起来，叫口令的要罚他，说他做错。文艺家在社会上正是这样；他说得早一点，大家都讨厌他。政治家认定文学家是社会扰乱的煽动者，心想杀掉他，社会就可平安。殊不知杀了文学家，社会还是要革命；俄国的文学家被杀掉的充军的不在少数，革命的火焰不是到处燃着吗？文学家生前大概不能得到社会的同情，潦倒地过了一生，直到死后四五十年，才为社会所认识，大家大闹起来。政治家因此更厌恶文学家，以为文学家早就种下大祸根；政治家想不准大家思想，而那野蛮时代早已过去了。在座诸位的见解，我虽然不知道；据我推测，一定和政治家是不相同；政治家既永远怪文艺家破坏他们的统一，偏见如此，所以我从来不肯和政治家去说。

到了后来，社会终于变动了；文艺家先时讲的话，渐渐大家都记起来了，大家都赞成他，恭维他是先知先觉。虽是他活的时候，怎样受过社会的奚落。刚才我来讲演，大家一阵子拍手，这拍手就见得我并不怎样伟大；那拍手是很危险的东西，拍了手或者使我自以为伟大不再向前了，所以还是不拍手的好。上面我讲过，文学家是感觉灵敏了一点，许多观念，文学家早感到了，社会还没有感到。譬如今天××先生穿了皮袍，我还只穿棉袍；××先生对于天寒的感觉比我灵。再过一月，也许我也感到非穿皮袍不可，在天气上的感觉，相差到一个月，在思想上的感觉就得相差到三四十年。这个话，我这么讲，也有许多文学家在反对。我在广东，曾经批评一个革命文学家——现在的广东，是非革命文学不能算做文学的，是非"打打打，杀杀杀，革革革，命命命"，不能算做革命文学的——我以为革命并不能和文学连在一块儿，虽然文学中也有文学革命。但做文学的人总得闲定一点，正在革命中，那有功夫做文学。我们且想想：在生活困乏中，一面拉车，一面"之乎者也"，到底不大便当。古人虽有种田做诗的，那一定不是自己在种田；雇了几个人替他种田，他才能吟他的诗；真要种田，就没有功夫做诗。革命时候也是一样；正在革命，那有功夫做诗？我有几个学生，在打陈炯明[1]时候，他们都在战场；我读了他们的来信，只见他们的字与词一封一封生疏下去。俄国革命以后，拿了面包票排了队一排一排去领面包；这时，国家既不管你什么文学家艺术家雕刻家；大家连想面包都来不及，那有功夫去想文学？等到有了文学，革命早成功了。革命成功以后，闲空了一点；有人恭维革命，有人颂扬革命，这已不是革命文学。他们恭维革命颂扬革命，就是颂扬有权力者，和革命有什么关系？

这时，也许有感觉灵敏的文学家，又感到现状的不满意，又要出来开口。从前文艺家的话，政治革命家原是赞同过；直到革命成功，政治家把从前所反对那些人用过的老法子重新采用起来，在文艺家仍不免于不满意，又非被排轧出去不可，或是割掉他的头。割掉他的

1　陈炯明（1878—1933）：原名捷，字赞之，又字竞存，广东海丰人，曾任广东省省长、粤军总司令。

头，前面我讲过，那是顶好的法子咾，——从十九世纪到现在，世界文艺的趋势，大都如此。

十九世纪以后的文艺，和十八世纪以前的文艺大不相同。十八世纪的英国小说，它的目的就在供给太太小姐们的消遣，所讲的都是愉快风趣的话。十九世纪的后半世纪，完全变成和人生问题发生密切关系。我们看了，总觉得十二分的不舒服，可是我们还得气也不透地看下去。这因为以前的文艺，好像写别一个社会，我们只要鉴赏；现在的文艺，就在写我们自己的社会，连我们自己也写进去；在小说里可以发见社会，也可以发见我们自己；以前的文艺，如隔岸观火，没有什么切身关系；现在的文艺，连自己也烧在这里面，自己一定深深感觉到；一到自己感觉到，一定要参加到社会去！

十九世纪，可以说是一个革命的时代；所谓革命，那不安于现在，不满意于现状的都是。文艺催促旧的渐渐消灭的也是革命（旧的消灭，新的才能产生），而文学家的命运并不因自己参加过革命而有一样改变，还是处处碰钉子。现在革命的势力已经到了徐州，在徐州以北文学家原站不住脚；在徐州以南，文学家还是站不住脚，即共了产，文学家还是站不住脚。革命文学家和革命家竟可说完全两件事。诋斥军阀怎样怎样不合理，是革命文学家；打倒军阀是革命家；孙传芳所以赶走，是革命家用炮轰掉的，决不是革命文艺家做了几句"孙传芳呀，我们要赶掉你呀"的文章赶掉的。在革命的时候，文学家都在做一个梦，以为革命成功将有怎样怎样一个世界；革命以后，他看看现实全不是那么一回事，于是他又要吃苦了。照他们这样叫，啼，哭都不成功；向前不成功，向后也不成功，理想和现实不一致，这是注定的运命；正如你们从《呐喊》上看出的鲁迅和讲坛上的鲁迅并不一致；或许大家以为我穿洋服头发分开，我却没有穿洋服，头发也这样短短的。所以以革命文学自命的，一定不是革命文学，世间那有满意现状的革命文学？除了吃麻醉药！苏俄革命以前，有两个文学家，叶遂宁[1]和梭波里[2]，他们都讴歌过革命，直到后来，他们还是碰死在自己所讴歌希望的现实碑上，那时，苏维埃是成立了！

不过，社会太寂寞了，有这样的人，才觉得有趣些。人类是欢喜看看戏的，文学家自己来做戏给人家看，或是绑出去砍头，或是在最近墙脚下枪毙，都可以热闹一下子。且如上海巡捕用棒打人，大家围着去看，他们自己虽然不愿意挨打，但看见人家挨打，倒觉得颇有趣的。文学家便是用自己的皮肉在挨打的啦！

今天所讲的，就是这么一点点，给它一个题目，叫做……《文艺与政治的歧途》。

本篇记录稿最初发表于一九二八年一月二十九日、三十日上海《新闻报·学海》第一八二、一八三期，署周鲁迅讲，刘率真记。后收入杂文集《集外集》。

1　叶遂宁（S. A. Yesenin, 1895—1925）：通译叶赛宁，苏联诗人。

2　梭波里（A. M. Sobol, 1888—1926）：苏联作家。

现今的新文学的概观
——五月二十二日在燕京大学国文学会讲

这一年多，我不很向青年诸君说什么话了，因为革命以来，言论的路很窄小，不是过激，便是反动，于大家都无益处。这一次回到北平，几位旧识的人要我到这里来讲几句，情不可却，只好来讲几句。但因为种种琐事，终于没有想定究竟来讲什么——连题目都没有。

那题目，原是想在车上拟定的，但因为道路坏，汽车颠起来有尺多高，无从想起。我于是偶然感到，外来的东西，单取一件，是不行的，有汽车也须有好道路，一切事总免不掉环境的影响。文学——在中国的所谓新文学，所谓革命文学，也是如此。

中国的文化，便是怎样的爱国者，恐怕也大概不能不承认是有些落后。新的事物，都是从外面侵入的。新的势力来到了，大多数的人们还是莫名其妙。北平还不到这样，譬如上海租界，那情形，外国人是处在中央，那外面，围着一群翻译，包探，巡捕，西崽……之类，是懂得外国话，熟悉租界章程的。这一圈之外，才是许多老百姓。

老百姓一到洋场，永远不会明白真实情形，外国人说"Yes"，翻译道，"他在说打一个耳光"，外国人说"No"，翻出来却是他说"去枪毙"。倘想要免去这一类无谓的冤苦，首先是在知道得多一点，冲破了这一个圈子。

在文学界也一样，我们知道得太不多，而帮助我们知识的材料也太少。梁实秋有一个白璧德，徐志摩有一个泰戈尔，胡适之有一个杜威[1]，——是的，徐志摩还有一个曼殊斐儿[2]，他到她坟上去哭过，——创造社有革命文学，时行的文学。不过附和的，创作的很有，研究的却不多，直到现在，还是给几个出题目的人们圈了起来。

各种文学，都是应环境而产生的，推崇文艺的人，虽喜欢说文艺足以煽起风波来，但在事实上，却是政治先行，文艺后变。倘以为文艺可以改变环境，那是"唯心"之谈，事实的出现，并不如文学家所豫想。所以巨大的革命，以前的所谓革命文学者还须灭亡，待到革命略有结果，略有喘息的余裕，这才产生新的革命文学者。为什么呢，因为旧社会将近崩坏之际，是常常会有近似带革命性的文学作品出现的，然而其实并非真的革命文学。例如：或者憎恶旧社会，而只是憎恶，更没有对于将来的理想；或者也大呼改造社会，而问他要怎样的社会，却是不能实现的乌托邦；或者自己活得无聊，便空泛地希望一大转变，来作刺戟，正如饱于饮食的人，想吃些辣椒爽口；更下的是原是旧式人物，但在社会里失败了，却想另挂新招牌，靠新兴势力获得更好的地位。

希望革命的文人，革命一到，反而沉默下去的例子，在中国便曾有过的。即如清末的南社，便是鼓吹革命的文学团体，他们叹汉族的被压制，愤满人的凶横，渴望着"光复旧物"。但民国成立以后，倒寂然无声了。我想，这是因为他们的理想，是在革命以后，"重见汉官威仪"，峨冠博带。而事实并不这样，所以反而索然无味，不想执笔了。俄国的例子尤为明显，十月革命开初，也曾有许多革命文学家非常惊喜，欢迎这暴风雨的袭来，愿受风雷的试炼。但后来，诗人叶遂宁，

1　杜威（J. Dewey, 1859—1952）：美国哲学家、教育家、心理学家，1919年5月到1921年7月来中国讲学。
2　曼殊斐儿（Manthfield, 1888—1923）：通译曼斯菲尔德，新西兰短篇小说家。

小说家索波里自杀了，近来还听说有名的小说家爱伦堡[1]有些反动。这是什么缘故呢？就因为四面袭来的并不是暴风雨，来试炼的也并非风雷，却是老老实实的"革命"。空想被击碎了，人也就活不下去，这倒不如古时候相信死后灵魂上天，坐在上帝旁边吃点心的诗人们福气。因为他们在达到目的之前，已经死掉了。

中国，据说，自然是已经革了命，——政治上也许如此罢，但在文艺上，却并没有改变。有人说，"小资产阶级文学之抬头"了，其实是，小资产阶级文学在那里呢，连"头"也没有，那里说得到"抬"。这照我上面所讲的推论起来，就是文学并不变化和兴旺，所反映的便是并无革命和进步，——虽然革命家听了也许不大喜欢。

至于创造社所提倡的，更彻底的革命文学——无产阶级文学，自然更不过是一个题目。这边也禁，那边也禁的王独清[2]的从上海租界里遥望广州暴动的诗，"pong pong pong"，铅字逐渐大了起来，只在说明他曾为电影的字幕和上海的酱园招牌所感动，有模仿勃洛克[3]的《十二个》之志而无其力和才。郭沫若的《一只手》是很有人推为佳作的，但内容说一个革命者革命之后失了一只手，所余的一只还能和爱人握手的事，却未免"失"得太巧。五体，四肢之中，倘要失去其一，实在还不如一只手；一条腿就不便，头自然更不行了。只准备失去一只手，是能减少战斗的勇往之气的；我想，革命者所不惜牺牲的，一定不只这一点。《一只手》也还是穷秀才落难，后来终于中状元，谐花烛的老调。

但这些却也正是中国现状的一种反映。新近上海出版的革命文学的一本书的封面上，画着一把钢叉，这是从《苦闷的象征》的书面上

1 爱伦堡（I. G. Ehrenburg, 1891—1967）：苏联作家。

2 王独清（1898—1940）：陕西蒲城人，创造社后期主要诗人之一。

3 勃洛克（A. A. Blok, 1880—1921）：俄国诗人。

取来的，叉的中间的一条尖刺上，又安一个铁锤，这是从苏联的旗子上取来的。然而这样地合了起来，却得既不能刺，又不能敲，只能在表明这位作者的庸陋，——也正可以做那些文艺家的徽章。

从这一阶级走到那一阶级去，自然是能有的事，但最好是意识如何，便一一直说，使大众看去，为仇为友，了了分明。不要脑子里存着许多旧的残滓，却故意瞒了起来，演戏似的指着自己的鼻子道，"惟我是无产阶级！"现在的人们既然神经过敏，听到"俄"字便要气绝，连嘴唇也快要不准红了，对于出版物，这也怕，那也怕；而革命文学家又不肯多绍介别国的理论和作品，单是这样的指着自己的鼻子，临了便会像前清的"奉旨申斥"一样，令人莫名其妙的。

对于诸君，"奉旨申斥"大概还须解释几句才会明白罢。这是帝制时代的事。一个官员犯了过失了，便叫他跪在一个什么门外面，皇帝差一个太监来斥骂。这时须得用一点化费，那么，骂几句就完；倘若不用，他便从祖宗一直骂到子孙。这算是皇帝在骂，然而谁能去问皇帝，问他究竟可是要这样地骂呢？去年，据日本的杂志上说，成仿吾是由中国的农工大众选他往德国研究戏曲去了，我们也无从打听，究竟真是这样地选了没有。

所以我想，倘要比较地明白，还只好用我的老话，"多看外国书"，来打破这包围的圈子。这事，于诸君是不甚费力的。关于新兴文学的英文书或英译书，即使不多，然而所有的几本，一定较为切实可靠。多看些别国的理论和作品之后，再来估量中国的新文艺，便可以清楚得多了。更好是绍介到中国来；翻译并不比随便的创作容易，然而于新文学的发展却更有功，于大家更有益。

本篇最初发表于一九二九年五月二十五日北平《未名》半月刊第二卷第八期。后收入杂文集《三闲集》。

对于左翼作家联盟[1]的意见
—— 三月二日在左翼作家联盟成立大会讲

有许多事情，有人在先已经讲得很详细了，我不必再说。我以为在现在，"左翼"作家是很容易成为"右翼"作家的。为什么呢？第一，倘若不和实际的社会斗争接触，单关在玻璃窗内做文章，研究问题，那是无论怎样的激烈，"左"，都是容易办到的；然而一碰到实际，便即刻要撞碎了。关在房子里，最容易高谈彻底的主义，然而也最容易"右倾"。西洋的叫做"Salon的社会主义者"，便是指这而言。"Salon"是客厅的意思，坐在客厅里谈谈社会主义，高雅得很，漂亮得很，然而并不想到实行的。这种社会主义者，毫不足靠。并且在现在，不带点广义的社会主义的思想的作家或艺术家，就是说工农大众应该做奴隶，应该被虐杀，被剥削的这样的作家或艺术家，是差不多没有了，除非墨索里尼[2]，但墨索里尼并没有写过文艺作品。（当然，这样的作家，也还不能说完全没有，例如中国的新月派诸文学家，以及所说的墨索里尼所宠爱的邓南遮[3]便是。）

第二，倘不明白革命的实际情形，也容易变成"右翼"。革命是痛苦，其中也必然混有污秽和血，决不是如诗人所想像的那般有趣，

---

1 左翼作家联盟：全称"中国左翼作家联盟"，简称"左联"，是中国共产党于20世纪30年代在上海领导创建的文学组织，目的是与国民党争取宣传阵地，吸引广大民众支持其思想。"左联"成立大会于1930年3月2日在上海中华艺术大学举行。

2 墨索里尼（B. A. A. Mussolini, 1883—1945）：意大利国家法西斯党党魁、法西斯主义创始人。

3 邓南遮（G. d'Annunzio, 1863—1938）：意大利诗人、戏剧家，常被视作墨索里尼的先驱者。

那般完美；革命尤其是现实的事，需要各种卑贱的，麻烦的工作，决不如诗人所想像的那般浪漫；革命当然有破坏，然而更需要建设，破坏是痛快的，但建设却是麻烦的事。所以对于革命抱着浪漫谛克的幻想的人，一和革命接近，一到革命进行，便容易失望。听说俄国的诗人叶遂宁，当初也非常欢迎十月革命，当时他叫道，"万岁，天上和地上的革命！"又说"我是一个布尔塞维克了！"然而一到革命后，实际上的情形，完全不是他所想像的那么一回事，终于失望，颓废。叶遂宁后来是自杀了的，听说这失望是他的自杀的原因之一。又如毕力涅克[1]和爱伦堡，也都是例子。在我们辛亥革命时也有同样的例，那时有许多文人，例如属于"南社"的人们，开初大抵是很革命的，但他们抱着一种幻想，以为只要将满洲人赶出去，便一切都恢复了"汉官威仪"，人们都穿大袖的衣服，峨冠博带，大步地在街上走。谁知赶走满清皇帝以后，民国成立，情形却全不同，所以他们便失望，以后有些人甚至成为新的运动的反动者。但是，我们如果不明白革命的实际情形，也容易和他们一样的。

还有，以为诗人或文学家高于一切人，他底工作比一切工作都高贵，也是不正确的观念。举例说，从前海涅[2]以为诗人最高贵，而上帝最公平，诗人在死后，便到上帝那里去，围着上帝坐着，上帝请他吃糖果。在现在，上帝请吃糖果的事，是当然无人相信的了，但以为诗人或文学家，现在为劳动大众革命，将来革命成功，劳动阶级一定从丰报酬，特别优待，请他坐特等车，吃特等饭，或者劳动者捧着牛油

1　毕力涅克（B. Pilnyak, 1894—1941）：通译皮利尼亚克，苏联"同路人"作家，十月革命后在政治上倾向革命，但创作上未摆脱无政府主义倾向。

2　海涅（H. Heine, 1797—1856）：德国抒情诗人、散文家。

面包来献他，说："我们的诗人，请用吧！"这也是不正确的；因为实际上决不会有这种事，恐怕那时比现在还要苦，不但没有牛油面包，连黑面包都没有也说不定，俄国革命后一二年的情形便是例子。如果不明白这情形，也容易变成"右翼"。事实上，劳动者大众，只要不是梁实秋所说"有出息"者，也决不会特别看重知识阶级者的，如我所译的《溃灭》中的美谛克（知识阶级出身），反而常被矿工等所嘲笑。不待说，知识阶级有知识阶级的事要做，不应特别看轻，然而劳动阶级决无特别例外地优待诗人或文学家的义务。

现在，我说一说我们今后应注意的几点。

第一，对于旧社会和旧势力的斗争，必须坚决，持久不断，而且注重实力。旧社会的根柢原是非常坚固的，新运动非有更大的力不能动摇它什么。并且旧社会还有它使新势力妥协的好办法，但它自己是决不妥协的。在中国也有过许多新的运动了，却每次都是新的敌不过旧的，那原因大抵是在新的一面没有坚决的广大的目的，要求很小，容易满足。譬如白话文运动，当初旧社会是死力抵抗的，但不久便容许白话文底存在，给它一点可怜地位，在报纸的角头等地方可以看见用白话写的文章了，这是因为在旧社会看来，新的东西并没有什么，并不可怕，所以就让它存在，而新的一面也就满足，以为白话文已得到存在权了。又如一二年来的无产文学运动，也差不多一样，旧社会也容许无产文学，因为无产文学并不厉害，反而他们也来弄无产文学，拿去做装饰，仿佛在客厅里放着许多古董磁器以外，放一个工人用的粗碗，也很别致；而无产文学者呢，他已经在文坛上有个小地位，稿子已经卖得出去了，不必再斗争，批评家也唱着凯旋歌："无产文学胜利！"但除了个人的胜利，即以无产文学而论，究竟胜利了多少？况且无产文学，是无产阶级解放斗争底一翼，它跟着无产阶级的社会的势力的成长而成长，在无产阶级的社会地位很低的时候，无产文学的文坛地位反而很高，这只是证明无产文学者离开了无产阶级，回到旧社会去罢了。

第二，我以为战线应该扩大。在前年和去年，文学上的战争是有的，但那范围实在太小，一切旧文学旧思想都不为新派的人所注意，反而弄成了在一角里新文学者和新文学者的斗争，旧派的人倒能够闲舒地在旁边观战。

第三，我们应当造出大群的新的战士。因为现在人手实在太少了，譬如我们有好几种杂志，单行本的书也出版得不少，但做文章的总同是这几个人，所以内容就不能不单薄。一个人做事不专，这样弄一点，那样弄一点，既要翻译，又要做小说，还要做批评，并且也要做诗，这怎么弄得好呢？这都因为人太少的缘故，如果人多了，则翻译的可以专翻译，创作的可以专创作，批评的专批评；对敌人应战，也军势雄厚，容易克服。关于这点，我可带便地说一件事。前年创造社和太阳社向我进攻的时候，那力量实在单薄，到后来连我都觉得有点无聊，没有意思反攻了，因为我后来看出了敌军在演"空城计"。那时候我的敌军是专事于吹擂，不务于招兵练将的，攻击我的文章当然很多，然而一看就知道都是化名，骂来骂去都是同样的几句话。我那时就等待有一个能操马克斯主义批评的枪法的人来狙击我的，然而他终于没有出现。在我倒是一向就注意新的青年战士底养成的，曾经弄过好几个文学团体，不过效果也很小。但我们今后却必须注意这点。

我们急于要造出大群的新的战士，但同时，在文学战线上的人还要"韧"。所谓韧，就是不要像前清做八股文的"敲门砖"似的办法。

前清的八股文，原是"进学"做官的工具，只要能做"起承转合"，借以进了"秀才举人"，便可丢掉八股文，一生中再也用不到它了，所以叫做"敲门砖"，犹之用一块砖敲门，门一敲进，砖就可抛弃了，不必再将它带在身边。这种办法，直到现在，也还有许多人在使用，我们常常看见有些人出了一二本诗集或小说集以后，他们便永远不见了，到那里去了呢？是因为出了一本或二本书，有了一点小名或大名，得到了教授或别的什么位置，功成名遂，不必再写诗写小说了，所以永远不见。这样，所以在中国无论文学或科学都没有东西，然而在我们是要有东西的，因为这于我们有用。（卢那卡尔斯基是甚至主张保存俄国的农民美术，因为可以造出来卖给外国人，在经济上有帮助。我以为如果我们文学或科学上有东西拿得出去给别人，则甚至于脱离帝国主义的压迫的政治运动上也有帮助。）但要在文化上有成绩，则非韧不可。

最后，我以为联合战线是以有共同目的为必要条件的。我记得好像曾听到过这样一句话："反动派且已经有联合战线了，而我们还没有团结起来！"其实他们也并未有有意的联合战线，只因为他们的目的相同，所以行动就一致，在我们看来就好像联合战线。而我们战线不能统一，就证明我们的目的不能一致，或者只为了小团体，或者还其实只为了个人，如果目的都在工农大众，那当然战线也就统一了。

本篇最初发表于一九三○年四月一日《萌芽月刊》第一卷第四期。后收入杂文集《二心集》。

对于左翼作家联盟的意见

上海文艺之一瞥
——八月十二日在社会科学研究会讲

　　上海过去的文艺，开始的是《申报》。要讲《申报》，是必须追溯到六十年以前的，但这些事我不知道。我所能记得的，是三十年以前，那时的《申报》，还是用中国竹纸的，单面印，而在那里做文章的，则多是从别处跑来的"才子"。

　　那时的读书人，大概可以分他为两种，就是君子和才子。君子是只读四书五经，做八股，非常规矩的。而才子却此外还要看小说，例如《红楼梦》，还要做考试上用不着的古今体诗之类。这是说，才子是公开的看《红楼梦》的，但君子是否在背地里也看《红楼梦》，则我无从知道。有了上海的租界，——那时叫作"洋场"，也叫"夷场"，后来有怕犯讳的，便往往写作"彝场"——有些才子们便跑到上海来，因为才子是旷达的，那里都去；君子则对于外国人的东西总有点厌恶，而且正在想求正路的功名，所以决不轻易的乱跑。孔子曰，"道不行，乘桴浮于海"[1]，从才子们看来，就是有点才子气的，所以君子们的行径，在才子就谓之"迂"。

　　才子原是多愁多病，要闻鸡生气，见月伤心的。一到上海，又遇见了婊子。去嫖的时候，可以叫十个二十个的年青姑娘聚集在一处，样子很有些像《红楼梦》，于是他就觉得自己好像贾宝玉；自己是才子，那么婊子当然是佳人，于是才子佳人的书就产生了。内容多半

1　出自《论语·公冶长》。

是，惟才子能怜这些风尘沦落的佳人，惟佳人能识坎坷不遇的才子，受尽千辛万苦之后，终于成了佳偶，或者是都成了神仙。

他们又帮申报馆印行些明清的小品书出售，自己也立文社，出灯谜，有入选的，就用这些书做赠品，所以那流通很广远。也有大部书，如《儒林外史》，《三宝太监西洋记》[1]，《快心编》[2]等。现在我们在旧书摊上，有时还看见第一页印有"上海申报馆仿聚珍板印"字样的小本子，那就都是的。

佳人才子的书盛行的好几年，后一辈的才子的心思就渐渐改变了。他们发见了佳人并非因为"爱才若渴"而做婊子的，佳人只为的是钱。然而佳人要才子的钱，是不应该的，才子于是想了种种制伏婊子的妙法，不但不上当，还占了她们的便宜，叙述这各种手段的小说就出现了，社会上也很风行，因为可以做嫖学教科书去读。这些书里面的主人公，不再是才子＋（加）呆子，而是在婊子那里得了胜利的英雄豪杰，是才子＋流氓。

在这之前，早已出现了一种画报，名目就叫《点石斋画报》，是吴友如主笔的，神仙人物，内外新闻，无所不画，但对于外国事情，他很不明白，例如画战舰罢，是一只商船，而舱面上摆着野战炮；画决斗则两个穿礼服的军人在客厅里拔长刀相击，至于将花瓶也打落跌碎。然而他画"老鸨虐妓"，"流氓拆梢"之类，却实在画得很好的，我想，这是因为他看得太多了的缘故；就是在现在，我们在上海也常常看到和他所画一般的脸孔。这画报的势力，当时是很大的，流行各省，算是要知道"时务"——这名称在那时就如现在之所谓"新学"——

---

1 《三宝太监西洋记》：二南里人根据郑和七下西洋的故事创作的神魔小说。二南里人，本名罗懋登，生卒年不详（1596年前后在世），字登之，明代小说家。

2 《快心编》：清早期的世情小说，成书于清顺治末或康熙年间，天花才子著，作者本名不详。

的人们的耳目。前几年又翻印了，叫作《吴友如墨宝》，而影响到后来也实在利害，小说上的绣像不必说了，就是在教科书的插画上，也常常看见所画的孩子大抵是歪戴帽，斜视眼，满脸横肉，一副流氓气。在现在，新的流氓画家又出了叶灵凤[1]先生，叶先生的画是从英国的毕亚兹莱[2]（Aubrey Beardsley）剥来的，毕亚兹莱是"为艺术的艺术"派，他的画极受日本的"浮世绘"[3]（Ukiyoe）的影响。浮世绘虽是民间艺术，但所画的多是妓女和戏子，胖胖的身体，斜视的眼睛——Erotic（色情的）眼睛。不过毕亚兹莱画的人物却瘦瘦的，那是因为他是颓废派（Decadence）的缘故。颓废派的人们多是瘦削的，颓丧的，对于壮健的女人他有点惭愧，所以不喜欢。我们的叶先生的新斜眼画，正和吴友如的老斜眼画合流，那自然应该流行好几年。但他也并不只画流氓的，有一个时期也画过普罗列塔利亚，不过所画的工人也还是斜视眼，伸着特别大的拳头。但我以为画普罗列塔利亚应该是写实的，照工人原来的面貌，并不须画得拳头比脑袋还要大。

现在的中国电影，还在很受着这"才子+流氓"式的影响，里面的英雄，作为"好人"的英雄，也都是油头滑脑的，和一些住惯了上海，晓得怎样"拆梢"，"揩油"，"吊膀子"的滑头少年一样。看了之后，令人觉得现在倘要做英雄，做好人，也必须是流氓。

才子+流氓的小说，但也渐渐的衰退了。那原因，我想，一则因为总是这一套老调子——妓女要钱，嫖客用手段，原不会写不完的；二则因为所用的是苏白，如什么倪＝我，耐＝你，阿是＝是否之类，除了老上海和江浙的人们之外，谁也看不懂。

1　叶灵凤（1905—1975）：原名蕴璞，江苏南京人，创造社成员，画家、编辑。

2　毕亚兹莱（1872—1898）：通译比亚兹莱，英国插画家。

3　"浮世绘"：日本江户时代（1603—1867）兴起的一种风俗画，主要描绘人们的日常生活、风景和演剧。

　　然而才子＋佳人的书，却又出了一本当时震动一时的小说，那就是从英文翻译过来的《迦茵小传》（H. R. Haggard：Joan Haste[1]）。但只有上半本，据译者说，原本从旧书摊上得来，非常之好，可惜觅不到下册，无可奈何了。果然，这很打动了才子佳人们的芳心，流行得很广很广。后来还至于打动了林琴南先生，将全部译出，仍旧名为《迦茵小传》。而同时受了先译者的大骂，说他不该全译，使迦茵的价值降低，给读者以不快的。于是才知道先前之所以只有半部，实非原本残缺，乃是因为记着迦茵生了一个私生子，译者故意不译的。其实这样的一部并不很长的书，外国也不至于分印成两本。但是，即此一端，也很可以看出当时中国对于婚姻的见解了。

　　这时新的才子＋佳人小说便又流行起来，但佳人已是良家女子了，和才子相悦相恋，分拆不开，柳阴花下，像一对胡蝶，一双鸳鸯一样，但有时因为严亲，或者因为薄命，也竟至于偶见悲剧的结局，不再都成神仙了，——这实在不能不说是一个大进步。到了近来是在制造兼可擦脸的牙粉了的天虚我生[2]先生所编的月刊杂志《眉语》[3]出现的时候，是这鸳鸯胡蝶式文学[4]的极盛时期。后来《眉语》虽遭禁止，势力却并不消退，直待《新青年》盛行起来，这才受了打击。这时有伊孛生的剧本的绍介和胡适之先生的《终身大事》[5]的别一形式的出

1　H. R. Haggard：哈葛德（1856—1925），英国小说家。Joan Haste：《迦茵小传》的原著，1895年出版，讲述了一段因阶级差异而受阻的爱情故事，最终以悲剧收场。

2　天虚我生：本名陈栩（1879—？），字栩园，号蝶仙，浙江杭州人，作家。

3　《眉语》：1914年创刊于上海的女性杂志，到1916年停刊，是鸳鸯蝴蝶派作家的阵地。

4　鸳鸯胡蝶式文学：指中国近代小说流派"鸳鸯蝴蝶派"，该流派始于20世纪初，盛行于辛亥革命后，得名于清之狭邪小说《花月痕》中的诗句"卅六鸳鸯同命鸟，一双蝴蝶可怜虫"。该流派将文艺当作消闲品、专写才子佳人的言情小说。

5　《终身大事》：胡适剧作，1919年3月发表于《新青年》第六卷第三号，描写一个中产家庭的独生女田亚梅争取婚姻自主而离家出走的故事。

现，虽然并不是故意的，然而鸳鸯胡蝶派作为命根的那婚姻问题，却也因此而诺拉[1]（Nora）似的跑掉了。

　　这后来，就有新才子派的创造社的出现。创造社是尊贵天才的，为艺术而艺术的，专重自我的，崇创作，恶翻译，尤其憎恶重译的，与同时上海的文学研究会相对立。那出马的第一个广告上，说有人"垄断"着文坛，就是指着文学研究会。文学研究会却也正相反，是主张为人生的艺术的，是一面创作，一面也看重翻译的，是注意于绍介被压迫民族文学的，这些都是小国度，没有人懂得他们的文字，因此也几乎全都是重译的。并且因为曾经声援过《新青年》，新仇夹旧仇，所以文学研究会这时就受了三方面的攻击。一方面就是创造社，既然是天才的艺术，那么看那为人生的艺术的文学研究会自然就是多管闲事，不免有些"俗"气，而且还以为无能，所以倘被发见一处误译，有时竟至于特做一篇长长的专论。一方面是留学过美国的绅士派，他们以为文艺是专给老爷太太们看的，所以主角除老爷太太之外，只配有文人，学士，艺术家，教授，小姐等等，要会说Yes，No，这才是绅士的庄严，那时吴宓[2]先生就曾经发表过文章，说是真不懂为什么有些人竟喜欢描写下流社会。第三方面，则就是以前说过的鸳鸯胡蝶派，我不知道他们用的是什么方法，到底使书店老板将编辑《小说月报》的一个文学研究会会员撤换，还出了《小说世界》，来流布他们的文章。这一种刊物，是到了去年才停刊的。

　　创造社的这一战，从表面看来，是胜利的。许多作品，既和当时的自命才子们的心情相合，加以出版者的帮助，势力雄厚起来了。势力一雄厚，就看见大商店如商务印书馆，也有创造社员的译著的出

1　诺拉：即易卜生剧作《玩偶之家》的女主角娜拉。

2　吴宓（1894—1978）：字雨僧、玉衡，笔名余生，陕西泾阳人，文学评论家、诗人。

版，——这是说，郭沫若和张资平两位先生的稿件。这以来，据我所记得，是创造社也不再审查商务印书馆出版物的误译之处，来作专论了。这些地方，我想，是也有些才子＋流氓式的。然而，"新上海"是究竟敌不过"老上海"的，创造社员在凯歌声中，终于觉到了自己就在做自己们的出版者的商品，种种努力，在老板看来，就等于眼镜铺大玻璃窗里纸人的睐眼，不过是"以广招徕"。待到希图独立出版的时候，老板就给吃了一场官司，虽然也终于独立，说是一切书籍，大加改订，另行印刷，从新开张了，然而旧老板却还是永远用了旧版子，只是印，卖，而且年年是什么纪念的大廉价。

商品固然是做不下去的，独立也活不下去。创造社的人们的去路，自然是在较有希望的"革命策源地"的广东。在广东，于是也有"革命文学"这名词的出现，然而并无什么作品，在上海，则并且还没有这名词。

到了前年，"革命文学"这名目这才旺盛起来了，主张的是从"革命策源地"回来的几个创造社元老和若干新份子。革命文学之所以旺盛起来，自然是因为由于社会的背景，一般群众，青年有了这样的要求。当从广东开始北伐的时候，一般积极的青年都跑到实际工作去了，那时还没有什么显著的革命文学运动，到了政治环境突然改变，革命遭了挫折，阶级的分化非常显明，国民党以"清党"之名，大戮共产党及革命群众，而死剩的青年们再入于被迫压的境遇，于是革命文学在上海这才有了强烈的活动。所以这革命文学的旺盛起来，在表面上和别国不同，并非由于革命的高扬，而是因为革命的挫折；虽然其中也有些是旧文人解下指挥刀来重理笔墨的旧业，有些是几个青年被从实际工作排出，只好借此谋生，但因为实在具有社会的基础，所以在新份子里，是很有极坚实正确的人存在的。但那时的革命文学运

动，据我的意见，是未经好好的计划，很有些错误之处的。例如，第
一，他们对于中国社会，未曾加以细密的分析，便将在苏维埃政权之
下才能运用的方法，来机械的地运用了。再则他们，尤其是成仿吾先
生，将革命使一般人理解为非常可怕的事，摆着一种极左倾的凶恶的
面貌，好似革命一到，一切非革命者就都得死，令人对革命只抱着恐
怖。其实革命是并非教人死而是教人活的。这种令人"知道点革命的
厉害"，只图自己说得畅快的态度，也还是中了才子＋流氓的毒。

　　激烈得快的，也平和得快，甚至于也颓废得快。倘在文人，他总
有一番辩护自己的变化的理由，引经据典。譬如说，要人帮忙时候用
克鲁巴金[1]的互助论，要和人争闹的时候就用达尔文的生存竞争说。
无论古今，凡是没有一定的理论，或主张的变化并无线索可寻，而随
时拿了各种各派的理论来作武器的人，都可以称之为流氓。例如上海
的流氓，看见一男一女的乡下人在走路，他就说，"喂，你们这样子，
有伤风化，你们犯了法了！"他用的是中国法。倘看见一个乡下人在
路旁小便呢，他就说，"喂，这是不准的，你犯了法，该捉到捕房去！"
这时所用的又是外国法。但结果是无所谓法不法，只要被他敲去了几
个钱就都完事。

　　在中国，去年的革命文学者和前年很有点不同了。这固然由于境
遇的改变，但有些"革命文学者"的本身里，还藏着容易犯到的病根。
"革命"和"文学"，若断若续，好像两只靠近的船，一只是"革命"，一
只是"文学"，而作者的每一只脚就站在每一只船上面。当环境较好的
时候，作者就在革命这一只船上踏得重一点，分明是革命者，待到革
命一被压迫，则在文学的船上踏得重一点，他变了不过是文学家了。
所以前年的主张十分激烈，以为凡非革命文学，统得扫荡的人，去年

3-12

上海文艺之一瞥

1　克鲁巴金（Kropotkin, 1842—1921）：通译克鲁泡特金，俄国地理学家，无政府主义活动家、理论家。

却记得了列宁爱看冈却罗夫[1]（I. A. Gontcharov）的作品的故事，觉得非革命文学，意义倒也十分深长；还有最彻底的革命文学家叶灵凤先生，他描写革命家，彻底到每次上茅厕时候都用我的《呐喊》去揩屁股，现在却竟会莫名其妙的跟在所谓民族主义文学家屁股后面了。

类似的例，还可以举出向培良[2]先生来。在革命渐渐高扬的时候，他是很革命的；他在先前，还曾经说，青年人不但嗥叫，还要露出狼牙来。这自然也不坏，但也应该小心，因为狼是狗的祖宗，一到被人驯服的时候，是就要变而为狗的。向培良先生现在在提倡人类的艺术了，他反对有阶级的艺术的存在，而在人类中分出好人和坏人来，这艺术是"好坏斗争"的武器。狗也是将人分为两种的，豢养它的主人之类是好人，别的穷人和乞丐在它的眼里就是坏人，不是叫，便是咬。然而这也还不算坏，因为究竟还有一点野性，如果再一变而为吧儿狗，好像不管闲事，而其实在给主子尽职，那就正如现在的自称不问俗事的为艺术而艺术的名人们一样，只好去点缀大学教室了。

这样的翻着筋斗的小资产阶级，即使是在做革命文学家，写着革命文学的时候，也最容易将革命写歪；写歪了，反于革命有害，所以他们的转变，是毫不足惜的。当革命文学的运动勃兴时，许多小资产阶级的文学家忽然变过来了，那时用来解释这现象的，是突变之说。但我们知道，所谓突变者，是说A要变B，几个条件已经完备，而独缺其一的时候，这一个条件一出现，于是就变成了B。譬如水的结冰，温度须到零点，同时又须有空气的振动，倘没有这，则即便到了零点，也还是不结冰，这时空气一振动，这才突变而为冰了。所以外面虽然好像突变，其实是并非突然的事。倘没有应具的条件的，那就是即使

1　冈却罗夫（1812—1891）：通译冈察洛夫，俄国批判现实主义作家。

2　向培良（1905—1959）：笔名培、漱年等，湖南黔阳（今洪江）人，作家。

自说已变，实际上却并没有变，所以有些忽然一天晚上自称突变过来的小资产阶级革命文学家，不久就又突变回去了。

去年左翼作家联盟在上海的成立，是一件重要的事实。因为这时已经输入了蒲力汗诺夫，卢那卡尔斯基等的理论，给大家能够互相切磋，更加坚实而有力，但也正因为更加坚实而有力了，就受到世界上古今所少有的压迫和摧残，因为有了这样的压迫和摧残，就使那时以为左翼文学将大出风头，作家就要吃劳动者供献上来的黄油面包了的所谓革命文学家立刻现出原形，有的写悔过书，有的是反转来攻击左联，以显出他今年的见识又进了一步。这虽然并非左联直接的自动，然而也是一种扫荡，这些作者，是无论变与不变，总写不出好的作品来的。

但现存的左翼作家，能写出好的无产阶级文学来么？我想，也很难。这是因为现在的左翼作家还都是读书人——智识阶级，他们要写出革命的实际来，是很不容易的缘故。日本的厨川白村（H. Kuriyagawa）曾经提出过一个问题，说：作家之所描写，必得是自己经验过的么？他自答道，不必，因为他能够体察。所以要写偷，他不必亲自去做贼，要写通奸，他不必亲自去私通。但我以为这是因为作家生长在旧社会里，熟悉了旧社会的情形，看惯了旧社会的人物的缘故，所以他能够体察；对于和他向来没有关系的无产阶级的情形和人物，他就会无能，或者弄成错误的描写了。所以革命文学家，至少是必须和革命共同着生命，或深切地感受着革命的脉搏的。（最近左联的提出了"作家的无产阶级化"的口号，就是对于这一点的很正确的理解。）

在现在中国这样的社会中，最容易希望出现的，是反叛的小资产阶级的反抗的，或暴露的作品。因为他生长在这正在灭亡着的阶级中，所以他有甚深的了解，甚大的憎恶，而向这刺下去的刀也最为致命与有力。固然，有些貌似革命的作品，也并非要将本阶级或资产阶级推翻，倒在憎恨或失望于他们的不能改良，不能较长久的保持地位，所以从无产阶级的见地看来，不过是"兄弟阋于墙"，两方一样是敌对。但是，那结果，却也能在革命的潮流中，成为一粒泡沫的。对于这些作品，我以为实在无须称之为无产阶级文学，作者也无须为了将来的名誉起见，自称为无产阶级的作家的。

但是，虽是仅仅攻击旧社会的作品，倘若知不清缺点，看不透病根，也就于革命有害，但可惜的是现在的作家，连革命的作家和批评家，也往往不能，或不敢正视现社会，知道它的底细，尤其是认为敌人的底细。随手举一个例罢，先前的《列宁青年》[1]上，有一篇评论中国文学界的文章，将这分为三派，首先是创造社，作为无产阶级文学派，讲得很长，其次是语丝社，作为小资产阶级文学派，可就说得短了，第三是新月社，作为资产阶级文学派，却说得更短，到不了一页。这就在表明：这位青年批评家对于愈认为敌人的，就愈是无话可说，也就是愈没有细看。自然，我们看书，倘看反对的东西，总不如看同派的东西的舒服，爽快，有益；但倘是一个战斗者，我以为，在了解革命和敌人上，倒是必须更多的去解剖当面的敌人的。要写文学作品也一样，不但应该知道革命的实际，也必须深知敌人的情形，现在的各方面的状况，再去断定革命的前途。惟有明白旧的，看到新的，了解过去，推断将来，我们的文学的发展才有希望。我想，这是在现在环境下的作家，只要努力，还可以做得到的。

在现在，如先前所说，文艺是在受着少有的压迫与摧残，广泛地现出了饥馑状态。文艺不但是革命的，连那略带些不平色彩的，不但是指摘现状的，连那些攻击旧来积弊的，也往往就受迫害。这情形，即在说明至今为止的统治阶级的革命，不过是争夺一把旧椅子。去推的时

---

1 《列宁青年》：中国共产主义青年团中央机关刊物，1928年10月在上海秘密出版，1932年停刊。

候，好像这椅子很可恨，一夺到手，就又觉得是宝贝了，而同时也自觉了自己正和这"旧的"一气。二十多年前，都说朱元璋（明太祖）是民族的革命者，其实是并不然的，他做了皇帝以后，称蒙古朝为"大元"，杀汉人比蒙古人还利害。奴才做了主人，是决不肯废去"老爷"的称呼的，他的摆架子，恐怕比他的主人还十足，还可笑。这正如上海的工人赚了几文钱，开起小小的工厂来，对付工人反而凶到绝顶一样。

在一部旧的笔记小说——我忘了它的书名了——上，曾经载有一个故事，说明朝有一个武官叫说书人讲故事，他便对他讲檀道济[1]——晋朝的一个将军，讲完之后，那武官就吩咐打说书人一顿，人问他什么缘故，他说道："他既然对我讲檀道济，那么，对檀道济是一定去讲我的了。"现在的统治者也神经衰弱到像这武官一样，什么他都怕，因而在出版界上也布置了比先前更进步的流氓，令人看不出流氓的形式而却用着更厉害的流氓手段：用广告，用诬陷，用恐吓；甚至于有几个文学者还拜了流氓做老子，以图得到安稳和利益。因此革命的文学者，就不但应该留心迎面的敌人，还必须防备自己一面的三翻四复的暗探了，较之简单地用着文艺的斗争，就非常费力，而因此也就影响到文艺上面来。

现在上海虽然还出版着一大堆的所谓文艺杂志，其实却等于空虚。以营业为目的的书店所出的东西，因为怕遭殃，就竭力选些不关痛痒的文章，如说"命固不可以不革，而亦不可以太革"之类，那特色是在令人从头看到末尾，终于等于不看。至于官办的，或对官场去凑趣的杂志呢，作者又都是乌合之众，共同的目的只在捞几文稿费，什么"英国维多利亚朝的文学"呀，"论刘易士[2]得到诺贝尔奖金"呀，

1　檀道济（？—436）：高平金乡（今属山东济宁）人，东晋末年将领、南朝宋开国元勋。
2　刘易士：即辛克莱·刘易斯（Sinclair Lewis, 1885—1951），美国作家，1930年获诺贝尔文学奖。

连自己也并不相信所发的议论，连自己也并不看重所做的文章。所以，我说，现在上海所出的文艺杂志都等于空虚，革命者的文艺固然被压迫了，而压迫者所办的文艺杂志上也没有什么文艺可见。然而，压迫者当真没有文艺么？有是有的，不过并非这些，而是通电，告示，新闻，民族主义的"文学"，法官的判词等。例如前几天，《申报》上就记着一个女人控诉她的丈夫强迫鸡奸并殴打得皮肤上成了青伤的事，而法官的判词却道，法律上并无禁止丈夫鸡奸妻子的明文，而皮肤打得发青，也并不算毁损了生理的机能，所以那控诉就不能成立。现在是那男人反在控诉他的女人的"诬告"了。法律我不知道，至于生理学，却学过一点，皮肤被打得发青，肺，肝，或肠胃的生理的机能固然不至于毁损，然而发青之处的皮肤的生理的机能却是毁损了的。这在中国的现在，虽然常常遇见，不算什么稀奇事，但我以为这就已经能够很明白的知道社会上的一部分现象，胜于一篇平凡的小说或长诗了。

除以上所说之外，那所谓民族主义文学，和闹得已经很久了的武侠小说之类，是也还应该详细解剖的。但现在时间已经不够，只得待将来有机会再讲了。今天就这样为止罢。

本篇最初发表于一九三一年十月二十七日和八月三日上海《文艺新闻》第二十期和二十一期。据《鲁迅日记》，讲演日期应是一九三一年七月二十日，副标题所记八月十二日有误。后收入杂文集《二心集》，收入时作者曾略加修改。

今春的两种感想
——十一月二十二日在北平辅仁大学讲

  我是上星期到北平的，论理应当带点礼物送给青年诸位，不过因为奔忙匆匆未顾得及，同时也没有什么可带的。

  我近来是在上海，上海与北平不同，在上海所感到的，在北平未必感到。今天又没豫备什么，就随便谈谈吧。

  昨年东北事变[1]详情我一点不知道，想来上海事变[2]诸位一定也不甚了然。就是同在上海也是彼此不知，这里死命的逃死，那里则打牌的仍旧打牌，跳舞的仍旧跳舞。

  打起来的时候，我是正在所谓火线里面，亲遇见捉去许多中国青年。捉去了就不见回来，是生是死也没人知道，也没人打听，这种情形是由来已久了，在中国被捉去的青年素来是不知下落的。东北事起，上海有许多抗日团体，有一种团体就有一种徽章。这种徽章，如被日军发现死是很难免的。然而中国青年的记性确是不好，如抗日十人团，一团十人，每人有一个徽章，可是并不一定抗日，不过把它放在袋里。但被捉去后这就是死的证据。还有学生军们，以前是天天练操，不久就无形中不练了，只有军装的照片存在，并且把操衣放在家中，自己也忘却了。然而一被日军查出时是又必定要送命的。像这一般青年被杀，大家大为不平，以为日人太残酷。其实这完全是因为脾

---

1 东北事变：指1931年"九·一八"事变。

2 上海事变：指1932年"一·二八"事变。

气不同的缘故，日人太认真，而中国人却太不认真。中国的事情往往是招牌一挂就算成功了。日本则不然。他们不像中国这样只是作戏似的。日本人一看见有徽章，有操衣的，便以为他们一定是真在抗日的人，当然要认为是劲敌。这样不认真的同认真的碰在一起，倒霉是必然的。

中国实在是太不认真，什么全是一样。文学上所见的常有新主义，以前有所谓民族主义的文学也者，闹得很热闹，可是自从日本兵一来，马上就不见了。我想大概是变成为艺术而艺术了吧。中国的政客，也是今天谈财政，明日谈照像，后天又谈交通，最后又忽然念起佛来了。外国不然。以前欧洲有所谓未来派艺术。未来派的艺术是看不懂的东西。但看不懂也并非一定是看者知识太浅，实在是它根本上就看不懂。文章本来有两种：一种是看得懂的，一种是看不懂的。假若你看不懂就自恨浅薄，那就是上当了。不过人家是不管看懂与不懂的——看不懂如未来派的文学，虽然看不懂，作者却是拚命的，很认真的在那里讲。但是中国就找不出这样例子。

还有感到的一点是我们的眼光不可不放大，但不可放的太大。

我那时看见日本兵不打了，就搬了回去，但忽然又紧张起来了。后来打听才知道是因为中国放鞭炮引起的。那天因为是月蚀，故大家放鞭炮来救她。在日本人意中以为在这样的时光，中国人一定全忙于救中国抑救上海，万想不到中国人却救的那样远，去救月亮去了。

我们常将眼光收得极近，只在自身，或者放得极远，到北极，或到天外，而这两者之间的一圈可是绝不注意的，譬如食物吧，近来馆子里是比较干净了，这是受了外国影响之故，以前不是这样。例如某家烧卖好，包子好，好的确是好，非常好吃，但盘子是极污秽的，去吃的人看不得盘子，只要专注在吃的包子烧卖就是，倘使你要注意到食物之外的一圈，那就非常为难了。

在中国做人，真非这样不成，不然就活不下去。例如倘使你讲个人主义，或者远而至于宇宙哲学，灵魂灭否，那是不要紧的。但一讲社会问题，可就要出毛病了。北平或者还好，如在上海则一讲社会问题，那就非出毛病不可，这是有验的灵药，常常有无数青年被捉去而无下落了。

在文学上也是如此。倘写所谓身边小说，说苦痛呵，穷呵，我爱女人而女人不爱我呵，那是很妥当的，不会出什么乱子。如要一谈及中国社会，谈及压迫与被压迫，那就不成。不过你如果再远一点，说什么巴黎伦敦，再远些，月界，天边，可又没有危险了。但有一层要注意，俄国谈不得。

上海的事又要一年了，大家好似早已忘掉了，打牌的仍旧打牌，跳舞的仍旧跳舞。不过忘只好忘，全记起来恐怕脑中也放不下。倘使只记着这些，其他事也没工夫记起了。不过也可以记一个总纲。如"认真点"，"眼光不可不放大但不可放的太大"，就是。这本是两句平常话，但我的确知道了这两句话，是在死了许多性命之后。许多历史的教训，都是用极大的牺牲换来的。譬如吃东西罢，某种是毒物不能吃，我们好像全惯了，很平常了。不过，这一定是以前有多少人吃死了，才知道的。所以我想，第一次吃螃蟹的人是很可佩服的，不是勇士谁敢去吃它呢？螃蟹有人吃，蜘蛛一定也有人吃过，不过不好吃，所以后人不吃了。像这种人我们当极端感谢的。

我希望一般人不要只注意在近身的问题，或地球以外的问题，社会上实际问题是也要注意些才好。

本篇记录稿最初发表于一九三二年十一月三十日北京《世界日报》"教育"栏。发表前曾经鲁迅修改。后收入杂文集《集外集拾遗》。

出 品

地球旅馆

 全国总经销

捧 读 文 化
触及身心的阅读

出 品 人_张进步

策划编辑_程　碧

特约编辑_孟令堃

编辑助理_周俊雄

装帧设计_UNLOOK · @广岛Alvin

新 浪 微 博　　　微信公众号

法律顾问_天津益清（北京）律师事务所　王彦玲

出版投稿、合作交流，请发邮件至：innearth@foxmail.com

了解新书，图书邮购、团购、采购等，请联系发行电话：010-85805570